헤라클레스의 모험

The Labours of Hercules

AGATHA CHRISTIE MYSTERY AGATHA CHRISTIE MYSTERY AGATHA CHRISTIE MYSTERY

애거서 크리스티 추리 문학 79

헤라클레스의 모험

황해선 옮김

해문

■ 옮긴이 황해선

　이화여자대학교 졸업
　미국 오레건 주립대학 수료.
　번역서 《엄지손가락의 아픔》 외.

헤라클레스의 모험

초판 발행일	1990년 01월 10일
중판 발행일	2009년 03월 25일
지은이	애거서 크리스티
옮긴이	황 해 선
펴낸이	이 경 선
펴낸곳	해문출판사
주 소	서울시 마포구 합정동 392-2 써니힐 202호
TEL/FAX	325-4721~2 / 325-4725
홈페이지	http://www.agathachristie.co.kr
출판등록	1978년 1월 28일 (제3-82호)
가격	6,000원
ISBN	978-89-382-0279-6 04840
	978-89-382-0200-0(세트)

차 례

에르퀼 포와로의 모험을 담아
정성껏 만든 이 책을,
포와로를 대신해서 에드먼드에게
애정을 담아 바칩니다.

에르퀼 포와로가 사는 플래트식 아파트(한 층에 한 가구만 있는 아파트)는 구석구석 현대적인 분위기를 풍기는 가구들로 가득 차 있었다. 크롬으로 칠해진 가구들은 번쩍 빛을 발했다. 또한 매우 푹신해 보이는 안락의자들도 모양이 정교하고 네모 반듯했다. 그 의자 하나에 에르퀼 포와로가 단정한 자세로 꼿꼿이 앉아 있었다. 맞은편 의자에는 올 소울즈 회원인 버턴 박사가, 포와로가 좋아하는 샤토 무턴 로스차일드를 음미하며 조금씩 마시고 있었다.

버턴 박사는 깔끔한 구석이라고는 전혀 없었다. 뚱뚱하고 지저분했으며, 유난히 숱이 많은 흰 머리칼과 대조를 이루는 벌건 얼굴에는 인자한 미소가 어려 있었다. 그러나 싱글벙글 웃을 때에는 마치 싸우는 것처럼 씩씩거렸다. 또 담뱃재를 아무 데나 털어버리는 나쁜 습관이 있어서, 포와로가 재떨이를 여러 개 그의 주위에 갖다 놓았건만 소용이 없었다.

"말해보게. 왜 하필이면 에르퀼인가?" 버턴 박사가 질문했다.

"내 세례명 말인가?"

"그건 세례명이라고 할 수도 없지." 상대방이 반기를 들었다.

"왜냐하면 이교도에서 따온 이름이 분명하거든. 그렇다면 그 이유가 뭔가? 내가 알고 싶은 게 바로 그거라네. 자네 부친이 상상해서 만들었나? 아니면 모친의 생각? 그것도 아니라면 가문 때문인가? 내 기억이 맞는다면—물론 예전만은 못하지만 말일세. 자네에게 아킬이라는 동생이 있었던 것 같은데, 그렇지 않나?"

포와로는 머릿속에서 아킬 포와로에 대한 기억을 더듬어 보았다. 정말 그런 일이 있었던 건가?

"맞아, 아주 잠시이긴 했지만" 포와로가 대답했다.

버턴 박사는 아킬 포와로에 대한 화제를 슬그머니 딴 데로 돌렸다.

"아이들 이름을 지을 때에는 아주 조심해야 하네."

박사는 생각에 잠긴 목소리로 말했다.

"내가 대부(천주교에서 세례식에 입회하여 이름을 지어 주고 영적으로 부모 역할을 하는 사람)로서 이름을 지어 준 대자녀들이 여러 명 있지. 그중 한 아이 이름이 블랑셰(Blanche; 희다)였는데. 아, 글쎄, 집시처럼 머리와 피부색이 온통 까맣지 뭔가? 또 전설 속에 나오는 비련의 여주인공 이름을 딴 데어드르라는 아이는 얼마나 명랑한지 너무 심해서 탈이었다니까. 또 페이션스(Patience; 인내)라는 꼬마는 얼마나 참을성이 없는지 정반대의 이름이 딱 어울린다는 생각이 들더란 말일세! 그뿐인 줄 아는가? 다이애나(Diana; 용모가 단정하고 예쁜 여자)는 또 어떻고……." 늙은 고전 학자는 몸서리를 쳤다.

"지금 그 애의 몸무게는 무려 168파운드(약 76kg)나 나간다네. 이제 겨우 열다섯 살 여자애가 말일세! 사람들은 그 애가 살찐 강아지처럼 귀엽게 생겼다고 하더구먼—하지만 내가 보기에는 그렇지가 않아. 다이애나라니 말도 안 돼! 글쎄, 그 애 이름을 헬렌(Helen; 스파르타 왕의 아내로 절세 미녀)으로 하자는 걸 내가 안 된다고 우겼지. 그 애의 부모가 어떻게 생겼는지 자네가 봤어야 되는 건데! 사실, 그 애 할머니도 정말 못생겼다네. 그래서 나는 마르타나 도르커스 같은 평범하고 무난한 이름을 그 애에게 지어 줄려고 했는데 도무지 먹혀들지가 않더라고. 괜히 입만 아팠지. 부모 마음이란 건 참……."

그는 씩씩거리기 시작했다. 그의 조그맣고 살찐 얼굴이 잔뜩 찌푸려졌다.

포와로는 미심쩍은 눈초리로 그를 쳐다보았다.

"실은 어떤 광경을 한번 머릿속에 떠올려 봤네. 자네 모친과 돌아가신 홈스 부인이 바느질이나 뜨개질을 하면서 이렇게 얘기를 주고받았을 거야. '아킬 에르퀼이 아니면 셜록, 그것도 아니라면 마이크로프트…….'"

포와로는 친구가 즐거워하는 것이 무척 못마땅했다.

"자네가 지금 하고 싶은 얘기는 내 외모가 헤라클레스와는 전혀 딴판으로 생겼다는 거지?"

버턴 박사는 산뜻한 나비넥타이에 줄무늬 바지와 검은색 윗도리를 말쑥하게 차려입고 단정하게 앉아 있는 자그마한 남자를 쳐다보았다. 그의 시선은 포와로의 에나멜 가죽구두에서 점차 위로 올라가더니 달걀 모양의 머리와 윗입술을 장식하는 커다란 콧수염에서 머물렀다.

"포와로, 솔직하게 말하자면……." 버턴 박사가 입을 열었다.

"그건, 그래! 내 생각인데, 자네는 고전 공부를 거의 못했지?"

"그런 셈이지, 뭐."

"그거 아주 유감이군. 정말 안됐어. 그 때문에 자네는 많은 것을 손해 본 셈이거든. 내 마음대로 할 수만 있다면 정말 난 모든 사람들에게 의무적으로 고전 공부를 시키고 싶네."

포와로는 어깨를 으쓱했다.

"무슨 소리! 난 그런 것을 공부 안 해도 잘 살아가고 있네."

"잘 살아가고 있다고? 잘 살아가고 있단 말이지? 이건 살아가는 문제가 아닐세. 자네가 잘못 아는 거야. 고전은 현대의 통신 교육과정처럼 빠른 출세길로 이끄는 사다리가 아니란 말일세! 인간에게 중요한 것은 노동 시간이 아니라 여가야. 우리 모두가 그 점을 잊고 있다는 데 문제가 있는 거지. 이제 자네자신을 한번 돌이켜 보게. 지금까지 자네는 성공해 왔어. 하지만 곧 모든 것에서 벗어나고 싶을 때가 올 거야. 여유 있게 삶을 즐길 때, 그때는 여가를 어떻게 보낼 생각인가?"

포와로는 이미 그 말에 즉시 대답할 준비가 되어 있었다.

"이건 진심으로 하는 얘긴데, 난 베지터블 매로스(서양 호박의 일종)를 재배하는 데 내 온 정력을 쏟을 작정이야."

버턴 박사는 깜짝 놀란 모양이었다.

"베지터블 매로스? 그게 뭐지? 물컹거리고 커다란 녹색 호박같이 생긴 것 말인가?"

"아, 문제가 바로 그거지. 물컹물컹한 맛을 없애 보자는 걸세."

포와로는 말에 열기를 띠었다.

"아, 알았네. 거기에다 치즈나 다진 양파, 또는 화이트소스를 끼얹는다는 말이지?"

"아냐, 그게 아냐. 자넨 뭘 잘못 알고 있어. 난 매로스가 지닌 본래의 맛을 좀더 좋게 개량해볼 생각이라네. 아마……." 그는 눈을 가늘게 떴다.

"멋진 향기도 나게 될걸."

"야단났군, 이 사람. 그게 붉은 포도주인가?"

향기라는 말을 듣는 순간 버턴 박사는 자기 옆에 포도주 잔이 놓여 있다는 게 생각났다. 그는 홀짝이며 그 맛을 음미했다.

"음, 이거 아주 훌륭한 포도주인데, 그래. 맛이 정말 근사하군."

그는 만족한 듯 고개를 끄덕였다.

"그런데 베지터블 매로스 말인데, 설마 진심은 아니겠지? 자네 설마……."

그는 아주 끔찍하다는 듯한 어조로 말했다.

"정말 자네가 몸을 구부려……."

그는 걱정스럽다는 표정을 지으며, 살이 쪄서 불룩한 자신의 배 위에다 두 손을 내려놓았다.

"땅을 파서 거름과 물을 주는 일을 하겠다는 건 아니겠지?"

"자네는 마치……." 포와로가 말했다.

"매로스 재배에 능통한 사람처럼 얘기하는군, 그래."

"시골에서 살았을 때 정원사들이 하는 걸 봤지. 그건 그렇고, 아니 그래, 포와로, 자네 취미가 그게 뭔가? 그걸……."

그의 목소리가 밑으로 착 가라앉았다.

"책으로 가득 찬, 천정이 나지막하고 길쭉한 방에서 벽난로의 장작불이 타는 것을 바라보며 안락의자에 앉아 있는 것과 비교해보게. 물론 방 길이는 꼭 길어야 하네. 정사각형 방이 아니란 말일세. 방 안에는 돌아가며 빽빽이 책이 꽂혀 있고, 한 잔의 포트와인(포르투칼 원산의 적포도주)이 앞에 놓여 있지. 자네는 책 한 권을 손에 펴드는 거야. 그 책을 읽노라면 시간가는 줄도 모르게 되지."

그러더니 그는 그리스 어로 시(詩) 한 구절을 낭랑하게 읊었다.

" ' Μήτι δ' αὖτε κυβερνήτης ἐνὶ οἴνοπι πόντῳ
νῆα θοὴν ἰθύνει ἐρεχθομένην ἀνέμοισι ' "

곧 다시 우리말로 옮겨 주었다.

"'또다시 능숙한 솜씨로, 짙은 포도주 색깔의 바다에서 키잡이는 몸을 일으켜 세우누나. 배는 바람에 실려 쏜살같이 달음질치는데.' 물론 원문이 지닌 오묘한 느낌을 결코 맛보지 못할 걸세."

자기감정에 도취되어 그는 잠시 포와로의 존재마저도 잊는 듯했다. 그런 그를 바라보던 포와로는 문득 기분이 묘해지는 것을 느꼈다. 알 수 없는 후회라고나 할까? 내가 놓쳐 버린 게 있었나? 영혼의 자양분 같은 것? 슬픔이 그의 가슴 깊은 곳에서 서서히 치밀어 올라왔다. 그래, 고전을 열심히 공부했어야 했는데, 예전에, 이제는 너무 늦었어……

그때 버턴 박사가 그의 우울한 기분을 깨뜨렸다.

"자네 정말 은퇴할 생각이란 말인가?"

"그래."

"그렇게는 안 될걸!" 박사는 싱글벙글 웃었다.

"두고 보게. 분명코 난……."

"이보게, 자네는 결코 그럴 수가 없을 걸세. 자네가 얼마나 일에 집착하는지 난 잘 알고 있거든."

"아니, 진짜야. 난 모든 걸 정리할 생각이야. 앞으로 몇 사건만 더 해결하고, 특별히 몇 건만 고를 것이네. 위탁받은 사건 중에서 말일세. 내 맘에 드는 것 몇 건만 골라 해결하고 은퇴할 거라니까."

버턴 박사는 이를 드러내고 싱긋 웃었다.

"문제는 바로 그거라니까. 딱 한두 사건만, 요번 한 번만, 그러다 보면 끝이 없는 거지. 자네한테서 프리마돈나의 고별 공연을 기대하기란 애당초 틀린 일일세, 포와로!"

그는 싱글싱글 웃으면서 천천히 자리에서 일어섰다. 그런 그의 모습은 마음씨 좋은 백발의 난쟁이 같았다.

"자네가 할 일은 '헤라클레스의 모험'이 아닐세. '사랑의 모험'이지. 내 말이 맞는지 틀린 지는 두고 보면 알 걸세. 자네가 1년 뒤에도 여기 이대로 있을 거라는 것은 자네와 내기를 해도 좋아. 물론 베지터블 매로스 역시……."

그는 어깨를 으쓱했다.

"지금 그대로겠지."

포와로와 작별인사를 나눈 뒤에 버턴 박사는 그 딱딱한 직사각형 방을 떠났다. 이제 이 이야기 속에 버턴 박사가 다시 등장할 일은 절대 없을 것이다. 단지 그가 우리에게 남겨주고 간 게 있다면 그것은 바로 어떤 아이디어일 뿐이다. 박사가 떠난 뒤에도 한동안 포와로는 마치 꿈이라도 꾸는 사람처럼 멍하니 제자리에 앉아 불어로 혼자 중얼거렸다.

"'헤라클레스의 모험'이라? 아주 좋은 생각인데……."

다음 날 에르큘 포와로는 송아지 가죽으로 장정(裝幀)한 두껍고 커다란 책한 권과 그것과는 별도로 얄팍한 책 몇 권을 차례로 정독하였다. 물론 이따금 책을 읽는 중간마다 타이프친 서류 여러 장을 뒤적여 훑어보는 것도 빼놓지 않았다. 포와로의 비서 레몬 양은 헤라클레스에 관한 모든 정보를 모아 대령하라는 지시를 받았다. 관심 없이(절대로 그런 걸 궁금하게 여길 타입의 여자가 아니니까!), 그러나 완벽하게 레몬 양은 자신이 맡은 임부를 수행했다.

에르큘 포와로는 맨 먼저 '죽어서 신의 자리에 오르는 영광을 부여받은 최고의 영웅 헤라클레스'라는 특이한 제목의 참고문헌을 골라 그 난해한 고대신화의 바다로 용감하게 뛰어들었다.

그래도 거기까지는 괜찮은 편이었다. 그러나 그 뒤부터는 순조롭게 앞으로 나아갈 수가 없었다. 두 시간 동안 포와로는 이맛살을 찌푸린 채 노트도 하고 여러 서류와 다른 참고문헌을 찾아보기도 하면서 열심히 책을 읽어 내려갔다. 그러다가 드디어 그는 의자에 몸을 깊이 파묻고는 고개를 설레설레 흔들었다.

간밤의 그 기분은 이미 온데간데없이 사라져 버리고 말았다. 무슨 사람들이 그렇담! 이 헤라클레스라는 영웅만 해도 그렇다. 영웅은 무슨 영웅! 지능이 낮고 범죄를 저지르기 쉬운 타입인데다가 힘만 무식할 정도로 센 사람이 무슨 영웅이란 말인가? 포와로는 문득 1895년 리용에서 재판을 받은 아돌프 두란이라는 푸줏간 주인이 머리에 떠올랐다.

그 남자는 황소같이 힘이 세었는데 여러 아이들을 살해한 혐의로 재판에 회부되었다. 피고 측의 변호인은 피고가 간질환자라고 주장했다. 그것은 사실이었다. 그래서 피고 측과 검찰 측이 그가 심한 간질환자인가 아닌가를 두고 여러 날 논쟁을 벌인 적이 있었다. 아마 헤라클레스라는 이 고대인도 심한 간질 환자였을지도 모르지.

아니야, 포와로는 머리를 흔들었다. 그런 사람이라면 그리스 시대에는 영웅으로 떠받들어졌다 할지라도 오늘까지 영웅으로 남지는 못할 텐데. 모든 고전문학의 패턴이 그에게는 충격적이었다. 거기에 등장하는 신(神)과 여신(女神)들만 봐도 그렇다. 그들한테 붙은 각양각색의 별명들은 오늘날의 범죄자들에게 그대로 물려줘도 좋을 듯싶었다. 사실, 그들 모두를 범죄자들이라고 몰아세워도 할 말은 없을 것이다. 술주정, 방탕, 근친상간, 강간, 약탈, 살인, 사기 등등. 이 정도의 죄라면 예심판사가 몸이 두 개라도 모자랄 지경이 될 것이다. 그들한테서는 건전한 가정생활이나, 질서, 그리고 규율도 찾아볼 수 없다. 오죽하면 범죄마저 온통 뒤죽박죽일까?

"진짜 헤라클레스가 이 모양이란 말인가?"

환멸을 느꼈는지 포와로는 자리에서 일어서며 이렇게 말했다.

그는 주위를 만족한 시선으로 둘러보았다. 네모 반듯한 방에 네모 반듯한 현대 가구들, 심지어는 하나 있는 조각품조차도 정육면체에 또 한 개의 정육면체를 쌓아 올리고 그 위에다 기하학적인 모양으로 구리선을 배치하여 현대적인 감각을 물씬 풍기고 있었다. 이렇게 으리으리하고 깔끔하게 정돈된 방에 사는 사람이 바로 나라고! 그는 거울에 비친 자신의 모습을 바라보았다. 그래, 바로 이게 현대판 헤라클레스야. 단단한 근육질의 헤라클레스가 벌거벗은 채로 곤봉을 휘두르는 모습을 그려놓은 것과는 비교가 안 되지, 암! 거울 속에는 도시의 세련된 복장을 하고 콧수염을 기른 몸집이 자그마하면서도 단단한 남자가 서 있었다. 헤라클레스라면 길러볼 엄두도 못 낼 그런 콧수염이라고, 얼마나 멋지고 세련되어 보이는 콧수염인가 말이다.

이 에르큘 포와로와 고대 전설 속에 나오는 헤라클레스 사이에도 서로 닮은 점이 딱 하나 있긴 있다. 그건 두 사람 모두 세상의 독충들을 내쫓는데 누구보다도 먼저 앞장선다는 점일 거야. 그런 면에서 우리를 각자 자신이 속한 사회의 보호자라고 불러야 마땅하다고…….

어젯밤 버턴 박사는 떠나기 전에 이런 말을 했었다.

"자네 일은 '헤라클레스의 모험'이 아닐세."

하지만 그건 늙다리 친구가 잘못 생각한 거야. '헤라클레스의 모험'이라는 말은, '현대판 헤라클레스의 모험'이라고 고쳐 말했어야 했어. 이 얼마나 재미있고 기발한 생각이란 말인가! 지금부터 더도 말고 덜도 말고 꼭 열두 사건만 맡아 해결하고 난 뒤에 은퇴해야겠어. 그리고 그 열두 사건을 고대 헤라클레스가 겪은 열두 개의 모험과 특별히 관계있는 것으로 골라야지. 그래, 그건 정말 재미있을 뿐 아니라 예술적인 고상함도 맛볼 수 있겠는데 그래.

포와로는 고전 사전을 집어들고서 다시 고대신화의 세계로 빠져 들어갔다. 그는 원서에 충실히 따를 생각은 없었다. 여자도, '네서스의 셔츠'도 필요 없다. 단지 모험, 모험만이 있을 뿐이다.

첫 번째 모험은 '네메아의 사자'가 될 것이다. '네메아의 사자'라는 말을 그는 몇 번이고 되풀이해서 중얼거렸다. 물론 그가 진짜 살아 있는 사자와 직접 관계되는 어떤 사건이 일어나기를 바란 것은 아니었다. 만약 동물원 원장이 그에게 진짜 사자가 끼어 있는 사건을 의뢰해 온다면 그거야말로 정말 우연의 일치라고 할 수밖에 없을 것이다.

아니, 여기서는 상징적인 의미만 담고 있으면 된다. 따라서 첫 번째 사건은 사회적으로 유명한 인물과 관계된 것으로 세상을 깜짝 놀라게 할 수 있는 사건이 아니면 안 되겠어! 범죄의 도사, 아니면 사람들 눈에 사자같이 보이는 인물은 어떨까? 유명한 작가, 정치가, 화가, 아니면 왕족?

그는 왕족이라는 아이디어가 마음에 들었다. 그는 서두르지 않기로 했다. 그는 기다릴 생각이었다. 자신이 고안해 낸 첫 번째 모험에 걸맞은 그런 사건이 들어올 때까지 느긋하게 기다려 보기로 한 것이다.

헤라클레스

그리스 신화에 등장하는 헤라클레스는 유명한 영웅으로 가장 힘이 세다고 한다. 그는 테베에 사는 안피트리온의 아내인 인간 세상의 여자 알크메네와 그리스 최고의 신 제우스 사이에서 태어났다. 제우스의 본처 헤라는 남편과 딴 여자 사이에서 태어난 헤라클레스를 미워하여 사사건건 그를 괴롭혔다. 그렇지만 제우스는 헤라클레스를 무척 사랑했다.

헤라클레스는 제우스에게서 뛰어난 힘과 씩씩한 기상을 받았고 안피트리온과 그 밖의 많은 달인(達人)으로부터 무예와 음악을 배워 훌륭하게 성장하였다. 18살 때 안피트리온의 소를 습격한 키타이론 산(山)에 사는 사자를 퇴치한 것이 모험의 시작이었다. 그 뒤 그는 이 사자의 가죽은 몸에 걸치고 그 머리는 쓰고 다녔다. 이어 헤라클레스는 테베가 해마다 공물을 보내야 하는 이웃나라 울코메노스왕을 무찔렀다.

테베왕 크레온은 이 공을 기리어 딸 메가라를 아내로 삼게 했다. 몇 년 뒤 그는 그를 미워하는 여신 헤라의 저주로 정신착란을 일으켜 메가라 사이에서 생긴 자식들을 죽여 버렸다. 그러다가 제정신으로 돌아온 헤라클레스는 테베를 떠나 델포이의 신탁을 청하여, 자신이 범한 죄를 씻고 싶다고 했다.

신탁(神卓)은 티린스로 가서 그 지방의 왕 에우리스테우스를 12년 동안 섬기면서 그 명을 따르면 불사(不死)하게 될 것이라고 말해주었다. 이리하여 그가 에우리스테우스에게서 명을 받은 것이 유명한 헤라클레스의 12가지 업적이다. 그것을 소개하면 다음과 같다.

1. 네메아의 사자를 퇴치하는 일
2. 레르네의 히드라를 퇴치하는 일
3. 아르카디아의 사슴을 산 채로 잡는 일
4. 에리만토스 산의 멧돼지를 산 채로 잡는 일
5. 아우게이아스 왕의 외양간을 청소하는 일
6. 스팀팔로스의 새를 퇴치하는 일
7. 크레타 섬의 황소를 산 채로 잡는 일
8. 티오메네스 왕이 소유한 사람 먹는 말을 산 채로 잡는 일
9. 아마존의 여왕 히폴리테의 띠를 탈취하는 일
10. 괴물 게리온이 가진 소를 산 채로 잡는 일

11. 님프(요정) 헤스페리스들이 지키는 동산의 황금 사과를 따오는 일
12. 저승을 지키는 개 케르베루스를 산 채로 잡는 일

12가지 모험을 설명하면 다음과 같다.

첫 번째, 네메아 계곡에는 무서운 불사신 사자가 살고 있었다. 그런데 그 사자가 그 부근의 주민이나 가축을 자주 습격했기 때문에, 에우리스테우스 왕은 바로 그 사자의 가죽을 가져오라고 명령했다. 헤라클레스는 동굴 속으로 사자를 몰아넣고 활과 곤봉으로 공격했지만 아무 소용이 없었다. 하다못해 나중에는 맨손으로 사자의 목을 졸라 죽인 다음 사자를 어깨에 메고 돌아왔다.

두 번째, 헤라가 헤라클레스의 힘을 시험해보기 위해 길렀다고 일컬어지는, 머리가 9개나 되는 거대한 뱀이 살고 있었다. 그 뱀은 레르네 들판에 있는 샘에서 살았는데 퇴치하라는 명령을 받은 헤라클레스는 뱀의 머리를 곤봉으로 전부 때려죽였는데, 그 죽은 머리에서는 다시 새로운 머리가 2개씩 생겨나는 것이었다. 결국 그는 자신의 충실한 하인에게 뱀의 머리를 전부 태워 없애게 했고, 나머지 9번째의 머리는 큰 바위 밑에 묻어버렸다.

세 번째, 케리네이아 산중에는 황금 뿔을 가진 아름다운 한 마리 사슴이 살고 있었다. 에우리스테우스는 사냥의 여신 아르테미스에게 바칠 신성한 제물로 그 사슴을 잡아오라고 했다. 단, 사슴은 죽이는 것은 물론 조그만 상처라도 입히는 것을 허용하지 않겠다고 했다. 그는 1년 동안이나 그 사슴의 뒤를 쫓아다니다가 아르카디아 근처 강가에서, 피로에 지쳐 더 이상 도망을 못 가는 사슴을 사로잡았다.

네 번째, 에리만토스 산속에 성격이 거칠고 사나운 멧돼지가 한 마리 살고 있었다. 그런데 그 멧돼지가 산기슭에 있는 마을에 큰 피해를 주었기 때문에 헤라클레스는 멧돼지를 생포하라는 명령을 받았다. 그런데 멧돼지를 잡으러 가는 도중에 반은 사람이고 반은 짐승인 켄타우루스족의 습격을 받았다. 악전고투 끝에 그들에게 치명적인 타격을 입힌 다음 겨우 멧돼지 사냥에 나서게 되었다. 멧돼지를 발견한 그는 멧돼지를 깊은 눈 속으로 몰아넣은 다음 함정을 파서 사로잡았다.

다섯 번째, 아우게이아스 왕의 외양간에는 3천 마리나 되는 많은 소들이 있었다. 그런데 30년 동안이나 한 번도 청소를 하지 않았다. 헤라클레스에게 내려진 명령은 그 외양간에 쌓여 있는 쇠똥을 하루 동안에 깨끗이 청소하는 것이었다. 그는 외양간 근처에 있는 두 줄기의 강물을 외양간으로 흘려보내서 그 문제를 해결했다.

여섯 번째, 아르카디아에는 스팀팔로스라는 호수가 있었다. 그 호수 주변의 울창한 숲 속에는 사나운 새들이 수없이 많이 둥지를 틀고 살고 있었다. 그런데 그 짐승들을 다 쫓아내라는 명령을 받았다. 용감하기로 소문이 났지만, 헤라클레스도 그 명령만큼은 곤란했다. 그러나 여신 아테나가 청동으로 만든 커다란 방울을 주었기 때문에(일설에는 그 자신이 방울을 만들었다고 한다), 그는 이 방울을 울려서 새들을 숲 속에서 내몰고 활로 있는 데로 쏘아 죽였다.

일곱 번째, 크레타 섬의 황소에 대해서 여러 얘기가 전해지는데, 그중 한 가지는 크레타 섬 왕 미노스에 대한 얘기이다. 미노스는 해신 포세이돈에게 만일 바다 속에서 사는 소를 한 마리 보내준다면 그 소를 신에게 바치겠다고 했다. 그런데 막상 소를 받고 보니 왕은 욕심이 생겨서 훌륭한 그 소 대신 다른 소를 신에게 바쳤다. 그래서 화가 난 신은 그 소를 미치게 만들었다. 그래서 헤라클레스는 미친 소를 사로잡아 오라는 명을 받은 것이다. 헤라클레스는 고생 끝에 그 소를 생포, 에우리스테우스가 있는 곳까지 데리고 온 다음 다시 풀어주었다. 그러나 풀려난 황소가 그리스를 난폭하게 헤집고 다녔기 때문에 나중에 다시 테세우스가 퇴치했다는 얘기가 영웅담에 나온다.

여덟 번째, 호전적인 기질이 다분한 트라키아의 비스톤족 왕 디모메데스는 사람을 잡아먹는 암말을 한 마리 가지고 있었다. 헤라클레스가 명령대로 그 암말을 사로잡은 다음 배를 놓아둔 해안까지 왔을 때, 추격해 온 비스톤족에게 포위, 그는 사랑하는 소년 아브데루스에게 그 말을 맡기고 적들과 싸웠다. 그러나 그 사이에 말은 그 소년을 잡아먹고 말았다. 소년의 죽음을 애도한 헤라클레스는 그 소년의 무덤 옆에 '아브델라'라는 시(市)를 세웠다. 귀국한 헤라클레스는 그 말을 에우리스테우스에게 주었지만 그 말을 무서워한 그는 그 말을 놓아주었다. 한바탕 소동이 일어날 뻔했는데, 다행히도 그 암말은 산속을 돌아다니다 야수의 먹이가 되고 말았다.

아홉 번째, 아마존의 여왕 히폴리테는 아름다운 허리띠를 갖고 있었다. 에우리스테우스의 딸 아드메테가 그 허리띠를 갖고 싶어 하자 왕은 그 허리띠를 가져오라고 명했다. 수많은 모험 끝에 아마존에 도착한 헤라클레스는 여왕 히폴리테에게 따뜻한 대접과 함께 허리띠를 선선히 주겠다는 약속을 받았다. 그런데 여신 헤라가 변장하여 돌아다니면서 이방인이 여왕을 납치하려 한다는 소문을 퍼뜨렸다. 그 바람에 아마존의 여자들이 헤라클레스를 습격했고, 모략이라고 판단한 헤라클레스는 여왕을 죽이고 허리띠를 빼앗아 귀국했다.

열 번째, 몸이 세 개나 되는 게리온은 서쪽 끝에 있는 저녁놀의 섬에 살면서 수천 마리의 소를 기르고 있었다. 그 소들은 에우류티온 거인과 머리가 두 개 달린 개들이 감시했다. 헤라클레스는 바로 그 소들을 몰고 오라는 명을 받았다. 태양신이 준 황금 술잔을 타고 모험을 하면서 간신히 목적지에 닿았다. 게리온을 죽이고 소들을 몰면서 돌아오는데, 그 기나긴 여행 동안 도적이나 강도들의 습격 등으로 수많은 우여곡절과 고초를 당하면서 마침내 도착, 에우리스테우스에게 그 소들을 바쳤다.

열한 번째, 헤라와 제우스가 결혼할 때 땅의 여신이 축하선물로 보내준 사과나무가 있었다. 그 사과나무는 불사신과 헤스페리스의 아가씨들이 지켰는데, 헤라클레스는 사과를 따오라는 명을 받은 것이다. 사과나무가 어디에 있는지 몰라서 전 세계를 돌아다니며 고생한 그는 마침내 그 나무를 발견했다. 신들에게 대항한 벌로 지구를 떠받치는 거인 아틀라스에게 부탁하여, 자기가 대신 지구를 떠메는 동안 따달라고 했다. 헤리페리스의 아버지인 아틀라스 덕분에 헤라클레스는 사과를 따가지고 돌아올 수 있었다.

열두 번째, 지옥에는 개의 머리가 세 개나 달렸고, 용의 꼬리를 했으며, 등에는 온갖 종류의 뱀의 머리가 달린 괴물 케르베로스가 살고 있었다. 올림포스의 신 헤르메스와 여신 아테네의 안내를 받아 지옥으로 내려간 그는 저승세계 지배자인 하데스를 만나, 아무 무기도 없이 데려갈 수 있다면 허락하겠다는 약속을 받았다. 그래서 그는 반항하는 괴물을 한 손으로 잡아 누른 채 지상으로 끌고 와서 에우리스테우스에게 바친 다음, 다시 지옥으로 끌고 갔다.

12가지 명을 마친 그는 오이카리아로 갔으나 정신착란이 재발하여 그곳 이피토스 왕자를 살해했다. 아폴론 신탁에 의하여 이번에는 헤르메스 신(神)에게 노예로 팔렸다. 그러나 리디아의 여왕 온팔레가 그를 사들이는 바람에 노예에서 풀려나, 후에 그녀와 결혼을 하게 되었다.

# 네메아의 사자

1

"오늘 아침에는 뭐 재미있는 일이 없소, 레몬 양?"

다음 날 아침 방에 들어서면서 포와로는 이렇게 물었다.

포와로는 레몬 양을 신뢰했다. 그녀는 상상력이 없는 게 흠이었지만, 직관력이 뛰어난 여자였다. 지금까지 그녀가 중요한 가치가 있다고 말한 것은 대부분 맞아떨어졌다. 그런 점에서 그녀는 타고난 비서인 셈이다.

"아무 일도 없어요, 포와로 씨. 흥미를 느끼실 만한 편지가 한 통 있긴 하지만. 편지는 서류철 위에 놓아두었습니다."

"무슨 편지?"

"자기 아내가 기르던 발바리가 없어졌다고 그것을 조사해 달라는 남자한테서 온 거예요."

포와로는 기가 막혀 자기도 모르게 그 자리에 우뚝 서버리고 말았다. 그러고는 레몬 양을 아주 책망하는 눈길로 흘겨보았다. 다행히도 그녀는 그것을 눈치 채지 못하고 타이프를 치기 시작했다. 그녀의 손은 마치 속사포를 쏘아대는 사람처럼 더욱 빨라졌다.

포와로는 기분이 상했다. 그것도 아주 심하게 말이다. 레몬 양이 그 유능한 레몬 양이 나를 이렇게 실망시킬 수가 있단 말인가? 발바리? 발바리라니 무슨 소리야! 간밤에 꾼 꿈도 있는데 말이야. 아침에 하인이 침실로 초콜릿을 가져와서 그를 깨웠을 때, 그는 막 고맙다는 인사를 받으면서 버킹엄 궁전을 떠나는 꿈을 꾸었던 것이다.

뭐라고 한마디 해주고 싶었지만 그는 그냥 참기로 했다. 타자치는 데 몰두해 있는 그녀에게 얘기해봤자 그의 입만 아플 게 뻔했기 때문이다.

입으로 툴툴거리면서 그는 책상 위에 놓여 있는 서류철 맨 위쪽에서 그 편지를 집어들었다.

내용은 레몬 양이 말한 그대로였다. 주소는 시내로 되어 있었고, 간략하고 사무적인 문체로 부잣집 마나님이 애지중지해 마지않은 강아지 중에서 눈이 불룩 튀어나온 발바리 한 마리가 누군가에 의해 납치되었다는 내용이었다.

그것을 읽어가던 포와로의 입술이 위로 치켜 올라갔다.

별볼일없는 내용이군. 뭐, 그렇고 그런 사건 아닌가? 하지만 그래, 조금 이상한 구석이 있긴 있어. 레몬 양이 옳게 본 거야. 아주 사소한 것이긴 하지만 마음에 걸리는 대목이 좀 있거든.

에르큘 포와로는 자리에 앉았다. 그러고는 편지를 다시 찬찬히 읽어 내려갔다. 그가 지금 맡고 싶어 하는 사건은 이런 종류의 일거리가 아니었다. 어떻게 보면 이런 사건처럼 시시한 일도 더 없을 것이기 때문이다. 그런데 어떻게(여기에 그가 이 사건을 맡기를 꺼리는 이유가 있다). 이 일을 헤라클레스의 모험으로 삼을 수가 있겠는가?

그러나 불행히도 그는 이 일에 호기심을 느끼고 있었다. 정말 그는 이 일에 호기심이 생겼다. 그는 타자치는 데에 열중해 있는 레몬 양이 들을 수 있도록 목소리를 높여 말했다.

"이 편지를 보낸 조지프 호긴 경에게 전화를 걸어 내가 그쪽 사무실로 찾아가겠다고 하고 시간 약속을 정하도록 하시오."

이번에도 결국 레몬 양의 직감이 맞아떨어진 셈이 되었다.

"난 평범한 사람이오, 포와로 씨." 조지프 호긴 경이 말했다.

에르큘 포와로는 오른손으로 애매한 제스처를 지어 보였다. 그것은 사회적으로 탄탄한 조지프 경에 대한 감탄의 표시이며(이런 표현에 동감할는지 모르겠지만), 동시에 겸손한 그의 태도에 대한 경의의 표시이기도 했다. 또한 포와로가 그런 그의 말을 곧이듣지 않는다는 것을 우아하게 보여주는 행동이라고 할 수도 있었다. 어쨌든 조지프 경은 에르큘 포와로가 자기를 처음 보고서 아주 평범한 사람(좀더 회화체적인 표현을 쓰자면 그렇다는 말이다)이라고 생각했다는 것을 조금도 눈치 채지 못했다.

에르퀼 포와로는 살이 쪄서 두툼해진 턱, 조그만 돼지 눈, 주먹코와 말수가 적은 입 등 그를 찬찬히 뜯어보았다. 그런데 그런 그의 얼굴을 쳐다보고 있자니 연상되는 게 있었다. 한동안 그는 그게 사람인지 아니면 사건인지조차도 잘 생각이 나지 않았다.

이윽고 희미하게나마 조금씩 기억이 나기 시작했다. 아주 오래전 일이었는데, 벨기에에서……, 그래, 분명히 비누와 관계된 일이었어.

조지프 경이 계속 이야기를 하고 있었다.

"우리 서로 체면치레는 하지 않기로 합시다. 난 말을 돌려서 하는 사람이 아니오. 대부분의 사람들은 이런 일이라면 그냥 넘어갈 겁니다, 포와로 씨. 남한테 돈을 떼인 셈치고 그냥 잊어버리겠지요. 하지만 나 조지프 호건은 다릅니다. 난 부자요, 말하자면 200파운드라는 돈은 나한테 있으나 마나 한……"

포와로가 재빨리 그의 말을 가로챘다.

"축하합니다."

"뭐라고요?" 조지프 경은 잠시 입을 다물었다.

안 그래도 작은 눈이 더욱더 가늘어졌다.

그는 날카로운 어조로 말했다.

"그렇다고 해서 내가 돈을 아무 데나 뿌리는 사람이라는 말은 아니오. 필요하다면 얼마든지 지급할 용의가 있다는 말이지요. 하지만 어디까지나 시세대로 지급하는 게 내 원칙이오, 그 이상은 곤란합니다."

"수수료가 비싸다고 생각하시는 모양이죠?" 에르퀼 포와로가 말했다.

"그건 그렇소. 이런 일은……"

조지프 경이 교활한 눈초리로 그를 쳐다보았다.

"사건이라고까지 할 것도 없을 테니 말이오."

에르퀼 포와로는 어깨를 으쓱했다.

"난 흥정은 하지 않습니다. 전문가니까요. 따라서 당신이 지급하는 것은 전문가를 고용하는 대가라고 할 수 있습니다."

조지프 경이 솔직하게 말했다.

"당신이 이 방면에서 최고 권위자라는 것은 나도 압니다. 이미 조사도 해보고, 얘기도 익히 들어왔으니까요. 난 돈이 얼마가 들든지 간에 이 일의 진상을 규명해볼 작정이오. 그래서 이렇게 당신에게 부탁하는 겁니다."

"정말 운이 좋으셨습니다." 에르퀼 푸아로가 말했다.

"뭐라고요?" 조지프 경이 조금 전과 똑같이 되물었다.

"이만저만 운이 좋은 게 아니라고 했습니다."

다시 에르퀼 푸아로가 단호하게 말했다.

"건방지게 들릴지 모르겠지만 난 내 생애 최고의 절정기에 있습니다. 하지만 조만간 은퇴해서 이따금씩 세계 일주나 하며 시골에서 조용히 지낼 생각입니다. 물론 농사를 지으면서 말이죠. 특히 베지터블 매로스의 품종을 개량하는 데 온 힘을 다 기울일 작정이지요. 베지터블 매로스는 아주 좋은 채소긴 하지만, 맛과 향이 좀 떨어지거든요. 얘기가 조금 옆으로 빗나갔는데, 어쨌든 내가 말씀드리고 싶은 것은 난 지금부터 몇 개의 사건만을 처리한 다음에 은퇴할 거라는 겁니다. 난 그걸 더도 말고 덜도 말고 딱 열두 가지로 정했습니다. 그러고는 그걸 '헤라클레스의 모험'이라고 부르기로 했지요. 따라서, 조지프 경, 당신이 맡긴 이 사건이 그 열둘 중 첫 번째가 되는 셈입니다. 내가 이 사건을 맡기로 마음먹은 이유는……." 그는 한숨을 쉬었다.

"이게 너무나 사소한 문제이기 때문입니다."

"사소하지 않다니?" 조지프 경이 말했다.

"사소하다고 했습니다. 지금까지 내가 맡았던 사건들은……, 살인, 이유가 밝혀지지 않은 죽음, 강도, 또는 보석 도둑을 찾아내거나 밝혀내는 일들이 거의 대부분이었습니다. 다시 말해 지금까지 내가 발바리 납치사건 같은 것을 맡은 적은 한 번도 없었단 말입니다."

조지프 경이 툴툴거리며 말했다.

"사람을 놀려도 유분수지! 얼마나 많은 여자들이 자기네 애완동물을 찾아달라고 당신한테 부탁하고 있는지를 내가 잘 알고 있는데 그 무슨 말씀이오?"

"그건 맞는 말씀입니다. 하지만 그런 문제를 남편이 직접 의뢰한 경우는 이번이 처음이지요."

그 말의 의미를 생각해보는지 조지프 경의 작은 눈이 더욱 가늘어졌다.

"왜 사람들이 당신을 추천하는지 이제야 알 것 같소. 포와로 씨, 당신은 정말 날카로운 사람이오."

포와로는 낮은 목소리로 말했다.

"그럼, 이제 사건의 경위를 말씀해주시지요. 그 강아지가 없어진 게 언제입니까?"

"지금부터 바로 일주일 전이오."

"그렇다면 지금 부인께서는 극도로 흥분해 있겠군요?"

조지프 경이 그를 빤히 쳐다보더니 입을 열었다.

"지금 사정을 이해 못 하시겠지만, 그 강아지는 이미 찾았소."

"찾았다고요? 아니 그럼, 문제가 뭐죠?"

조지프 경의 얼굴이 벌게졌다.

"난, 남한테 사기를 당하고서는 못 참는 성미이기 때문이오! 포와로 씨, 그럼, 내 모든 것을 얘기하지요. 그러니까 강아지를 잃어버린 건 일주일 전이었소. 내 아내의 말 상대로 고용한 여자가 켄싱턴 가든에 데리고 갔다가 그만 잃어버린 거지요. 그리고 그 다음 날 아내 앞으로 200파운드를 요구하는 편지가 날아들었습니다. 이걸 맡아 해결해주시면, 내 그 200파운드를 당신에게 드리겠소! 시끄럽게 짖어대기만 하는 그 망할 놈의 강아지를 미끼로 해서 돈을 강탈해 간 범인을 찾아준다면 내 두말하지 않고 그 돈을 다 드리겠단 말이외다!"

포와로는 중얼거리듯이 말했다.

"그럼, 당신은 그 돈을 내고 싶은 마음이 없었던 거로군요?"

"당연하지요. 만약 내가 그런 사실을 미리 알았다면 어림 반푼어치도 없었을 겁니다! 밀리(내 아내요)는 그런 내 성격을 잘 알고 있기 때문에 나한테는 아무 말도 하지 않고서, 1파운드짜리 지폐로 200장을 만들어 범인이 지시한 주소로 송금해준 모양이오."

"그런 뒤에 강아지가 돌아왔다는 거지요?"

"그렇소, 그날 저녁때 벨이 울리기에 밖으로 나가보니 그놈의 강아지가 문 앞에 층층대에 앉아 있지 뭐요. 사람이라고는 그림자도 보이지 않은 채 말이오."

"좋아요, 계속하십시오."

"물론 밀리는 나한테 모든 걸 고백했고 난 불같이 화를 냈지요. 하지만 어쩌겠습니까? 화를 가라앉힐 수밖에. 결국 일은 이미 벌어진 거고, 여자들은 다 그렇게 주책바가지 아닙니까? 사실 말이지, 클럽에서 사무엘슨만 만나지 않았더라도 그 일은 그냥 그렇게 넘어갔을 거요."

"그런데요?"

"제기랄! 그 일이 상습적인 협박이 분명하더라, 이겁니다! 우리와 똑같은 일을 그 친구도 당했소. 그 친구 부인은 그놈들한테 무려 300파운드나 되는 돈을 빼앗겼다는 거요! 그렇다면 앞으로도 그런 일이 자꾸 생길지 모르는데, 그냥 놔둘 수는 없는 노릇이 아니겠소? 그래서 이렇게 당신을 만나자고 편지를 했던 겁니다."

"하지만 그런 일이라면 경찰을 찾아가는 게(비용도 거의 안 들 테고) 더 낫지 않을까요, 조지프 경?"

"결혼하셨소, 포와로 씨?" 조지프 경이 자기 코를 문질렀다.

"정말 유감스럽게도⋯⋯." 포와로가 말했다.

"난 그런 축복을 받지 못했습니다."

"흠." 조지프 경이 말했다.

"그게 축복인지 아닌지는 모르겠지만, 하여튼 당신도 여자들이 얼마나 이상한 동물인지는 잘 아실 거요. 우리 집사람은 경찰이란 말만 들어도 히스테리를 일으킨다오. 내가 경찰한테 가기만 하면 자기가 소중히 여기는 샌 텅한테 무슨 일이라도 생길까 봐 걱정되는 모양이오. 집사람은 이번 일을 조사하겠다는 내 생각에 반대하고 나섰소. 경찰은 물론이고 심지어 당신한테 부탁하겠다는 것도 그리 달가워하지 않더란 말이오. 하지만 내가 완강하게 나가니까 자기가 별수 있나, 꺾일 수밖에. 그러나 우리 집사람이 이 일을 싫어한다는 걸 꼭 염두에 두길 바라오."

에르퀼 포와로가 나지막이 말했다.

"입장이 미묘해졌군요. 그러니까 말하자면, 경의 부인한테서 좀더 자세한 상황 설명을 듣기 위해서는 부인의 강아지가 앞으로는 절대 납치될 염려가 없다는 것을 먼저 확신시켜 줘야 한다는 거군요?"

조지프 경이 고개를 끄덕이며 자리에서 일어섰다.

"그럼, 지금 당장 가서 만나봅시다."

2

따뜻하고 화려하게 꾸민 커다란 응접실에 두 여자가 앉아 있었다.

조지프 경과 포와로가 안으로 들어서는 순간 조그만 발바리 한 마리가 쏜살같이 앞으로 달려오더니 맹렬하게 짖어대면서 포와로의 발목 둘레를 빙빙 돌기 시작했다.

"샌―샌, 이리 와. 여기 엄마한테로 와. 카너비 양, 샌 좀 잡아줘."

그러자 한 여자가 재빨리 앞으로 달려나왔다.

"영락없는 사자군 그래." 에르쿨 포와로가 중얼거렸다.

약간 숨을 헐떡이며 샌 텅을 붙잡고 있던 여자가 그 말에 동의를 표했다.

"정말 그래요, 이 강아지는 정말 집을 잘 지킨답니다. 도대체 무서워하는 것이 없다니까요. 그래도 얼마나 사랑스러운지 몰라요."

의례적인 소개가 끝나자 조지프 경이 말했다.

"그럼, 포와로 씨, 난 이만 나가볼 테니까. 잘 얘기해보시오."

이 말과 함께 가벼운 목례를 한 뒤 그는 방을 떠났다.

호긴 부인은 헤나 염색약으로 붉게 염색한 머리에 뚱뚱하고 성질이 까다로워 보이는 여자였다. 그 옆에서 안절부절못하는 카너비 양은 그녀가 말상대로 고용한 사람이었다. 역시 뚱뚱하게 살이 찌긴 했지만 상냥해 보였으며 나이는 40대와 50대의 중간쯤으로 보였다. 그녀는 호긴 부인의 말이라면 죽는시늉까지 했는데 그 여자를 무척 무서워하는 모양이었다.

포와로가 말했다.

"호긴 부인, 이제 이렇게 흉악한 범죄가 발생한 경위를 처음부터 다 말씀해주시지요."

호긴 부인의 얼굴이 금방 붉어졌다.

"포와로 씨, 당신이 그렇게 말씀하시니 정말 기쁘군요. 그럼요, 범죄고말고요. 발바리는 조그만 일에도 상처를 입기 쉽답니다. 마치 어린애들처럼요. 아마 그대로 내버려 뒀더라면 가엾은 샌 텅은 놀라서 그만 죽었을지도 몰라요."

카너비 양이 숨찬 목소리로 옆에서 맞장구를 쳤다.

"그래요, 정말 몹쓸 짓이었죠. 세상에, 그렇게 나쁜 짓을 하다니!"

"나한테 사실 그대로 얘기해보세요."

"그러니까 이렇게 된 일이었어요. 카너비 양이 샌 텅을 데리고 공원으로 산책하러 나갔는데……"

"예, 모든 것이 제 잘못이었어요."

주인 여자의 말상대로 고용된 여자가 그 말을 받았다.

"제가 너무 바보 같았어요. 제가 너무 부주의했기 때문에……"

호긴 부인이 쌀쌀맞게 말했다.

"카너비 양, 난 당신을 나무랄 생각은 없어. 하지만 좀더 신경을 썼어야지."

포와로는 시선을 그 하녀에게로 옮겼다.

"그러니까 일이 어떻게 된 거죠?"

카너비 양은 유창하면서도 약간은 당황한 어조로 말을 쏟아놓기 시작했다.

"그러니까 참 이상한 일이었어요! 우리가 꽃길을 걷고 있을 때였죠. 물론 전 샌 텅의 목걸이에 걸린 줄을 잡고 있었어요. 샌 텅은 잔디밭에 들어가서 뛰고 놀았지요. 그런데 집으로 그만 돌아오려고 하는데 유모차에 웬 아기가 있더라고요. 정말 귀여운 아기였는데, 나를 보고 방긋 웃지 뭐예요. 고수머리와 장밋빛 뺨이 어찌나 예쁜지 한번 깨물어 주고 싶을 정도였어요. 그래서 그 유모차를 끄는 보모에게 다가가 그 아기가 몇 살이냐고 물어보았죠. 보모는 아기가 이제 17개월 됐다고 하더군요. 그리고 아주 잠깐 그녀와 얘기를 나누다가 문득 아래를 내려다보니 샌이 보이지 않더라고요. 목걸이에 맨 줄은 잘린 채……"

호긴 부인이 말했다.

"조금만 신경 써서 맡은 의무를 다했더라면 어느 누구도 그렇게 줄을 자르고 샌 텅을 납치해 가진 못했을 거야."

카너비 양은 금방이라도 울음을 터뜨릴 사람처럼 표정이 일그러졌다.

그래서 포와로가 급히 말했다.

"그다음엔 어떻게 됐지요?"

"당연히 공원 안을 샅샅이 뒤졌죠. 이름을 불러가면서 말이에요! 그리고 공원 관리인한테 가서 혹시 발바리를 데려가는 남자를 보지 못 했느냐고 물어봤지만, 그런 일은 전혀 없었다는 거예요. 정말 막막하더군요. 도대체 어떻게 해야 할지. 그래서 계속 찾아보다가 결국에는 그냥 집으로 돌아올 수밖에 없었어요."

카너비 양이 말을 멈추었다. 그다음 말을 듣지 않고서도 포와로는 그다음 장면을 충분히 상상할 수 있었다.

"그러고 나서 편지를 받았나요?"

호긴 부인이 그 말을 받아 대답했다.

"다음 날 아침 일찍 그 편지가 배달됐어요. 내용은 샌 텅을 살리고 싶다면, 1파운드짜리 지폐로 200파운드를 만들어 보통우편으로 '블룸스베리 로드 스퀘어 38번가 커티스 대령 앞'으로 보내라고 되어 있었어요. 그리고 만약 돈에 표시해 놓거나 경찰에게 알린다면 그때는, 그때는, '샌 텅의 귀와 꼬리를……, 몽땅 잘라 버리겠다.'라는 거예요."

카너비 양이 훌쩍거리기 시작했다.

"정말 끔찍해요." 그녀는 중얼거렸다.

"사람이 어쩜 그렇게 잔인한 짓을 할 수 있죠?"

호긴 부인이 계속 말을 이었다.

"그러고는 내가 당장 돈을 보내준다면 그날 저녁으로 샌 텅을 곱게 돌려보내 줄 것이지만 만약에, 그 뒤라도 경찰에 신고한다면 샌 텅을 가만두지 않겠으니 알아서 하라고 했어요."

카너비 양이 울음 섞인 목소리로 중얼거렸다.

"사실, 전 그것도 지금 두려워요. 물론 포와로 씨가 경찰은 아니지만……."

호긴 부인이 걱정스러운 어조로 말했다.

"그래서 말인데요, 포와로 씨, 아주 조심하셔야 합니다."

에르큘 포와로는 그녀의 걱정을 덜어주려고 재빨리 입을 열었다.

"부인, 나는 경찰이 아닙니다. 범인이 눈치 채지 못하도록 아주 은밀하게 조사할 테니까 조금도 걱정하지 마십시오. 호긴 부인, 샌 텅한테는 아무 일도 일어나지 않을 테니까 나만 믿으십시오. 그건 내가 보증하지요."

두 여자는 그 자신있는 말에 한결 마음이 놓이는 모양이었다.

"그 편지는 지금 갖고 계시겠지요?" 포와로가 계속해서 말했다.

호긴 부인이 머리를 흔들었다.

"아뇨, 돈과 함께 그걸 보내라고 했거든요."

"그래서 그렇게 했나요?"

"예."

"흠, 아주 유감이군요."

그때 카너비 양이 밝게 말했다.

"하지만 그 강아지 줄은 있어요. 가져올까요?"

그녀는 방을 떠났다. 에르큘 포와로는 그녀가 자리에 없는 틈을 타서 그녀에 대한 몇 가지 질문을 할 수 있게 되어 마침 잘되었다 싶었다.

"에이미 카너비요? 오, 사람은 아주 그만이에요. 좀 바보 같아서 탈이긴 하지만 아주 착하거든요. 지금까지 하녀들을 여러 명 두어봤지만 모두들 그렇게 바보스럽더군요. 하지만 에이미는 샌 텅한테 아주 헌신적이었어요. 문제라면 너무 온갖 일에 다 참견하려 하는 거지요. 그녀 성격으로 봐서 당연한 일이긴 하지만, 세상에 유모차에 정신이 팔려 누가 귀염둥이를 훔쳐가는 줄도 몰랐으니 기가 막히죠! 저렇게 나이가 많은 하녀들이 왜 그렇게 아이들처럼 바보 같은지 모르겠다니까요! 하지만 그녀가 이 일과 아무 관계가 없다는 것만은 분명해요."

"그렇긴 하군요." 포와로가 그녀의 말에 동의했다.

"그러나 강아지를 잃어 버렸을 때의 상황을 아는 사람은 그녀뿐이기 때문에 최소한 그녀가 정직하다는 확신이 있어야 그녀의 말을 믿을 수 있는 법이지요. 그녀가 이 댁에 있은 지는 오래됩니까?"

"한 1년 정도 되었어요. 신원은 아주 확실한 사람이고요. 하팅필드 부인이 세상을 떠나기 전까지는 그 댁에서 지냈다더군요. 한 10년 정도 말이에요. 그 뒤로는 한동안 몸이 약한 동생을 돌봐주었대요. 정말 좋은 사람이에요. 아까 말씀드린 것처럼 어수룩한 게 흠이지만."

바로 그때 에이미 카너비가 좀 숨을 몰아쉬며 방으로 되돌아왔다. 그러고는 잔뜩 기대하는 표정으로 포와로를 쳐다보면서 그 앞에다 잘라진 강아지 줄을 내놓았다.

포와로는 그것을 조심스럽게 살펴보았다.

"이런, 정말 누가 잘랐군요."

그러나 두 여자는 무엇인가를 기다리는 눈치였다.

"이건 내가 가져가겠습니다."

그는 심각한 표정을 지으며 그것을 주머니에 집어넣었다. 그제야 두 여자가 안도의 한숨을 내쉬었다.

그들이 바란 대로 그가 행동해주었기 때문이다.

3

무슨 일이든 그냥 지나치지 못하는 것은 에르퀼 포와로의 습관이었다.

언뜻 보기에는 카너비 양이 어수룩하고 좀 멍청한 여자가 분명했지만, 그래도 포와로는 심술궂게 생긴 하팅필드 부인의 질녀를 찾아가 그녀에 대해 물어보는 것을 잊지 않았다.

"에이미 카너비?" 맬트레버스 양이 말했다.

"그럼, 잘 알고말고요. 아주 좋은 여자였죠. 그래서 줄리아 고모한테는 아주 안성맞춤이었어요. 강아지도 잘 보살폈고, 책도 큰소리로 아주 잘 읽었거든요. 또 눈치가 빨라서 병자의 속을 상하게 하는 일이 한 번도 없었어요. 그런데 그녀한테 무슨 일이 생겼나요? 곤란한 일이 생기지 말아야 할 텐데. 한 1년 전에 어떤 부인 앞으로 그녀의 신원보증서를 보내준 적이 있었는데, H로 시작되는 이름이……."

포와로는 서둘러 카너비 양은 아직도 그 집에 잘 있다고 얘기해주었다. 그리고 강아지를 잃어버린 조그만 사건이 있었을 뿐이라고 덧붙여 말했다.

"에이미 카너비는 강아지를 아주 좋아했어요. 그래서 우리 고모는 세상을 떠나면서 자기 발바리를 카너비 양에게 물려주었지요. 강아지가 죽으면 무척 슬퍼했겠지요. 정말 좋은 여자예요. 물론 그렇게 머리가 똑똑한 편은 못 되지만."

에르퀼 포와로도 카너비 양이 그렇게 똑똑한 사람이라고 할 수는 없을 거라고 말했다.

다음 일은 카너비 양이 그 사건이 일어나던 날 오후에 말을 걸었다는 공원 지기를 찾아내는 것이었다. 그 일은 그렇게 어렵지 않았다.

그 남자는 문제의 그날 일을 잘 기억하고 있었다.

"약간 살찐 중년 부인이(그 정도면 정상인데) 발바리를 잃어버렸죠. 난 그녀의 얼굴을 잘 알고 있습니다. 매일 오후마다 강아지를 데리고 나왔으니까요. 그날도 그 부인이 강아지를 데리고 나왔더군요. 그런데 얼마 뒤에 보니까 강아지를 잃어버리고 아주 당황해서 어쩔 줄 몰라 하더군요. 나한테 달려와서는 혹시 누가 발바리를 데려가는 걸 보지 못 했느냐고 물어보기까지 했는걸요! 그렇지만 그걸 제가 어떻게 알겠습니까? 선생님도 생각해보세요. 그날 공원에는 온갖 종류의 개가 다 나와 있는걸요. 테리어, 발바리, 독일산 닥스훈트, 러시아산 보르조이 등등 이루 헤아릴 수 없을 정도로 많은 개들이 나와 있었단 말입니다. 그런데 어느 누가 신경 써서 그 발바리만 쳐다보고 있겠답니까? 불가능한 일이죠."

에르퀼 포와로는 생각에 잠긴 채 고개를 끄덕였다.

그는 블룸스베리 로드 스퀘어 38번지를 찾아갔다.

38, 39, 40번지는 모두 발라클라바 프라이버트 호텔(예약 손님 외에는 받지 않는 호텔로 민박 형태의 고급 하숙)이 차지하고 있었다. 그는 층계를 올라가 문을 밀어서 열었다. 내부는 어두침침했고 호텔에서 아침식사로 훈제 청어와 양배추 요리를 준비했는지 아직도 그 냄새가 곳곳에 배어 있었다. 왼쪽에는 슬픈 표정의 국화꽃이 놓여 있는 마호가니 재(材) 탁자가 하나 있었고, 그 테이블 바로 위쪽으로 올이 굵은 초록색 나사 천을 씌워 만든 커다란 편지꽂이가 하나 걸려 있었다.

포와로는 한동안 편지꽂이를 뚫어져라 쳐다보았다. 이윽고 그는 자기 오른쪽에 있는 문을 밀어서 열었다. 그러자 조그만 탁자들과 억압적인 무늬의 크레톤 사라사(의자 덮개)를 씌운 소위 안락의자들이 놓인 일종의 휴게실이 나타났다. 나이 든 여자 세 명과 사나운 인상의 나이 든 신사 한 명이 고개를 들고 무서운 눈초리로 불의의 침입자를 노려보았다.

에르퀼 포와로는 얼굴을 붉힌 채 얼른 그 휴게실을 물러 나왔다. 복도를 따라 앞으로 계속 걸어가니 계단이 나타났다. 거기서 복도는 오른쪽으로 구부러졌는데, 그 모서리에는 분명 식당이 분명한 방이 하나 있었다. 거기서 좀더 걸어가자 '사무실'이라는 팻말이 붙어 있는 문이 보였다.

포와로는 그 문을 똑똑 두드렸다.

안에서 아무런 반응이 없어서 그는 문을 열고 안을 들여다보았다. 커다란 책상 위에는 서류들이 잔뜩 흐트러져 있었지만 사람은 없었다. 그는 문을 도로 닫은 뒤에 식당으로 살그머니 들어갔다. 더러운 앞치마를 걸친 슬픈 표정을 한 소녀가 식탁 위에 어지럽게 놓여 있는 나이프와 포크들을 한데 모으고 있었다.

에르퀼 포와로가 변명하듯이 말했다.

"실례하지만 여지배인을 좀 만날 수 없을까요?"

소녀가 흐리멍덩한 눈으로 그를 쳐다보았다.

"저도 잘 모르는데요."

"사무실에 아무도 없어서 그렇소." 에르퀼 포와로가 말했다.

"글쎄요, 지금 어디 계신지 저도 잘 모른다니까요."

"좀, 찾아봐 주겠소?" 에르퀼 포와로가 끈질기게 물고 늘어졌다.

소녀가 한숨을 쉬었다. 날마다 되풀이되는 일만 해도 짜증스러운데 이런 귀찮은 짐까지 떠맡게 되니 정말 미치겠다는 표정이었다.

몹시 기분이 좋은 않은 목소리로 소녀가 말했다.

"글쎄요, 한번 찾아보기는 하겠어요."

포와로는 그녀에게 고맙다는 말을 하고 다시 홀로 돌아왔다. 아까 휴게실에서 무서운 눈초리로 자기를 노려보던 사람들이 생각나자 도저히 그 휴게실로 다시 들어갈 엄두가 나지 않았던 것이다. 그가 초록색 나사 천을 씌워 만든 편지꽂이를 물끄러미 바라보고 있는데 갑자기 진한 제비꽃 향기가 그의 코로 스며들었다. 그리고 옷깃 스치는 소리와 함께 여지배인이 그 모습을 드러냈다. 하터 부인은 아주 싹싹하고 상냥해 보였다.

그녀가 큰소리로 말했다.

"자리를 비워서 정말 미안합니다. 방이 필요하세요?"

에르퀼 포와로가 나지막이 말했다.

"그건 아닙니다. 요즈음에도 내 친구가 여기서 살고 있는지 궁금해서 찾아왔을 뿐이지요. 커티스 대령이라는 사람인데요."

"커티스라……." 하터 부인이 크게 말했다.

"커티스 대령? 내가 그 이름을 어디서 들었지?"

포와로는 아무 말도 하지 않았다. 그러자 그녀가 짜증을 내면서 고개를 저었다.

그가 말했다.

"그럼, 커티스 대령이라는 사람이 여기서 지낸 적이 없다는 말입니까?"

"글쎄요, 분명히 요즈음에는 없었어요. 하지만 그 이름이 낯설지는 않군요. 친구 분의 모습을 자세히 말씀해주시겠어요?"

"그건, 쉬운 일이 아닌데요." 에르퀼 포와로가 말을 계속 이었다.

"실제로 여기 살지 않는 사람한테 편지가 오는 경우도 종종 있나 보지요?"

"그야 물론이에요."

"그럼, 그런 편지는 어떻게 하십니까?"

"글쎄요, 한동안은 우리가 보관하는 게 보통이죠. 왜냐하면 그건 그 편지의 주인이 얼마 있지 않아 여기에 올 거라는 뜻도 되거든요. 물론, 오랫동안 아무도 찾아가지 않는 편지나 소포는 우체국으로 돌려보내고요."

에르퀼 포와로는 생각에 잠긴 채 고개를 끄덕였다.

"알겠습니다." 그는 덧붙여 말했다.

"일이 그렇게 된 거군요. 친구가 여기서 지내는 줄 알고 이리로 편지를 보냈거든요."

그러자 하터 부인의 얼굴이 대번에 밝아졌다.

"아, 그래서 그랬군요. 제가 봉투에 적힌 이름을 본 게 틀림없어요. 하지만 전에 군인이었던 신사분들이 여기서 많이 살다 나가셨고, 지금도 많이 살고 계신 것은 사실이에요. 그럼, 볼까요?"

그녀는 편지꽂이를 자세히 들여다보았다.

"그 속에는 없습니다." 에르퀼 포와로가 말했다.

"그럼, 우체국으로 돌려보냈나 봐요. 정말 미안합니다. 중요한 편지면 어떡하죠?"

"오, 아닙니다. 별 중요한 일은 아니니까 걱정하지 마십시오."

그가 문쪽으로 걸어가자 하터 부인이 제비꽃 향수 냄새를 물씬 풍기면서 재빨리 그의 뒤를 쫓아왔다.

"만일 친구 분이 오시기라도 하면……."

"그럴 일은 없을 겁니다. 제가 실수한 게 틀림없으니까요."

"여긴 숙박료가……." 하터 부인이 말했다.

"무척 쌉답니다. 저녁식사 때는 커피도 그냥 나오고요. 한번 방을 보시는 게 어떨지……."

가까스로 에르퀼 포와로는 그곳을 빠져나왔다.

4

사무엘슨 부인의 응접실은 호긴 부인의 응접실보다 훨씬 더 크고 화려하게 꾸며져 있었으며, 숨이 막힐 정도로 중앙 난방장치도 잘되어 있었다. 에르퀼 포와로는 현기증이 나서 도금한 콘솔 테이블(까치발로 벽에 받혀 단 테이블)과 많은 조각품들이 무리지어 서 있는 사이를 천천히 지나갔다.

사무엘슨 부인은 호긴 부인보다 키가 더 컸고 과산화수소로 머리카락을 염색한 것 같았다. 그녀의 발바리는 이름이 낸키 푸라고 했는데, 오만불손하게도 에르퀼 포와로를 그 불룩한 눈으로 계속 노려보았다.

사무엘슨 부인의 하녀 케블 양은 카너비 양이 뚱뚱한 데 비해 몸이 바싹 마른 편이었다. 그러나 그녀 역시 숨을 몰아쉬면서도 말솜씨 하나는 알아줄

만했다. 그녀가 낸키 푸를 잃어버려 아주 야단을 많이 맞은 것도 카너비 양의 경우와 흡사했다.

"하지만, 포와로 씨, 정말 생각지도 못한 일이었어요. 눈 깜짝할 사이에 일어난 일이었거든요. 해러츠 백화점에서 막 나왔을 때였어요. 마침 어떤 간호사가 저한테 시간을 물어보길래……."

포와로가 그녀의 말을 가로막았다.

"간호사라니, 병원 간호사 말이오?"

"아, 아니에요. 아기 보는 보모였어요. 정말 귀여운 아기더라고요! 얼마나 사랑스럽게 생겼는지 몰라요. 그 발그레한 장밋빛 뺨이라니! 런던에 사는 아기들은 건강이 좋지 않다고들 하지만, 전요……."

"엘렌!" 사무엘슨 부인이 말했다.

그러자 케블 양이 얼굴을 붉히며 말을 더듬거리더니 말을 채 잇지도 못하고 그만 입을 다물어 버렸다.

그러자 사무엘슨 부인이 신랄하게 말했다.

"케블 양이 자기와는 아무 관계도 없는 유모차를 들여다보는 사이에 그 나쁜 놈은 대담하게도 줄을 끊고 낸키 푸를 안고서 도망친 거죠."

케블 양이 눈물 섞인 목소리로 중얼거렸다.

"정말 순식간에 일어난 일이었어요. 제가 주위를 돌아보니까 글쎄, 그 귀여운 강아지가 안 보이지 뭐예요. 끊어진 줄만 제 손에 있는 거예요. 그 줄을 보여 드릴까요, 포와로 씨?"

"그럴 필요는 없어요." 포와로가 재빨리 말했다.

그는 끊어진 강아지 줄을 모으고 싶은 생각은 추호도 없었던 것이다.

"그런 뒤에……." 그는 말을 계속했다.

"곧바로 편지를 받으셨다는 거지요?"

편지의 내용은 뻔했다. 이것 역시 말을 순순히 듣지 않으면 낸키 푸의 귀와 꼬리를 잘라 버리겠다는 협박편지였던 것이다. 두 편지 사이에 다른 점이 있다면 그건 딱 두 가지였다. 하나는 요구하는 돈의 액수가 다른 것이었고(이번 것은 300파운드였다), 또 하나는 송금하라는 주소였다. 이번 주소는 저번과는 달리 '켄싱턴 클론멜 가든스 76번지 해링턴 호텔 블랙라이 해군 중령 앞으로' 되어 있었던 것이다.

사무엘슨 부인이 계속 말했다.

"낸키 푸가 무사히 돌아온 뒤에 전 그 주소로 직접 찾아가 봤답니다. 결국 300파운드라는 돈은 어디까지나 300파운드니까요."

"그러시겠지요."

"거기서 제가 제일 처음 본 것은 홀에 걸린 편지꽂이 같은 곳에 꽂혀 있던 돈을 동봉한 제 편지였어요. 그래서 호텔 주인을 기다리는 사이에 그걸 슬쩍 내 백에 집어넣었죠. 그런데 기가 막히게도……."

포와로가 그 말을 다시 받아 말했다.

"그런데 기가 막히게도 부인께서 그걸 뜯어보니 돈은 온데간데없고 빈 백지만 있더라, 이 말씀이시겠죠."

"그걸 어떻게 아셨어요?" 사무엘슨 부인이 놀란 눈초리로 그를 쳐다보았다.

포와로는 어깨를 으쓱했다.

"부인, 분명히 그 도둑은 강아지를 돌려주기 전에 돈을 무사히 받아낼 방법을 여러모로 궁리했을 겁니다. 혹시라도 누가 그 편지가 없어진 걸 눈여겨본다면 도둑한테는 큰일 아니겠습니까? 그럴 때를 대비해서 편지 속에 들었던 지폐는 빼내고 대신 백지를 돈과 같은 크기로 잘라 그 속에 집어넣은 다음 본래 그 편지가 꽂혀 있던 편지꽂이에 도로 꽂아놓은 거지요."

"그 호텔에 블랙라이 해군 중령이라는 사람은 한 번도 투숙한 적이 없다고 하더군요."

포와로는 미소를 지었다.

"물론, 제 남편은 모든 사실을 알고서 불같이 화를 내었죠. 어찌나 노발대발하던지……, 정말 혼났답니다!"

포와로가 조심스럽게 말했다.

"그럼, 음, 돈을 범인한테 보내기 전에 남편과 아무런 상의도 안 하셨나 보군요?"

"그야 당연하죠." 사무엘슨 부인이 잘라 말했다.

포와로는 이해가 안 된다는 표정을 지어 보였다.

그러자 그 부인이 설명해주었다.

"분명히 노발대발할 텐데 뭣 때문에 그런 일을 사서 하겠어요? 남자들은 돈 문제라면 아주 이상해진다니까요. 제이콥은 분명히 경찰에다 신고하자고 했을 거예요. 하지만 전 그런 모험을 할 수는 없었어요. 가엾은 우리 낸키 푸한테 무슨 일이라도 생기면 그땐 어떡하겠어요! 물론 나중에는 남편한테 모든 얘기를 해야 했죠. 제가 은행예금을 얘기도 하지 않고 많이 찾아 썼다는 것을 언젠가는 남편이 알게 될 테니까요."

"그것참 그렇군요, 그래요." 포와로는 중얼거렸다.

"정말 남편이 그렇게 화를 심하게 내는 걸 본 건 그때가 처음이었어요. 남자들이란……."

사무엘슨 부인이 멋진 다이아몬드 팔찌와 반지를 고쳐 끼면서 말했다.

"그저 돈밖에 모른다니까요."

5

에르큘 포와로는 엘리베이터를 타고 조지프 호긴 경의 사무실로 올라갔다. 그가 명함을 들여보내자 조지프 경은 지금 다른 사람과 약속이 되어 있지만 조금만 기다리면 곧 만나볼 수 있을 거라는 전갈을 보냈다. 이윽고 오만해 보이는 금발머리 여자가 서류를 잔뜩 들고서 점잔을 빼며 조지프 경의 방에서 걸어나왔다. 그리고 기묘하게 생긴 조그만 남자를 경멸스러운 눈초리로 흘끗 쳐다보면서 그대로 지나갔다.

조지프 경은 아주 커다란 마호가니 재(材) 책상 앞에 앉아 있었는데 아직도 턱에는 립스틱 자국이 그대로 남아 있었다.

"안녕하시오, 포와로 씨? 앉으시지요. 새로운 소식이라도 있습니까?"

에르큘 포와로가 말했다.

"이번 사건은 그 성격으로 보아 아주 단순하다고 할 수 있습니다. 두 사건 모두 범인이 돈을 보내라고 지정한 장소는 수위나 안내원이 없는 하숙집이나 프라이버트 호텔로 항상 드나드는 손님들이 많은 곳이었어요. 특히 손님 중에서도 제대 군인들이 유난히 많은 곳이었지요. 그런 데서 안에 들어가 편지꽂이에서 편지를 꺼내 가져가거나 아니면 돈만 꺼내고 백지를 넣어 다시 그 자리에 꽂아두는 것쯤이야 누워서 떡 먹기 아니겠습니까? 대부분의 경우 그다음에는 갑자기 빈 벽에 부딪히게 되지요."

"그럼, 범인이 누군지 모른다는 말이오?"

"물론, 알고 있지요. 며칠 뒤면 모든 걸 아시게 될 겁니다."

조지프 경은 미심쩍은 표정으로 그를 쳐다보았다.

"좋소. 그럼, 나중에 보고할 일이 생기면……."

"댁에서 보고 드리지요."

"당신이 이 일의 진상을 철저히 파헤친다면 그거야말로 정말 멋진 작품이라고 할 수 있지 않겠소?"

"에르퀼 포와로한테 실패란 단어는 없습니다."

조지프 호긴 경이 그 조그만 남자를 쳐다보며 싱긋 웃었다.

"그렇게 자신이 있단 말이오?"

"확실한 근거가 있으니까요."

"아, 그래요?" 조지프 호긴 경이 몸을 뒤로 젖히며 말했다.

"하긴 자만이 추락보다 앞서는 법이니까."

6

에르퀼 포와로는 전기난방기(그는 그 깔끔한 기하학적인 모양이 은근히 마음에 들었다) 앞에 앉아서 하인과 일반 잡역부에게 몇 가지 지시를 내리고 있었다.

"알겠나, 조지?"

"그럼요, 나리."

"아마 플랫이나 셋방일지도 모르네. 그리고 그건 분명히 어떤 구역 내에 있을 거야. 하이드 파크의 남쪽이나 켄싱턴 교회의 동쪽 아니면 나이츠브리지

배럭스의 서쪽과 폴햄 로드의 북쪽을 찾아보게나."

"잘 알겠습니다, 나리."

포와로가 중얼거렸다.

"대수롭지 않은 사건이긴 하지만 내 호기심을 끄는 면이 있어. 이 사건을 계획하고 구성한 솜씨가 결코 보통이 아니라는 증거가 있거든. 물론 그 모습을 조금도 드러내지 않는 주연 배우도 있지. 그 사람이 바로 네메아의 사자가 되는 걸세. 그래, 정말 흥미로운 사건이야. 의뢰인이 좀더 내 마음에 드는 사람이면 좋았을 텐데. 하지만 불행히도 그는 금발머리 비서와 결혼하기 위해 자기 아내를 독살한 리지 비누공장 사장과 너무 닮았단 말이야. 그건 내가 예전에 해결한 사건들 중 하나라네."

조지는 머리를 흔들었다. 그리고 진지하게 말했다.

"항상 금발머리들이 말썽이라니까요."

7

포와로에게 아주 귀중한 존재인 조지가 보고해 온 것은 그로부터 3일 뒤였다.

"이게 그 주소입니다, 나리."

에르큘 포와로는 그가 건네주는 쪽지를 받아들었다.

"아주 수고했네, 조지. 그런데 오늘이 무슨 요일인가?"

"목요일입니다, 나리."

"목요일이라? 그거 아주 잘 됐군. 그렇다면 뒤로 미룰 필요가 없지."

20분 뒤에 에르큘 포와로는 최신식 플랫으로 들어가는 조그만 길에서 한참 떨어져 구석진 곳에 있는 우중충한 플랫 계단을 올라가고 있었다. 로섬 맨션의 10 호는 꼭대기 3층에 있었는데 엘리베이터가 없었던 것이다.

포와로는 헉헉거리며 나사 모양의 좁은 계단을 빙빙 돌아 올라갔다. 드디어 꼭대기 층에 이르자 그는 잠시 발을 멈추고 숨을 가다듬었다.

그때 10 호실 문 안쪽에서 무슨 소리가 들려왔다. 그것은 날카롭게 짖어대는 강아지 소리였다.

에르퀼 포와로는 슬며시 미소를 지으며 고개를 끄덕였다. 그리고 10 호실의 초인종을 눌렀다. 개 짖는 소리가 두 배로 커졌다.

동시에 문으로 다가오는 발걸음 소리가 들리더니 문이 열렸다.

에이미 카너비 양이 뒤로 주춤 물러서면서 두 손으로 자신의 풍만한 가슴을 감싸 안았다.

"들어가도 되겠지요?"

에르퀼 포와로는 이렇게 말하고는 미처 그녀가 대답도 하기 전에 안으로 들어섰다.

오른쪽에 응접실 문이 열린 채로 있는 걸 보고 그는 그곳으로 들어갔다. 그러자 카너비 양이 마치 넋 나간 사람 같은 표정으로 뒤를 따라 들어갔다.

방 안은 본래 작은데다 가구들이 많아서 매우 복잡했다. 그래서 가스난로 옆에 놓인 소파에 한 늙은 여자가 누워 있다는 것도 이리저리 살펴봐야 할 정도였다.

포와로가 방 안에 들어가자 발바리 한 마리가 소파에서 펄쩍 뛰어내려 왕왕 짖어대면서 그의 앞으로 달려나왔다.

"아하—." 포와로가 말했다.

"주연이 바로 너였구나! 꼬마 친구, 자네에게 경의를 표하네."

그거 허리를 구부리며 손을 앞으로 뻗었다. 그러자 강아지는 코를 쿵쿵거리며 냄새를 맡아 보더니 영리해 보이는 눈으로 포와로의 얼굴을 쳐다보았다.

카너비 양이 들릴 듯 말 듯한 목소리로 중얼 걸렸다.

"그럼, 알아내셨군요?"

에르퀼 포와로는 고개를 끄덕였다.

"예, 압니다." 그는 소파 위에 누워 있는 여자를 쳐다보았다.

"당신 동생이지요?"

카너비 양이 기계적으로 말했다.

"예, 에밀리, 이분은, 이분은 포와로 씨야."

순간 에밀리 카너비가 숨을 헉 들이마셨다.

"오, 이런!"

"아우구스투스……." 에이미 카너비가 말했다.

그러자 발바리가 고개를 들어 그녀를 쳐다보며 꼬리를 흔들었다. 그런 뒤 다시 포와로의 손에다 자기 얼굴을 묻으며 꼬리를 살래살래 흔드는 것이었다.

포와로는 아우구스투스를 부드럽게 안아 올린 다음 자리에 앉아 자기 무릎에 내려놓았다.

"드디어 '네메아의 사자'를 체포했습니다. 이제 내 일이 끝난 거지요."

에이미 카너비가 딱딱하고 메마른 목소리로 말했다.

"정말 모든 걸 다 아세요?"

포와로는 고개를 끄덕였다.

"그렇소. 이번 일을 꾸민 사람은 당신이었소. 아우구스투스를 이용해서 말이오. 당신은 주인집 개를 데리고 보통 때처럼 산책하러 나가는 척하고서는 사실은 이리로 데려왔습니다. 그리고 그 대신에 아우구스투스를 데리고 공원에 간 거지요. 그러나 공원 관리인의 눈에는 당신이 여느 때처럼 발바리를 데리고 나온 것처럼 보였겠지요. 또 당신과 얘기를 나누었다는 보모도 당신이 자기에게 말을 걸 때는 분명히 발바리가 있었다고 증언하게 되겠지요. 물론 우리가 보모를 찾아낼 수 있다면 말입니다. 어쨌든 서로 얘기를 주고받는 동안 틈을 봐서 당신은 몰래 강아지 줄을 끊습니다. 그러면 당신이 훈련을 시킨 아우구스투스는 즉시 그곳을 빠져나가 집으로 곧장 달려갑니다. 그리고 나서 얼마 뒤에 당신은 강아지를 잃어버렸다고 야단법석을 떠는 거지요."

잠시 침묵이 흘렀다. 카너비 양은 보기에도 애처로울 정도로 마음의 균형을 잃지 않으려고 애를 쓰고 있었다.

"그래요, 전부 사실이에요. 전, 전 더 이상 드릴 말이 없군요."

소파 위에 누워 있던 병든 여자가 조금씩 흐느끼기 시작했다.

"정말 아무 할 말도 없습니까, 마드모아젤?" 포와로가 말했다.

카너비 양이 말했다.

"그럴 수밖에요. 전 도둑이에요. 그런데 이제 모든 게 다 탄로가 나버렸잖아요?"

포와로가 나지막이 말했다.

"정말 없다는 말이지요, 자신을 변호하는 말도?"

에이미 카너비의 하얀 뺨이 돌연 붉게 물들었다.

"전, 전 제 행동을 후회하지는 않습니다. 포와로 씨, 선생님은 친절한 분이시니까 제 마음을 이해하실지도 모르겠군요. 아시겠지만 전 매우 두려웠어요."

"두려웠다고요?"

"예, 신사들은 이해하시지 못할 거예요. 전 머리도 좋은 편이 못되고 공부도 많이 못 했어요. 게다가 나이는 점점 먹어가고, 그러니 앞날이 걱정될 수밖에 없었어요. 돈을 모을 형편이 되지 않았기 때문에 저축도 못 했죠. 앞으로 에밀리를 보살피며 살아갈 길이 정말 막막했습니다. 나이를 더 먹어 거동이 불편해지면 남의 집 일도 못 할 거고요. 늙은 사람을 누가 쓰겠어요? 젊고 팔팔한 사람만 쓰지. 전, 저와 같은 사람들을 수도 없이 많이 봤어요. 필요로 하는 사람은 없고, 단칸방에 살면서 겨울에 따뜻하게 지낼 수가 있나, 먹을 게 풍부하기를 하나……. 하지만 그건 아무것도 아니에요. 그나마 단칸방마저도 집세낼 돈이 없어 쫓겨나게 된다니까요. 물론 공공시설이 있긴 있죠. 하지만 그것도 배경이 든든해야 들어가지, 그렇지 않으면 어림도 없는 일이에요. 저는 그런 배경도 없는걸요. 저와 같은 처지의 사람들은 아주 헤아릴 수도 없이 많아요. 불쌍한 사람들, 교육도 받지 못하고 일도 할 수 없는 그런 여자들이 그저 죽기만을 바라며 살아가는……."

그녀의 목소리는 차츰 떨리기 시작했다. 그녀는 잠깐 말을 멈추었다가 계속했다.

"그래서, 우리 몇 사람이……, 함께 모였죠. 이번 일을 생각해 낸 사람은 바로 저예요. 그건 저한테 아우구스투스가 있기 때문이었죠. 아시겠지만 대부분의 사람들에게 발바리는 다 비슷비슷해 보입니다(우리가 중국인을 볼 때 그 사람이 그 사람인 것처럼 느껴지는 것과 마찬가지죠). 정말 우스운 일이에요. 강아지를 자주 본 사람이라면 낸키 푸나 샌 텅, 또는 다른 발바리를 결코 아우구스투스와 혼동할 수가 없을 텐데 그렇지 않은 걸 보면 참 이상해요. 언뜻 보기에도 아우구스투스가 훨씬 더 똑똑하고 더 잘 생겼거든요. 물론 제가 말씀드리고자 하는 것은 대부분의 사람들에게 있어 발바리는 한낱 발바리일 뿐이라는 거죠. 하여튼 문득 아우구스투스를 이용해야겠다는 생각이 들더군요.
돈 많은 부잣집 마나님들은 거의 대부분 발바리를 기르고 있다는 데 착안을
한 거죠."

포와로가 슬며시 미소를 지었다.

"아주 돈벌이가 좋았겠군요. 협박 말이요! 그 패거리에는 몇 명이나 속해
있습니까? 아니, 그보다는 그 일이 몇 번이나 성공했는지 물어보는 게 낫겠
군."

"샌 텅이 열여섯 번째였어요." 카너비 양이 간단하게 대답했다.

에르퀼 포와로는 눈썹을 추켜세웠다.

"축하합니다. 일을 계획하고 구성하는 솜씨가 아주 놀라울 정도요."

에밀리 카너비가 말했다.

"에이미 언니는 본래 그런 데에 재주가 있었어요. 그래서 우리 아버지는, 아
버지는 에식스 군(郡)에 있는 켈링턴 교구의 목사셨죠. 항상 에이미 언니는 계
획하는 재주가 있다고 말씀하셨더랬어요. 덕분에 모든 사회행사와 바자를 도
맡아 계획하는 사람은 으레 언니가 되었죠."

포와로가 가볍게 머리를 숙이며 말했다.

"그건 나도 동감입니다. 마드모아젤, 당신은 범죄로서는 일류요."

에이미 카너비가 큰소리로 외쳤다.

"제가 범인이라고요? 오, 물론 그렇겠죠. 하지만, 전 그게 죄가 된다고는 조
금도 생각하지 않았어요."

"그러면?"

"물론, 선생님 말씀이 옳아요. 그건 법에 어긋나는 행동이니까요. 하지만, 어
떻게 설명을 해야 할지 잘 모르겠군요. 우리를 고용하는 돈 많은 여자들은 대
부분이 너무 거만하고 오만해서 우리를 사람 취급도 하지 않아요. 호긴 부인
만 해도 그래요. 저한테 심한 말을 얼마나 서슴없이 하는지 아세요? 얼마 전
에도 강장제 맛이 자기 비위에 거슬리는 것이 마치 내 탓인 듯 저를 마구 야
단치더라고요. 매사에 모든 일이 그런 식이죠."

카너비 양의 얼굴이 확 붉어졌다.

"그런 일을 당하면 얼마나 속이 상하는지 몰라요. 말 한마디 제대로 못 하고 그걸 그냥 가슴 속에 쌓아놓다 보면 정말 한이 맺힌다는 것을 이해하실지는 모르겠네요."

"무슨 말인지 잘 압니다." 에르큘 포와로가 말했다.

"게다가 그들이 돈을 그렇게 물 쓰듯이 마구 써버리는 것을 보면 화가 나다 못해 속이 뒤집힐 정도랍니다. 가끔가다 조지 경이 하는 얘기로는 자기가 시티(런던 시장 및 시의회가 지배하는 금융과 상업의 중심지)에서 떼돈을 벌었다더군요. 제가 보기에는 그 사람이 결코 정당한 방법으로 돈을 벌었을 것 같지는 않아요(물론, 제가 많이 배우지 못했기 때문에 금융에 대한 것은 전혀 모르지만요). 어쨌든 그 모든 게……, 포와로 씨, 그러니까 제 마음이 흔들리더군요. 그런 사람들한테서 우리가 돈을 좀 빼앗아 가진다고 해서 그 사람들이 망할 것도 아닌데 뭐 어떠냐고 말이에요. 그래서 전 그 일이 양심에 어긋나는 일이라고는 조금도 생각지 않았어요. 글쎄요, 그게 그렇게 나쁜 짓이라는 생각이 들지가 않더라고요."

포와로가 나지막하게 말했다.

"현대판 로빈 후드가 나왔군! 카너비 양, 당신이 편지에 쓴 협박을 진짜 실천에 옮긴 적은 있어요?"

"협박?"

"말을 듣지 않으면 강아지를 어떻게 하겠다고 했잖소?"

카너비 양이 소름끼친다는 표정을 지으며 그를 똑바로 쳐다보았다.

"물론, 그런 생각은 꿈에도 해본 적이 없어요! 그건 단지, 단지 문학적인 표현일 뿐이었어요."

"아주 문학적이군요. 효과가 있었으니 말이오."

"어쨌든 전 그게 잘 먹혀들어갈 줄 알았어요. 제가 아우구스투스를 길러보니까 그 마음을 알겠더라고요. 그리고 그 여자들이 강아지가 무사히 돌아오기 전까지는 결코 자기 남편한테 그런 일을 얘기하지 않으리라는 것도 자신이 있었죠. 아닌 게 아니라 그 계획은 거의 매번 멋지게 성공했죠. 주인 여자 열이면 아홉이 우리한테 돈이 든 편지를 부치거든요. 그러면 우리는 김을 쐬어 그 편지 봉투를 뜯어 속에 든 돈을 꺼낸 다음 종이를 대신 넣었어요. 물론 주인 여자가 직접 편지를 부친 적도 한두 번 있었어요. 그럴 땐 우리가 호텔로 찾아가 편지꽂이에서 그 편지를 꺼내 와야 했지만, 그것도 그렇게 어려운 일은 아니었죠."

"그럼, 보모 얘기는? 항상 보모가 등장한 겁니까?"

"포와로 씨도 아시겠지만, 나이 든 하녀들이 바보스러운 정도로 아기들을 귀여워하는 것은 세상이 다 알죠. 따라서 아기한테 정신이 팔려서 그만 깜빡했다고 하면 어느 누구도 그걸 이상하게 생각하지는 않을 것 같았거든요."

에르퀼 포와로는 한숨을 쉬었다.

"사람의 심리를 잘도 이용했군요. 정말 훌륭한 솜씨요. 게다가 뛰어난 배우이기도 하고요. 내가 호긴 부인을 만나 얘기를 하던 날 보여준 당신의 연기는 정말 어디 한 군데도 나무랄 데가 없었소. 카너비 양, 조금도 자기 자신을 비하하지 말아요. 당신은 공부는 많이 하지 못했을지 몰라도 머리는 좋은 사람이니까. 또 용기도 있고 말이요."

카너비 양이 보일 듯 말 듯 미소를 지으며 말했다.

"하지만 이렇게 발각된걸요, 포와로 씨."

"나한테만 그렇지요. 그거야 어쩔 수 없는 운명이니까! 사무엘슨 부인을 만나 얘기했을 때 난 샌 텅의 납치 사건이 어쩌다 한번 일어난 일이 아니라는 걸 즉시 알아차렸소. 난 이미 당신이 발바리 한 마리를 물려받았다는 것과 당신한테 몸이 아픈 동생이 있다는 사실도 알고 있었지요. 나는 아주 아끼는 우리 집 하인한테 어떤 구역 내에서 조그만 플랫을 하나 찾으라고 시켰소. 물론 그건 발바리를 한 마리 기르고 있으며 일주일에 한 번 쉬는 날 찾아오는 언니를 둔 아픈 부인이 사는 플랫이어야 했소. 그거야 쉬운 일이지요."

에이미 카너비가 자세를 고쳐 앉았다.

"선생님은 정말 친절하신 분이세요. 그래서 이렇게 부탁할 용기가 생기는군요. 전 제가 저지른 죗값을 피할 수 없다는 걸 잘 알아요. 아마, 감옥에 가게되겠죠. 그렇지만, 포와로 씨, 가능한 한 세상에 모두 알리지 않을 방법은 없을까요? 에밀리를 위해서도 그렇고, 옛날부터 우리와 친하게 지내던 사람들을 위해서라도 말이에요. 다른 명목으로 감옥에 가면 안 될까요? 제가 너무 무리한 부탁을 하는 건가요?"

에르퀼 포와로가 말했다.

"그 이상의 부탁도 들어줄 수가 있지요. 하지만 그전에 분명히 밝혀둘 일이 있소. 이런 사기극은 이제 그만두어야 한다는 거요. 더 이상 강아지가 없어지는 일이 발생해서는 안 됩니다. 절대로 그런 일을 다시 해서는 안 된다는 말이오!"

"그럼요! 그렇게 하다마다요!"

"그리고 또 하나는 당신이 호긴 부인한테서 빼앗은 돈을 돌려줘야 한다는 거요."

에이미 카너비는 방을 가로질러 커다란 책상이 있는 데로 가서 그 서랍을 열고 지폐 한 다발을 꺼내 갖고 와서 포와로에게 건네주었다.

"그걸로 오늘 노인 보험에 들 작정이었어요."

포와로는 그 돈을 받아서 세어보았다. 그리고 자리에서 일어섰다.

"카너비 양, 조지프 경이 당신을 고발하지 않도록 그를 설득해보지요."

"오, 포와로 씨!"

에이미 카너비는 감동해서 양손의 손가락을 깍지 꼈고 에밀리는 기쁨의 탄성을 발했다. 그러자 아우구스투스가 꼬리를 살래살래 저으며 짖기 시작했다.

"이 녀석, 너 말인데……."

포와로가 불어로 강아지에게 말했다.

"네가 나한테 줄 수 있는 게 하나 있지. 내가 필요로 하는 건 너의 요술 망토야. 이번 사건에서 어느 누구도 제2의 개가 있다는 걸 눈치 채지 못했거든. 너는 개의 가죽을 쓴 사자야."

"맞아요, 포와로 씨. 전설에 의하면 발바리가 옛날에는 사자였답니다. 그래서인지 아직도 사자의 성격이 남아 있어요."

"아우구스투스는 하팅필드 부인이 세상을 떠나면서 당신에게 물려준 개라면서요? 그런데 강아지 혼자 차가 왕래하는 길을 따라오다가 치이기라도 하면 어떡하려고 그냥 놔둡니까?"

"오, 아니에요, 포와로 씨. 아우구스투스는 아주 영리해서 걱정 안 해도 돼요. 제가 훈련을 철저히 시켰거든요. 그래서 일방통행 하는 것까지 알 정도인 걸요."

"정말 그렇다면……." 에르퀼 포와로가 말했다.

"웬만한 사람보다 낫군!"

8

조지프 경은 서재에서 에르퀼 포와로를 맞이했다.

"그런데, 포와로 씨. 뭐 자랑할 일이라도 생긴 거요?"

"그전에 한 가지 물어볼 게 있습니다."

포와로가 자리에 앉으며 말했다.

"난 범인이 누군지 압니다. 물론 그걸 입증할 수 있는 충분한 증거도 갖고 있죠. 그런데 그렇게 되면 당신이 그 돈을 찾을 수 있을지 그건 장담을 못하겠는데요."

"내 돈을 못 찾는다고요?" 조지프 경의 안색이 자줏빛으로 변했다.

에르퀼 포와로는 계속해서 말했다.

"난 경찰이 아닙니다. 이번 일은 당신이 나한테 의뢰한 일일 뿐이지요. 그래서 말입니다만, 당신이 이번 일을 더 이상 문제 삼지 않겠다는 약속을 하신다면 그 돈을 고스란히 찾아 드릴 수는 있습니다."

"뭐라고요?" 조지프 경이 말했다.

"그건 좀 생각해봐야 하겠는데요."

"그건 전적으로 당신이 결정할 문제지요. 물론 공공의 이익을 위해서는 당신이 그 범인을 기소하는 게 당연하겠죠. 사람들 말이 그렇다는 겁니다."

"그 사람들이야 그러겠죠." 조지프 경이 날카롭게 말했다.

"자기네 돈이 없어진 건 아니니까. 내가 제일 싫어하고 못 참는 게 있다면 그건 바로 나한테 사기 치는 놈들이오. 아직까지 나한테 사기를 쳐서 내 돈을 떼어먹은 작자는 한 명도 없단 말이오."

"그렇다면 어떡하실 생각입니까?"

조지프 경이 주먹으로 테이블을 내리쳤다.

"돈을 찾도록 해주시오! 어느 놈이 내 돈 200파운드를 떼어먹겠다는 소리를 듣고 살아갈 수는 없으니까."

에르퀼 포와로는 자리에서 일어나 필기용 테이블로 가서 200파운드짜리 어음을 1장 끊은 뒤에 그것을 그 남자에게 건네주었다.

조지프 경이 들릴 듯 말 듯한 목소리로 말했다.

"이런, 제기랄! 도대체 어떤 놈이오?"

포와로는 머리를 흔들었다.

"당신이 그 돈을 받은 이상, 이제 그걸 물어볼 권리는 없어진 겁니다."

조지프 경은 어음을 접어 주머니 속에 넣었다.

"그것참 애석한 일이군. 하지만 문제는 돈이었으니까 이만 됐소. 그럼, 포와로 씨, 내가 당신한테 수수료로 얼마를 지급하면 되겠소?"

"뭐, 그리 높지는 않을 겁니다. 이미 말씀드렸듯이, 이번 일은 아주 대수롭지 않은 사건이니까요." 그가 잠깐 말을 멈추었다가 다시 덧붙였다.

"요즈음 내가 맡은 사건은 거의 대부분이 살인사건이었지요."

조지프 경이 약간 움찔했다.

"그런 게 재미있소?"

"때로는요. 이상하게도 당신을 처음 본 순간 아주 오래전에 제가 벨기에서 맡았던 사건이 하나 생각나더군요. 그 사건의 주인공이 당신과 아주 많이 닮았답니다. 그는 돈 많은 비누공장 사장이었는데, 글쎄 자기 비서와 결혼하려고 자기 아내를 독살했지 뭡니까? 그래요, 정말 닮아도 보통 닮은 게 아닌데……."

가느다란 신음 소리가 조지프 경의 입술에서 새어나왔다. 그의 입술은 새파랗게 변해 있었고 얼굴 역시 새하얗게 질려 있었다. 그는 움찔 놀란 눈으로 포와로를 한참 노려보았다. 그러다가 온몸의 힘이 다 빠졌는지 의자에 몸으로 뒤로 기대었다.

이윽고 그는 손을 떨면서 주머니를 더듬거렸다. 그리고 아까 그 어음을 꺼내더니 그것을 조각조각 찢어버렸다.

"이건 없었습니다. 보셨소? 그 돈을 수수료로 드리지요."

"오, 아닙니다, 조지프 경. 내 수수료가 그렇게 많지는 않다니까요."

"괜찮소. 그냥 받으시오."

"그럼, 그걸 적당한 자선단체에 보내도록 하지요."

"그거야 당신 좋을 대로 하는 거지."

포와로가 머리를 앞으로 가볍게 숙였다.

"당신과 같은 신분에 있는 사람이면 모든 행동에 남보다 더 각별한 주의가 필요하다는 것쯤은 당신이 나보다 더 잘 아시리라 믿습니다."

조지프 경이 거의 기어들어가는 듯한 목소리로 말했다.

"걱정하지 마시오. 아주 조심할 테니까."

에르퀼 포와로는 그 집을 떠났다. 현관 계단을 따라 내려가면서 그가 혼자 중얼거렸다.

"그래, '내가 옳았어.'"

9

호긴 부인이 자기 남편에게 말했다.

"이상하게 이 강장제 맛은 아주 다르네요. 전처럼 씁쓸한 맛이 나지 않거든요. 거 참 이상하네, 왜 그렇지?"

조지프 경이 딱딱거리며 말했다.

"약제사 탓이지. 조심성이 왜 그렇게 없는지."

"정말 그런 가봐요." 호긴 부인이 미심쩍은 목소리로 말했다.

"그럼, 당연하지 그것 말고 무슨 다른 이유가 있겠소?"

"참, 그 사람은 샌 텅을 찾아갔던 범인에 대해 뭣 좀 알아냈답니까?"

"응, 그가 내 돈을 모두 찾아주었소."

"그게 누구래요?"

"말을 하지 않더군. 에르퀼 포와로라는 그 친구 정말 철저하더구먼. 하지만 당신은 걱정할 필요 없어."

"그 사람 조그맣고 이상하게 생겼죠?"

조지프 경은 에르퀼 포와로가 자기 오른쪽에 진짜 있기라도 한 것처럼 몸을 가볍게 떨면서 오른쪽 위를 흘긋 쳐다보았다. 포와로가 항상 거기 있을 것 같은 기분이 들었던 것이다.

"몸집은 조그만 게 머리는 비상하게 영리하단 말이야!"

그러고는 생각했다.

'죽어버려라! 백금색 머리칼을 가진 여자 때문에 내 목숨을 걸 수는 없잖아! 에이, 빌어먹을!'

10

"어머나!"

에이미 카너비는 도저히 믿기지가 않는 듯 200달러짜리 어음을 멍청히 내려다보기만 했다. 그러더니 갑자기 큰소리로 외치기 시작했다.

"에밀리! 에밀리! 이것 좀 봐."

친애하는 카너비 양
당신의 그 노인 보험에 기부하고자 소액이나마 동봉하오니 기쁘게 받아주시기 바랍니다.

당신의 친구, 에르퀼 포와로

"에이미……." 에밀리 카너비가 말했다.

"언니는 정말 운이 좋았어. 그분이 아니었더라면 지금쯤 언니가 어디 있을 것인지를 생각해봐."

"웜우드 스크럽스 교도소, 아니면 홀로웨이 교도소?"

에이미 카너비가 중얼거리듯이 말했다.

"하지만 이젠 모든 게 끝났어. 그렇지, 아우구스투스? 앞으로는 엄마나 엄마의 친구들이 조그만 가위를 가지고 너와 함께 하이드 파크를 산책할 일이 없어졌단다."

　그녀의 눈빛이 아련한 그리움에 젖어들었다. 그녀는 한숨을 내쉬었다.

　"우리 귀여운 아우구스투스! 참 애석하게 됐구나. 얼마나 영리한데, 뭐든지 가르쳐 주기만 하면 되는데……."

레르네의 히드라

1

에르퀼 포와로는 자기 앞에 앉아 있는 남자를 격려라도 하듯이 쳐다보았다.

찰스 올드필드 박사는 나이가 사십쯤 되어 보이는 남자였다. 그는 관자놀이가 좀 희끗희끗한 금발과 걱정스러운 표정이 완연한 푸른 눈을 가지고 있었다. 몸은 약간 웅크리고 있었는데 그 태도에는 어딘가 모르게 주저하는 기색이 엿보였다. 게다가 그는 문제의 핵심을 조리 있게 얘기하기가 꽤 어려운 모양이었다.

그는 더듬거리면서 말했다.

"내가 포와로 씨를 찾아온 건 좀 이상야릇한 문제가 생겼기 때문입니다. 그런데 막상 여기에 오니까 왠지 모든 걸 얘길 하기가 두렵군요. 문제가 워낙 문제인 만큼 그 누구도 어떻게 해볼 도리가 없다는 걸 내 자신이 너무나 잘 알고 있거든요."

"그것은 내가 판단합니다." 에르퀼 포와로가 나지막이 말했다.

올드필드가 중얼거리듯이 말했다.

"나도 모르겠소. 내가 왜 그런 생각이 들었는지……." 그는 말을 중단했다.

그러자 에르퀼 포와로가 그의 말을 받았다.

"내가 당신을 도울 수 있을 거라는 생각 말이지요? 아, 물론 내가 도움이 되어 드릴 수 있을 겁니다. 그러니까 얘기를 해보시지요."

올드필드는 몸을 똑바로 세웠다. 포와로는 그가 아주 수척해 보인다는 사실을 새삼 느꼈다.

올드필드는 절망에 가득 찬 목소리로 다시 말을 잇기 시작했다.

"아시겠지만, 그건 경찰에 갈 만한 일이 못 됩니다. 경찰이 뭘 하겠소. 그런데 상황은 매일 나빠지고 있습니다. 난, 난 어떻게 해야 할지 모르겠소."

"무슨 상황이 나쁘다는 거지요?"

"소문……, 오, 내가 너무 간단하게 말한 것 같군요, 포와로 씨. 상당히 오랜 세월 동안 병석에 누워 있던 아내가 세상을 떠난 건 지금부터 거의 1년 전 일입니다. 그런데도 지금까지 온 동네 사람들이 나만 보면 수군거리는 거요. 내가 아내를 죽였다고 말입니다. 글쎄, 내가 아내를 독살했다는 겁니다!"

"저런!" 포와로가 말했다.

"그럼, 정말 당신이 독살했습니까?"

"포와로 씨!" 올드필드는 자리에서 벌떡 일어났다.

"자, 마음을 가라앉히시고……." 에르큘 포와로가 말했다.

"다시 앉으십시오. 당신이 부인을 독살하지 않았다는 것을 확실히 알아둘 필요가 있어서 그런 것뿐이니까. 하지만 당신이 개업한 병원은 시골에 있을 텐데……."

"그렇소. 버크셔 군(郡) 마켓 로브로 마을에 있습니다. 시골에 사는 사람들이 워낙 남 얘기하기를 좋아한다는 사실쯤은 나도 알고 있어요. 하지만 그런 소문이 그렇게 오래가리라고는 꿈에도 생각 못했소."

그는 의자를 약간 앞으로 잡아당겼다.

"당신은 그동안 내가 어떻게 살았는지 도저히 상상도 안 될 거요. 난 처음에는 일이 어떻게 돌아가는지 전혀 눈치도 못 챘소. 그런데 나를 대하는 사람들의 태도가 왠지 무뚝뚝하고 피하려는 것 같더군요. 하지만 난 단지 내가 상처한 것 때문에 사람들이 그런다고만 여겼소. 그런데 날이 갈수록 그런 현상이 더 심해졌어요. 심지어는 길에서 만난 사람도 인사하는 것조차 꺼리더군요. 그러니 병원이야 말할 것도 없소. 온갖 악의에 찬 소문이 퍼지면서 나는 하루도 마음 편하게 지낼 수가 없었답니다. 나를 보기만 하면 사람들 목소리가 낮아지고 눈초리가 험악해지는 것을 피부로 느낄 수 있었소. 심지어는 상스러운 욕설로 가득 찬 편지를 한두 통 받기까지 했습니다."

그는 잠시 말을 멈추었다가 다시 계속했다.

"그러니, 대체 내가 어떻게 해야 할지 알 수가 있어야지요. 이 악랄한 중상모략과 어떻게 싸워야 할지 모르겠소. 사람들이 나한테 직접 대놓고 얘기나

한다면 사실은 그렇지 않다고 말이라도 하겠지만 그러지도 않으니 내가 어찌해야 하겠소? 난 의지할 곳도 없소. 다른 사람이 파놓은 함정에 내가 빠진 겁니다. 난 지금 조금씩 비참하게 파멸해 가는 중이오."

포와로는 생각에 잠긴 채로 고개를 끄덕였다.

"맞습니다. 소문이란 머리 하나를 자르면 그 자리에 머리가 둘 생기는, 레르네의 머리가 아홉 개 달린 히드라와 똑같다고 할 수 있지요."

올드필드 박사가 말했다.

"바로 그겁니다. 문제는 내가 할 수 있는 게 아무것도 없다는 거요. 아무것도! 결국 최후의 수단으로 당신을 찾아오긴 했습니다만. 하지만 당신이라고 해서 별 뾰족한 수가 있을 것 같지는 않소."

에르큘 포와로는 잠시 침묵을 지켰다. 이윽고 그가 말했다.

"그렇게 절망할 필요는 없을 것 같은데요. 당신의 얘기를 듣고 보니 흥미가 생기는군요, 올드필드 박사. 머리가 많이 달린 그 괴물을 내 손으로 처치하도록 하지요. 그럼, 먼저 악의에 찬 그러한 소문이 퍼지게 된 상황에 대해 자세히 얘기해주십시오. 한 일 년 전에 부인이 세상을 떠나셨다고 하셨지요? 그럼, 사망 원인은 뭐였습니까?"

"위궤양이었소."

"시체를 해부했습니까?"

"아니오, 집사람은 아주 오랜 세월 동안 위장이 나빠 고생을 많이 했기 때문에……."

포와로는 고개를 끄덕였다.

"그런데 위염과 비소중독은 그 증상이 아주 흡사합니다. 요즘 사람들치고 그 사실을 모르는 사람은 없을 겁니다. 지난 10년 동안에만 해도 피살자의 사인(死因)을 위장병으로 가장한 살인사건이 발생해 세상을 깜짝 놀라게 한 게 네 번이나 됩니다. 부인의 나이가 당신보다 많았습니까, 아니면 적었습니까?"

"아내가 나보다 다섯 살이나 위였소."

"결혼한 지는 얼마나 되셨습니까?"

"15년."

"부인께서는 유산을 남기셨습니까?"

"예, 아내는 아주 부자였소. 그걸 금액으로 환산하면 대략 3만 파운드 정도는 될 거요."

"상당한 액수군요. 그걸 당신이 모두 상속받게 됩니까?"

"그렇소."

"두 분 사이는 좋았습니까?"

"그럼요."

"부부싸움 같은 것도 하지 않았습니까?"

"글쎄요······." 찰스 올드필드가 머뭇거렸다.

"내 아내는 성질이 좀 까다로운 여자였어요. 자기 몸이 아파서 그런지 걸핏하면 화를 내거나 신경질을 부렸죠. 그래서 아예 신경을 쓰지 않는 게 차라리 속이 편했지요."

포와로는 고개를 끄덕였다.

"아, 예 어떤 사람인지 알겠습니다. 아마도 부인은 사람들이 자기를 무시한다고 신경질을 내거나, 자기가 귀찮지 않으냐, 자기가 죽으면 얼마나 좋겠느냐는 등 온갖 소리로 당신을 들볶았겠지요."

올드필드는 포와로의 말이 맞다는 표정을 지었다. 그는 쓴웃음을 지으며 말했다.

"마치 보시기라도 한 것처럼 정확하게 말씀하시는군요!"

포와로는 말을 계속했다.

"부인을 돌보는 간호사라든가 말상대 친구가 있었습니까? 아니면 헌신적인 하녀라도?"

"간호사 자격증이 있는 여자 하나가 아내의 간호사 겸 말상대 친구로 있었죠. 매우 똑똑하고 유능한 여자였어요. 그 여자가 마을에 소문을 퍼뜨리고 다니지는 않았을 겁니다."

"아무리 똑똑하고 유능하다고 해도 신(神)이 준 혀는 있을 겁니다. 그리고 항상 그 혀를 현명하게 쓸 것이라고 장담할 수 있는 사람은 아무도 없지요. 원래 말이란 가장 가까운 곳에서 일하는 사람한테서부터 시작되는 법입니다!

그러고 보면 당신은 말 많은 시골 사람들이 좋아한 그런 요소를 모두 갖춘 셈이군요. 그럼, 한 가지 더 물어봅시다. 그 숙녀는 누구죠?"

"무슨 말씀인지 모르겠소이다."

올드필드 의사의 얼굴은 화가 나서 벌겋게 달아올랐다.

포와로는 부드럽게 말했다.

"그럴 리가 없을 텐데요. 난 당신의 이름과 나란히 사람들 입에 떠도는 숙녀가 누군지 묻고 있는 겁니다."

올드필드 박사가 자리에서 벌떡 일어났다. 그의 얼굴은 차갑게 굳어 있었다.

"이번 일에 숙녀는 없소. 내가 당신 시간만 많이 빼앗았군요, 포와로 씨."

그는 문쪽으로 걸어갔다.

에르큘 포와로가 말했다.

"그건 나도 유감스럽게 생각하는 바입니다. 처음에 당신의 얘기를 듣고 난 당신을 도와주고 싶었습니다. 하지만, 나한테 모든 걸 솔직하게 얘기하지 않는다면 나로서도 어쩔 도리가 없지요."

"사실대로 말했잖소?"

"그렇지가 않습니다."

올드필드 의사는 가던 걸음을 멈추고 몸을 돌렸다.

"이번 일에 왜 여자가 끼어 있다고 주장하는 거요?"

"이것 보십시오, 박사님! 내가 여자의 심리를 모른다고 생각하십니까? 시골에서 떠도는 소문이란 것은 항상 그 밑바탕에 남녀관계가 깔린 법이지요. 만약 어떤 남자가 북극으로 여행하거나 평화스러운 독신생활을 하기 위해 자기 아내를 독살한다면, 그런 것은 시골사람들한테 그렇게 큰 흥밋거리가 되지는 않습니다. 즉, 소문이 꼬리에 꼬리를 물고 퍼지는 것은 당신이 다른 여자와 결혼하기 위해 자기 아내를 죽였다는 확신이 사람들한테 있기 때문이라는 겁니다."

올드필드는 화를 벌컥 내며 말했다.

"남의 말하기 좋아하는 사람들이 뭐라고 입방아를 찧든 간에 난 아무런 잘못이 없단 말입니다!"

"물론 그러시겠죠." 포와로는 계속해서 말했다.

"그러니까 다시 자리에 앉아서 지금 내가 한 질문에 대답하시는 게 나을 겁니다."

마지못해 하며 올드필드는 천천히 자리로 돌아와서 아까 그 자리에 앉았다.

그가 얼굴을 붉히면서 말했다.

"사람들이 몬크리프 양에 대해 이러쿵저러쿵 뒷말이 많을 거라는 것은 나도 알고 있었소. 진 몬크리프는 우리 병원 약제사인데 아주 좋은 아가씨지요."

"그 아가씨가 당신 병원에 근무한 지는 얼마나 됐지요?"

"3년."

"댁의 부인은 그 아가씨를 좋아했습니까?"

"음, 글쎄요. 그렇지는 않은 것 같소."

"부인은 질투가 심했습니까?"

"말도 마십시오!"

포와로는 미소를 지었다.

"마누라들의 질투는 천하가 다 알 정도로 유명하죠. 하지만 당신이 알아야 할 게 있어요. 내 경험에 비추어 보면 질투는 그것이 아무리 터무니없고 억지 같아 보일지라도, 항상 사실에 근거한다는 겁니다. 왜 고객이 항상 옳다는 말도 있지 않습니까? 질투에는 남편이나 아내가 다 똑같습니다. 결국 구체적인 증거가 없다고 할지라도 근본적으로는 사람들 말이 옳다는 거죠."

올드필드 의사는 강하게 말했다.

"무슨 말을 그렇게! 난 아내에게 의심받을 만한 말은 진 몬크리프에게 한마디도 한 적이 없단 말입니다."

"그야 그럴 수도 있겠죠. 하지만 그렇다고 진실이 변하는 건 아닙니다."

에르퀼 포와로는 몸을 앞으로 내밀었다. 그의 목소리는 엄격하고 단호했다.

"올드필드 박사, 이번 일에 난 최선을 다할 겁니다. 그러나 그에 앞서 당신이 일반적인 상황이나 자신의 느낌에 관해 최대한 솔직하게 얘기해주는 것이 필요합니다. 당신은 부인이 세상을 떠나기 훨씬 전부터 부인한테서 마음이 멀어져 있었지요?"

올드필드는 잠시 침묵을 지켰다. 이윽고 그가 입을 열었다.

"이번 일은 나를 말려 죽일 참인 모양입니다. 그래서 한 가닥 희망이라도 붙잡고 싶은 마음입니다. 이유는 모르겠지만 당신은 나를 도와줄 수 있을 것 같은 기분이 드는군요. 포와로 씨, 당신에게는 모든 걸 솔직하게 털어놓겠소. 전 아내를 깊이 사랑하지 않았습니다. 물론 좋은 남편 노릇을 해 왔다고 생각합니다만, 진정으로 아내를 사랑한 적은 한 번도 없었소."

"그런데 진이라는 그 아가씨와?"

의사의 이마에 땀방울이 송골송골 맺혔다.

"난, 난 본래 이런 소문만 없었더라면 그녀한테 청혼할 작정이었습니다."

포와로는 의자에 깊숙이 몸을 파묻었다.

"드디어 사실을 말씀하시는군요! 좋습니다, 올드필드 박사, 제가 이번 일을 맡기로 하죠. 하지만 이건 기억해 두십시오. 내가 찾고자 하는 건 진실이라는 것을 말입니다."

올드필드가 쓸쓸한 어조로 말했다.

"나를 해치려는 건 진실이 아니란 말입니다!"

그는 잠시 머뭇거리더니 곧 입을 열어 말했다.

"난 명예훼손죄로 고소하는 방법까지도 생각해봤소. 어느 누구든지 분명한 혐의가 있어 고소만 할 수 있다면, 그때는 법정에서 내 결백을 입증해 보일 수 있지 않겠습니까? 어떤 때는 그렇게 생각하다가도……, 또 어떤 때는 그렇게 해봤자 일만 더 커질지도 모른다는 생각이 들더군요. 괜히 소문만 더 퍼지는 게 아닌가 하고 말입니다. '아니 땐 굴뚝에 연기가 날 리 없지.'라는 말이 안 들어도 뻔하게 들리는 것 같았소."

그는 포와로를 쳐다보았다.

"정말, 이 악몽에서 벗어날 길이 있을까요?"

"항상 길은 있는 법이죠." 에르퀼 포와로가 말했다.

2

"함께 시골에 내려가 봐야겠네. 조지." 에르퀼 포와로가 하인에게 말했다.

"정말이십니까, 나리?" 언제나 침착한 조지가 말했다.

"우리 여행의 목적은 아홉 개의 머리가 달린 괴물을 처치하는 걸세."

"정말이십니까? 네스 호(湖)에 사는 괴물 같은 것 말입니까?"

"그것보다는 덜 실체적이네. 난 살과 피를 가진 동물이라고는 안 했네, 조지."

"제가 잘못 알았군요, 나리."

"그게 하나이기만 하면 무슨 문제가 있겠나? '소문'처럼 만질 수도 없고 붙잡아 맬 수도 없는 건 또 없지."

"정말 그렇습니다. 어디서 어떻게 시작해야 할지 도무지 알 수 없을 때가 종종 있잖습니까?"

"맞는 말이야."

시골에 내려간 에르큘 포와로는 올드필드 박사의 집에서 지내지 않았다. 대신 마을 여관에 숙소를 정했다.

그가 도착한 다음 날 아침 그가 맨 먼저 찾아가 만난 사람은 진 몬크리프였다. 그녀는 구릿빛 머리칼과 침착해 보이는 푸른 눈을 지닌 키가 큰 아가씨였다. 그녀의 눈에는 사람을 경계하는 빛이 잔뜩 어려 있었다.

"결국 올드필드 선생님께서 당신을 찾아가셨군요. 선생님께서 그런 생각을 하시는 줄 알고는 있었습니다만……."

포와로는 그녀의 말투가 왠지 시들하게 들렸다.

"그럼, 아가씨는 반대했나요?"

그녀의 시선이 그와 맞부딪쳤다. 그녀가 차가운 어조로 말했다.

"그게 무슨 소용이 있겠어요?"

포와로는 조용하게 말했다.

"현재 상황과 싸워 이길 길이 있을지도 모르죠."

"무슨 길?" 그녀가 냉소 어린 투로 그에게 되물었다.

"당신이 온 동네를 돌아다니며 말 많은 아줌마들을 붙들고서, '이제 그런 얘기를 더 이상 해서는 안 됩니다. 올드필드 박사가 너무 불쌍하지 않습니까?'라고 사정이라도 하겠다는 건가요? 그러면 그 아줌마들은 이렇게 대답하겠죠. '물론, 난 그런 이야기를 믿지 않아요!' 하지만 그게 더 나쁜 거라고요. 당신한테 직접 이렇게 얘기하지는 않겠죠. '당신은 올드필드 부인의 사인(死因)이 이 상하다는 생각이 안 드세요?'라고 말이에요. 아니, 이렇게 말하겠죠. '아, 물론 난 올드필드 박사와 그 부인에 관한 소문을 믿지 않아요. 그 의사가 자기 아내한테 좀 소홀했던 게 사실이라 해도 그런 끔찍한 짓을 저지를 사람이라고는 생각지 않아요. 그가 젊은 아가씨를 약제사로 둔 건 그리 현명치가 못했다는 생각이 들긴 하지만요. 물론 그들 두 사람 사이가 무슨 불륜의 관계라는 말은 절대로 아니에요. 오, 그럼요. 그럴 리가 없을 거예요.'라고요."

그녀는 하던 말을 멈추었다. 그녀의 얼굴은 빨갛게 상기되어 있었고 호흡 역시 매우 거칠어져 있었다.

"어떤 소문이 퍼져 있는지 잘 알고 있나 보군요." 에르퀼 포와로가 말했다.

그녀는 입술을 꼭 깨물었다. 그러더니 통렬한 어조로 말했다.

"다 잘 알고 있죠!"

"그럼, 아가씨의 해결책은 뭡니까?"

진 몬크리프가 말했다.

"그를 위한 최선의 방법은 여기 있는 병원을 팔고 딴 곳에 가서 새로 시작하는 거예요."

"그 소문이 계속 그 뒤를 따라다닐 거라는 생각은 들지 않으세요?"

그녀는 어깨를 으쓱했다.

"그거야 감수해야 하겠죠."

포와로는 잠시 말없이 앉아 있었다. 이윽고 그가 말했다.

"아가씨는 올드필드 박사와 결혼할 작정이오, 몬크리프 양?"

그녀는 그 말에 조금도 놀라는 기색이 없었다. 그녀가 간단하게 대답했다.

"그분은 저한테 청혼하지 않으셨어요."

"왜요?"

두 사람의 시선이 서로 부딪치는 순간 그녀는 푸른 눈을 깜박거렸다.

이윽고 그녀가 입을 열어 말했다.

"제가 선생님이 그 말씀을 하지 못하도록 미리 막았기 때문이죠."

"아, 이렇게 솔직하게 말해주니 정말 기쁘기 한량없군요."

"그럼, 모든 걸 솔직히 말씀드리겠어요. 찰스 박사님이 저와 결혼하기 위해 부인을 죽였다는 소문이 온 마을에 퍼진 것을 알게 되었을 때 저는 만일 우리가 진짜 결혼을 한다면 모든 게 끝장이겠구나 하는 생각이 들더군요. 그래서 그 말도 안 되는 엉터리 소문을 진정시키려면 우리가 결혼을 포기하는 수밖에 없다고 생각했어요."

"그런데 그것도 소용이 없었군요?"

"예, 소용이 없었어요."

"그것참, 이상한 일인데요." 에르퀼 포와로가 말했다.

진이 신랄하게 말했다.

"이런 시골에서는 사람들이 즐길 만한 게 별로 없잖아요."

"찰스 올드필드 박사와 결혼하고 싶습니까?" 포와로가 물었다.

아가씨가 아주 차가운 목소리로 대답했다.

"그래요, 전 그분을 처음 본 순간부터 그분과 결혼하고 싶었어요."

"그럼, 당신으로 봐서는 그 부인이 죽은 게 차라리 잘된 셈이었겠군요?"

진 몬크리프가 말했다.

"올드필드 부인은 정말 싫었어요. 솔직히 말해, 전 부인이 돌아가셨을 때 정말 기뻤어요."

"정말, 아가씨는 솔직해서 좋군요!" 포와로가 말했다.

그녀의 입가에 아까와 똑같은 냉소가 어렸다.

"내가 제안을 하나 하지요." 포와로가 말했다.

"예?"

"이런 시골에서는 과감한 방법이 필요합니다. 누가, 아가씨 자신이 좋겠지요. 내무부에 편지를 띄웠으면 하는 겁니다."

"도대체 그게 무슨 말씀이시죠?"

"이번 일을 해결하는 가장 좋은 방법은 시체를 다시 파헤쳐서 검시하는 겁니다."

그녀가 한 걸음 뒤로 물러섰다. 그녀의 입술이 벌어졌다가 다시 닫혔다.

포와로는 그런 그녀의 모습을 지켜보았다.

"어떠시오, 마드모아젤?" 결국 그가 먼저 입을 열었다.

"전 찬성할 수가 없어요." 진 몬크리프가 조용하게 말했다.

"왜 안 된다는 거지요? 시체 해부 결과 자연사(自然死)라는 판결만 내린다면 모든 소문이 사라지게 될 텐데요?"

"그런 판결이 내린다면야 그렇겠죠."

"지금 아가씨가 무슨 얘기를 하는 건지 알고나 하는 겁니까, 마드모아젤?" 진 몬크리프가 성급하게 말했다.

"그럼, 알고말고요. 당신은 비소중독을 생각하시나 본데요, 부인의 사인이 비소중독이 아니라는 건 증명할 수가 있겠죠. 하지만 다른 독극물이 있을 수도 있잖아요. 베지터블 알칼로이드 같은 것 말이에요. 또 죽은 지 1년이나 지난 지금 시체를 해부한다고 해서 사인을 밝혀낼 수 있을 것 같지도 않아요. 전 그런 검시의가 어떤지는 잘 알고 있거든요. 아마도 사인의 결정적인 단서가 될 만한 것을 찾아내지 못했다는 식의 애매한 표현으로 검시보고서를 올릴 게 뻔해요. 그렇게 되면 사람들 이야깃거리만 하나 더 늘게 된다고요!"

에르퀼 포와로는 잠시 침묵을 지키다가 입을 열었다.

"아가씨 생각에는 이 마을에서 가장 말 많은 사람이 누구인 것 같습니까?"

그 말에 그녀는 잠시 생각을 해보는 눈치였다. 이윽고 그녀가 말했다.

"제 생각에는 사람들 중에서도 늙은 레더랜 양이 가장 심술궂고 심한 것 같아요."

"아하! 그럼, 레더랜 양한테 나를 소개시켜 주시겠소? 가능하다면 우연히 만난 것처럼 해서 말이오."

"그거야 쉬운 일이죠. 오전 이맘때쯤이면 노처녀들 모두가 쇼핑하느라 이리저리 돌아다니니까요. 그러니까 우리는 중심가만 따라 걷기만 하면 되는 거죠."

진의 말대로 그다음 일은 별 어려움 없이 진행되었다. 우체국 앞에서 진이 발을 멈추더니, 기다란 코와 호기심 강하게 생긴 날카로운 눈을 가진, 키가 크고 깡마른 중년 부인한테 말을 걸었다.

"안녕하세요, 레더랜 양."

"좋은 아침이야, 진. 아주 날씨가 좋지?"

그녀의 날카로운 눈은 진 몬크리프의 동반자를 아래위로 훑어보고 있었다.
진이 말했다.

"이분은 포와로 씨라고 하는데 여기서 며칠 지내실 거예요."

3

에르퀼 포와로는 무릎 위에 찻쟁반을 흔들리지 않게 잘 올려놓고서 스콘을
조금씩 뜯어먹으면서 여주인과 아주 친숙하게 이야기를 나누고 있었다. 레더
랜 양은 친절하게도 그에게 차까지 대접했다. 물론 차를 내온 즉시 이 기묘하
게 생긴 조그만 외국인이 왜 자기네 마을에 왔는지를 알아내기 위해 몹시 허
둥댔다.

처음 한동안 그는 그녀의 공격을 교묘하게 피해 나갔다. 그렇게 함으로써
그녀의 흥미를 한껏 돋웠던 것이다. 이윽고 때가 무르익었다는 판단이 서자
그는 몸을 앞으로 내밀었다.

"아하, 레더랜 양." 그가 말했다.

"당신은 정말 머리가 좋으시군요! 내 비밀을 눈치 채다니 말입니다. 제가
여기 온 건 내무부의 요청이 있었기 때문이지요. 하지만……."

그는 목소리를 낮추었다.

"이 사실은 꼭 비밀로 해주십시오."

"그러고말고요. 물론이죠."

레더랜 양이 흥분을 감추지 못하고 몸을 들썩거렸다.

"내무부라면, 혹시, 가엾은 올드필드 부인 일로?"

포와로는 머리를 천천히 여러 번 끄덕였다.

"어머나!"

레더랜 양의 기쁜 마음을 표현하기에는 그 한마디로도 족했다.

포와로가 말했다.

"아시다시피 이건 미묘한 문제라서 아주 신중히 다뤄야 합니다. 제가 여기
온 건 시체를 파헤칠 만한 충분한 이유가 있는지 아닌지를 알아보기 위해서죠."

레더랜 양이 큰소리로 외쳤다.

"그 시체를 파헤친다는 얘기군요. 어머나, 끔찍하기도 해라!"

그러나 그녀의 말투는, '어머나 끔찍하기도 해라'라는 말 대신, '어머나 근사해라'라는 말을 했더라면 그게 훨씬 더 잘 어울릴 뻔했다.

"레더랜 양의 생각은 어떠십니까?"

"글쎄요, 물론 떠도는 얘기야 많죠. 하지만 전 그런 얘기는 한마디도 믿지 않아요. 소문이란 건 항상 그리 믿을 만한 게 못되잖아요? 그 일이 일어난 뒤로 올드필드 박사의 태도가 아주 이상해진 것은 틀림없지만, 아까 말씀드린 대로 그렇다고 그가 '죄의식' 때문에 그렇다고 무조건 단정할 수도 없는 일이죠. '슬픔' 때문일 수도 있으니까. 물론 그 부부 사이가 아주 금실이 좋았다고는 할 수 없었지요. 제가 그런 것까지 아는 이유는, '믿을만한 소식통'이 있었기 때문이에요. 또 올드필드 부인이 숨을 거둘 때까지 3~4년 동안 그녀 옆에서 수발을 들던 해리슨 간호사도 그것을 상당히 인정했거든요. 제 직감으로는 해리슨 간호사가 박사를 의심하는 것 같더라고요. 물론 직접 입으로는 얘기한 건 아니지만 그 태도를 보면 알 수 있는 것 아니겠어요?"

포와로가 침울하게 말했다.

"그 정도로는 수사상 단서가 될 만한 게 없겠는데요."

"그건 그래요. 하지만 포와로 씨, 시체를 파헤친다면 모든 게 밝혀질 거예요."

"물론 그전에도 이 같은 사건들이 여러 번 있었죠."

레더랜 양이 기쁨을 감추지 못하고 코를 씰룩거리면서 말했다.

"암스트롱 사건이 있었고 그다음에도 어떤 남자였는데, 이름이 생각이 안나는군요. 그러고 나서 물론 크리픈 사건도 있었죠. 난 항상 에셀 르니브가 그 안에 그와 함께 있었는지 아닌지 궁금했답니다. 물론 진 몬크리프는 아주 좋은 아가씨예요. 그녀가 그 의사한테 먼저 꼬리를 쳤다고 할 생각은 없어요. 하지만 예쁜 아가씨들만 보면 사족을 못 쓰는 게 바로 남자들이잖아요? 물론 그들 두 사람이 함께 있는 시간이 너무 많았던 게 탈이었을 거고요!"

포와로는 아무 말도 하지 않았다. 대신 그녀한테서 보다 더 많은 얘기를 끌어낼 요량으로 그녀가 말하는 모든 것이 흥미롭다는 듯 순진한 표정을 지은 채 그녀의 얼굴을 바라보았다. 그러나 속으로는 그녀가 '물론'이라는 말을 몇 번이나 하는지 그 숫자를 헤아리는 참이었다.

"물론 검시와 함께 다른 것도 조사해보면 그 진상이 밝혀지겠죠. 아마 하인들 같은 사람을 조사해봐야 할 거예요. 그 집 사정을 가장 잘 아는 사람이 바로 그들이잖아요? 물론 주인이라고 해서 그들이 소문내고 다니지 못하도록 막을 방법은 없을 거예요, 그렇죠? 올드필드 박사 집에서 일하던 베아트리체도 장례식이 끝난 뒤에 곧 해고되더라고요. 그게 또 이상하게 생각되더라고요. 특히나 요새같이 하녀 구하기가 몹시 어려운 때에 말이에요. 올드필드 박사는 그녀가 뭔가를 알고 있을지 모른다고 지레 겁을 집어먹은 모양이에요."

"말씀을 듣고 보니 정말 수사해볼 필요가 있겠는데요."

포와로가 점잔을 빼면서 말했다.

레더랜 양이 끔찍한 얘기라도 들었다는 듯이 약간 몸을 떨었다.

"그건 생각만 해도 소름이 끼치네요. 이렇게 조용한 우리 마을 이름이 신문에 오르내리고, 세상 사람이 다 알게 된다고 생각만 해도, 아이고!"

"그게 그렇게 싫으십니까?"

"왠지, 보시다시피 전 옛날 사람이거든요."

"하지만 당신 말처럼 그게 단순한 소문에 그칠 수도 있잖습니까?"

"글쎄, 내 양심상 그렇다고 말할 수는 없군요. 아시겠지만 전 그 소문이 모두 사실이라고 믿고 있거든요. '아니 땐 굴뚝에 연기 날 리 없다'는 속담도 있잖아요."

"아닌 게 아니라 그 점에는 나도 동감입니다."

포와로가 말했다. 그러고 나서 그는 자리에서 일어섰다.

"마드모아젤, 당신을 믿어도 되겠지요?"

"오, 그럼요! 아무한테도 말하지 않을 테니까 걱정하지 마세요."

포와로는 미소를 지으며 그 자리를 떠났다.

문 앞 층층대에서 그는 모자와 코트를 건네주는 조그만 하녀에게 말했다.

"내가 여기 온 건 올드필드 부인 사망사건의 진상을 알아보기 위해서요. 하지만 이건 아가씨만 알고 있어야 하는 비밀이야."

레더랜 양의 하녀인 글래디스는 얼마나 놀랐는지 하마터면 우산꽂이 안으로 나가떨어질 뻔했다. 그녀는 흥분해서 숨도 제대로 쉬지 못했다.

"어머나, 그러면 의사가 그랬단 말이에요?"

"아가씨가 그렇게 생각했잖소?"

"글쎄요, 그건 제가 아니에요. 베아트리체라고요. 그 애는 올드필드 부인이 죽었을 때 그 댁에 있었거든요."

"그럼, 그 아가씨 생각에……."

포와로는 일부러 멜로드라마 같은 단어를 골랐다.

"'반칙'이 있다는 거요?"

글래디스는 흥분한 얼굴로 고개를 끄덕였다.

"예, 그래요. 그 애 말로는 해리슨 간호사의 태도가 이상하게 변했다고 하더군요. 아무리 그 간호사가 올드필드 부인을 좋아했고, 또 그래서 부인이 죽었을 때 몹시 슬퍼했다 하더라도 부인이 죽은 뒤부터 의사를 대하는 태도가 그렇게 적대적으로 변했다는 것은 그 간호사가 뭔가를 알고 있던 게 틀림없다고 베아트리체는 입버릇처럼 말했어요. 사실, 잘못된 게 없다면 그녀가 그런 식으로 행동할 리가 없잖겠어요?"

"지금 해리슨 간호사는 어디 있지요?"

"마을 끄트머리에 있는, 나이 든 브리스토 양 댁에 있어요. 기둥과 베란다가 있는 집이라서 찾기가 쉬울 거예요."

4

그로부터 얼마 지나지 않아 에르퀼 포와로는 어느 누구보다도 소문이 퍼지게 된 경위에 대해 확실히 알고 있을 여자와 마주앉아 있었다.

해리슨 간호사는 아직도 상당한 미모의 소유자로 나이는 사십 가까이 되어 보였다. 그리고 호소하는 듯한 커다란 검은 눈동자와 고요한 표정이 마치 성모 마리아 같은 인상을 주었다. 그녀는 그가 하는 말을 주의깊게 귀 기울여

들었다. 이윽고 그녀가 천천히 입을 열었다.

"예, 마을에 온갖 나쁜 소문들이 떠돌고 있다는 건 저도 알고 있어요. 그런 소문을 막아보려고 제 나름대로 최선을 다했지만 별 소용이 없었어요. 아시다시피 시골 사람들은 자극적인 이야기를 좋아하거든요."

포와로가 말했다.

"그러나 그런 소문이 발생하게 된 원인은 있었을 게 아닙니까?"

그는 그녀의 표정이 한층 더 고통스럽게 변하는 것에 주목했다. 그러나 그녀는 단지 난처하다는 듯 고개만 흔들 뿐이었다.

"혹시……." 포와로가 넌지시 말을 꺼냈다.

"올드필드 박사와 그 부인 사이가 나빠서 그런 소문이 생긴 건 아닙니까?"

해리슨 간호사는 단호하게 머리를 흔들었다.

"오, 아니에요. 올드필드 선생님이 사모님한테 얼마나 잘해 줬다고요."

"그가 자기 부인을 정말로 사랑했나요?"

그녀는 잠시 머뭇거렸다.

"아니, 꼭 그렇다고는 말씀 못 드리겠군요. 올드필드 부인은 성격이 몹시 까다로워서 비위 맞추기가 무척 힘든 분이었거든요. 또 사람들의 동정과 관심을 끌려고 해서인지 늘 사람들을 들볶았죠."

"그 부인이 자신의 건강상태를 좀 과장해서 생각했다는 말입니까?"

포와로가 물었다.

간호사는 고개를 끄덕였다.

"예, 사모님의 건강이 더 나빠졌던 것도 따지고 보면 자기 병에 대한 상상력이 지나쳤기 때문이라고 볼 수도 있죠."

"그런데, 그녀가 죽었다……." 포와로가 침통한 어조로 말했다.

"네, 저도 알아요. 알죠……."

그는 그녀를 잠시 지켜보았다. 그녀의 이해할 수 없는 괴로운 표정, 어딘가 모르게 주저하고 불안해하는 기색이 느껴졌던 것이다.

"내 생각에는(이건 확신이오만), 이런 소문이 퍼지게 된 원인을 당신은 알고 있을 것 같은데요."

해리슨 간호사의 얼굴이 확 붉어졌다.

"글쎄요, 추측은 해볼 수가 있겠죠. 이런 소문을 맨 처음 퍼뜨린 사람은 제가 보기에 하녀인 베아트리체밖에 없어요. 아마 그 일 때문일 거예요."

"예?"

해리슨 간호사가 좀 두서없이 말했다.

"아시다시피 전 올드필드 선생님과 몬크리프 양이 얘기하는 내용을 우연히 엿듣게 되었답니다. 베아트리체도 그때 그걸 들었을 거예요. 물론 그 애가 직접 그런 얘기를 한 건 아니지만."

"그 내용이 뭐였습니까?"

해리슨 간호사는 자신의 기억을 더듬기라도 하는 것처럼 잠시 침묵을 지켰다. 이윽고 그녀가 말했다.

"그러니까 올드필드 부인이 세상을 떠나기 3주일 전에 일어난 일이었어요. 그들은 식당에 있었는데 제가 층계를 내려오다가 우연히 진 몬크리프가 얘기하는 소리를 듣게 된 거죠. 그녀는 이렇게 말하더군요. '얼마나 더 오래 기다려야 하죠? 전 이제 더 이상 기다릴 수가 없어요.' 그러니까 선생님은 이렇게 대답하시더라고요. '이제 얼마 안 남았어, 달링. 맹세하지.' 그러자 그녀가 다시 말하더군요. '이렇게 기다리는 건 정말 지긋지긋해요. 정말 잘될 거라고 생각하세요?' 그 말에 다시 선생님이 이렇게 말씀하시더군요. '물론이고말고, 잘못될 게 뭐가 있어. 내년 이맘때쯤에는 결혼하게 될 거야.'라고요."

그녀는 말을 멈추었다.

"포와로 씨, 제가 선생님과 몬크리프 양이 보통 관계가 아니라는 걸 눈치채게 된 건 그때가 처음이었어요. 물론 선생님이 그녀를 좋아하고 그 둘 사이가 아주 친하다는 건 알고 있었지만 그 이상의 관계일 거라고는 꿈에도 생각 못했었죠. 본의 아니게 그런 얘기를 엿듣게 된 저는 아래층으로 내려갈 수가 없어서 도로 2층으로 올라갔습니다. 전 그 얘기에 무척 충격을 받았거든요. 그런데 그때 부엌문이 열려 있는 것을 보게 되었고 그래서 전 베아트리체도 그 얘기를 들었을 거라고 생각한 거죠. 그런데 문제는 그런 얘기를 두 가지로 해석할 수도 있잖아요? 물론 선생님은 사모님의 병이 너무 심해서 오래 살지 못

할 것을 이미 알고서 그런 말씀을 하셨을 거예요. 저도 그걸 믿어 의심치 않아요. 하지만 베아트리체 같은 사람한테는 다른 뜻으로 들리기가 십상이죠. 의사와 진 몬크리프가 공모해서, 말하자면, 두 사람이 올드필드 부인을 죽일 계획이라도 짜는 것처럼 들었을지도 모른다는 거죠."

"하지만 당신은 그렇게 생각지 않는다, 이 말이군요?"

"그럼요. 전, 물론……"

포와로는 탐색이라도 하듯이 그녀를 쳐다보았다.

"당신이 아는 게 더 있을 텐데요. 나한테 얘기하지 않은 게 또 있지요?"

그녀의 얼굴이 홍당무처럼 붉어지더니 난폭한 어조로 말을 내뱉었다.

"무슨 말씀을! 아니에요, 절대로 그렇지 않아요. 무슨 얘기가 더 있다는 거예요?"

"그건 모르죠. 하지만 내 생각에는 다른 얘기가 더 있을 법한데요?"

그녀는 머리를 흔들었다. 그런 그녀의 얼굴은 아까 고통스러워하는 그 표정으로 다시 되돌아왔다.

에르퀼 포와로가 말했다.

"내무부에서 올드필드 부인의 시체를 파헤치라는 명령이 내려올지도 모릅니다!"

"오, 안 돼요!" 해리슨 간호사의 얼굴이 두려움으로 가득 찼다.

"생각만 해도 소름이 끼치는군요!"

"왜 안 된다는 거죠?

"그 일로 해서 또 얼마나 말들이 많을까 생각하니 정말 끔찍하군요! 가엾은 올드필드 선생님이 그 일로 얼마나 더 당할지 생각만 해도, 정말 몸서리가 쳐져요."

"당신은 차라리 그러는 편이 그를 위해서 더 좋을 거라고는 생각지 않나 보군요?"

"무슨 말씀이시죠?"

포와로가 말했다.

"만약 그가 결백하다면, 그 결백이 증명될 거라는 뜻이지요."

그는 말을 중단했다. 그리고 무슨 생각엔가 잠겨 있는 해리슨 간호사의 얼굴을 쳐다보았다. 이윽고 눈살을 잔뜩 찌푸리던 그녀가 얼굴을 폈다. 그녀는 깊은 한숨을 내쉰 뒤에 그를 쳐다보았다.

"미처 그건 생각지 못했군요." 그녀가 간단하게 말했다.

"물론 그렇게 된다면야 모든 문제가 해결되겠지요."

그때 머리 위에서 마룻바닥이 쿵쿵 울리는 소리가 들려왔다. 그러자 해리슨 간호사가 벌떡 자리에서 일어났다.

"브리스토 양이 잠에서 깨어났나 봐요. 이제 그만 올라가 봐야겠군요. 저 할머니가 차를 드실 수 있도록 부축도 해 드리고 산책하러 나가봐야 하거든요. 그래요, 포와로 씨, 당신 말씀이 옳다고 생각해요. 검시가 모든 걸 해결해주겠죠. 그래서 가엾은 올드필드 선생님을 둘러싼 온갖 나쁜 소문들이 사라졌으면 좋겠어요."

그녀는 악수한 뒤에 서둘러서 그 방을 나가버렸다.

5

에르퀼 포와로는 우체국 앞 공중전화 박스에서 런던으로 전화를 걸었다.

전화선을 타고 들려오는 목소리로 미루어 보아 상대방은 화가 나 있는 것 같았다.

"선생님이 꼭 이런 일을 맡아야 했나요, 포와로 씨? 이게 우리한테 맞는 사건이라고 확신하느냐고요? 그런 시골구석의 소문이라는 게 보통 별볼일없다는 걸 잘 아시면서."

"이건……, 예외요." 에르퀼 포와로가 말했다.

"오, 물론, 선생님이 그렇다면 그렇겠죠. 아닌 것도 그렇게 만드는 게 선생님의 그 지겨운 습관이니까요. 하지만 그게 모두 한낱 소문에 불과하다면 정말 실망하실 텐데요."

에르퀼 포와로는 혼자 미소를 지었다. 그가 중얼거리듯이 말했다.

"천만에, 내가 실망할 리가 있나?"

"뭐라고요? 잘 들리지가 않아요."

"아무것도 아니오." 그는 전화를 끊었다.

우체국 안으로 들어선 그는 카운터 앞으로 다가갔다. 그리고 아주 매력적인 어조로 말을 꺼냈다.

"부인, 혹시 전에 올드필드 박사 집에서 일했던 하녀가 지금 어디 살고 있는지 아십니까? 세례명은 베아트리체라고 하는데요."

"베아트리체 킹 말인가요? 그 애는 그 뒤로 두 번이나 일하는 집을 옮겼죠. 지금은 잉글랜드 은행 맞은편에 있는 머레이 부인댁에서 일하고 있어요."

포와로는 그녀에게 고맙다는 인사를 하고 엽서 2장과 우표책 1권, 그리고 지방 특산 도자기를 1점 샀다. 그렇게 물건을 사면서 그는 이런저런 얘기를 하다가 고(故) 올드필드 부인의 죽음을 은근슬쩍 화제로 끌어들였다. 순간 여자 우체국장의 얼굴에 언뜻 알 듯 모를 듯한 기묘한 표정이 스쳐 지나가는 것을 포와로는 놓치지 않았다.

"너무 갑작스러운 일이었죠? 그래서인지 말도 무척 많았답니다."

그녀는 흥미진진한 눈빛으로 물었다.

"혹시 그 일 때문에 베아트리체 킹을 만나시려고 하시는 건 아니세요? 우리도 그 애가 그렇게 갑작스럽게 그 집에서 해고당한 게 좀 이상하다고 생각하긴 했었죠. 어떤 사람은 그 애가 뭘 알고 있기 때문에 그랬을 거라더군요. 하긴 그 애 자신도 그렇게 생각하는 눈치이긴 했어요. 결국 그 애가 사람들한테 대강 암시를 준 셈이죠."

베아트리체 킹은 키가 작고 편도선 증세가 있는 약간은 교활해 보이는 소녀였다. 전체적으로는 상당히 멍청한 바보같이 생겼지만 그녀의 눈빛만은 의외로 반짝이고 있었다. 그러나 베아트리체 킹한테서 별다른 이야기를 기대하기란 애당초 무리인 것 같았다. 그녀는 같은 말만 되풀이할 뿐이었다.

"전 아는 게 없어요. 거기서 무슨 일이 생겼다고 말하라는 건지 전 모르겠어요. 의사 선생님과 몬크리프 양이 이야기하는 것을 제가 엿들었다고 하시는데 그건 전 모르는 일이랍니다. 전 남의 말을 몰래 엿듣는 그런 사람이 아니란 말이에요. 또 그렇다 치더라도 선생님은 그런 말을 할 권리가 없어요. 전 아무것도 모른다니까요."

"비소중독이라는 말을 들어본 적은 있소?" 포와로가 말했다.

그러자 샐쭉해 있던 소녀가 처음으로 얼굴이 흥미롭게 변했다.

"그럼, 약병 속에 들어 있던 게 바로 그거였나요?"

"무슨 약병?"

베아트리체가 말했다.

"몬크리프 양이 마님한테 조제해준 약병 중 하나인데요. 간호사가 그걸 모두 쏟아버리는 걸 제가 본 적이 있어요. 글쎄, 그걸 맛보고 냄새를 맡더니 하수구에다 그 약을 쏟아버리는 거예요. 그리고 나서는 수도꼭지를 틀어 그 병에다 물을 가득 채우더라고요. 어쨌든 물같이 생긴 흰 약이었어요. 그런 일이 있고 나서 또 한 번은 몬크리프 양이 마님께 찻주전자를 갖다주었는데 그때도 간호사는 그 주전자의 물을 모두 쏟아버리고 새 물을 넣더라고요. 저한테 말하기는 끓인 물이 아니어서 그렇다고 했지만 제가 보기에는 결코 그런 것 때문만은 아니었다고요! 물론 그때는 저도 으레 간호사들이라면 저렇게 유난스럽게 일해야 하나 보다라고만 여겼죠. 하지만 이젠 모르겠어요. 그 이상의 의미가 담겨 있었는지도 모르잖아요?"

포와로는 고개를 끄덕였다.

"베아트리체, 아가씨는 몬크리프 양을 좋아했나?"

"싫어하지는 않았어요, 좀 쌀쌀맞기는 했지만. 물론 전 그녀가 의사 선생님한테 홀딱 반했다는 것은 알고 있었죠. 그건 의사 선생님을 쳐다보는 그녀의 눈빛만 봐도 대번 알 수 있어요."

포와로는 다시 고개를 끄덕였다. 그러고 나서 그는 여관으로 되돌아갔다.

거기서 그는 조지에게 몇 가지 지시를 내렸다.

6

내무부 해부학자 앨랜 가르시아 박사는 손을 문질러 닦은 다음 눈을 빛내며 에르퀼 포와로를 쳐다보았다.

"포와로 씨, 이것도 당신한테 걸맞은 일인 것 같은데요? 항상 결과가 틀린 적이 없으시니까."

"너무 과찬의 말씀이십니다." 포와로가 말했다.

"어떻게 해서 그걸 알게 됐습니까? 소문?"

"말씀 그대로입니다. 온갖 말이 난무하는 소문 속에 뛰어든 덕분이죠."

그 다음 날 포와로는 다시 마켓 로브로행 열차를 탔다.

마켓 로브로는 마치 벌집을 들쑤셔 놓은 것 같았다. 시체를 파헤치기 시작한 이래로 마을 사람들의 화제는 온통 그 일에 대한 것뿐이었다. 더욱이 검시 결과가 누설된 지금 마을 사람들의 흥분은 그 절정에 달해 있었다.

포와로는 여관에 약 1시간 동안 머물면서 스테이크와 키드니 푸딩을 점심으로 푸짐하게 먹었다. 그리고 맥주를 한 잔 입가심으로 마시고 있는데 어떤 숙녀가 그를 만나러 왔다는 전갈을 받았다.

그 사람은 해리슨 간호사였다. 몹시 수척해 보이는 그녀의 얼굴이 백지장처럼 창백했다. 그녀는 곧장 포와로에게 다가왔다.

"그게 정말이세요, 포와로 씨? 그게 정말이냐고요?"

그는 그녀를 편안하게 의자에 앉혔다.

"예, 치사량의 비소가 검출되었습니다."

해리슨 간호사가 큰소리로 외쳤다.

"전 생각도, 정말 꿈에도 생각 못했다고요."

그러더니 울음을 와락 터뜨렸다.

"진실은 밝혀져야 하는 법이죠." 포와로가 부드럽게 말했다.

그녀는 흐느끼며 말했다.

"선생님을 교수형에 처할까요?"

포와로가 말했다.

"아직은 더 밝혀져야 할 게 있습니다. 독약을 손에 넣게 된 경로, 같은 것 말입니다."

"하지만 포와로 씨, 만약 선생님이 그 일과는 아무 상관이 없다면 정말 아무 상관도 없다고요."

"그렇다면야, 당연히 석방이 되죠." 포와로는 어깨를 으쓱했다.

해리슨 간호사가 천천히 말했다.

"사실은 말씀드렸어야 하는 건데, 전에 제가 당신한테 얘기하지 않은 게 있어요. 하지만 전 그걸 별로 대수롭지 않게 여겼거든요. 어쨌든 좀 수상스러운 일이 있었어요."

"당신이 나한테 얘기하지 않은 게 있다는 걸 난 알고 있었소."

포와로가 말했다.

"지금이라도 좋으니까 다 얘기해봐요."

"별 대수로운 일은 아니에요. 언젠가 한 번 제가 무슨 일 때문에 조제실로 내려갔더니 진 몬크리프가 좀, 이상한 행동을 하고 있더라고요."

"예?"

"바보같이 들릴지 모르겠는데요. 그녀가 자기 콤팩트에 무엇인가를 가득 채우고 있더군요. 분홍색 에나멜로 된 것이던데……."

"예?"

"하지만 그녀가 콤팩트에 넣고 있던 건 가루분이 아니었어요. 화장품 말이에요. 그녀는 독극물이 놓인 선반에서 병 하나를 꺼내 그 병 속에 든 내용물을 콤팩트에 쏟아 붓고 있다가 내가 들어서는 것을 보고서 소스라치게 놀라더군요. 그러고는 재빨리 그 콤팩트를 자기 백 속에 집어넣기가 무섭게 그 병을 본래 있던 자리에 도로 올려놓더라고요. 아마 그 병에 뭐가 들었는지 제가 아는 게 싫었나 봐요. 정말 별 대수로운 일은 아니었어요. 하지만 올드필드 부인의 사인이 독약중독으로 판명된 이상……." 그녀는 말을 멈추었다.

"잠깐 실례 좀 해도 될까요?" 포와로가 말했다.

그는 밖으로 나가 버크셔 군 경찰서의 수사과 그레이 경사에게 전화를 걸었다.

에르퀼 포와로는 다시 돌아와 해리슨 간호사와 마주앉았다. 두 사람 사이에 침묵이 흘렀다. 포와로는 머릿속에 빨간 머리 아가씨의 얼굴을 그려보았다. 그러자 그녀의 딱딱한 목소리가 다시 들려오는 것 같았다.

"전 찬성할 수가 없어요."

'진 몬크리프 양은 검시를 원하지 않았어.'

그녀가 그럴듯한 말로 그에 대한 이유를 둘러대긴 했지만 사실은 사실인걸. 유능하고, 지적이며 의지가 강한 아가씨. 그녀가 불평만 하는 병든 아내를 둔 남자와 사랑에 빠지지만 않았어도 그 아내는 수년은 족히 살았을 것이고(이건 해리슨 간호사 말인데), 그녀 또한 아무 문제없이 살아갔을 것을!

에르퀼 포와로는 한숨을 내쉬었다.

"지금 무슨 생각을 하세요?" 해리슨 간호사가 말했다.

"안됐다는 생각……." 포와로가 대답했다.

해리슨 간호사가 말했다.

"전 그분이 그 일에 대해 알고 계셨다고는 꿈에도 생각지 않아요"

"그렇소. 나도 그렇다는 걸 확신하는 바요." 포와로가 말했다.

문이 열리면서 수사과 그레이 경사가 안으로 들어왔다. 그는 손에 실크 손수건으로 둘둘 싼 물건을 들고 있었다. 그가 그 포장을 벗기고 속의 내용물을 조심스레 내려놓았다. 그것은 붉은 분홍 색깔의 에나멜 콤팩트였다.

"제가 본 게 바로 이거예요." 해리슨 간호사가 말했다.

그레이가 말했다.

"몬크리프 양이 책상 서랍 뒤 오른쪽에 숨겨 놓은 것을 찾아냈습니다. 손수건 속에 들어 있더군요. 제가 보기에는 아무 지문도 없습니다만, 그래도 신중을 기해야죠"

그는 손가락에 손수건을 감고서 스프링을 눌렀다. 그러자 콤팩트 뚜껑이 활짝 열렸다.

"이건 화장분이 아닙니다." 그레이가 말했다.

그는 손가락으로 가루를 살짝 찍어 혀끝에 대고 아주 조심스럽게 맛을 보았다.

"뭐, 특별한 맛은 없군요"

"하얀 비소가루는 본래 맛이 없지요." 포와로가 말했다.

"당장 분석을 해봐야 되겠습니다." 그레이가 말했다.

그는 해리슨 간호사를 쳐다보았다.

"이게 바로 그 콤팩트라는 걸 맹세할 수 있습니까?"

"예, 그건 자신할 수 있어요. 올드필드 부인이 돌아가시기 일주일 전쯤 제가 조제실에서 봤던 몬크리프 양의 콤팩트가 틀림없다고요."

그레이 경사는 한숨을 쉬었다. 그리고 포와로를 쳐다보면서 고개를 끄덕였다.

포와로가 수화기를 들었다.

"우리 집 하인한테 이리 오라고 해주시오."

사려가 깊고 신중하여 완벽한 하인 역할을 해내는 조지가 들어와 궁금한 표정으로 자기 주인의 얼굴을 쳐다보았다.

에르퀼 포와로가 말했다.

"해리슨 양, 당신은 거의 1년 전에 몬크리프 양이 이 콤팩트를 가지고 있는 것을 보았다고 자신있게 말했습니다. 그런데 메서즈 울워스 상점에서는 이것을 겨우 몇 주 전에 팔았다고 합니다. 게다가 이런 모양과 색깔을 지닌 콤팩트가 만들어져 나오기 시작한 게 이제 3개월 됐다고 합니다. 그렇다면 이 모든 것을 어떻게 설명하시겠소?"

해리슨 간호사는 경악했다. 그녀는 눈을 커다랗게 뜬 채로 포와로의 얼굴만 뚫어져라 쳐다보았다.

포와로가 말했다.

"조지, 자넨 전에 이 콤팩트를 어디서 본 적이 있는가?"

조지는 한 발짝 앞으로 걸어나왔다.

"예, 나리. 전 해리슨 간호사가 18일 금요일 울워스 상점에서 이걸 사는 걸 지켜보았습니다. 그리고 나리 분부대로 이 숙녀가 가는 곳마다 따라다녔지요. 콤팩트를 샀던 그날 해리슨 양은 다닝턴으로 가는 버스를 잡아탔습니다. 자기 집으로 그걸 갖고 간 거죠. 그리고 얼마 뒤에(같은 날입니다), 그녀는 몬크리프 양의 하숙집으로 갔습니다. 물론 저는 나리께서 시키는 대로 이미 그 집에 있었지요. 그리고 그녀가 몬크리프 양의 침실로 들어가 이걸 책상 서랍 뒤쪽에 숨겨놓는 것을 지켜보았습니다. 물론 문 틈새로 몰래 본 거죠. 그런 다음 제가 보고 있다는 사실은 까맣게 모른 채 그녀는 의기양양하게 그 집을 빠져나갔습니다. 한 말씀 더 드리자면 이 마을에서는 현관문을 잠그는 집이 하나도 없다는 것과 그 시간은 날이 저물 때였다는 겁니다."

포와로가 딱딱하고 호되게 질책하는 목소리로 해리슨 간호사에게 말했다.

"해리슨 간호사, 이래도 부정할 수 있겠소? 그럴 수는 없을 거요. 당신이 메서즈 울워스 상점에서 이걸 샀을 때만 해도 그 속에는 가루분이 들어 있었지만 브리스토 양 집에 이걸 두고 나왔을 때 그 속에는 가루분 대신 비소가 들어 있었소." 그는 부드럽게 덧붙였다.

"당신이 계속 비소를 갖고 있었던 건 아주 어리석은 짓이었소."

해리슨 간호사가 두 손으로 얼굴을 감쌌다.

그녀는 잘 알아들을 수 없는 흐릿한 목소리로 말했다.

"사실이……, 에요. 모두 사실이라고요. 제가 죽였어요. 그런데 결과가 이렇게 끝나다니. 아무것도 된 게 없는데……, 제가 미쳤어요."

7

진 몬크리프가 물었다.

"포와로 씨, 어떻게 사과의 말씀을 드려야 할지 모르겠군요. 제가 당신한테 너무 화를 내서 말이에요. 그렇게 화를 내서 정말 죄송해요. 제가 보기에는 당신 때문에 사태가 더 악화하는 것 같았거든요."

포와로가 미소를 지으며 말했다.

"내가 이 일을 맡은 이유가 바로 그겁니다. 소문은 마치 옛날 신화에 나오는 레르네 히드라와 같다고 할 수 있지요. 머리 하나를 자르면 그 자리에 머리 두 개가 나오니 말입니다. 하여튼 그렇게 걷잡을 수 없을 정도로 소문이 커져 버렸소. 따라서 내가 해야 할 일은 헤라클레스의 이름을 딴 내 이름에서도 알 수 있듯이 첫 번째 머리, 그러니까 본래 머리를 찾아내는 것이었지요.

이 소문을 맨 처음 퍼뜨린 사람은 과연 누군가? 해리슨 간호사가 그 장본인이라는 사실을 알게 되기까지는 그리 오랜 시간이 필요하진 않았습니다. 난 그녀를 만나러 갔었지요. 겉으로 보기에는 아주 멋진 여자 같더군요. 지적이고 인정있게 생겼습니다. 하지만 그녀가 치명적인 실수를 한 게 있소. 아가씨와 의사가 주고받는 대화를 자기가 엿들었다고 나한테 되풀이해서 말한 게 화근이 된 셈이죠. 심리학상 그런 일이 일어날 수가 없거든요.

만약 아가씨와 그 의사가 공모해서 올드필드 부인을 죽일 작정이었다면 계단이나 부엌에서 누가 듣는 사람이 있을지도 모르는데 그렇게 문을 열어놓고서 그런 이야기를 하지는 않았을 거요. 왜냐하면 당신들 두 사람이 그렇게 바보는 아니니까. 게다가 아가씨가 했다는 그 얘기는 도대체 아가씨 성격에 어울리지가 않아요. 그런 얘기는 아가씨보다 훨씬 더 나이가 많고 또 아가씨와는 완전히 다른 타입의 여자한테나 어울리지요. 따라서 그 이야기는 모두 해리슨 간호사의 머릿속에서 나온 게 틀림없다고 생각했소. 즉, 그녀가 그와 같은 상황에 부닥쳤다면 했을 이야기를 한 셈이지요.

그때까지 난 전체적인 사건이 아주 간단하다고 생각했습니다. 해리슨 간호사가 나이는 들었지만 상당히 젊어 보이고 여전히 아름답다는 사실을 깨달았지요. 그녀는 거의 3년 동안이나 올드필드 박사와 얼굴을 마주 대하고 지냈습니다. 의사는 재치있고 인정 있는 그녀에게 고마워하면서 아주 잘해 줬겠지요. 그러는 동안에 그녀는 올드필드 부인이 죽는다면 의사가 자기한테 청혼할지도 모른다는 상상에 빠져들었습니다. 그런데 올드필드 부인이 죽자, 그녀는 올드필드 의사가 당신을 사랑한다는 사실을 알게 되었습니다. 분노와 질투심에 사로잡힌 그녀는 올드필드 의사가 자기 아내를 독살했다는 소문을 퍼뜨리기 시작합니다.

지금 내가 한 이야기는 맨 처음의 상황을 한번 상상해본 거지요. 이번 사건이 질투심 많은 여자가 근거 없는 소문을 퍼뜨린 데서 시작되었다는 것은 확실해졌습니다. 그런데 '아니 땐 굴뚝에 연기 날 리 없다.'라는 옛날 속담이 왠지 마음에 걸렸소. 해리슨 간호사가 소문을 퍼뜨린 일 이상의 것을 했을지도 모른다는 생각이 들더란 말입니다. 나중에 생각해보니까 그녀가 말한 얘기 중에 이상한 대목이 있었어요. 그녀 말로는 올드필드 부인은 몸에 진짜 병이 있었던 게 아니라 자기가 병에 걸렸다고 상상한 것뿐이라고 했지요. 그러니까 그 부인이 병 때문에 육체적인 고통을 당하지는 않았다는 말입니다.

하지만 의사인 그 남편은 자기 아내가 병에 걸렸다는 것을 믿어 의심치 않앗습니다. 그러니까 아내가 죽었을 때 별로 놀라지 않았지요. 그는 그녀가 숨을 거두기 얼마 전에 다른 의사를 불러와 진찰을 시켰는데 그때 그 의사도 그녀의 병세가 심상찮다고 했다더군요. 시험 삼아 난 시체를 파헤치는 게 좋겠다고 얘기를 해봤습니다. 그 이야기에 대경실색한 사람은 바로 해리슨 간호사였어요. 그와 동시에 또다시 질투와 증오심이 그녀 가슴 깊은 곳에서 끓어올랐습니다. '사람들이 비소를 발견한다 해도, 날 의심할 사람은 아무도 없을 테지.'라고 그녀는 생각했습니다. 그 일로 고통을 받게 될 사람은 의사와 진 몬크리프가 될 게 틀림없을 테니까요.

그러자 좋은 생각이 하나 떠올랐습니다. '해리슨 간호사로 하여금 무리하게 하여 실패하게 만들자.' 진 몬크리프를 없앨 수만 있다면 해리슨 간호사는 수단과 방법을 가리지 않을 거라고 내 나름대로 생각했던 거요. 그래서 난 정말 겸손하고 믿음직한 우리 조지에게 명령을 내렸습니다. 그녀는 조지의 얼굴을 모르지요. 그는 그녀의 뒤를 미행했습니다. 그래서 결국, 이렇게 모든 게 잘 해결되었지요."

"당신은 정말 굉장하신 분이세요." 진 몬크리프가 말했다.

올드필드 박사가 옆에서 맞장구를 쳤다.

"정말 그렇소. 어떻게 이 은혜를 갚아야 할지 모르겠군요. 내가 정말 눈먼 바보였소!"

포와로가 호기심 어린 표정으로 물었다.

"마드모아젤, 아가씨도 눈이 멀었나요?"

진 몬크리프가 느릿느릿 말했다.

"전 걱정이 돼서 견딜 수가 없었어요. 아시다시피 독약 찬장 속에 들어 있던 비소가 조금씩 없어지길래……."

"진, 당신 설마……?" 올드필드가 외쳤다.

"오, 아니요, 당신은 아니에요. 전 단지 올드필드 부인이 그걸 몰래 가져갔을 거라고 생각했었죠. 비소를 극소량 먹으면 몸이 아픈 사람처럼 되는데, 전 부인이 사람들의 동정을 사려고 그러다가 그만 부주의하게 너무 많은 양을 먹은 줄로만 알았거든요. 하지만 제가 두려워했던 것은 검시 결과 시체에서 비소가 검출되면 모든 사람들이 당신을 범인으로 지목할 거라는 사실이었어요. 그래서 전 비소가 없어지는 줄 알면서도 아무 내색을 할 수가 없었던 거죠. 심지어는 극약 장부까지 조작해서 기록했는걸요! 그렇지만 전 그 범인이 해리슨 간호사이라고는 꿈에도 생각 못했답니다."

올드필드가 말했다.

"나 역시 그렇소. 그녀는 정말 여자다웠거든요. 마치 성모 마리아처럼 말이오."

포와로가 침통한 어조로 말했다.

"그렇습니다. 그녀는 훌륭한 아내와 어머니가 될 수 있는 여자였는데……, 자신의 감정을 주체하기가 어려웠던 게 탈이었지요."

그는 한숨을 내쉰 뒤에 다시 한 번 중얼거렸다.

"정말 안됐어."

그러고 나서 그는 자기 앞에 앉아 있는 행복해 보이는 중년 남자와 열렬한 감정에 휩싸인 아가씨의 얼굴을 번갈아 쳐다보며 미소를 지었다.

그가 혼자 중얼거렸다.

"이 한 쌍의 연인이 이제야 태양을 보게 되었군. 그리고 난, 이제 헤라클레스의 두 번째 모험을 마쳤어."

아르카디아의 사슴

1

에르퀼 포와로는 시린 발을 조금이라도 따뜻하게 해보려고 발을 동동 구르고 손가락을 호호 불었다. 눈이 녹아서 그의 콧수염 가장자리로 방울방울 흘러내렸다.

문에서 노크 소리가 나더니 하녀가 들어왔다. 그녀는 둔해 보이는 땅딸막한 시골처녀였는데 에르퀼 포와로를 아주 호기심 어린 표정으로 쳐다보았다. 전에는 이렇게 생긴 사람을 한 번도 본 적이 없었던 모양이다.

"부르셨어요?" 그녀가 물었다.

"그렇소, 불 좀 피워 주겠소?"

그녀는 밖으로 나가더니 곧 종이와 나무토막을 한 아름 갖고 되돌아왔다. 그녀는 빅토리아풍의 커다란 난로 앞에 꿇어앉아 불을 지피기 시작했다.

에르퀼 포와로는 계속해서 발을 동동 구르며 팔을 돌리고 손가락을 호호 불었다. 그는 화가 났다. 그의 차(값비싼 메사로 그래츠)가 기대했던 만큼 성능이 좋지 못했던 데다가, 그가 상당히 많은 월급을 주는 젊은 운전사까지 고장 난 자동차를 고치지 못했던 것이다.

자동차가 갑자기 꼼짝 못하고 서버린 곳은 눈이 내리기 시작하고 나서 1.5마일(약 2.4㎞) 더 달려간 2급 도로에서였다. 평소와 마찬가지로 스마트한 가죽구두를 신고 있던 에르퀼 포와로는 하틀리딘이라는 강변 마을까지 1.5마일이나 꼼짝없이 걸어가야만 했다. 그 마을은 여름철에는 번창했겠지만 겨울인 지금은 황량하기 그지없었다. 블랙 스완 여관 사람들은 손님이 들어서자 몹시 놀란 표정을 지었다. 그가 계속 여행을 할 수 있도록 차를 고치게 마을 정비공장이 있는 곳을 알려달라고 하자 여관 주인은 거의 웅변하듯이 열변을 토했다.

에르퀼 포와로는 그 제안을 거부했다. 라틴 민족의 근검절약 정신이 몸에 배어 있는 그로서는 도저히 받아들일 수 없는 제안이었던 것이다. 차를 빌리라고? 자가용, 커다랗고 값비싼 내 차가 있는데 무슨 말씀! 그는 그 차 이외에 다른 차로 집에 돌아갈 마음은 꿈에도 없었다. 어쨌든 아무리 빨리 차를 수리한다 해도 이렇게 눈이 쏟아지는데 계속 길을 간다는 것은 무리였다. 어차피 내일 아침이나 되어야 떠날 수 있을 것이다.

그는 따뜻한 방과 식사를 요구했다. 여관 주인이 한숨을 쉬면서 그에게 방을 안내해주고는 하녀더러 방에 불을 지피라고 시켰다. 그리고 자기 아내와 식사 문제를 의논하면서 물러갔다.

1시간 뒤에 에르퀼 포와로는 활활 타오르는 불 쪽으로 다리를 쭉 뻗고 한결 느긋한 기분으로 조금 전에 먹은 저녁식사를 곰곰이 생각해보았다. 솔직히 말해 스테이크는 너무 질긴데다 연골이 많았고, 싹양배추는 잎이 너무 크고 시퍼레서 진짜 맛이 없었는데다가, 감자는 마치 돌덩이처럼 딱딱했다. 후식으로 나온 사과스튜와 커스터드 역시 먹을 만한 게 못 되었다. 치즈는 딱딱했고 비스킷은 바삭바삭하기는커녕 물렁물렁했던 것이다. 그런데도, 에르퀼 포와로는 기세 좋게 타오르는 불꽃을 바라보며 커피라고 이름 붙일 수 있는 액체를 조금씩 마시면서 배고픈 것보다는 배부른 게 훨씬 좋다고 생각했다. 가죽구두를 신고서 눈이 쌓인 길을 걷다가 이렇게 따뜻한 불 앞에 앉아 있으니 천국이 따로 없었다!

문에서 노크하는 소리가 들리더니 하녀가 안으로 들어왔다.

"손님, 정비공장 사람이 뵙고 싶다는데요"

"올라오라고 해요." 에르퀼 포와로가 상냥하게 말했다.

그 소녀는 킥킥 웃으면서 밖으로 나갔다. 포와로는 자신이 올겨울 내내 그 하녀의 친구들에게 좋은 화제가 되리라고 생각했다.

또다시 노크 소리가 들렸다. 이번 노크 소리는 아까와는 달랐다.

"들어와요." 포와로가 큰소리로 말했다.

그는 방 안에 들어서는 청년을 호의 어린 눈길로 쳐다봤다. 청년이 그 앞으로 와서는 손으로 모자를 비틀더니 엉거주춤하게 섰다. 청년은 그리스 신(神)을 꼭 빼닮은 아주 잘생긴 미남이었는데 몹시 순진해 보였다.

청년이 허스키한 목소리로 나지막하게 말했다.

"차 말인데요, 선생님. 저희가 그걸 갖다놓았습니다. 그래서 고장의 원인을 알아냈지요. 그걸 고치려면 한 1시간 정도 걸릴 것 같은데요."

"어디가 고장 났소?" 포와로가 말했다.

청년이 한참 동안 전문적인 용어를 써가며 열심히 설명했다. 포와로는 간간이 고개를 끄덕이긴 했지만 그의 얘기를 듣고 있지는 않았다. 완벽하게 균형 잡힌 체격은 그가 몹시 부러워하던 것이었다.

그는 혼자 감탄하여 중얼거렸다.

"그래, 꼭 그리스 신 같군. 아르카디아의 젊은 목양신(牧羊神)처럼 말이야."

청년이 돌연 하던 말을 멈추었다. 그러자 에르퀼 포와로는 잠시 이맛살을 찌푸렸다. 그것은 처음의 심미적인 반응에서 지적인 반응으로 옮겨간다는 표시였다. 그는 눈을 가늘게 뜨고서 호기심 어린 표정으로 청년을 올려다보았다.

포와로가 말했다.

"알고 있소. 그럼, 알고말고." 그는 말을 멈추었다가 다시 덧붙였다.

"그 얘기는 이미 우리 기사한테 들어서 잘 알고 있소."

그러자 청년은 뺨을 붉히면서 손가락으로 모자를 더욱 꽉 움켜잡는 것이었다. 청년이 더듬거리며 말했다.

"예. 저……, 예, 선생님, 알고 있습니다."

에르퀼 포와로가 부드럽게 말을 이었다.

"그런데도 직접 나한테 얘기해야겠다고 생각한 모양이지?"

"저……, 예, 선생님. 그러는 게 나을 것 같아서요."

"아주……." 에르퀼 포와로가 말했다.

"생각이 깊은 젊은이군. 고맙소."

마지막 말은 은연중에 그만 방에서 나가달라는 뜻이 담겨 있었지만 그가 보기에는 상대방은 그럴 생각이 없는 것 같았다. 그리고 그의 생각은 그대로 맞아떨어졌다. 청년은 그 자리에 꼼짝 않고 그대로 서 있었다.

트위드 천으로 만든 모자를 발작적으로 비틀던 청년이 당황한 목소리로 아주 낮게 말했다.

"저, 실례인 줄 압니다만, 선생님이 탐정이시라는 얘기가 맞죠? 헤라클레스 프와리 씨지요?"

"그건 그렇소." 포와로가 말했다.

청년의 얼굴은 아까보다 더 붉어졌다.

"신문에서 선생님에 대한 기사를 읽었어요."

"그런데?"

이제 청년의 얼굴을 빨갛다 못해 완전히 진홍빛이 되었다. 그의 눈빛에는 근심이 어려 있었다. 슬픔과 애원이 가득 찬 눈빛이었다.

에르큘 포와로가 그를 도와주려고 부드럽게 말했다.

"그런데 나한테 하고 싶은 이야기가 있단 말이지요?"

그러자 기다렸다는 듯 청년이 말을 한꺼번에 쏟아내기 시작했다.

"선생님께서 절 건방진 녀석이라고 생각하실까 봐 무척 망설였습니다. 하지만 이렇게 우연히 선생님께서 여기를 오시게 되었는데, 이렇게 좋은 기회를 그냥 놓칠 수가 없어서 그만…… 전 선생님께서 어려운 사건들을 명쾌하게 해결하셨다는 기사를 많이 읽었습니다. 어쨌든, 전 선생님께 부탁 드려야겠다고 마음먹었어요. 그러면 안 될까요?"

에르큘 포와로는 머리를 흔들었다.

"아무튼 내 도움이 필요하다는 말이지?"

상대방이 머리를 끄덕였다. 그가 허스키하고 당황한 목소리로 말했다.

"이건, 젊은 숙녀에 관한 일인데요. 만약, 만약에 선생님이 그녀를 찾아주실 수만 있다면"

"그녀를 찾는다고? 그럼, 그녀가 없어졌단 말인가?"

"그렇습니다."

에르큘 포와로는 의자에 몸을 똑바로 앉았다. 그러고 나서 날카롭게 말했다.

"물론, 내가 젊은이를 도울 수는 있겠지. 하지만 그런 일이라면 경찰한테 가 보는 게 더 좋을 거요. 그게 그들의 일이고 또 사람을 찾는 데는 나보다 나을 테니까."

청년이 발을 질질 끌었다. 그는 어설프게 말했다.

"그럴 수는 없어요. 경찰을 찾아갈 만한 일이 못 되거든요. 말하자면 아주 이상한 일인 셈이죠."

에르큘 포와로는 청년을 응시했다. 이윽고 그가 의자를 가리켰다.

"아, 그렇소. 그럼, 일단 거기 앉지. 이름이……?"

"윌리엄슨, 테드 윌리엄슨이라고 합니다."

"앉게나, 테드. 그럼, 얘기를 들어봄세."

"감사합니다, 선생님."

그는 의자를 앞으로 끌어당겨 가장자리에 조심스럽게 걸터앉았다. 그의 눈빛은 주인을 쳐다보는 강아지를 연상케 할 만큼 간절했다.

"얘기해보게." 에르큘 포와로는 부드럽게 말했다.

테드 윌리엄슨은 깊은 한숨을 내쉬었다.

"그러니까 이렇게 된 일이었습니다. 전에 한 번 만난 뒤로는 도대체 그녀를 만날 수가 없어요. 전 그녀의 성도 모르고 또 그녀에 대해 아는 것도 별로 없습니다. 그런데 진짜 이상한 것은 제 편지가 번번이 그냥 되돌아온다는 겁니다."

"처음부터 차근차근 얘기하도록 하게." 에르큘 포와로가 말했다.

"서두르지 말고 있었던 일을 하나도 빼놓지 말고 다 얘기해야 하네."

"예, 선생님. 혹시 그래스론 저택을 아시는지 모르겠네요. 다리를 지나 강가에 있는 집 말입니다."

"그 집에 대해선 아는 바가 전혀 없는데."

"그 저택의 주인은 조지 샌더필드 경이지요. 그는 그 집을 별장으로 사용하는 모양입니다. 여름철이면 주말마다 내려와 거기서 파티를 열곤 하거든요. 그는 여기 올 때마다 손님들을 많이 데려오더군요. 여배우 같은 사람들 말이에요. 그러니까 그게 지난 6월에 일어난 일이었어요. 라디오가 고장 났다며 좀 봐달라고 저한테 사람을 보냈더군요."

포와로는 고개를 끄덕였다.

"그래서 저는 그 집에 갔죠. 그랬더니 별장 주인은 손님들과 함께 보트 놀이를 하러 강으로 갔고, 요리사는 외출했으며, 하인도 보트에서 손님들이 마실 음료수를 갖고 강으로 나갔더군요. 그래서 집에는 그 아가씨 혼자만 있었어요.

그녀는 그 별장에 손님으로 온 숙녀의 하녀였죠. 그녀가 저보고 안으로 들어오라고 하더니 고장 난 라디오가 있는 곳으로 안내하더군요. 그러고는 내가 라디오를 고치는 동안 계속 제 옆에 있더라고요. 그래서 우린 여러 가지 이야기를 많이 나누었습니다. 그녀는 자기 이름이 니타라고 하면서 자기 주인은 그 집에 머무는 러시아 여류 무용가라고 했어요."

"그녀의 국적은 어디였나, 영국?"

"아니에요. 제 생각에는 프랑스 사람 같았어요. 악센트가 조금 이상했거든요. 그렇지만 그녀는 영어도 아주 잘했습니다. 그녀가, 그녀가 맘에 들었기 때문에 전 그날 밤에 영화구경을 하러 가지 않겠느냐고 물었지요. 그랬더니 그녀는 밤에도 주인 시중을 들어야 한다고 대답하더군요. 하지만 오후 일찍이라면 잠깐 나갈 수 있다고 하더군요. 사람들이 저녁때쯤에나 강에서 돌아올 거라면서요. 요점만 말씀드리자면 저는 그날 주인 허락도 받지 않고 오후 일을 빼먹었습니다(주인한테 얘기해봤자 퇴짜만 맞을 게 뻔하거든요). 그래서 우린 강변을 따라 산책을 했죠."

그는 말을 멈추었다. 그의 입가에는 은은한 미소가 감돌았고 눈빛은 꿈꾸는 사람처럼 아련한 그리움에 젖어 있었다.

"예쁜 아가씨였나 보군?" 포와로가 부드럽게 말했다.

"선생님도 그렇게 사랑스러운 아가씨는 보신 적이 없을 거예요. 그녀의 머리카락은, 마치 바람에 흩날리는 황금빛 날개 같았어요. 그리고 얼마나 사뿐사뿐 하게 걷는지 한 마리 사슴 같다는 생각이 들었어요. 전, 전, 대번에 그녀가 미치도록 좋아졌습니다. 하지만 나쁜 마음을 먹었던 건 절대 아니에요."

포와로는 고개를 끄덕였다.

청년이 계속해서 말을 이었다.

"그녀는 2주일 뒤에 자기 주인이 다시 여기 올 테니까 그때 만나자고 하더군요." 그는 말을 잠깐 멈추었다.

"그러나 그녀는 오지 않았습니다. 그녀와 약속한 장소에서 제가 목이 빠지도록 기다렸지만 그녀는 오지 않았어요. 물론 연락도 없었고요. 참다못해 제가 용기를 내어 별장으로 그녀를 만나러 갔지요. 다행히도 그 러시아 숙녀분과 하녀가 그때까지 별장에 있다고 하더군요. 그래서 그녀를 좀 불러달라고 부탁했죠. 그런데요, 그녀가 나오는데 보니까 기가 막히게도 니타가 아니더군요! 피부가 검고 교활해 보이는 소녀였는데, 당돌하기 짝이 없더라고요. 그 소녀의 이름은 마리라고 했어요. '날 만나러 왔다고요?'라고 선웃음을 치면서 말하더군요. 내가 몹시 놀랐다는 것은 그 아가씨도 알았을 거예요. 내가 만나러 온 사람은 러시아 숙녀분의 하녀이지 댁은 아니라고 했지요. 그러자 그 소녀가 큰소리로 웃으면서 그 하녀는 해고되었다는 거예요. '해고 되었다고요?' 하고 내가 물었죠. '대체 뭣 때문에요?'라고요. 그랬더니 그녀는 어깨를 으쓱해 보이면서 두 손으로 앞으로 내밀었어요. '제가 그걸 어떻게 알아요?' 하고 그녀가 말하더군요. '그때 난 있지도 않았는데.'

정말이지 그때 전 너무나 놀랐습니다. 무슨 말을 해야 할지 정말 모르겠더라고요. 하지만 그대로 단념할 수가 없어서 그 뒤에 전 용기를 내어 다시 그 마리라는 소녀를 찾아가 니타의 주소 좀 알아봐 달라고 부탁했죠. 전 그녀가 내 부탁만 들어준다면 선물을 하겠노라고 약속했습니다. 공짜로 그런 부탁을 들어줄 아가씨가 아니었거든요. 하여튼 그녀는 내 부탁대로 주소를 알아봐 줬습니다. 런던 북구로 주소가 되어 있었어요. 그래서 전 그 주소로 편지를 띄웠습니다. 그런데 편지가 번번이 되돌아오는 거예요. 봉투에 '수취인 불명'이라는 딱지를 단 채 말입니다."

테드 윌리엄슨은 말을 멈추었다. 그리고 그 깊고 푸른 눈으로 포와로를 쳐다보았다.

"선생님, 이제 일이 어떻게 된 건지 아시겠죠? 이런 일은 경찰한테 가봐야 뻔해요. 하지만 전 그녀를 꼭 찾고 싶습니다. 그런데 어떻게 해야 할지를 모르겠어요. 만약, 만약에 선생님께서 그녀를 찾아주실 수만 있다면……."

그의 얼굴빛이 새빨개졌다.

"저한테, 저, 조금 저축한 것이 있는데요. 5파운드까지는 어떻게 해 드릴 수 있어요. 그게 안 된다면 10파운드라도……."

포와로가 부드럽게 말했다.

"지금 당장은 금전적인 면을 따질 필요가 없네. 우선은 이것부터 먼저 알아

보자고, 그 니타라는 아가씨는 젊은이의 이름과 직장을 알고 있나?"

"오, 그럼요."

"그럼, 그녀가 마음만 먹는다면 젊은이와 연락할 수도 있겠군?"

"예." 테드가 아까와는 달리 한참 있다가 말했다.

"그럼, 이런 생각은 해보지 않았나? 혹시……."

테드 윌리엄슨이 그의 말을 가로막았다.

"선생님 말씀은 저 혼자만 그녀를 짝사랑했다는 거죠? 어느 면에서는 그럴지도 모릅니다. 하지만 그녀는 저를 좋아했어요. 정말 저를 좋아했단 말입니다. 분명히 일시적인 기분으로 그러지는 않았어요. 선생님, 무슨 이유가 있는 게 틀림없어요. 그녀 주변에는 별난 사람들이 많을 거예요. 그녀의 신상에 무슨 문제가 생긴 게 틀림없어요. 제 말뜻을 아시는지 모르겠지만."

"그녀가 아기를 가졌을지도 모른다는 뜻인가? 젊은이의 아기를 말이지?"

"제 아기는 아니에요." 테드의 얼굴이 홍당무처럼 붉어졌다.

"우리 사이에는 아무 일도 없었으니까요."

포와로는 그의 얼굴을 찬찬히 살펴보았다. 그러더니 나지막하게 말했다.

"만약 젊은이의 추측이 사실이라면, 그래도 그녀를 찾고 싶나?"

테드 윌리엄슨의 얼굴 전체가 붉은색으로 물들었다.

"예, 그렇습니다! 전 그녀만 좋다면 그녀와 결혼하고 싶습니다. 설령 그녀한테 무슨 일이 있다 해도 전 상관치 않아요! 선생님, 제 부탁을 거절하시는 건 아니겠지요?"

에르퀼 포와로는 미소를 지었다. 그는 혼자 중얼거렸다.

"황금빛 날개 같은 머리카락이라? 그래, 이걸 헤라클레스의 제3의 모험으로 삼자. 내 기억이 맞는다면 그게 아르카디아에서 일어났지."

2

에르퀼 포와로는 테드 윌리엄슨이 이름과 주소를 정성스레 적어준 종이쪽지를 한참이나 내려다보았다.

'발레타 양, 북 15구 어퍼 렌프루 레인 17번지.'

그는 이 주소로 뭘 알아낼 수 있을 것인지 뚜렷한 확신이 서지 않았다. 그 주소로 찾아가봤자 헛수고만 할 것 같은 기분이 들었던 것이다. 그렇지만 테드가 그에게 줄 수 있는 유일한 도움이 이것뿐인데 어떡하랴? 어퍼 렌프루 레인 17번지는 오래되어 거무죽죽하긴 했지만 유서가 깊은 거리였다.

포와로가 노크를 하자 눈빛이 흐릿한 살찐 여자가 문을 열었다.

"발레타 양 있나요?"

"그 사람은 오래전에 이사 갔어요."

포와로는 문이 닫힐까 봐 얼른 문 안으로 한 발을 들여놓았다.

"혹시 그 주소 좀 알 수 없을까요?"

"난 몰라요. 주소를 남겨놓고 갔어야 말이죠."

"언제 이사 갔습니까?"

"지난여름에요."

"정확한 시기를 알 수 있을까요?"

포와로의 오른손에서는 2실링 6펜스짜리 은화 2개가 서로 부딪쳐 땡그랑거리는 기분 좋은 소리가 났다. 그러자 썩은 동태눈을 한 그 여자의 태도가 마치 마법이라도 걸린 사람처럼 금방 나긋나긋해졌다.

그녀는 상냥하게 말했다.

"글쎄, 댁을 도와 드리면 참 좋겠군요. 가만있자, 그러니까 그게 8월이던가, 아냐, 그 이전이었으니까, 7월, 그래, 그때가 7월이었던 게 분명해요. 7월 첫째 주였나 봐요. 아주 갑작스럽게 여기를 떠났는데, 내 생각에는 이탈리아로 되돌아간 것 같아요."

"그럼, 그녀가 이탈리아인이었습니까?"

"예, 그래요."

"그녀가 러시아 무용가의 하녀로 일한 적은 있죠?"

"그래요, 이름이 세몰리나 마담이라고 했는데, 이 밸리에 있는 세스피안 극장의 무용가였죠. 사람들한테 인기가 아주 좋아서 유명한 스타 중 하나였어요."

포와로가 말했다.

"발레타 양이 왜 그 일을 그만두게 되었는지 아십니까?"

"그건 모르겠어요." 여자가 잠시 머뭇거리다가 말했다.

"해고당한 거지요?"

"글쎄요. 무슨 일이 있긴 있었던 모양인데! 하지만 발레타 양이 입을 열어 얘기하지 않았으니 제가 알 수가 있나요. 본래 그녀는 성격상 그런 얘기를 잘하는 편이 아니었어요. 하지만 그 일 때문에 몹시 화를 냈던 것 같아요. 그녀는 성질이 나빠서 한번 화가 났다 하면 금방 사람이라도 찔러죽일 것처럼 까만 눈으로 사람을 흘겨보는데 그렇게 무서울 수가 없어요. 진짜 이탈리아인이라니까요. 그래서 난 그녀가 그런 낌새를 조금이라도 보이면 그녀 곁에는 아예 가지를 않았다고요!"

"진짜, 발레타 양이 이사 간 주소를 모릅니까?"

2실링 6펜스짜리 은화가 그녀의 용기를 북돋워주기라도 하려는 듯 다시금 땡그랑거렸다.

그녀의 대답 속에는 진심이 담겨 있었다.

"나도 정말 내가 알고 있었으면 좋겠어요. 알기만 한다면야 말씀드리고 말고요. 하지만 내가 아는 건, 그녀가 갑작스레 떠났다는 것, 그것뿐이에요!"

포와로는 생각에 잠겨 중얼거렸다.

"그래, 그것뿐이라……."

3

곧 다가올 발레 공연의 무대 장식에 대해 한참 신나게 설명을 해가던 앰브로즈 밴델은 포와로가 묻는 말에 쉽게 대답했다.

"샌더필드? 조지 샌더필드 말입니까? 더러운 작자죠. 돈은 많지만 그 사람은 사기꾼이라고 합니다. 나쁜 놈! 무용가와 연애사건? 아, 그야 카트리나하고 그렇고 그런 관계였죠. 카트리나 사모센카 말입니다. 그녀를 보신 적은 있겠지요? 아이고, 정말 아름답게 생겼죠. 테크닉도 아주 뛰어나고요. '백조의 호수', 그 작품은 보셨겠죠? 그 무대장식도 바로 내가 했지요! 그리고 드비시의 작품이나 만니의 '라비셰 오 부아'라는 작품은요? 그녀는 그 작품에서 미카엘 노브긴과 함께 공연했답니다. 그 사람 정말 멋지죠?"

"그럼, 그녀가 조지 샌더필드 경의 친구였습니까?"

"예, 그녀는 주말마다 그의 별장에 내려가곤 했거든요. 거기서 그 남자가 굉장한 파티를 열었나 봅디다."

"내가 마드모아젤 사모센카를 좀 만나볼 수 있을까요?"

"그녀는 지금 여기 없는데요. 갑자기 파리인지 어디로 떠나버렸거든요. 사람들 말로는 그녀가 소련 공산당의 스파이라고 하더군요. 내 자신은 그걸 믿지 않습니다만. 사람들이란 으레 그런 식으로 얘기하기를 좋아한다는 걸 아시잖아요? 카트리나는 항상 자신이 화이트 러시아인(러시아 혁명에 반대한 사람들)처럼 행동했습니다. 자기 아버지가 왕자나 대공이라면서요. 뭐, 보통 그런 식으로 얘기하잖습니까? 실상은 그렇지도 않으면서 자기네 조상이 어떻네 하고 떠버리거든요."

밴델은 잠시 말을 멈추더니 조금 전의 자기 얘기로 되돌아갔다.

"아까 말씀드렸듯이 만약 밧세바(솔로몬을 낳았다는 성경에 나오는 여자)의 심정을 이해하고 싶으시다면 먼저 당신은 유대인의 관습에 대해 아셔야 할 겁니다. 제가 그걸 자세히……."

그는 신이 나서 이야기를 계속했다.

4

에르퀼 포와로가 어렵게 마련한 조지 샌더필드 경과의 자리는 처음부터 그 출발이 순조롭지가 못했다. 앰브로즈 밴델의 말을 빌자면 나쁜 녀석인 그는 기분이 좋지 않은 듯했다. 조지 경은 키가 땅딸막한 남자로 머리카락은 뻣뻣하고 검었으며, 목둘레에는 살이 뒤룩뒤룩 쪄 있었다.

"용건이 뭐요, 포와로 씨? 한데, 전에 우리는 만난 적이 한 번도 없는 것 같소만."

"예, 만난 적은 없지요."

"그런데 무슨 일이오? 정말 이상하군."

"오, 아주 간단한 일입니다. 뭘 좀 알고 싶어서요."

상대방이 어색한 미소를 지었다.

"실업계의 비밀정보라도 알려 달라는 말이오? 당신이 재정에 관심이 있는 줄은 몰랐소."

"그런 문제는 아닙니다. 어떤 숙녀에 관한 일이지요."

"오, 여자라고?"

조지 샌더필드 경은 안락의자에 상체를 뒤로 기댔다. 긴장이 풀리는 모양이었다. 그래서인지 목소리도 한결 여유 있게 들렸다.

포와로가 말했다.

"마드모아젤 카트리나 사모센카와 친하게 지내셨다고요?"

샌더필드가 웃음을 터뜨렸다.

"예, 매혹적인 여자죠. 그런데 유감스럽게도 그만 런던을 떠나버렸소."

"왜 런던을 떠났죠?"

"그거야 내가 어떻게 알겠소? 경영주 측과 싸움을 했는지도 모를 일이오. 아시겠지만 그녀는 성격이 좀 변덕스러워서 말이오. 러시아 기질이 다분한 여자지. 당신을 도와줄 수가 없어서 안됐지만 난 정말 그녀가 어디에 가 있는지 모르오. 그녀가 떠난 뒤로는 서로 연락한 적이 한 번도 없었으니까."

자리에서 일어나며 하는 그의 말 속에는 이제 그만 꺼지라는 뜻이 담겨 있었다.

포와로가 말했다.

"내가 찾고자 하는 사람은 마드모아젤 사모센카가 아닙니다."

"그녀가 아니라고?"

"예, 내가 찾는 사람은 그녀의 하녀입니다."

"하녀라고?" 샌더필드는 그를 똑바로 쳐다보았다.

"혹시, 그녀의 하녀를 기억하십니까?" 포와로가 말했다.

샌더필드의 심기가 다시 불편한 모양이었다. 그가 어색하게 말했다.

"아이고, 그걸 내가 어떻게. 물론 그녀한테 하녀가 하나 있긴 했소만. 아주

질이 나쁜 아이였다는 것은 내 단연코 말할 수 있어요. 천박하기가 이루 말할 수 없는데다가 남의 말을 몰래 엿듣는 나쁜 버릇이 있는 아이였단 말이오. 게다가 거짓말을 얼마나 잘하는지……."

포와로가 낮은 목소리로 말했다.

"어떻게 그녀에 대해서 그리 잘 기억하고 계십니까?"

샌더필드가 허둥지둥 말했다.

"그런 인상을 받았다는 것뿐이지요. 이름조차 생각이 안 나는걸요. 가만있자, 마리라던가? 아냐, 이름이 도저히 기억나지 않는군요. 도와 드리지 못해 미안하오."

포와로가 부드럽게 말했다.

"이미 세스피안 시에트르에 들러서 그 이름이 마리 헬린이라는 것을 알아왔습니다. 그리고 주소도요. 하지만, 조지 경, 제가 지금 얘기하는 사람은 마리 헬린 전에 있던 하녀입니다. 니타 발레타 말입니다."

샌더필드가 그를 물끄러미 쳐다보더니 말했다.

"그녀에 대해선 기억나는 게 하나도 없소. 내가 기억하는 사람은 마리뿐이오. 심술이 뚝뚝 흐르는 눈빛에다 피부가 까맣고 조그만 계집아이 말이오."

포와로가 말했다.

"내가 말한 그 아가씨는 지난 6월에 당신의 그래스론 저택에 있었어요."

샌더필드가 부루퉁한 목소리로 말했다.

"글쎄, 내가 말할 수 있는 건 그런 하녀는 기억나지 않는다는 거요. 그때는 분명히 그녀는 하녀를 데리고 오지 않았소. 그러니까 당신이 뭘 잘못 알고 있는 거란 말이오."

에르쿨 포와로는 머리를 흔들었다. 그는 자신이 실수했다고는 생각지 않았다.

5

마리 헬린은 조그맣고 영리해 보이는 눈으로 포와로를 흘긋 쳐다보고는 시선을 딴 곳으로 돌렸다. 그녀는 부드러운 어조로 말문을 열었다.

"하지만 제 기억은 분명해요. 전 6월 마지막 주부터 마담 사모센카 댁에서 일하기 시작했다고요. 그전에 있던 하녀가 갑자기 그만두었다나 봐요."

"그 하녀가 갑자기 그만둔 이유를 들은 적이 있소?"

"갔다는 것, 그것도 갑자기. 제가 아는 건 그게 전부예요! 병이 났던지, 뭐, 그런 이유 때문이었겠죠. 하지만 마담이 얘기를 하지 않으니까 그건 알 수 없죠."

"아가씨는 주인과 사이가 좋았소?" 포와로가 물었다.

소녀는 어깨를 으쓱했다.

"기분이 변화무쌍한 분이세요. 울다가도 웃고, 또 웃다가는 우신다니까요. 어떤 때는 기가 푹 죽어서 말도 하지 않고 식사도 하지 않는가 하면, 어떤 때는 지나칠 정도로 명랑해져요. 무용가들은 대부분 그렇잖아요? 변덕스러운 면 말이에요."

"그럼, 조지 경은?"

그녀는 재빨리 그를 쳐다보았다. 그녀의 눈빛에는 기분 나쁘다는 기색이 역력했다.

"아, 조지 샌더필드 경 말이에요? 그 사람에 대해 알고 싶으세요? 혹시 선생님께서 진짜 알고 싶어 하는 게 바로 그것 아닌가요? 딴 사람은 괜히 핑계였죠, 그렇죠? 물론, 조지 경에 대해서라면 말씀드릴 게 있죠. 제가 그걸 말……."

그때 포와로가 그녀의 말을 가로막았다.

"그건 필요치 않아요."

그녀는 입을 벌리고서 그를 멍하니 바라보았다. 심한 실망감이 그녀의 눈에 가득 차 있었다.

6

"알렉시스 파블로비치, 자넨 모르는 게 없는 사람이라고 내가 늘 말하지."

에르퀼 포와로가 최대한 아첨 섞인 어조로 나지막이 말했다.

그는 이 세 번째 헤라클레스의 모험은 상상했던 것보다 훨씬 더 많은 여행과 인터뷰를 해야 한다고 생각했다. 처음에는 별것 아니게 생각했던 이번 일이 의외로 몹시 까다로웠던 전의 사건들 못지않게 시간이 오래 걸린다는 것을 알게 되었던 것이다. 행방불명된 하녀를 찾기 위해 단서란 단서는 다 조사해 봤지만 별 소득이 없었다.

그래서 포와로는 이날 저녁 예술계에서 일어나는 일이라면 모르는 게 없다고 자부하는 카운트 알렉시스 파블로비치를 만나러 파리에 있는 그의 사모바레스토랑까지 직접 찾아갔던 것이다.

그는 자기만족에 도취해서 고개를 끄덕였다.

"그럼, 그럼. 이보게, 알다마다, 항상 알지. 자네가 지금 어디로 갔느냐고 물어본 여자가, 사모센카, 뛰어난 무용가 맞지? 아하! 그 여자 최고였지, 귀엽기도 하고."

그는 손가락 끝에다 입을 쪽 맞췄다.

"얼마나 정열적이고, 자유분방했는지 몰라! 그 세계에선 성공해서, 전성기에는 주연 발레리나였다네. 그런데 갑자기 인기가 없어지더니, 그만 슬그머니 사라져 버렸다네. 세상 끝으로 말일세. 그러고는 곧, 아 참! 사람들은 너무나 빨리 그녀를 잊어버렸지."

"지금 그녀는 어디 있는가?" 포와로가 다그쳐 물었다.

"스위스 알프스 산속에 있네. 거긴 마른기침을 하고 몸이 자꾸 마르는 사람이 가서 살면 죽기 딱 십상인 곳이지. 그 여자는 죽을 거야. 그래, 정말 죽을지도 몰라! 그 여자는 숙명론적인 기질이 있거든. 그러니까 죽을 거야."

포와로는 주문 같은 비극적인 말을 그만 하게 하려고 헛기침을 했다. 그가 알고 싶은 것은 있는 그대로의 사실이었다.

"자네 혹시 그녀가 데리고 있던 하녀 생각나지 않나? 니타 발레타라는 하녀라고……."

"발레타? 발레타라고 했나? 옛날에 하녀 하나를 본 적이 있긴 한데, 카트리나가 런던에 간다고 해서 내가 역에 전송 나간 적이 있었는데 그때 봤었지, 아마. 피사(이탈리아 중부의 도시, 사탑으로 유명함)에서 온 이탈리아인 아니었나? 그래, 피사에서 온 이탈리아인이 맞아."

에르퀼 포와로는 신음 소리를 냈다.

"그렇다면, 난 이제 피사까지 가봐야 한다네."

7

에르큘 포와로는 피사의 공동묘지에서 무덤 하나를 내려다보며 서 있었다.

그가 그렇게 찾아왔던 일이 이런 식으로 끝날 줄이야 누가 알았겠는가? 여기 있는 이 초라한 무덤일 줄이야! 소박한 영국 청년의 가슴을 그렇게 흔들어 놓은 예쁘고 명랑한 아가씨가 이 차가운 땅 밑에 누워 있다니 이럴 수가 있을까?

이번 일은 결국 이런 비극적인 로맨스로 결말나는 건가? 이제 이 아가씨는 젊은이의 기억 속에 6월 오후의 그 황홀했던 몇 시간 동안의 그 모습 그대로 만 남아 있을 것이다. 국적 문제로 인해 문제가 생기지도 않을 것이고 생활규범이 다른 데서 오는 문제, 환멸의 고통, 이런 일들은 이제 영원히 그들 두 사람한테서 사라질 것이다.

에르큘 포와로는 슬픈 표정으로 머리를 흔들었다. 그는 발레타 가족과 나누었던 대화를 다시 상기해보았다. 넓적한 시골 아줌마 얼굴을 한 그녀의 어머니, 꼿꼿하면서도 비탄에 잠긴 아버지, 피부가 까맣고 말이 없는 여동생.

"정말 갑작스러운 일이었어요. 옛날부터 잔병치레가 많은 아이이긴 했지만, 의사는 우리한테 선택할 기회를 주지 않았어요. 맹장염은 즉시 수술해야 한다는 거예요. 그래서 병원으로 데려갔는데 그만. 그래요. 그 애가 죽은 건 마취가 채 풀리지도 않아서였어요. 결국 의식을 회복하지 못하고……."

어머니가 눈물 섞인 목소리로 말했다.

"비안카는 정말 똑똑한 애였죠. 그런데 그렇게 어린 나이에 죽다니……."

에르큘 포와로는 그 말을 되풀이해 보았다.

"어린 나이에 죽다니……."

그것은 자신이 도와주리라고 철석같이 믿는 청년한테 그만 되돌아가야 한다는 메시지였다.

"젊은이, 여기 있는 이 아가씨는 아닐세. 어려서 죽었거든."

그의 추적은 이제 비로소 끝나게 되었다. 하늘을 배경으로 윤곽을 뚜렷이 나타내는 피사의 사탑과, 이제 다가올 생명과, 기쁨의 순간을 맞이하기 위해 함초롬하게 그 꽃망울을 피우기 시작하는 초봄의 꽃들이 피어 있는 이곳에서 말이다.

이 마지막 판결을 받아들이고 싶지 않은 심정은 봄의 기운 때문일까? 아니면 다른 이유 때문일까? 머릿속에서 뱅뱅 도는 그 어떤 것, 말, 이름? 모든 일이 깔끔하게 끝나지 않아서일까? 일이 척척 들어맞지 않아서?

에르퀼 포와로는 한숨을 쉬었다. 일을 완전히 마무리 짓기 위해서는 한 번 더 여행을 해야 되기 때문이었다. 그것도 알프스 깊은 산 속으로 말이다.

8

여긴 정말 세상의 끝이라는 생각이 들었다. 이렇게 눈이 첩첩 쌓인 곳, 군데군데 흩어져 있는 오두막 속에는 교활한 죽음과 맞서 싸우는 병자들이 누워 있었다.

드디어 그는 카트리나 사모센카를 찾아냈다. 전에는 통통하고 발그레했을 그녀의 뺨은 움푹 들어가 있었고, 이불 위로 내놓은 길고 가느다란 손가락은 몹시 수척해 보였다. 그녀를 보자 그는 대번 생각이 났다. 이름을 기억하지는 못했지만 그녀가 공연하는 걸 본 적이 있었던 것이다. 얼마나 아름답고 황홀한 공연이었던지 꽤 오래 기억에 남았던 것이다.

그는 사냥꾼으로 나온 미카엘 노브긴이 앰브로즈 밴델이 장치해놓은 그 환상적인 숲 속으로 뛰어오르고 회전하는 광경을 머릿속에 떠올려 보았다. 그러자 사랑스러운 암사슴이 끝없이 쫓기는 장면, 머리에 뿔을 단 어여쁜 금발 아가씨가 청동빛 다리를 경쾌하게 움직이며 춤추는 모습이 눈앞에 보이는 듯했다. 그리고 마지막에 그녀가 총을 맞고 쓰러지자 두 팔로 그 사슴을 안고 당황한 표정으로 서 있던 미카엘 노브긴의 모습도 눈앞에 선했다.

카트리나 사모센카가 호기심이 어린 표정으로 그를 쳐다보고 있었다.

"전에 한 번도 뵌 적이 없는 분 같은데요? 무슨 일 때문에 저를 찾아오셨죠?"

에르퀼 포와로는 그녀에게 가볍게 목례를 했다.

"마담, 먼저 당신에게 고맙다는 말씀부터 드리고 싶군요. 그동안 그렇게 아름답고 멋진 연기를 보여주셔서 말입니다."

그녀의 입가에 엷은 미소가 떠올랐다.

"하지만 내가 여기 온 건 사업상 일 때문이지요. 난 당신이 데리고 있던 하녀를 오래전부터 찾고 있답니다. 이름은 니타인데."

"니타?"

그녀는 그를 똑바로 쳐다봤다. 그녀의 눈이 커진 것으로 보아 놀란 게 분명했다.

"뭘 아시는 거죠? 니타에 대해서 말이에요."

"그럼, 말씀을 드리지요."

그는 차가 고장 나던 날 저녁에 테드 윌리엄슨이 찾아와 애꿎은 모자만 비틀면서 자기가 사랑하는 여인을 찾아달라고 애원했다는 얘기를 다 들려주었다.

그녀는 아주 관심 있게 그 이야기를 듣는 눈치였다. 그가 말을 다 끝내자 그녀가 말했다.

"그것참 안됐군요. 그래요. 애처로운 이야기로군요……."

에르퀼 포와로가 고개를 끄덕였다.

"그렇소, 마치 아르카디아의 전설 같은 이야기 같지 않습니까? 그럼, 그 아가씨에 대해서 말씀해주실 수 있겠습니까?"

카트리나 사모센카는 한숨을 내쉬었다.

"주아니타라는 하녀가 한 명 있었어요. 예쁘고, 그래요, 명랑한 애였죠. 그런데 왜 하나님이 사랑하는 사람은 빨리 데려간다는 말이 있듯이 그 애는 어려서 죽었어요."

그 마지막 말은 포와로 자신이 중얼거렸던 말이었다. 그런데 지금 또 똑같은 말을 듣게 되다니, 그렇지만 그는 자기 뜻을 굽힐 수가 없었다.

"그녀가 죽었다고요?"

"예, 죽었어요."

에르퀼 포와로는 잠깐 동안 침묵을 지켰다. 이윽고 그가 입을 열었다.

"아직 제가 이해하지 못하는 일이 하나 있습니다. 내가 조지 샌더필드 경에게 댁의 하녀에 대해서 물었더니 약간 두려워하는 기색이 보이더군요. 그건 왜지요?"

무용가의 얼굴에 엷은 경멸의 빛이 스쳐 지나갔다.

"아, 그 하녀 말씀이군요. 그는 당신이 마리 얘기를 하는 줄 알았을 거예요. 주아니타가 떠난 뒤 새로 온 하녀죠. 아마 그 애가 그의 비밀을 미끼로 삼아 그를 협박하려고 했나 봐요. 몹시 밉살스러운 계집애였죠. 남의 편지를 몰래 뜯어보고 서랍을 마구 뒤지는 일쯤은 아주 다반사였어요. 게다가 어찌나 꼬치꼬치 캐묻는지 정말 성가셨죠."

"그래서 그랬군요." 포와로가 중얼거리듯이 말했다.

그는 잠시 뜸을 들였다가 곧 끈덕지게 물고 늘어졌다.

"주아니타의 또 다른 이름은 발레타였고 그녀는 피사에서 맹장염 수술을 바다가 죽었습니다. 그건 맞죠?"

그는 그녀가 고개를 끄덕이기에 앞서, 그녀의 얼굴에 낭패해 하는 기색이 보일락말락 떠오른 것을 결코 놓치지 않았다.

"예, 그건 맞아요."

포와로는 생각에 잠긴 목소리로 말했다.

"그러면, 문제가 하나 있어요. 그녀의 가족들은 그녀를 주아니타가 아니라 '비안카'라고 부르더군요."

카트리나가 여윈 어깨를 으쓱했다.

"비안카, 주아니타, 그게 문제가 되나요? 그녀의 본래 이름은 비안카였겠지만 주아니타라는 이름이 훨씬 로맨틱하게 들린다고 생각해서 자신을 그렇게 불러 달라고 할 수도 있잖아요?"

"아하, 그렇게 생각하신다고요?"

그가 잠시 말을 멈추었다가 어조를 싹 바꿔서 말했다.

"그와는 달리 생각할 수도 있죠."

"어떻게요?"

포와로가 몸을 앞으로 내밀었다.

"테드 윌리엄슨이 만난 아가씨는 황금빛 날개 같은 머리칼을 갖고 있다고 했습니다."

그는 좀더 앞으로 몸을 내밀었다. 그의 손가락이 이미 한가운데서 갈라져 양쪽으로 굽이치는 카트리나의 머리칼에 닿았다.

"황금빛 날개, 황금빛 뿔? 사람들은 당신을 악마로 보든지, 아니면 천사로 보든지 할 겁니다! 하지만 그 둘 전부일 수도 있겠죠. 혹시 이 머리카락이 상처 입은 사슴의 황금빛 뿔은 아닌가요?"

"상처입은 사슴······." 카트리나가 중얼거리듯이 말했다.

그녀의 목소리에는 한없는 절망만이 가득 차 있었다.

포와로가 말했다.

"테드 윌리엄슨의 이야기에서 계속 나를 괴롭힌 것이 있었습니다. 그게 항상 마음에 걸렸죠. 그건 바로 당신이었습니다. 숲 속에서 빛나는 청동 다리로 춤추는 바로 당신. 단도직입적으로 말해볼까요, 마드모아젤? 비안카 발레타가 이탈리아로 돌아간 뒤에 새로운 하녀가 즉시 오지 않았기 때문에, 당신은 1주일 동안 하녀 없이 생활했습니다. 그런데 그때 마침 그래스론 저택으로 내려가게 되었고, 따라서 하녀 없이 당신은 혼자 가야 했습니다. 그때 이미 당신은 자신의 몸에 병이 생겼다는 것을 깨닫고서 다른 사람들이 강으로 놀러 나갔을 때도 종일 집 안에만 머물러 있었습니다. 그런데 그날 초인종이 울려 밖으로 나갔다가 그만 보게 된 거죠. 당신이 본 것을 내가 얘기해볼까요? 당신은 어린애처럼 순진하면서도 그리스 조각처럼 잘생긴 청년을 보게 된 겁니다! 그래서 당신은 아가씨인 척하기로 마음먹었지요. '주아니타'가 아니라, '인코그니타'로 말입니다. 그러고는 몇 시간 동안 그와 산책을 했습니다. 마치 아르카디아의 연인처럼······."

오랜 침묵이 흘렀다.

이윽고 카트리나가 낮고 쉰 목소리로 말했다.

"적어도 한가지만은 사실을 말씀드렸는데요. 그 이야기의 결말 말이에요. 니타는 젊은 나이에 죽게 될 거예요."

"말도 안 되는 소리!"

에르큘 포와로의 태도가 싹 달라졌다. 그는 손으로 테이블을 내리쳤다. 갑자기 딱딱하고 사무적이 사람이 된 것 같았다.

"그건 정말 말 같잖은 소리요! 당신은 죽을 필요가 없단 말이오. 다른 사람처럼 당신도 죽음과 싸우면 되잖소?"

그녀는 고개를 저었다. 절망과 슬픔이 가득 찬 표정으로 말이다.

"나한테 무슨 생이 남았다는 거죠?"

"무대 위의 인생만이 최고는 아닙니다. 힘을 내요! 또 다른 인생도 있다는 걸 생각해봐요. 마드모아젤, 솔직히 얘기해봐요. 당신 아버지가 진짜 왕자나 대공, 아니면 장군이었소?"

그녀가 갑자기 웃음을 터뜨렸다.

"우리 아버진 레닌그라드에서 화물 자동차 운전사였는걸요!"

"됐어요! 그럼, 시골 자동차 정비공장의 기술자 아내가 되지 말라는 법도 없잖소? 그러고는 천사같이 예쁜 아기들을 낳아 기르고, 그러다 보면 당신처럼 발레를 하는 아이도 생길지 누가 알겠습니까?"

"그건 모두 꿈같은 얘기일 뿐이에요!" 카트리나가 숨을 죽이며 말했다.

"결코 그렇지 않아요." 에르큘 포와로가 확신에 찬 어조로 말했다.

"분명히 실현될 수 있는 이야깁니다!"

에리만토스의 멧돼지

1

스위스에서 헤라클레스 제3의 모험을 멋지게 마무리한 에르퀼 포와로는 이왕 여기까지 온 김에 지금까지 한 번도 가보지 못했던 곳을 찾아 구경이나 해야겠다고 마음먹었다.

그는 샤모니에서 기분 좋은 이틀을 보내고, 몽트루에서 하룻가 이틀을 어정쩡하게 보낸 다음, 그의 친구들이 그렇게 입에 침이 마르도록 칭찬해 마지않던 앨더매트로 향했다. 그러나 그의 기대와는 달리 앨더매트의 첫인상은 그리썩 좋은 편이 못 되었다. 그것은 계곡의 끝에 있었는데, 눈에 뒤덮인 거대한 산봉우리들이 마을을 완전히 에워싸고 있어서 외부세계와는 완전히 단절된 것같아 보였다. 그는 금방이라도 질식할 것 같은 기분이었다.

"여기서 머무를 순 없어."

에르퀼 포와로는 혼자 중얼거렸다. 바로 그때 케이블카가 그의 눈에 띄었다.

"그래, 저걸 타고 올라가야겠다."

그 케이블카는 맨 먼저 레 자비레를 거쳐 코로셰를 지난 다음 최고 해발 1만 피트(약 3km) 높이의 로셰 네이지까지를 왕복 운행하고 있었다.

포와로는 그렇게까지 높이 올라가고 싶은 마음은 추호도 없었다. 그의 생각에는 레 자비레가 가장 적당할 듯싶었다.

그러나 여기는 인생에서 커다란 비중을 차지하는 우연의 요소는 없겠다는생각이 들었다. 케이블카가 출발하자 차장이 포와로에게 다가와 표를 보여 달라고 했다. 차장은 살펴보고 나서 무섭게 생긴 구멍가위로 표에 구멍을 뚫더니 경례를 한 뒤 그것을 그에게 다시 돌려주었다. 그런데 포와로의 손바닥 촉감이 이상했다. 표와 함께 웬 돌돌 말린 종이가 하나 손에 쥐어졌던 것이다.

에르퀼 포와로의 눈썹이 위로 약간 추켜세워졌다. 그러나 곧 아무런 내색도

하지 않고 그는 침착하게 종이쪽지를 반듯하게 폈다. 연필로 몹시 급하게 휘갈겨 쓴 게 분명했다.

　자네의 그 코밑수염을 몰라볼 리가 있겠나? 자네를 진심으로 환영하는 바이네. 자네가 마음만 먹는다면 날 많이 도와줄 수 있을 걸세. 자네도 샐리 사건은 신문을 봐서 알고 있겠지? 믿을 만한 소식통에 의하면 그 살인범, 마라스코드가 로세 네이지에서 그 일당과 함께 모이기로 했다는 거야. 하고 많은 장소 중에서 하필이면 그곳에서 말일세! 물론 그게 속임수일지도 모르는 일이지. 하지만 우리의 소식통은 믿을 만하다네. 어디건 항상 밀고하는 사람이 있기 마련 아닌가? 그래서 말인데, 이보게, 눈을 좀 크게 뜨고 살펴봐 주게. 그리고 그쪽 연락은 현장에 있는 드루에 경감을 통해서 해주게나. 그 사람도 잘하긴 하지. 하지만 에르큘 포와로의 뛰어난 두뇌에 비할 수가 있겠나? 이보게, 마라스코드를 체포하는 일은 정말 중요하다네. 그 녀석은 인간이 아냐. 성난 멧돼지지. 오늘날 살아 있는 살인범 중에서도 둘째라면 서러워할 그렇게 흉악무도한 놈일세. 앨더매트에서는 일부러 자네를 아는 척하지 않았네. 그건 내 뒤를 미행하는 놈이 있을지도 모르고 또 자네가 단순한 관광객인 것처럼 보여야 활동하기가 더 쉬울 것 같아서 말이야. 그럼, 멋진 사냥이 되기를 바라네!

옛 친구, 르망투유

　에르큘 포와로는 자신의 코밑수염을 조심스레 쓰다듬었다. 그럼, 에르큘 포와로의 이 코밑수염을 몰라볼 사람은 없지. 그건 그렇고 이건 뭐지? 물론 샐리 사건의 전모는 신문을 통해 이미 아는 터였다. 그건 파리 토박이인 유명한 저술가가 무자비하게 살해된 사건이었다. 살인범의 신원은 금방 밝혀졌다.

　마라스코드는 악명 높은 경마장 폭력단의 한 일당이었다. 그는 다른 수많은 살인사건에서도 혐의가 있는 것으로 드러났다. 그래서 이번에는 그 혐의를 철저히 파헤칠 작정이었는데, 그가 그만 도망을 쳐버렸던 것이다. 경찰은 그가 프랑스를 벗어나 도망쳤다고 보고 유럽 모든 나라의 경찰에다 그의 체포를 협조해 달라고 도움을 청했다.

그런데 마라스코드가 로셰 네이지에서 비밀회합을 하기로 했다는 것이다.

에르큘 포와로는 고개를 천천히 저었다. 그는 난처한 심정이었다. 왜냐하면 설선(雪線: 만년설의 최저 경계선)보다 더 높은 곳에 있는 것이 로셰 네이지였기 때문이다. 그곳에도 천길만길 낭떠러지 계곡 바위 위에 호텔이 하나 서 있긴 하지만 그곳에서 외부 세계를 연결해주는 것은 케이블카 하나밖에 없었다. 게다가 6월에는 호텔이 문을 열지만 7~8월이 되기 전까지는 거의 손님이 없는 편이었다. 따라서 사람이 언제나 자유롭게 드나들 수 있는 곳이 못 되었다. 만약 그곳으로 도망가는 사람이 있다면 그건 제 발로 호랑이 굴 안으로 걸어 들어가는 것과 다름이 없다. 그런 것을 잘 알고 있을 악당들이 굳이 그런 장소를 택했다는 것이 포와로는 잘 믿기지가 않았다.

그러나 르망투유가 믿을 만한 정보라고 한 이상 그것은 거의 틀림이 없을 터였다. 에르큘 포와로는 그 스위스 경찰관을 존경했다. 그건 그가 착실한 데다 신뢰할 수 있는 인물이었기 때문이다. 마라스코드가 문명사회와 아주 동떨어진 이곳을 비밀회합 장소로 정한 데는 필시 무슨 이유가 있는 게 분명했다.

에르큘 포와로는 한숨을 쉬었다. 이 좋은 휴일에 흉악한 살인범을 추적하게 되리라고는 꿈에도 생각지 않았기 때문이다. 안락의자에 앉아 두뇌 활동을 한다면 모를까, 산허리까지 성난 멧돼지를 쫓아가 함정에 빠뜨리게 하는 일 같은 것은 정말 딱 질색이라고 생각했다.

'성난 멧돼지'—이 말은 르망투유가 한 표현이었다. 정말 우연의 일치라고나 할까?

"헤라클레스 제4의 모험, 에리만토스의 멧돼지?" 그는 혼자 중얼거렸다.

그는 자기와 함께 탄 다른 승객들을 주의깊게 한 사람씩 둘러보았다.

그의 맞은편 의자에는 미국인 관광객이 한 사람 앉아 있었다. 그의 옷차림새나 순박한 표정으로 보나 또 손에 여행 안내서를 움켜쥐고 연방 바깥 경치에 탄성을 발하여 넋을 놓는 폼을 보아, 그는 유럽 관광을 처음 하는 미국 시골뜨기임이 분명했다. 얼마 가지 않아 그는 분명히 수다스럽게 말을 늘어놓을 거라고 포와로는 지레짐작했다. 그는 주위 경관에 완전히 도취한 표정이었다.

케이블카의 다른 쪽에는 키가 크고 회색 머리칼과 커다란 매부리코를 한 약간 특이해 보이는 용모의 남자가 독일어 책을 읽고 있었는데, 음악가나 외과의사의 손가락처럼 생긴 손가락을 쉴 새 없이 움직이고 있었다.

좀더 앞쪽에는 똑같은 타입의 남자 세 사람이 타고 있었다. 활처럼 휜 다리와 어딘가 모르게 경마광 같은 분위기를 풍기는 것이 셋 다 똑같았던 것이다. 그들은 카드놀이를 하고 있었다. 아마 모르긴 몰라도 중간에 그들은 낯선 사람에게 카드놀이를 같이하자고 은근히 권할 것이다. 그러면 처음에는 그 낯선 사람이 이기게 되겠지. 하지만 얼마 안 가서 그 낯선 사람이 갖고 있던 돈은 모두 털리게 될 것이 뻔한 이치였다.

그러나 그 세 사람 모두 특별히 이상한 점은 없었다. 굳이 이상한 점을 하나 꼽으라고 한다면 그건 왜 하필이면 이런 장소에서 카드놀이를 하느냐는 거였다. 혹시 경마장행 열차 안이라거나, 아니면 조그만 정기선(定期船) 안이라면 또 모른다. 그런 광경은 심심찮게 볼 수 있으니까. 그러나 거의 텅 비어 있다시피 한 케이블카 안에서 카드놀이를 하다니, 말도 안 되지!

케이블카 안에는 그들 외에 또 한 사람이 더 있었다. 여자였다. 키가 크고 피부가 가무잡잡한 여자인데 아주 미인이었다. 그러나 아주 감정이 풍부할 것 같아 뵈는 그녀의 얼굴이 의외로 아주 딱딱하게 굳어 있었다. 그녀는 사람들한테 시선도 돌리지 않고 계속 창 밖의 계곡만 내려다보고 있었다.

포와로의 짐작대로 얼마 가지 않아 미국인이 말을 하기 시작했다. 그는 자기 이름이 슈바르츠이며, 유럽은 초행인데 경치가 너무나 아름답다고 했다. 특히 실론 성(스위스 제네바 호 부근의 고성(古城))을 보고 깊은 감명을 받았으며(과대평가하는 건지는 모르겠지만), 파리는 전혀 도시 같다는 느낌이 들지 않는다는 거였다. 그리고 폴리 베르제르와 루브르 박물관, 그리고 노트르담에 들러 구경을 했으며, 핫 재즈(hot jazz; 악보를 떠나서 즉흥적으로 변곡을 넣은 재즈)를 연주하는 레스토랑이나 카페는 한 번도 보지를 못했다고 했다. 또 샹젤리제(파리의 큰 거리 및 그 일대의 일류 상점가)는 너무나 멋지며, 특히 투광조명(건물 등에 여러 각도에서 강한 광선을 비추어 뚜렷이 드러나게 하는 조명법), 환하게 빛나는 분수는 정말 인상깊었다고 했다.

레 자비네나 코로셰에서 내린 사람은 아무도 없었다. 그러니까 케이블카에 탄 승객들은 모두 로셰 네이지까지 올라가려는 사람들임에 틀림없었다.

슈바르츠 씨가 자기가 그곳까지 올라가려는 이유를 장황하게 늘어놓았다. 만년설로 뒤덮인 산에 한번 올라가 보는 것이 평소 자기의 소원이었다는 것이다. 그리고 해발 1만 피트(약 3km)의 높이면 아주 대만족이라는 것이다. 그 정도의 높이라면 달걀도 익을 수 없다는 얘기를 들었다면서 말이다.

사람 좋은 슈바르츠 씨가 친절을 발휘하여 조금 떨어진 곳에 앉는 키가 크고 회색 머리의 남자에게 말을 걸어보려고 했지만 그 남자는 코안경 너머로 그를 냉랭하게 한번 노려보고는 곧 자기가 읽던 책으로 시선을 돌려 버렸다.

그러자 슈바르츠 씨는 상대를 바꾸어 이번에는 그 가무잡잡한 숙녀에게 말을 걸었다. 이제 더 멋진 경치를 보게 될 거라면서 말이다.

그녀가 영어를 알아들었는지는 알 수 없는 노릇이었다. 어쨌든 그녀는 머리를 흔들더니 깃에 털이 달린 외투 속으로 몸을 움츠렸다.

슈바르츠 씨가 포와로에게 낮은 목소리로 말했다.

"여자 혼자서 여행하는 것을 보면 꼭 무슨 나쁜 일이 생길 것 같은 예감이 들거든요. 즉, 여자가 여행할 때는 옆에서 지켜줄 사람이 꼭 필요하다는 거죠."

유럽 대륙에서 만났던 어떤 미국인 여자를 머리에 떠올리면서 에르퀼 포와로도 그 말에 동의했다.

슈바르츠 씨는 한숨을 쉬었다. 사람들이 모두 냉담하다고 느낀 모양이었다. 그의 갈색 눈이 이렇게 말하는 듯했다. 좀 친절하게 대하면 어디가 덧나나?

2

이처럼 세상과 완전히 격리된 곳, 좀더 정확히 말해 하늘 바로 아래인 이 높은 곳에서 프록코트와 가죽구두로 정장한 호텔 지배인의 영접을 받는다는 것은 어딘가 우스꽝스러운 면이 있었다.

지배인은 덩치가 크고 핸섬한 사람으로 예의범절이 아주 깍듯했다. 그는 미안해서 어쩔 줄 몰라 했다. 철이 너무 이른데다가, 온수 공급장치마저 고장이 나버렸다. 아직 모든 시설이 제대로 작동되지 못하는데…… 물론 최선을 다 하겠다. 호텔 직원도 많이 모자란 상태다. 이렇게 손님들이 여러 명 한꺼번에 들이닥칠 줄은 몰랐다 등등…… 입에서는 전문가답게 예의가 깍듯한 말들이 술술 흘러나왔지만 포와로가 보기에는 그의 세련된 태도 뒤에는 무슨 말 못할 걱정거리가 있는 것처럼 여겨졌다. 말하는 동안 내내 그는 몹시 불안한 기색 이었다. 분명히 무슨 걱정거리가 있는 모양이었다.

점심은 계곡을 한눈에 내려다볼 수 있는 기다란 방에서 먹었다. 웨이터로는 거스터브라는 사람 하나밖에 없었는데 아주 능숙하고 솜씨가 좋았다. 그는 사람들 사이를 재빠르게 돌아다니며 식사 메뉴판을 보여주고 식사와 포도주를 무엇으로 정하면 좋을 것인지에 대해 시원시원하게 조언을 해주었다. 경마광 처럼 보이는 세 남자가 식탁 중앙에 앉았다. 그들은 불어로 방 안이 떠나가라 웃고 떠들어댔다.

늙은 조지프가 좋지! 이봐, 그 꼬마 데니스는 어때? 오트뉴에서 우리를 실 망시킨 그 돼지 새끼 같은 말 생각나?

모두 우리 주변에서 아주 흔히 볼 수 있는 그런 사람들이었다. 정말 이런 장소에는 어울리지 않는 사람들이란 말이야!

식탁 모서리에는 미모의 그 여자가 혼자 앉아 있었다. 그녀는 사람들 쪽으로 눈길 한 번 주지 않았다.

식사를 마친 뒤 포와로가 라운지에 앉아 있는데 지배인이 그에게 다가와 친숙한 어조로 말을 걸었다. 호텔을 너무나 나쁘게 평가하지 말아 달라. 때가 아직 되지 않아서 그렇다. 6월 말 이전에 여길 찾아오는 사람은 아무도 없다. 저 숙녀를 봤을 거다. 그녀는 해마다 여길 찾아오는데 그건 3년 전에 그녀의 남편이 등산하다가 목숨을 잃었기 때문이다. 아주 금실이 좋은 부부였는데 정 말 안됐다. 철이 되기 전에 그녀는 항상 여기에 온다. 사람들이 붐비는 때를 피해서. 그건 신성한 순례 여행이다. 저 나이 든 신사는 비엔나에서 온 유명한 의사인 칼 루츠 박사이다. 그는 조용히 휴식을 취하기 위해 여기 왔다고 한다.

"그것참 평화스러운 얘기군요." 에르퀼 포와로가 맞장구를 쳤다.

"그럼, 저쪽에 있는 저 사람들은요?"

그가 경마광처럼 보이는 세 사나이를 가리키며 물었다.

"저 사람들도 휴식을 취하러 여기 왔다고 생각하시오?"

지배인이 어깨를 으쓱했다. 그의 눈에 다시 근심 어린 빛이 나타났다.

그가 애매모호하게 말했다.

"아, 관광객들은 항상 새로운 경험을 하고 싶어 하죠. 높은 곳에 있다는 것 그것만으로도 기분이 새로워지지요."

그러나 자기 기분은 그렇게 유쾌한 편이 못 된다고 포와로는 생각했다. 진작부터 그는 호흡이 가빠진 것을 느끼고 있었다. 우스꽝스럽게도 갑자기 동요의 한 구절이 머리에 떠올랐다.

'그렇게 높은 세상은 하늘에 떠 있는 찻쟁반과 같죠.'

슈바르츠가 라운지 안으로 들어왔다. 포와로를 보는 순간 그의 눈이 반짝 빛났다. 그는 당장 포와로에게 다가왔다.

"지금까지 의사와 얘기를 했는데요. 어느 정도 영어로 얘기할 줄 알더군요. 그는 유대인인데, 오스트리아에서 살다가 나치에 의해 쫓겨났답니다. 그 사람들이야 정말 미쳤죠! 루츠 박사는 보통 인물이 아닌 것 같아요. 신경과 전문의나 심리학자, 뭐, 그런 방면의 사람인 모양이에요."

그의 시선이 창 밖만 내다보는 키가 큰 여자한테 가서 머물렀다. 그녀는 자신한테 잔인하기만 한 산을 하염없이 내려다보고 있었다.

그는 목소리를 낮추었다.

"웨이터한테 저 여자의 이름을 물었더니 그랑디에 부인이라고 하더군요. 남편이 등산하다가 죽었는데 바로 그 이유로 여기 온다는군요. 그래서 말인데 우리가 어떻게 해봐야 할 것 아니겠어요? 그녀가 기분 전환을 하도록 우리가 도와주면 어떨까요?"

"내가 당신이라면 그런 일은 하지 않겠소." 에르퀼 포와로가 말했다.

그러나 사람 좋은 슈바르츠 씨는 끈질기게 물고 늘어졌다. 포와로는 그가 그녀에게 가서 말을 걸어 단번에 그냥 퇴짜 맞는 것을 보았다. 두 사람은 잠시 불빛을 등지고 마치 그림자인 양 함께 서 있었다. 여자가 슈바르츠보다 키가 더 컸다. 그녀는 고개를 뒤로 젖혔다. 그녀의 표정은 차갑다 못해 무서웠다. 그는 그녀가 말하는 소리를 듣지는 못했다. 그러나 얼마 있지 않아 슈바르츠가 풀이 완전히 죽은 모습으로 되돌아왔다.

"소용이 없어요." 그가 말했다. 그리고 곧 생각에 잠긴 음성으로 덧붙였다.

"우리가 모두 인간이라면 서로 친절하게 대하지 못할 이유가 없을 텐데요. 안 그러세요, 미스터, 제가 당신 이름을 모르잖아요?"

"내 이름은, 포와리에요." 포와로가 덧붙였다.

"난 리용에서 온 비단 장수지요."

"포와리에 씨, 제 명함을 드릴 테니까 만약 파운틴 스프링스에 오시게 되면 꼭 연락을 주십시오."

포와로는 명함을 받아든 뒤, 손으로 주머니를 뒤지는 척하다가 중얼거리듯이 말했다.

"내 정신 좀 보게. 하필이면 이런 때 명함을 하나도 안 가져왔으니……"

그날 밤 잠자리에 들기 전에 포와로는 다시 한 번 르망투유의 편지를 주의 깊게 읽었다. 그런 뒤에 그는 편지를 반듯하게 접어 지갑 속에 넣어두었다. 그리고 침대 속으로 들어가면서 중얼거렸다.

"이상하단 말이야. 만약 그렇다면……"

3

거스터브라는 웨이터가 에르퀼 포와로에게 아침식사로 커피와 롤빵을 갖다주었다. 그는 커피가 식었다며 미안해했다.

"이렇게 높은 곳에서는 정말 뜨거운 커피를 마실 수 없다는 것을 손님도 아시지요? 슬프게도 물이 너무 빨리 끓어버려서요."

포와로가 나지막이 말했다.

"인간은 자연의 이런 변덕에 인내심을 갖고 순응해야 하지요."

"손님은 철학자시군요." 거스터브 역시 나지막하게 말했다.

그는 문으로 걸어갔다. 그러나 그는 방에서 나가는 대신 바깥을 재빨리 한

번 살펴보고는 다시 문을 닫고 침대 옆으로 되돌아왔다.

"에르퀼 포와로 씨? 전 드루에 경감입니다."

"아하! 안 그래도 그런 것 같았소" 포와로가 말했다.

드루에가 목소리를 낮추었다.

"포와로 씨, 아주 불길한 사건이 발생했습니다. 케이블카에서 사고가 났어요!"

"사고? 무슨 사고죠?" 포와로가 자리에서 일어나 앉았다.

"다친 사람은 아무 말도 없습니다. 다행히도 밤에 사고가 일어났으니까요.
아마 자연적인 원인에 의한 사고이기가 쉬울 겁니다. 간밤에 눈사태가 일어났
을 수도 있거든요. 그러나 누군가 고의로 고장을 일으키게 했을 가능성도 전
혀 배제할 수는 없습니다. 그거야 모를 일이죠. 어쨌든 간에 일이 이렇게 된
이상 그 결과는 그걸 수리하려면 여러 날이 걸린다는 겁니다. 따라서 우린 그
동안 꼼짝없이 여기 갇혀 있어야 합니다. 아직 철이 일러서 만약 폭설이라도
내리게 된다면 그때는 저 아랫마을과 연락조차 할 수 없게 되는 거죠"

에르퀼 포와로는 침대에서 일어나 앉았다.

"그것참 흥미 있는 얘기군요" 그는 부드럽게 말했다.

경감이 고개를 끄덕였다.

"그렇습니다. 우리 소식통이 입수한 정보가 맞는 것 같아요. 마라스코드가
여기서 비밀회합을 하기로 했다는 것 말입니다. 그 녀석은 여기라면 안전하게
모일 수 있다고 생각한 모양이에요"

에르퀼 포와로가 성급한 목소리로 크게 말했다.

"그건 너무 공상적인 얘기지 않소?"

"제 생각도 그렇습니다" 드루에 경감이 두 손을 들었다.

"상식적으로 전혀 이해가 되지 않거든요. 하지만 실상이 그런걸요. 아시겠지
만 그 마라스코드는 아주 엉뚱한 놈입니다! 내가 보기에……."

그가 고개를 끄덕였다.

"그놈은 미친 게 틀림없어요"

"미치광이에 살인자라!" 포와로가 말했다.

드루에가 무미건조하게 말했다.

"별로 놀랄 만한 일도 못 되죠. 동감입니다."

포와로가 느릿느릿 말했다.

"그 사람이 진짜로 여기서 비밀회합을 한다고 칩시다. 그렇다면 마라스코드는 이미 이곳에 와 있다는 말이 됩니다. 왜냐하면 지금부터 며칠간은 교통이 완전히 끊기니까."

"저 역시 그렇게 생각합니다." 드루에가 조용히 말했다.

두 사람은 잠시 침묵을 지켰다.

이윽고 포와로가 물었다.

"루츠 박사라는 그 사람이 혹시 마라스코드가 아닐까요?"

드루에가 머리를 흔들었다.

"그렇지는 않을 겁니다. 루츠 박사라는 사람이 실제로 있거든요. 신문에서 그의 사진을 본 적도 있는 걸요. 아주 유명한 사람이죠. 여기 있는 사람은 그때 그 사진과 비슷해요."

포와로가 나지막하게 말했다.

"마라스코드가 변장술에 능숙하다면 충분히 그 사람 흉내를 낼 수도 있지요."

"그야 그렇죠. 하지만 그 녀석이요? 난 그 녀석이 변장술에 능숙하다는 얘기를 들은 적은 한 번도 없습니다. 그 녀석은 뱀처럼 음흉하고 교활한 놈은 아닙니다. 물불을 가리지 않고 덤벼드는 잔인하고 사나운 성난 멧돼지죠."

"그래도……." 포와로가 말했다.

드루에가 재빨리 그의 말을 받았다.

"아, 예, 그 녀석은 경찰망을 피해 다니는 도망자죠. 따라서 변장을 해야 숨어 지내기가 편하겠죠. 그러니까 변장을 했을 가능성이 있을 겁니다. 아니, 그게 분명할지도 모르겠는데요."

"그의 인상착의를 알 수 있소?"

상대방이 어깨를 으쓱했다.

"대충. 사실은 오늘 베르틸롱(프랑스의 범죄학자)식 인체 측정에 의한 범인을 식별하는 문서와 사진을 저한테 보내주기로 되어 있었는데, 그만……. 제가 아는 것이라고는 나이는 30살가량, 키는 보통보다 약간 크며, 가무잡잡한 피부를 갖고 있다는 정도입니다. 특별히 눈에 띌 만한 특징은 없는 것 같고요."

포와로는 어깨를 으쓱했다.

"그렇다면 모든 사람이 다 그에 해당할 수 있겠군요. 슈바르츠라는 미국인은 어때요?"

"그건 제가 물어보려던 참이었는데요. 당신은 그와 얘기도 나눈데다, 미국인이나 영국인하고 많이 사귀어 보셨을 것 같아서요. 얼핏 봐서는 평범한 미국인 관광객처럼 보이더군요. 그의 여권도 조사해봤는데 아무 이상이 없어요. 이곳을 여행지로 택한 저의가 좀 의심스럽긴 하지만, 어디 우리가 여행하는 미국인의 기분을 예측할 수가 있나요? 당신 생각은 어떠십니까?"

에르큘 포와로는 난처하다는 듯이 머리를 흔들었다.

"어떻든 겉으로 보기에는 지나치게 친절해서 탈이지 결코 나쁜 사람은 아닌 것 같아요. 사람을 좀 귀찮게 하지만, 그렇다고 해서 그를 위험인물이라고 보기에는 어렵단 말입니다." 그는 말을 계속했다.

"그 밖에 세 남자가 더 있습니다."

그러자 경감이 갑자기 진지한 표정이 되어 고개를 끄덕거렸다.

"예, 우리가 찾는 타입의 사람이 바로 그런 사람들이죠. 포와로 씨, 전 그 사람들이 마라스코드의 일당이라는 것을 맹세할 수도 있습니다. 그들이 경마장의 깡패라는 것은 척 보면 알 수 있죠! 그리고 그 셋 중 한 녀석이 마라스코드일 가능성도 있어요."

에르큘 포와로는 곰곰이 생각에 잠겼다. 그는 세 사람의 얼굴을 다시 머리에 떠올려 보았다. 한 사람은 툭 튀어나온 이마와 살찐 턱에 넓적한 얼굴을 하고 있었다. 한마디로 탐욕스럽고 야비해 보이는 얼굴이었다. 또 한 사람은 날카롭고 좁은 얼굴과 차가운 눈에 몸이 아주 삐빼 말랐다. 나머지 한 사람은 안색이 아주 창백한 친구였는데 나름대로 꽤 멋을 부린 흔적이 엿보였다.

그래, 그 셋 중 한 녀석이 마라스코드일 수도 있겠지. 그러나 왜? 마라스코드가 뭣 때문에, 그 두 녀석과 함께 산꼭대기 이 쥐덫 속으로 기어들어온단 말인가? 훨씬 더 안전하고 그럴듯한 장소에서 만날 수도 있었을 텐데. 카페나 기차역, 사람이 북적거리는 영화관, 공원 같은 곳에서 은밀히 만나는 것이 이렇게 눈으로 둘러싸인 높은 산 속에서 만나는 것보다 훨씬 더 쉬울 텐데.

그는 자신의 이러한 생각을 드루에 경감에게 전달하려고 노력했다. 경감도 그의 생각에 쾌히 동의했다.

"듣고 보니 그렇군요. 정말 이해가 되지 않아요."

"정말 비밀회합을 하기로 했다면, 그들이 구태여 함께 올 이유가 없잖소? 아냐, 거 정말 알 수 없는 노릇이군."

드루에가 걱정 어린 표정으로 말했다.

"그렇다면 두 번째 가정을 해보는 수밖에 없습니다. 이 세 사람은 마라스코드의 일당이고 마라스코드를 만나러 여기 온 겁니다. 그럼, 누가 마라스코드죠?"

"호텔 직원들은 어떻소?" 포와로가 물었다.

드루에가 어깨를 으쓱했다.

"말할 만한 직원이 있어야지요. 직원이라고 해봤자 주방 일하는 할머니와 그녀의 남편인 자크밖에 없어요. 그 두 사람은 여기서 50년 동안이나 산 모양입니다. 그러고 나면 웨이터인 저밖에 없지요. 그게 전부예요."

"그럼, 지배인은 당신이 누군지 알겠군요?"

"그야 당연하죠. 그의 협조가 없이는 안 되거든요."

"그가 불안해하는 것 같지는 않았습니까?" 포와로가 말했다.

드루에는 그 말에 놀란 눈치였다. 그는 생각에 잠긴 어조로 말했다.

"정말 그랬던 것 같군요."

"물론 경찰관이 웨이터로 변장하여 잠복근무한다는 데 대한 단순한 불안일 수도 있소만."

"그러나 당신이 생각하기에는 단순히 그래서만은 아닐 거라는 거죠? 그가 뭘 알고 있을 거라고 생각하시는 것 아닙니까?"

"불현듯 그런 생각이 들었다 뿐이지. 뭐, 별 뜻은 없습니다."

드루에가 우울하게 말했다.

"저도 그런 생각이 들긴 들었어요." 그가 잠시 말을 멈췄다가 계속했다.

"그에게 단도직입적으로 물어보면 어떻겠습니까?"

포와로가 탐탁지 않은 표정으로 고개를 저었다.

"우리가 자기를 의심한다는 내색은 보이지 않는 게 좋을 것 같군요. 그의 행동이나 잘 감시하십시오."

드루에가 고개를 끄덕거렸다. 그는 문쪽으로 방향을 바꾸었다.

"포와로 씨, 왜 자신의 추론은 내놓지 않으십니까? 전, 당신의 명성을 익히 들어 알고 있습니다."

포와로가 곤혹스런 표정으로 말했다.

"당분간은 아무것도 추론할 수가 없기 때문이오. 아무리 생각해도 그 이유를 모르겠단 말입니다. 하필이면 이런 곳에서 비밀회합을 하는 이유 말이오. 실제로 비밀회합을 하는 이유는 뭐지요?"

"돈입니다." 드루에가 간단하게 대답했다.

"그럼, 그 사람은 가엾은 샐리를 살해하고 돈까지 강탈해 갔다는 말이오?"

"예, 상당한 액수의 돈을 갖고 도망쳐 버렸죠."

"그래서 그 돈을 분배하기 위해 비밀회합을 한다, 이 말이지요?"

"그거야 두말하면 잔소리죠."

포와로가 마땅찮다는 표정으로 머리를 흔들었다.

"그렇다고 칩시다. 그렇지만 왜 이곳에서?" 그가 천천히 말을 계속했다.

"범죄자들이 모이는 비밀 장소로는 이곳처럼 나쁜 곳도 없어요. 혹시 여자를 만나러 온다면 또 모를까······."

드루에가 긴장된 표정으로 한 발짝 다가섰다. 그리고 흥분한 어조로 말했다.

"설마······?"

"난······." 포와로가 말했다.

"그랑디에 부인이 무척 아름다운 여자라고 생각합니다. 그래서 말인데 그녀를 위해서라면 어느 남자든지 해발 1만 피트(약 3km)나 되는 이 높은 곳도 마다치 않고 서로 올라오려 할 것 같다는 생각이 듭니다. 즉, 그녀가 그걸 원한다면 말이오."

"그것참 흥미로운 얘기군요." 드루에가 말했다.

"전 그녀가 이번 일에 연관되었으리라고는 꿈에도 생각하지 않았습니다. 뭐라고 하던 그녀가 이곳에 온 게 이번이 처음은 아니거든요."

포와로가 부드럽게 말했다.

"예, 따라서 그녀의 존재는 말할만한 게 못 된다는 말이로군요. 하지만 로세네이지가 이곳을 택한 이유가 바로 거기에 있다고 보면 어떻겠습니까?"

드루에가 흥분해서 말했다.

"포와로 씨, 드디어 당신의 의견을 내놓으셨군요. 그 각도에서 제가 조사해 보도록 하지요."

4

그날은 아무 사고 없이 지나갔다. 다행히도 호텔에 먹을 식량은 충분히 비축되어 있었다. 지배인이 그 점에 대해서라면 걱정할 필요가 없다고 설명했다. 그러니까 먹을 음식은 충분히 확보해 놓은 셈이다.

에르큘 포와로는 칼 루츠 박사와 얘기를 나눠보려고 애썼지만 보기 좋게 퇴짜를 맞고 말았다. 의사는 심리학은 자기 전문분야여서 아마추어와는 얘기하고 싶지 않다는 뜻을 은근하면서도 분명하게 비쳤던 것이다. 그는 구석진 곳에 앉아서 커다랗고 묵직해 보이는 책을 읽는 데만 온 정신이 팔려 있었다.

에르큘 포와로는 밖으로 나가서 주방 주위를 어슬렁거렸다. 그러다가 그는 무뚝뚝하고 의심이 많은 자크 영감과 이야기를 나누기 시작했다. 곧 요리사인 그의 아내가 그들의 대화에 합세했다. 그녀는 통조림이 많이 저장되어 있어 다행이긴 하지만 자기는 통조림을 별로 좋아하지 않는다고 포와로에게 말했다. 값만 끔찍하게 비싸지 무슨 영양가가 있나요? 좋으신 하나님께서 인간들한테 통조림만 먹고 살라고 하셨을 턱이 없다고요.

화제는 호텔 종업원들한테로 옮겨갔다. 7월 초순이면 객실 하녀와 보조 웨이터들이 온다. 그러나 앞으로 3주 동안은 거의 손님이 없다. 여기 올라오는 손님들 대부분은 점심만 먹고 곧 다시 내려간다. 그래서 그동안은 자기와 자크, 그리고 웨이터 한 사람으로도 충분하다 등등.

포와로가 물었다.

"그럼, 거스터브가 오기 전에 웨이터가 한 사람 있었겠군요?"

"물론이죠. 하지만 정말 형편없는 웨이터였어요. 기술도 없고 경험도 없는 친구였거든요. 정말이지 도저히 웨이터라고 할 수 없는 사람이었지요"

"그 사람은 여기 얼마 정도 있었습니까?"

"며칠, 일주일도 채 안 되었을걸요. 그런 형편없는 친구가 해고되는 건 당연했죠. 그래서 우리는 놀라지도 않았다고요"

"부당하다고 항의는 하지 않았습니까?" 포와로가 나지막이 말했다.

"아, 그럼요. 아무런 소리도 않고 그냥 갔죠. 그래 봤자 자기 입만 아프지 뭐, 얻는 것도 없잖아요? 여긴 일류 호텔이고 따라서 거기에 걸맞은 서비스를 손님들한테 해줄 의무가 있으니까요"

포와로는 고개를 끄덕였다. 그리고 물었다.

"그 사람은 어디로 갔습니까?"

"로버트 말인가요?" 그녀는 어깨를 으쓱했다.

"틀림없이 전에 자기가 일했던 어두침침한 카페로 다시 돌아갔을 거예요"

"케이블카를 타고 내려갔겠죠?"

그녀가 의아한 표정으로 그를 쳐다보았다.

"그야 당연하죠, 손님. 그것 말고 밑으로 내려갈 방법이 또 있나요?"

포와로가 물었다.

"그렇다면 그가 내려가는 것을 본 사람은 있습니까?"

그러자 그들 부부는 그의 얼굴을 한참 동안 뚫어져라 쳐다보았다.

"아이고! 손님은 우리가 그런 짐승 같은 인간을 전송하러 나갔을 것 같으세요? 거창한 송별식이라도 했을 것 같으냐고요? 어림없죠. 해야 할 일도 많은데, 언제 그런 데까지……"

"정말 그렇겠군요." 에르퀼 포와로가 말했다.

그는 밖으로 천천히 걸어나와 머리높이 솟아 있는 건물을 우러러 쳐다보았다. 커다란 호텔로, 지금은 한쪽 부분만 사용하고 있었다. 나머지 부분에는 객실이 많이 딸려 있었는데 모두 문이 꼭꼭 닫혀 있어서 사람이라고는 그림자도 얼씬거리지 않았다.

그는 호텔 모퉁이를 돌다가 하마터면 카드놀이를 하던 세 남자 중 한 사람과 머리를 부딪칠 뻔했다. 그는 창백한 얼굴과 흐릿한 눈을 가진 남자였다. 그가 무표정하게 포와로를 쳐다보았다. 입술이 위로 말려 올라가 이빨이 드러나 보이는 그의 얼굴은 버릇이 고약한 말 같다는 인상을 주었다.

포와로는 그의 곁을 지나 계속 앞으로 걸어갔다. 그러자 저만치 앞에 사람 모습이 하나 보였다. 그것은 바로 키가 큰 그랑디에 부인의 우아한 자태였다.

그는 걸음을 약간 빨리해서 그녀를 따라잡았다.

"케이블카에 사고가 생겨서 속상하군요. 혹시 부인도 계획에 차질이 생긴 것 아닙니까?"

"난 아무 상관없어요." 그녀가 말했다.

그녀의 목소리는 매우 굵고 낮았다. 완전히 코트랄토(알토)였다. 그녀는 포와로를 쳐다보지도 않고 그의 옆을 지나 조그만 쪽문을 통해 호텔 안으로 들어가 버렸다.

5

에르큘 포와로는 일찍 잠자리에 들었다. 그러나 자정이 조금 지나서 잠이 깨었다. 누가 문의 자물쇠를 만지작거리고 있었던 것이다.

그는 자리에서 일어나서 불을 켰다. 그 순간 문이 벌컥 열림과 동시에 카드놀이를 하던 세 남자가 모습을 드러냈다. 모두들 술에 좀 취한 모양이라고 포와로는 생각했다. 바보스러우면서도 심술이 뚝뚝 흐르는 얼굴들이었다. 그는 면도칼 날이 번쩍이는 것을 보았다.

덩치가 크고 제일 뚱뚱한 남자가 앞으로 다가왔다. 그는 으르렁거리며 말했다.

"찢어 죽일 탐정 새끼 같으니라고! 흥!"

그는 심한 욕지거리를 한참 퍼부었다. 세 남자가 침대에서 꼼짝 못하는 포와로한테 점점 가까이 다가왔다.

"얘들아, 이 녀석을 토막토막 낼까? 어떠냐? 먼저 이 탐정 나리의 뻔뻔스런 얼굴부터 그어버리도록 하지. 잘난 체하지 못하도록 말이야."

그들이 단호한 태도로 점점 앞으로 다가왔다. 면도칼 날이 불빛에 번쩍거렸다. 바로 그때 미국식 말투가 분명한 다급한 목소리가 들려왔다.

"손들고 꼼짝 마!"

그들이 옆으로 비켜섰다. 알록달록한 줄무늬가 있는 잠옷을 입은 슈바르츠가 문간에 서 있었다. 그의 손에는 자동권총이 들려 있었다.

"꼼짝 마, 여차하면 그대로 쏘아버리겠다."

그는 방아쇠를 당겼다. 그러자 총알이 덩치 큰 남자의 귀 옆을 지나 창문틀에 가서 박혔다. 세 남자는 재빨리 손을 치켜들었다.

"포와리에 씨, 좀 도와주시겠습니까?" 슈바르츠가 말했다.

에르큘 포와로는 번개처럼 침대 밖으로 빠져나왔다. 먼저 그는 날이 번쩍거리는 무기들을 압수한 뒤 세 남자의 몸을 뒤져 또 다른 흉기가 없는지를 알아보았다.

슈바르츠가 말했다.

"그럼, 앞으로 가! 복도를 죽 따라가면 커다란 벽장이 하나 있다. 거기에는 창문이 달리지 않았다. 그 속으로 들어가도록."

그는 그들을 벽장 속에 몰아넣고 열쇠로 잠가 버렸다. 그러고는 재빨리 포와로에게로 달려와 기쁨에 들뜬 목소리로 떠들기 시작했다.

"보셨죠? 포와리에 씨, 파운틴 스프링스에는 내가 외국 여행을 할 때 권총을 가져가겠다고 하니까 비웃던 친구들이 있었다는 것을 아십니까? '너 어디로 갈 생각인데?' 하고 그들이 물었죠. '정글로?' 그러고는 배를 잡고 웃어 대는 거예요. 그렇게 못된 사람들을 보신 적이 있으세요?"

포와로가 말했다.

"슈바르츠 씨, 정말 아슬아슬한 순간에 와 줬소. 한 편의 서부극에서처럼 말입니다! 목숨을 구해 줬으니 이 은혜를 어떻게 갚아야 할지 모르겠군요."

"별말씀을 다 하시는군요. 이제 우리는 어떻게 해야 하죠? 이 녀석들을 경찰에 넘겨줘야 할 텐데 우리 힘으로는 그럴 수가 없으니! 아무래도 지배인한테 그 문제를 의논해봐야 할 것 같습니다."

에르큘 포와로가 말했다.

"아, 그 지배인? 내 생각으로는 그 거스터브라는 웨이터한테 먼저 알리는 게 좋을 것 같소만. 그 사람은 드루에 경감이 웨이터로 변장한 거요. 그러니까 거스터브라는 그 웨이터는 진짜 형사지요."

슈바르츠가 그의 얼굴을 한참 동안 쳐다보았다.

"아, 그래서 그 녀석들이 그랬군요!"

"누가 뭘 어쨌다구요?"

"악당들이 거스터브를 마구 난도질했답니다. 그다음에 당신을 찾아온 거죠."

"뭐라고요?"

"함께 가보시죠. 지금 의사가 그를 치료해주고 있을 겁니다."

드루에의 방은 맨 꼭대기 층에 있는 조그만 방이었다. 화장복을 입은 루츠 박사가 온통 피에 젖은 드루에의 얼굴을 붕대로 싸매고 있었다.

그들이 들어서자 그가 고개를 돌렸다.

"아! 슈바르츠 씨? 이거 상처가 아주 심해요. 짐승 같은 놈들! 어쩜 이렇게 잔인할 수가!"

드루에는 약간의 신음 소리를 내면서 누워 있었다.

"위험한가요?" 슈바르츠가 물었다.

"목숨은 건질 겁니다. 하지만 말을 해서는 안 돼요. 흥분시켜서는 더더욱 안 됩니다. 상처가 난 곳은 내가 소독했기 때문에, 패혈증(화농균이나 혈액이나 임파액 속으로 들어가 심한 중독현상이나 급성 염증을 일으키는 병)에 걸릴 염려는 없어요."

세 사람은 함께 그 방을 떠났다.

"거스터브가 형사라고 하셨죠?" 슈바르츠가 포와로에게 물었다.

에르큘 포와로는 고개를 끄덕였다.

"그런데 왜 로셰 네이지에 와 있는 거죠?"

"아주 흉악한 범인을 쫓느라고요."

포와로는 간단하게 상황을 설명해주었다.

루츠 박사가 말했다.

"마라스코드? 신문에서 그 사건에 대해 읽은 기억이 나는군요. 난 그 남자를 한번 꼭 만나봤으면 좋겠어요. 성격적으로는 아주 심한 이상이 있는 사람이 분명하거든요! 그 사람 어린 시절 얘기를 한번 들어보면 좋을 텐데."

"나를 위해서라도⋯⋯." 에르퀼 포와로가 말했다.

"그 녀석이 지금 이 순간에 어디 있는지 꼭 알고 싶군요."

슈바르츠가 말했다.

"벽장 속에 갇혀 있는 그 세 녀석 중 한 명이 아닐까요?"

포와로가 불만스럽다는 듯이 말했다.

"그럴 수도 있겠죠. 예, 하지만 내 생각에는⋯⋯, 좋은 생각이 하나 떠올랐소."

그가 돌연 말을 멈추고는 카펫을 내려다보았다. 카펫은 밝은 담황색이었는데 짙은 갈색 자국이 나 있었다.

에르퀼 포와로가 말했다.

"발자국, 내 생각에는 피 묻은 발자국이 호텔의 사용하지 않는 쪽에서 나온 것 같군요. 빨리요, 빨리 서둘러야 합니다!"

그들은 그의 뒤를 따라 회전문을 통해 어두침침하고 지저분한 복도를 따라 걸어갔다. 그들이 모퉁이를 돌아서자 그때까지도 카펫에 확연히 남아 있던 발자국이 반쯤 열린 문 안으로 이어져 있었다.

포와로가 문을 밀어젖혀 열고는 안으로 들어갔다. 순간 그의 입에서 저도 모르게 끔찍한 비명이 터져 나왔다. 그 방은 침실이었다. 침대에는 사람이 잔 흔적이 있었고 테이블 위에는 음식 그릇이 놓여 있었다.

방 한가운데 남자의 시체가 놓여 있었다. 키는 중간쯤 되어 보였는데 도저히 믿을 수 없을 정도로 야만적이고 잔인한 방법으로 살해된 것 같았다. 팔이며 가슴, 그리고 머리와 얼굴을 얼마나 난도질을 해놓았는지 그 참혹한 모습을 차마 눈 뜨고 볼 수가 없었다.

슈바르츠는 외마디 비명을 지르고는 금방 토할 것 같은 창백해진 얼굴로 돌아섰다. 루츠 박사는 독일어로 비명을 질렀다.

슈바르츠가 숨넘어가는 소리로 말했다.

"이 사람은 누구죠? 아는 사람 있어요?"

"내 생각에는⋯⋯." 포와로가 말했다.

"로버트라는 웨이터 같은데요. 아주 서투르기 짝이 없다는⋯⋯."

루츠가 시체 곁으로 다가가 살펴보더니 손가락으로 시체 가슴 부근을 가리켰다. 죽은 남자의 가슴에 종이가 한 장 핀으로 꽂혀 있었던 것이다. 그 종이에는 펜으로 마구 휘갈겨 쓴 글자가 몇 자 적혀 있었다.

마라스코드는 이제 더 이상 사람을 죽이지 못할 것이다. 또 자기 친구들의 돈도 중간에서 가로채지 못할 것이다.

슈바르츠가 비명을 지르듯이 외쳤다.

"마라스코드? 그러니까 바로 이 사람이 마라스코드군요! 하지만 무엇 때문에 이런 곳까지 왔을까요? 그리고 당신은 왜 이 사람 이름이 로버트라고 하시는 거죠?"

포와로가 말했다.

"그는 여기서 웨이터로 변장하고 있었어요. 누구 말을 들어봐도 아주 형편없는 웨이터였다는 겁니다. 그래서 사람들은 그가 갑자기 해고당했을 때도 어느 누구도 놀라지 않았습니다. 그리고 그는 떠났지요. 아마도 앨더매트로 되돌아갔을 거라는 추측만 남기고서 말입니다. 그러나 그가 가는 것을 본 사람은 아무도 없었습니다."

루츠가 못마땅한 투로 느릿느릿 말했다.

"그래서, 당신은 무슨 일이 생겼다고 생각하는 겁니까?"

포와로가 대답했다.

"우리가 여기 처음 도착했을 때 호텔 지배인의 얼굴에 근심이 어려 있는 것을 보셨을 겁니다. 마라스코드가 사용하지 않는 호텔 객실에서 자신이 숨어 지낼 수 있게 해달라고 지배인에게 상당한 뇌물을 주었을 게 뻔하니까요."

그는 생각에 잠긴 어조로 덧붙였다.

"그러나 지배인은 그 일 때문에 마음이 편치가 못했습니다. 그렇지요. 마음이 여간 불안하지 않았을 겁니다."

"그럼, 마라스코드가 지배인만 빼고 아무도 모르게 계속 여기서 지냈다는 겁니까?"

"그런 것 같습니다. 아시다시피 충분히 그럴 수 있으니까요."

루츠 박사가 말했다.

"그런데 왜 그가 살해되었을까요? 누가 그를 죽인 거죠?"

슈바르츠가 큰소리로 말했다.

"그거야 쉽죠. 본래 돈을 자기 일당과 나누기로 해놓고는 그는 그렇게 하지 않은 거지요. 즉, 그가 그들을 배반한 겁니다. 그리고 이렇게 외딴곳에 와서 잠시 숨어 지내려 한 게 뻔합니다. 설마 이런 곳까지 그들이 찾아오랴 싶었겠죠. 하지만 그건 그가 잘못 생각한 겁니다. 누군가가 그 낌새를 눈치 채고 여기까지 그를 따라왔으니까요." 그가 구두 끝으로 시체를 건드렸다.

"그리고 그와 계산을 끝냈죠. 이렇게요."

에르퀼 포와로가 나지막하게 말했다.

"예, 그건 확실히 우리가 생각했던 식의 '비밀회합'이 아니었소."

루츠 박사가 못 참겠다는 투로 말했다.

"그런 식의 추리도 매우 흥미 있습니다만 지금 중요한 건 현재 상황이에요. 여기는 시체가 있고 또 치료해야 할 중환자가 있지만 지금으로서는 속수무책입니다. 필요한 의약품이 제대로 있어야지요. 게다가 우리는 세상과 완전히 격리되었다는 말입니다! 이런 상태가 얼마나 계속될까요?"

슈바르츠는 보태서 말했다.

"그뿐인 줄 압니까! 벽장 속에는 살인자 세 녀석이 갇혀 있다고요! 이거야말로 흥미로운 상황이 아니고 뭐겠습니까?"

"어떻게 해야 하죠?" 루츠 박사가 말했다.

포와로가 말했다.

"우선, 지배인을 설득해야 합니다. 그는 돈을 탐내었다 뿐이지 범죄자는 아니니까요. 또 겁쟁이기도 하죠. 그러니까 우리가 시키는 대로 다 할 겁니다. 그리고 자크나 그의 부인 역시 우리를 도와줄 겁니다. 세 악당은 사람들이 우리를 도와주러 올 때까지 우리가 안전하게 감시할 수 있는 곳에 가둬놓도록 합시다. 내 생각에는 슈바르츠 씨의 자동권총이 큰 역할을 할 것 같은데요."

"그럼, 난요? 난 뭘 하죠?" 루츠 박사가 말했다.

"의사 양반은……." 포와로가 침울하게 말했다.

"환자만 돌봐주십시오. 그리고 나머지 사람들은 보초를 서도록 하지요. 그리고 기다릴 수밖에요. 그 외에는 우리가 할 수 있는 일이 없습니다."

6

그로부터 사흘이 지난 이른 아침에 몇몇 남자들이 호텔 앞에 나타났다.

그들에게 과장된 몸짓을 해가며 현관문을 열어준 사람은 바로 포와로였다.

"여러분을 환영합니다."

경찰 간부 르망투유가 포와로를 얼싸안았다.

"아, 여보게! 이렇게 자네를 만나 너무 기쁘네! 이렇게 엄청난 사건을 겪어, 얼마나 마음고생이 심했는가? 밑에서 우리도 얼마나 애를 태우고 걱정했는지 모른다네. 뭐가 어떻게 돌아가는지 도대체 알 수가 없으니 정말 답답해서 미칠 뻔했지. 무선전화도 없지. 대체 연락할 방법이 없잖은가? 그런데 회광통신기(回光通信機, 빛의 반사를 이용한 통신법)를 생각해 내다니 자네 머리는 정말 천재적이야."

"뭐, 그런 걸 가지고." 포와로가 겸손하게 말했다.

"인간은 자신이 발명한 문명의 이기를 못 쓰게 되면 결국 자연에 의존할 수밖에 없다네. 하늘에 태양은 항상 떠 있으니까."

경시청 사람들이 호텔 안으로 들어왔다.

르망투유가 말했다.

"우리가 이렇게 올 줄은 몰랐지?" 그의 미소가 약간은 징그러워 보였다.

포와로도 미소를 지었다.

"그럼! 케이블카가 수리되려면 아직 한참 있어야 할 줄 알았네."

르망투유가 감정을 넣어 말했다.

"아, 오늘이야말로 위대한 날! 자네, 틀림없다고 생각하나? 진짜 마라스코드겠지?"

"틀림없이 마라스코드라네. 자, 가보세."

그들은 계단을 따라 올라갔다. 문이 하나 열리면서 슈바르츠가 화장복을 입은 채 나타났다. 그는 사람들을 보더니 눈이 휘둥그레졌다.

"말소리가 들려서 나왔소. 도대체 이 사람들은 누구죠?"

에르퀼 포와로가 과장된 어조로 말했다.

"드디어 구원군이 도착했소! 자, 우리와 함께 갑시다. 아주 볼만한 구경거리가 있을 거요."

그는 층계를 펄쩍 뛰어올라갔다.

슈바르츠가 말했다.

"드루에한테 가는 건가요? 그런데 그 사람 몸은 좀 어때요?"

"어젯밤 루츠 박사 말로는 점점 회복이 되고 있다더군요."

그들은 드루에의 방문 앞에 도착했다.

포와로가 문을 활짝 열어젖혔다. 그리고 큰소리로 외쳤다.

"신사 여러분, 여기 성난 멧돼지가 있습니다. 그를 생포해서 단두대로 보내도록 하시지요."

얼굴에 붕대를 감고서 침대에 누워 있던 남자가 벌떡 몸을 일으켰다. 그러나 이미 그가 꼼짝하지 못하도록 사복 경찰관들이 덮친 다음이었다.

슈바르츠가 당황한 표정으로 소리쳤다.

"그 사람은 거스터브라는 웨이터인데요. 그 사람이 드루에 경감이라고요?"

"거스터브인 것은 맞아요. 하지만 드루에는 아니오. 드루에는 바로 첫 번째 웨이터인 로버트였고, 그는 호텔에서 사용하지 않은 방에 감금되어 있다가 나를 죽이려 한 바로 그날 밤에 마라스코드한테 살해당한 겁니다."

7

아침식사를 마친 뒤에 포와로는 어리둥절해하는 미국인에게 부드러운 목소리로 모든 것을 설명해주었다.

"인간은 전문가적 견지에서 본능적으로 감지할 수 있는 법이지요. 예를 들어 형사와 살인자 간의 차이점을 특별히 말하지 않아도 은연중에 느낄 수 있습니다! 거스터브는 웨이터가 아니었어요. 그건 그를 본 순간 즉시 알 수 있었죠. 또한 그는 경찰관도 아니었어요. 난 평생 동안 경찰관들을 많이 상대했기 때문에 어떤 사람이 경찰관인지 금방 알 수 있지요. 그가 문외한들한테는 형사로 행세할 수 있었겠지만, 경찰의 생리를 잘 아는 나 같은 사람한테는 어림없는 일이었지요. 하여튼 난 그를 본 순간 즉시 의심이 갔습니다. 그래서 그날 저녁 난 커피를 마시지 않고 몰래 쏟아 버렸지요. 그런 내 행동은 옳았어요.

그날 저녁 늦게 한 남자가 내 방에 들어왔으니까. 다시 말해, 그 방의 임자가 마취약을 탄 커피를 마시고서 잠에 곯아떨어졌다는 것을 알고 내 방에 들어온 거지요. 그는 내 소지품을 뒤지다가 내 지갑에서 그 편지를 발견했습니다. 그의 눈에 띄도록 내가 일부러 그 속에 넣어둔 편지를 말입니다! 그 다음 날 아침 거스터브는 커피를 가지고 내 방으로 옵니다. 그러고는 내 이름을 친근하게 부르며 자신있게 드루에 경감 행세를 한 거지요. 그러나 그는 걱정이 되었습니다. 말로 다하지 못할 정도로 말입니다. 왜냐하면 어떻게 해서든 경찰이 그의 뒤를 쫓아오려고 했기 때문이었지요! 그가 어디 있다는 것을 경찰이 알게 되는 날이면 그야말로 그는 끝장이니까요. 즉, 그렇게 되면 그가 세운 계획도 모두 수포로 돌아가 버리고 덫에 걸린 쥐처럼 꼼짝없이 체포되어야 할 판이니까요."

슈바르츠가 말했다.

"정말 어리석게도 이런 곳에 오다니! 왜 그랬을까요?"

포와로가 우울하게 말했다.

"당신이 생각하는 것처럼 그 사람은 바보가 아닙니다. 꼭 그럴 수밖에 없는 필요에 의해서, 다시 말해 사람의 인적이 드문 아주 한적한 곳에서 어떤 사람을 만나 꼭 해야 할 일이 있었기 때문에 일부러 이곳을 택한 겁니다."

"어떤 사람?"

"루츠 박사."

"루츠 박사? 그럼, 그도 한패입니까?"

"루츠 박사는 진짜 루츠 박사요. 하지만 그는 신경전문의가 아니오. 그러니까 심리학자가 아니란 거죠. 그는 권위있는 안면 성형외과 의사입니다. 바로 그게 그가 이리로 마라스코드를 만나러 온 이유요. 그는 자기 나라에서 쫓겨 났기 때문에 지금 가난합니다. 그래서 그는 여기서 어떤 남자를 만나 그의 얼굴을 완전히 다른 모습으로 성형시켜 주기로 하고 상당한 액수의 사례금을 받기로 한 거지요. 그 남자가 범죄자라는 것을 그가 알았을지도 모르겠지만 만약 그렇다 해도 그는 모른 체하기로 마음먹었을 겁니다. 외국에 있는 사립병원을 이용한다고 해도 그만큼 위험이 따른다는 것을 잘 알고 있었지요. 그래서 생각해 낸 게 바로 이 높은 곳, 다시 말해 철이 되기 전에는 아주 별난 사람을 제외하고는 거의 찾아오는 사람이 없는 한적한데다가 그리고 돈이라면 사족을 못 쓰는 지배인만 있는 이곳이야말로 자기들한테 정말 안성맞춤이라고 생각한 겁니다.

한데 그 계획이 중간에 틀어지기 시작했습니다. 마라스코드의 본색이 드러나 버렸거든요. 그래서 여기서 만나기로 한 그의 세 보디가드들이 아직 도착하지 않았지만 그는 즉시 행동에 들어갑니다. 즉, 웨이터로 변장한 사복 경찰관을 납치해서 감금해놓고 마라스코드 자신이 웨이터로 변장한 거죠. 그런 다음에는 케이블카를 일부러 고장 나게 만듭니다. 그건 시간을 벌기 위해서였지요. 그 다음 날 저녁 그는 드루에 경감을 살해한 다음 시체에 쪽지를 남겨 놓습니다. 그건 드루에 경감의 시체를 마라스코드인 양 꾸며 매장할 속셈에서 그런 것이지요. 그리고 루츠 박사는 계획대로 수술을 집도합니다. 그런데 입을 막아 버려야 할 사람이 하나 더 있었어요. 그건 바로 이 에르큘 포와로였습니다. 그래서 그 깡패들이 나한테 쳐들어온 겁니다. 정말 당신한테 뭐라고 감사의 말을 해야 좋을지……."

에르큘 포와로는 슈바르츠에게 정중한 태도로 고개를 숙였다.

슈바르츠가 말했다.

"그러니까 당신이 진짜 에르큘 포와로라는 말입니까?"

"그렇소"

"그럼, 당신은 처음부터 시체가 마라스코드가 아니라는 걸 알고 계셨다는 말인가요?"

"물론이오"

"그런데 왜 그렇게 말씀하지 않았습니까?"

에르퀼 포와로의 얼굴이 갑자기 근엄해졌다.

"진짜 마라스코드가 경찰 손에 체포되는 것을 봐야 안심할 수 있기 때문이었소."

그는 한숨을 내쉬며 중얼거렸다.

"에리만토스의 성난 멧돼지를 생포하기 위해서……."

아우게이아스 왕의 외양간

1

"상황이 극히 미묘해서요, 포와로 씨."

에르퀼 포와로의 입가에 희미한 미소가 스쳐 지나갔다. 하마터면 그의 입에서 이런 말이 튀어나올 뻔했다.

"누구나 항상 그렇게 말하더군요!"

그러나 그는 그 말 대신에 환자를 능숙하게 다루는 의사라도 되는 양 짐짓 진지한 표정을 지어 보였다.

조지 콘웨이 경은 심각한 표정으로 이야기를 계속했다. 마치 연설이라도 하는 것처럼 그의 입술에서 말이 술술 흘러나왔다. 매우 미묘해진 정부의 입장, 국민의 관심, 당의 단결, 통일된 모습을 보여줄 필요성, 언론의 힘, 국가의 안전과 번영, 등등.

말은 아주 거창했지만, 속 내용은 별로 없었다. 에르퀼 포와로는 하품을 하고 싶은데도 예의상 억지로 참고 있을 때면 으레 아프기 마련인 턱이 쑤시는 것을 느꼈다. 때때로 의회 의사록을 읽을 때도 예외없이 그랬다. 그러나 그런 때에는 굳이 나오는 하품을 참을 필요가 없었다.

그는 참을 수 있는 한은 참고 견뎌내기로 마음을 굳게 먹었다. 동시에 그는 조지 콘웨이 경이 불쌍하단 생각이 들었다. 분명히 말하고 싶은 것이 있긴 있는데, 간략하게 요점만 간추려 말하는 기술이 그 남자한테는 없었던 것이다. 그는 말을 사실 있는 그대로 전하는 것이 아니라, 오히려 뭐가 뭔지 도저히 구분이 되지 않게 만들어 버렸다. 그는 무의미한 관용구를 쓰는 데 숙달되어 있었다. 다시 말해 그의 말은 귀에는 들어오지만 아무런 알맹이가 없는 게 거의 태반이었던 것이다.

말은 여전히 계속되고 있었다. 가엾은 조지 경은 얼굴까지 시뻘게져 있었다.

그는 테이블 상좌에 앉아 있는 다른 남자의 얼굴을 절망적인 눈길로 흘끗 쳐다보았다. 그러자 그 남자가 반응을 보였다.

"됐어요, 조지. 내가 말하도록 하지요." 에드워드 페리어가 말했다.

에르퀼 포와로는 시선을 내무장관의 얼굴에서 수상한테로 옮겼다. 그는 에드워드 페리어한테 강한 호기심이 생기는 것을 느꼈다. 그것은 우연히 82세 된 노인한테 들은 이야기가 문득 생각났기 때문이었다. 퍼거스 매클레오드 교수가 살인사건의 법정에서 유죄 판결의 결정 여부를 짓는 화학적인 문제에 대해 설명한 뒤에, 잠시 정치문제에 대해 언급한 적이 있었다.

그 당시 인기가 높고 유명했던 존 해미트(지금은 콘워시 경)가 은퇴한 뒤에 그의 사위인 에드워드 페리어가 내각의 수반으로 임명되었다. 수상치고는 꽤 젊은 편에 속했다. 그의 나이 오십이 채 되지 않았으니까 말이다.

그때 매클레오드 교수는 이렇게 말했었다.

"페리어는 옛날 내 제자였습니다. 아주 솔직하고 건실한 사람이지요."

그 말이 전부였지만 에르퀼 포와로에게는 상당히 많은 것을 시사해주는 대목이었다. 매클레오드가 건실한 사람이라고 했다면 그것은 대중들한테 인기가 있고 없고를 떠나서 그 사람 인격에 대한 증명서라고 해도 좋았기 때문이었다.

사실 그에 대한 국민의 평가도 그와 다르지 않았다. 사람들에게 에드워드 페리어는 재기가 뛰어나거나 위대하지도 않았고, 유창한 웅변가도 아니며, 학식이 풍부한 사람도 아니지만, 건실한 사람으로 여겨졌다. 그 이상도 이하도 아니었다. 정말 건실한 사람이었다. 전통 있는 가문에서 태어나, 존 해미트의 딸과 결혼했으며, 그의 정치신념을 그대로 이어받아 존 해미트의 오른팔로 활동, 내각을 이끌 수 있는 인물로 인정받았다.

한편 존 해미트는 유난히 국민과 영국 언론의 사랑을 듬뿍 받은 인물이었다. 그는 영국인들이 좋아할 만한 자질을 충분히 갖고 있었다. 사람들은 으레 그에 대해 이야기할 때면 이렇게 말하곤 했다.

"해미트가 정직하다는 건 안 봐도 알아."

그의 가정생활이나 심지어는 취미로 하는 원예까지 일화거리가 될 정도였다. 또 볼드윈(1867~1947, 수상을 세 번 역임한 영국 정치가) 하면 '파이프', 체임벌린(1869~1940, 영국 정치가)하면 '우산' 하는 식으로 존 해미트 하면 '레인코트'가 연상되었다. 그는 항상 낡아빠진 레인코트를 걸치고 다녔던 것이다. 그런데 어느 사이 그것이 그의 상징처럼 되어버렸다. 즉, 영국의 기후, 영국 사람들의 신중한 태도, 옛것을 굳이 고집하는 특성을 보여주는 상징으로 여겨지게 되었던 것이다. 게다가 그는 영국인의 입장에서 보면 뛰어난 웅변가였다. 조용하면서도 열정적인 그의 연설은 늘 판에 박힌 감상적인 문구로 되어 있었지만 영국인들은 한결같이 그의 연설에 열광했다. 때로 외국인들 가운데는 그가 너무 위선적이고 귀족적인 척하는 것 같다고 비판하는 사람들도 있었다. 사실, 존 해미트는 귀족적인 분위기를 다분히 풍기고 있었다. 스포츠를 좋아하는 점, 사립 중학교 출신이라는 사실, 최신 유행을 싫어하는 것 등등.

더욱이 그는 멋진 용모에 키가 크고 늘씬했으며 깨끗한 피부와 아주 푸른 눈을 갖고 있었다. 그의 어머니가 덴마크 사람이었고 그 자신이 오랫동안 해군장관을 역임했기 때문에 그에게는 해적이라는 별명이 붙여졌다. 그런 그가 건강이 많이 나빠져서 수상 자리를 사임하게 되자 많은 국민은 걱정에 휩싸였다.

누가 그의 뒤를 이을 것인가? 재기가 뛰어난 찰스 델러필드 경? 하지만 그는 너무 재기가 뛰어났다. 영국은 그렇게 화려하고 뛰어난 인물은 필요 없었다. 이반 휘틀러? 그는 똑똑하긴 하지만, 도덕관념이 좀 부족했다. 존 포터? 독재자 기질이 있는 사람이었는데, 정말 다행스럽게도 이 나라의 국민은 어떤 독재자도 원치 않았다. 그래서 조용한 에드워드 페리어가 수상으로 임명되자 모두 안도의 한숨을 내쉬었다. 그들이 보기에 페리어는 무난한 사람이었다. 그건 전임 수상 밑에서 경험을 쌓았을 뿐만 아니라 그의 사위이기도 했기 때문이다. 고전적인 영국 관용구를 써서 표현하자면 페리어는 글자 그대로 '뒤를 이을 사람'인 셈이었다.

에르큘 포와로는 나지막하고 듣기 좋은 목소리를 지닌 조용하고 까만 남자의 얼굴을 자세히 뜯어보았다. 그는 몹시 야위고 피곤해 보였다.

에드워드 페리어는 말하는 중이었다.

"포와로 씨, 당신도 'X—레이 뉴스'라는 주간지를 알고 계시겠지요?"

"대충 훑어본 적은 있지요." 포와로가 약간 얼굴을 붉히며 말했다.

수상이 말했다.

"그러시다면 그 내용이 어떠한지는 대강 아시겠군요. 사람을 중상모략하는 기사가 대부분인 것을 말입니다. 특히 남의 사생활이나 내막을 들춰내는 기사가 많지요. 물론 그중에는 진실인 것도 있고 아무 해가 없는 것도 있긴 합니다만, 아무튼 모든 것이 말초신경을 자극하는 쪽으로 기사화됩니다. 때로는……"

그는 잠시 말을 멈추었다가 아까와는 조금 다른 어조로 다시 말을 이었다.

"때로는 그 도가 지나쳐 너무 심할 때도 있소."

에르퀼 포와로는 아무 말도 하지 않았다.

페리어가 계속 말했다.

"2주 전부터 그 주간지에는 정부 최고위 당국자에 대한 사상 최대의 스캔들이 곧 폭로될 거라는 기사가 실렸습니다. '독직과 부정축재의 놀라운 실태'라는 제목으로 말이오."

에르퀼 포와로는 어깨를 으쓱하면서 말했다.

"그야 늘 써먹는 수법 아닙니까? 폭로성 기사란 게 으레 사람들의 호기심을 한껏 자극하여 세상을 떠들썩하게 해놓고는, 진상이 밝혀지고 나면 사람들에게 실망만 시키잖아요."

"이번 것은 실망시키지 않을 겁니다." 페리어가 메마르게 말했다.

에르퀼 포와로가 물었다.

"그럼, 그 폭로기사의 내용이 무엇인지 아신다는 말입니까?"

"아마 정확할 겁니다."

에드워드 페리어는 잠시 뜸을 들이다가 이윽고 얘기하기 시작했다. 그는 아주 조심스럽게 요점만 간추려 말했다.

그것은 교훈적인 얘기가 아니었다. 당 기금의 엄청난 도용과 파렴치한 책략에 대한 사기횡령 고발이 들어왔는데 그 비난의 화살이 모두 전임 수상인 존 해미트 씨에게 향해 있다는 것이었다. 즉, 지독한 거짓말쟁이며 자신의 지위를 이용해서 개인 재산을 어마어마하게 축적한 악랄한 사기꾼이라는 것이다.

마침내 나직나직하게 말하던 수상이 이야기를 모두 마쳤다.

그러자 내무장관이 신음 소리를 내었다. 그는 흥분한 목소리로 말했다.

"생각만 해도 끔찍해요. 끔찍하다마다! 그런 넝마 같은 주간지를 발행하는 그 페리라는 친구는 총살형을 시켜야 마땅합니다!"

에르큘 포와로가 말했다.

"소위 폭로성 기사라는 게 'X—레이 뉴스' 주간지에 실리게 될 거라는 거죠?"

"그렇소"

"그럼, 그것에 대해 어떻게 조치하실 생각입니까?"

페리어가 느릿느릿하게 말했다.

"그 기사는 모두 존 해미트 씨를 개인적으로 공격하는 내용입니다. 따라서 그가 주간지를 명예훼손죄로 고소하는 것도 한 방법이 될 수 있겠죠"

"그럼, 해미트 씨가 그렇게 할까요?"

"아니오"

"왜요?"

페리어가 말했다.

"그렇게 되면 'X—레이 뉴스' 주간지는 더 좋아할 거요. 가만히 앉아서 자기네 신문을 선전하는 셈이 되니까요. 또 그렇게 되면 맞고소를 해서 진실을 밝히자고 덤벼들 겁니다. 그 결과 온갖 일이 모든 사람 앞에 다 드러나게 될 거요."

"하지만 만약 그 잡지사가 패소하게 된다면 잡지사 측으로서는 손해가 이만 저만이 아닐 것 아닙니까?"

"그들이 패소하지 않을 수도 있지요." 페리어가 천천히 말했다.

"왜요?"

조지 경이 재빨리 그 말을 받았다.

"내 생각에는……."

그러나 그때는 이미 에드워드 페리어가 말을 시작한 다음이었다.

"그들이 기사화하려는 내용이, 사실이기 때문입니다."

정치가답지 않게 너무 솔직한 그의 답변에 놀란 조지 콘웨이 경의 입에서 다시 신음 소리가 터져 나왔다.

그가 외치듯이 말했다.

"아니, 에드워드 수상, 그렇게 말해서는 안 됩니다. 절대로……."

에드워드 페리어의 지친 얼굴에 얼핏 미소가 떠올랐다가 사라졌다.

"유감스럽게도 꼭 진실을 말해야 할 때가 있는 법이오. 조지, 지금이 바로 그런 때지요."

조지 경이 큰소리로 말했다.

"아시겠지만, 이 모든 이야기는 절대 비밀로 해주셔야 합니다, 포와로 씨. 단 한마디도 남한테……."

페리어가 그의 말을 가로막았다.

"포와로 씨는 우리가 굳이 말하지 않아도 잘 아실 분이오."

그가 천천히 말을 계속했다.

"단지 이해하지 못하는 게 있다면 바로 이것일 겁니다. 즉, 국민당의 장래가 위험에 처했다는 거지요. 포와로 씨, 존 해미트 씨는 국민당이었어요. 또한 영국 국민에게는 국민당을 대표하는 인물이기도하고요. 한마디로 그는 관용과 정직의 표상이었습니다. 국민은 우리 당이 뛰어나게 정치를 잘한다고는 생각지 않습니다. 우리가 잘못하거나 실수한 적도 많으니까요. 그러나 우리가 늘 최선을 다한다는 점과 공명정대하다는 점에서 많은 국민이 우리 당을 지지해 왔습니다. 우리 당의 앞날이 위태하다고 한 이유가 바로 그겁니다. 정직의 상징이었던 우리 당의 대표가 지금까지 들어본 적도 없는 놀랄 만한 전대미문의 사기꾼이었단 사실이 세상에 알려지게 되면 어떻게 될지는 뻔한 일 아니겠습니까?"

다시 조지 경의 입술에서 신음 소리가 새어나왔다.

포와로가 물었다.

"수상께서는 이 모든 것에 대해 전혀 모르고 계셨습니까?"

그러자 미소가 다시금 피곤해 보이는 페리어의 얼굴에 얼핏 떠올랐다가 사라졌다.

"믿기지 않으시겠지만, 포와로 씨, 다른 사람들과 마찬가지로 나 역시 정말 그런 줄은 몰랐습니다. 이전부터 집사람이 장인을 대하는 태도가 이상스러웠는데 그때까지는 난 그 이유를 몰랐지요. 하지만 이제는 그 이유를 알 것 같아요. 집사람은 장인이 본래 어떤 사람인지를 너무나 잘 알고 있었던 거지요."

잠시 말을 멈추더니 다시 계속했다.

"진실이 점점 드러나게 되면서 난 정말 기절초풍할 것 같았습니다. 도저히 믿기지가 않더군요. 그래서 생각다 못해 건강이 나쁘다는 구실로 은퇴하는 게 좋겠다고 장인을 설득했습니다. 그런 다음 우린 본격적으로 일에 착수, 아니, 대청소를 시작했다는 표현이 더 맞을 것 같군요."

조지 경이 신음 소리를 내었다.

"아우게이아스 왕의 외양간이나 다를 바가 없다는 말입니다!"

포와로는 깜짝 놀랐다.

페리어가 말했다.

"난 우리가 헤라클레스의 모험을 해야 할 것이 두렵습니다. 일단 모든 사실이 국민에게 알려지는 날이면 그때는 온 나라가 발칵 뒤집힐 겁니다. 그렇게 되면 내각이 총사퇴를 안 할 수가 없소. 그럼, 총선거를 다시 해야 될 거고, 십중팔구는 에버하드가 이끄는 당이 정권을 잡게 될 겁니다. 에버하드의 정책이 어떤지는 당신도 잘 아실 거요."

조지 경이 입에 침을 튀기며 빠르게 말했다.

"선동가, 무책임한 선동가요!"

페리어는 침울하게 말했다.

"에버하드는 재능 있는 사람이지요. 하지만 그는 무모하고 호전적이며 너무 요령이 없소. 또 그의 지지자들은 어리석고 우유부단합니다. 따라서 그가 정권을 잡으면 독재정치를 실시하게 될 가능성이 그만큼 크다는 말이오."

에르퀼 포와로는 고개를 끄덕였다.

조지 경이 푸념하듯이 말했다.

"모든 게 조용히 수습만 될 수 있다면 얼마나 좋을까?"

수상이 천천히 고개를 저었다. 그것은 좌절의 몸짓이었다.

"이번 사태가 잘 수습될 거라고 생각지 않으시는군요." 포와로가 말했다.

페리어가 말했다.

"포와로 씨를 이렇게 오시라고 한 건 당신한테 마지막 희망이나마 걸고 싶어서입니다. 내가 보기에는 이번 일은 그 규모가 너무 크고, 또 그 사실을 아는 사람들이 너무 많아서 언제까지나 비밀로 해둘 수는 없을 것 같소. 그렇게 되면 우리가 할 수 있는 방법이라고는 딱 두 가지, 즉 잡지사에 강압적인 수단을 쓰거나, 아니면 뇌물로 매수하여 정부를 너무 몰아세우지 못하게 하는 것뿐입니다. 하지만 그게 성공할 가망성은 거의 없소. 내무장관이 우리의 문제를 아우게이아스 왕의 외양간에 비유했는데, 포와로 씨, 정말이지 이번 일은 홍수로 인한 강물의 범람, 즉 자연의 대파괴력이 있어야 합니다. 결국 기적밖에 없다는 말이지요."

"정말 헤라클레스를 필요로 하는 일이군요."

포와로가 즐거운 표정으로 머리를 끄덕이며 말했다. 그는 덧붙였다.

"제 이름이 에르퀼이라는 것을 기억해주십시오."

"기적을 이룰 수 있겠습니까, 포와로 씨?" 에드워드 페리어가 말했다.

"나를 보자고 하신 이유가 바로 그 때문 아닙니까? 나라면 기적을 이룰지도 모른다고 생각하셨기 때문에 이렇게……."

"그것은 사실이오. 난 구원의 길이 있다면 그건 어떤 공상적이고 아주 기발한 방법만이 가능하다는 것을 깨달았던 거요."

그가 잠시 말을 멈추었다가 다시 이었다.

"하지만, 포와로 씨, 이번 일이 윤리적이지 못하다고 생각하시지요? 확실히 존 해미트 씨는 사기꾼이었고, 따라서 존 해미트 씨의 신화는 깨어져야 합니다. 부정직한 기초 위에 정직한 집을 세울 수 있겠습니까? 난 모르겠어요. 하지만 할 수만 있다면 한번 해보고 싶소."

그가 갑자기 쓰디쓴 미소를 지었다.

"정치가라면 누구나 정권을 계속 잡고 싶어 하죠. 보통은 아주 숭고한 동기에서 말입니다."

에르퀼 포와로는 자리에서 일어섰다.

"수상각하, 제가 경찰에 몸담고 있었을 때 얻었던 경험은 정치란 사람들을 그렇게 높이 평가하지 말라는 거였습니다. 만약 존 해미트 씨가 아직도 수상 자리에 있다면, 난 손가락 하나도 움직이지 않았을 겁니다. 그럼요, 움직이지 않고말고요. 그러나 당신이 어떤 사람인지 대강 알고 있습니다. 오늘날 가장 위대한 과학자 중 한 사람이자 뛰어난 두뇌의 소유자인, 정말 위대한 어떤 분한테서 당신이 '건실한 사람'이라는 얘기를 들은 적이 있거든요. 하여튼 최선을 다해 보겠습니다."

그는 인사를 하고 그 방을 떠났다.

조지 경이 갑자기 절규하듯이 말했다.

"저런, 건방진 친구 같으니라고……."

그러나 에드워드 페리어는 여전히 미소를 지은 채 말했다.

"그건 나를 칭찬하는 말이더군."

2

에르큘 포와로가 아래층으로 내려가는데, 키가 크고 금발머리 여자가 앞을 가로막았다.

"포와로 씨, 제 응접실로 잠깐만 들어오세요."

그는 가볍게 고개를 숙여 인사한 뒤에 그녀 뒤를 따랐다. 그녀는 문을 닫은 뒤 그에게 몸짓으로 의자를 권했다. 그리고 그에게 담배를 내밀었다.

그녀는 그의 맞은편에 자리를 잡고 앉은 다음 조용히 입을 열었다.

"방금 제 남편을 만나보셨으니까, 얘기를 들으셨을 거예요. 우리 아버지에 대해서……."

포와로는 그녀를 주의깊게 바라보았다. 키가 크고 얼굴에 지성과 품위를 지닌 아름다운 여인이었다. 페리어 부인은 국민에게 인기가 높았다. 수상의 부인으로서도 그녀는 당연히 사람들의 관심을 한몸에 모으고 있었지만, 존 해미트의 딸이라는 점에서 더욱 그러했다. 데이그머 페리어는 말 그대로 모든 영국 여성의 이상인 셈이었다.

그녀는 헌신적인 아내요, 다정한 어머니였으며, 자기 남편과 똑같이 전원생활을 좋아했다. 또 그녀는 일반적으로 여성의 활동 영역이라고 생각되는 그런

공적인 활동을 활발히 하고 있었다. 그녀는 옷에 대한 감각도 뛰어나서 옷을 멋지게 차려입었지만 결코 호화찬란하거나 최신 유행을 좇지는 않았다. 그녀는 자신의 시간과 활동을 대부분 규모가 큰 자선사업에 바치고 있었으며, 실업자 가족들을 구제하기 위한 특별사업을 시작하기도 했다. 그녀는 모든 국민의 존경과 사랑을 받았으므로, 그녀도 국민당의 최고 보배였다.

"걱정이 무척 크시겠습니다." 에르큘 포와로가 말했다.

"그럼요. 얼마나 걱정이 되는지 몰라요. 오래전부터 불길한 예감이 들긴 들었습니다."

"부인께서는 실제로 어떻게 된 일인지 전혀 모르셨습니까?"

그녀는 머리를 흔들었다.

"예. 물론 전부는 아니지만, 내가 알고 있었던 건 단지 아버지가, 모든 사람이 생각하는 그런 분이 아니라는 거였어요. 난 어렸을 때부터 아버지가, 사기꾼 같다는 느낌을 받았거든요."

그녀의 목소리에는 깊은 쓰라림과 고통이 배어 있었다.

"문제는 저와 결혼한 것 때문에 에드워드가, 에드워드가 모든 걸 잃어버릴 거라는 거예요."

"부인에게는 적(敵)이 있습니까?" 포와로가 조용한 목소리로 말했다.

그녀가 놀란 얼굴로 그를 쳐다보았다.

"적? 그런 생각은 해본 적이 없는데요."

포와로가 조심스럽게 말했다.

"제 생각에는 부인께서…… 용기가 있으십니까, 부인? 지금 부인의 남편과, 그리고 부인에 대한 커다란 음모가 시작되고 있습니다. 그러니까 스스로 방어할 준비를 하셔야 할 겁니다."

그녀가 크게 소리쳤다.

"난 문제가 되지 않아요. 에드워드가 걱정이지요!"

포와로가 말했다.

"두 분은 서로 떨어질 수 없는 관계지요. 부인은 시저의 아내라는 것을 명심하십시오."

그는 그녀의 얼굴이 밝아지는 것을 보았다.

그녀가 몸을 앞으로 내밀며 말했다.

"저한테 하시고 싶은 얘기가 뭐지요?"

3

'X—레이 뉴스' 주간지 편집장인 퍼시 페리는 담배를 피우며 책상 뒤에 앉아 있었다. 그는 족제비같이 생긴 조그만 남자였다. 부드럽고 매끄러운 목소리로 말하고 있었다.

"사건을 만들 수가 있겠는데, 좋아 멋진 일이야! 오, 이보게!"

그의 부사령관격인 마르고 안경 쓴 청년이 걱정스러운 음성으로 말했다.

"너무 흥분하는 건 아니세요?"

"저쪽에서 강압적인 수단을 쓸까 봐? 아니, 그럴 수가 없을걸. 그러니까 걱정하지 않아도 돼. 그래 봤자 자기들한테 득 되는 게 아무것도 없을 테니까. 아무리 날고 기어봤자 별수 없을 걸세. 이 나라와 유럽, 그리고 미국에서 가만있을 것 같은가?"

"저쪽에서 아주 속을 태우겠군요. 무슨 수단을 취하지 않을까요?"

"아마 말 잘하는 사람을 우리한테 보낼지도 모르지."

그때 벨이 울렸다. 퍼시 페리는 수화기를 집어들었다.

"누구라고? 좋아, 들여보내게."

그는 수화기를 제자리에 내려놓았다. 그리고 싱긋 웃었다.

"그들이 그 고고한 척하는 벨기에 녀석을 이리로 보냈어. 녀석은 자기가 맡은 임무를 완수하기 위해 지금 이리로 올라오는 중이네. 우리가 게임을 시작한 것인지 알아내려고 하겠지."

에르퀼 포와로가 안으로 들어왔다. 그는 티 하나 없이 깔끔하게 옷을 차려입었다. 단춧구멍에는 하얀 동백꽃까지 꽂혀 있었다.

퍼시 페리가 말했다.

"당신을 만나게 되어 반갑소, 포와로 씨. 애스콧 경마장의 귀빈석에 초대를 받았나 보지요? 아닌가? 내가 실수했군요."

에르큘 포와로가 말했다.

"괜히 기분이 우쭐해지는데요. 사람은 누구나 외모가 멋있게 보이기를 바라는 법이지요. 그래서 옷차림이 더더욱 중요하기도 하고요."

그의 눈길이 편집장의 얼굴과 좀 단정치 못해 보이는 복장에 흘끗 가 닿았다.

"특히 타고난 인물이 변변치 못할 때는 더욱 그렇지요."

"나한테 무슨 용건이 있는 거요?" 페리가 짧게 말했다.

포와로가 몸을 앞으로 구부려 그의 무릎을 가볍게 쳤다. 그리고 환한 미소를 띤 채로 말했다.

"이 공갈 협박꾼 같으니라고!"

"공갈 협박이라니, 대체 무슨 말을 하는 거요?"

"내가 듣기로는(어떤 사람이 내게 해준 얘기요), 당신의 그 고상한 주간지에다가 어떤 정치인에게 치명적인 타격을 입히는 그런 기사를 곧 실을 거라고 하더군요. 그런데 이상한 일은 당신의 예금 잔고가 엄청나게 늘어났다더군. 그래서 결국 그 기사가 신문에 게재되지 않게 될 거라던데?"

포와로는 몸을 뒤로 젖히고 만족스럽다는 표정으로 고개를 끄덕였다.

"당신이 지금 무슨 중상모략을 하는지 알고나 하는 말이오?"

포와로는 자신만만하게 미소를 지었다.

"당신이 화낼 까닭이 없을 텐데."

"화가 나도 이만저만 나는 게 아니오! 공갈 협박이라고 했는데 내가 남한테 공갈 협박했다는 증거가 어디 있소?"

"아니, 아니, 난 분명히 알고 있어요. 지금 당신은 나를 오해하고 있어요. 난 당신한테 협박하려는 게 아니라 간단한 질문을 하려는 거요. 얼마요?

"지금 무슨 말을 하는지 난 도무지 모르겠소" 퍼시 페리가 말했다.

"국가의 중대사가 걸린 문제요, 페리 씨."

그들은 의미 있는 눈길을 서로 교환했다.

퍼시 페리가 말했다.

"포와로 씨, 난 개혁자요. 난 깨끗한 정치를 보고 싶은 거요. 부정부패는 정말 싫단 말입니다. 당신은 이 나라 정치가 어떻게 돌아가는지 알고나 있소?
아우게이아스 왕의 외양간과 전혀 다를 바 없단 말이요"

"그것참!" 에르퀼 포와로가 불어로 말했다.

"당신 역시 똑같은 말을 하는군요."

편집장은 계속해서 말했다.

"그래서……, 그 더러운 외양간을 깨끗이 청소하는 데 필요한 것은 깨끗한
여론의 대홍수라는 게 내 소신이오"

에르퀼 포와로가 자리에서 일어섰다.

"당신의 그 의기 투철한 정신에 감복했소이다." 그러고 나서 덧붙였다.

"당신이 돈의 필요성을 느끼지 않는 건 참 유감이오"

퍼시 페리가 서둘러 말했다.

"아니, 잠깐만, 꼭 그렇게 말한 것은 아니었……."

그러나 에르퀼 포와로는 이미 방을 나가고 없었다. 그가 그렇게 방을 떠난
이유는 그 자신이 공갈 협박꾼을 좋아하지 않기 때문이었다.

4

'브랜치' 잡지의 기자로 일하는 명랑한 청년인 에버리트 대시우드는 에르퀼
포와로를 반갑게 끌어안았다.

"아, 정말 더러워요. 너무 더러워서 입에 올리기도 싫을 정도예요. 그게 전
붑니다."

"자네가 퍼시 페리와 같은 사람은 아니겠지."

"그 사람은 흡혈귀입니다. 우리 세계에서는 얼룩과 같은 존재죠. 할 수만 있
다면 그 녀석을 몰아내고 싶은 마음뿐입니다."

에르퀼 포와로가 말을 꺼냈다.

"우연히, 난 이번에 불명예스러운 정치가의 사건을 깨끗이 청소하는 일을
맡게 되었다네."

"아우게이아스 왕의 외양간을 청소하시겠다고요?" 대시우드가 말했다.

"너무 힘드실 텐데요. 템스 강을 끌어들여 국회의사당을 깨끗이 씻어내겠다면 또 모를까."

"자네, 날 비꼬는군." 에르퀼 포와로가 머리를 흔들며 말했다.

"그 세계에 대해서 너무나 잘 알고 있으니까요. 그뿐입니다."

포와로가 말했다.

"자네야말로 내가 찾는 바로 그런 사람일세. 앞뒤 가리지 않고 돌격하는 자네의 그 성격, 게다가 자넨 특이한 일을 좋아하지 않는가?"

"그렇다면요?"

"나한테 어떤 계획이 있네. 내 생각이 옳다면 그의 가면을 벗길 수 있는 센세이셔널한 방법이 될 걸세. 여보게, 그렇게 되면 자네 기사는 아마 특종감이 될걸?"

"말씀만 하십시오." 대시우드가 즐겁게 말했다.

"그건 어떤 여자에 대한 야비한 음모에 관한 내용일세."

"그렇다면 더더욱 좋죠. 섹스 스캔들이야 언제나 인기가 좋으니까요."

"그렇다면 앉아서 내 얘기를 들어보게나."

5

사람들이 떠들어대고 있었다. 리틀 윔플링턴에 있는 '구스 앤드 피더스' 시장 안이었다.

"글쎄, 난 도무지 믿어지지가 않아. 존 해미트, 그 사람이 얼마나 정직한 사람이었다고. 시시한 정치가들과는 달랐단 말이야."

"글쎄, 감쪽같이 그렇게 사람을 속였다는 거예요."

"팔레스타인 석유 사업에 관여해서 수천만 달러를 벌었데요. 정말 그런 사기꾼은 또 없다니까요."

"정치가라는 게 다 똑같지, 뭘 그래. 하나같이 다 더러운 사기꾼인걸."

"에버하드라면 그렇게는 안 할 거예요. 그는 보수파의 한 사람이니까."

"음, 하지만 난 존 해미트가 나쁜 사람이었다는 것을 믿을 수가 없어. 신문에 난 기사를 다 믿을 수는 없다니까."

"페리어의 아내는 그의 딸이에요. 그 여자에 대해 뭐라고 났는지 봤어요?"

사람들은 'X—레이 뉴스' 주간지의 복사판에 우르르 모여들었다.

'시저의 아내? 우리는 정부 최고위층 인사의 부인을 며칠 전 아주 이상한 장소에서 목격했다는 사람의 이야기를 들은 바 있다. 그것도 정부(情夫)로 보이는 남자와 함께 말이다. 오, 데이그머, 데이그머, 어떻게 그대가 그런 추잡한 행동을 할 수 있단 말인가?'

어떤 사람이 소박한 목소리로 천천히 말했다.

"페리어 부인은 그런 여자가 아니야. 정부? 그런 건 이런 스컹크 같은 작자들이나 하는 짓거리지."

다른 사람이 말했다.

"여자에 대해서라면 자넨 말할 자격이 없어. 나한테 물어본다면, 난 여자란 다 그렇고 그렇다고 대답하겠네."

6

온갖 말이 다 돌아다녔다.

"하지만, 여보, 난 그게 모두 사실이라고 믿어요. 나오미는 그 얘기를 폴한 테서 들었고, 또 폴은 앤디한테서 들었대요. 그 여자가 정말 타락했다니까요."

"하지만 그녀는 검소하게 살면서 자선 바자를 많이 열었어."

"그게 다 위선이라니까. 그 여자는 색정광이래요. 어쩜 세상에! 'X—레이 뉴스' 주간지에 다 나와 있대. 오, 드러내 놓고 노골적으로 그렇게 표현은 안 했지만 뭐, 그런 뜻이나 조금도 다를 바 없다는 거야. 그들이 어떻게 이런 사실을 알아냈는지 정말 알 수가 없어."

"정치가의 이런 스캔들에 대해 어떻게 생각해? 사람들 말로는 그녀의 아버지가 당의 기금을 횡령했다더군."

7

사람들이 떠들어대고 있었다.

"나는 그렇게 생각하고 싶지 않지만 그게 모두 사실이랍니다, 로저스 부인. 내 말은 난 항상 페리어 부인이 멋진 여자라고 생각했다는 뜻이죠."

"이런 끔찍한 얘기가 정말 모두 사실이라고 믿는 거예요?"

"아까도 말했지만, 나도 그렇게 생각하고 싶지는 않아요. 왜 지난 6월에는 펠체스터에서 바자도 열었잖아요? 난 그때 그녀 가까이에 있는 소파에 앉아 있었어요. 그녀가 나를 보더니 아주 환한 미소를 짓더라고요."

"그래요, 하지만 내 말은 아니 땐 굴뚝엔 연기 날 리 없다는 거예요."

"물론 그거야 그렇죠. 하지만 누구라도 그 사실이 믿기지 않을 거예요!"

8

에드워드 페리어가 창백하게 굳어진 얼굴로 포와로에게 말했다.

"내 아내한테 그런 공격을 하다니! 야비해요. 정말 야비해! 난 이런 못된 신문사를 고소할 생각입니다."

"나라면 그렇게 하지 않겠습니다." 에르퀼 포와로가 말했다.

"하지만 이런 어처구니없는 중상모략은 그만두게 해야지요."

"그 기사가 거짓이라는 것을 확신하십니까?"

"아니, 이 사람이? 그렇소!"

포와로가 머리를 갸우뚱하며 말했다.

"부인께서는 뭐라고 하시던가요?"

순간 페리어는 놀란 표정이 되었다.

"무시해 버리는 게 최선이라고 하더군요. 하지만 난 그대로 내버려 둘 수가 없소. 모든 사람이 입방아를 찧는 걸……"

"예, 모든 사람이 입방아를 찧고 있지요." 에르퀼 포와로가 말했다.

얼마 뒤 모든 신문에 다음과 같은 간단한 발표문이 실렸다.

'페리어 부인은 가벼운 신경성 증세로 스코틀랜드로 요양하러 떠났다.'

온갖 추측과 소문이 무성했다. 페리어 부인이 스코틀랜드에 있지 않다는 것이 확실하다는 정보도 끼어 있었다. 페리어 부인이 진짜 어디에 있느냐 하는 것이 모든 사람의 관심거리가 되었고, 온갖 얘기가 꼬리에 꼬리를 물고 이어졌다. 이런 얘기를 하는 사람도 있었다.

"앤디가 그녀를 보았대. 아주 끔찍한 장소에서 말이야! 그녀가 술에 취했는지 마약에 취했는지는 모르겠지만 그 아르헨티나인 정부하고 함께 있더라는 거야. 이름이 시뇨르(남자한테 붙이는 이탈리아식 호칭) 라몬이래. 어쩜 그럴 수가 있을까!"

그 외에도 수많은 얘기가 돌아다녔다.

페리어 부인이 아르헨티나인 무용수하고 도망을 쳤다더라. 그녀가 마약을 맞고 취해 있는 것을 파리에서 본 사람이 있다더라. 그녀는 오래전부터 마약 상습 복용자라더라. 알코올 중독자라더라 등등.

이렇게 되자 처음에는 그 사실을 믿지 않았던 사람들마저 점차 페리어 부인을 보는 시각이 달라져 갔다. 뭔가 구린 구석이 있는 모양이야! 수상 부인의 체통에 먹칠하는 행위를 하다니! 그 여자가 하는 짓을 보면 영락없는 제제벨(이스라엘 왕의 방탕한 왕비)이군. 조금도 다를 바가 없어.

그런데 이번에는 사진까지 신문에 실려 나왔다. 파리에서 찍은 사진인데, 페리어 부인이 나이트클럽에서 가무잡잡한 올리브색 피부의 부도덕해 보이는 청년의 어깨를 두 팔로 끌어안고서 뒤로 누워 있는 장면을 찍은 사진이었다.

다른 스냅사진은 해변에서 그녀가 반은 벌거벗은 차림새로 그 정부의 어깨에 머리를 기댄 장면이었다. 그 사진 밑에는 이런 글까지 씌어 있었다.

'페리어 부인은 즐거운 시간을 보냈다······.'

그로부터 이틀 뒤에 'X—레이 뉴스' 주간지의 발행 책임자는 명예 훼손죄로
고소당했다.

10

그 소송사건에 대한 공판은 왕실 고문변호사인 모티머 잉글우드 경의 변론
에서부터 시작되었다. 그는 위엄있고 정의감이 충만한 사람이었다.

페리어 부인은 악랄한 음모의 희생자이다. 이번 사건은 알렉산더 뒤마의 독
자들에게는 친숙한 그 유명한 '여왕의 목걸이' 사건과 조금도 다를 바가 없다.
그 '여왕의 목걸이' 사건은 대중의 눈에 마리 앙투아네트 왕비의 위신과 체통
을 깎아내리려고 꾸민 계략이었다. 마찬가지로 이번 사건 역시 이 나라에서
'시저의 아내'라는 위치에 있는 한 기품 있고 정숙한 여인을 파멸시키기 위한
의도적인 음모이다. 모티머 경은 온갖 부당한 책략으로 민주주의를 말살시키
고자 하는 파시스트와 공산주의자들을 심하게 비난한 다음 증인들을 차례로
불러세웠다.

첫 번째 증인은 노섬브리아 군(郡)의 주교였다.

노섬브리아 군의 주교인 핸더슨 박사는 영국 국교회에서 유명한 인물 중의
하나로, 성품이 고결하고 덕이 높은 사람이었다. 그는 마음이 넓고 관대한 훌
륭한 성직자로서, 그를 아는 사람이라면 누구든지 그를 사랑하고 존경했다.

그는 증언석에 들어가 문제의 그 기간에 에드워드 페리어 부인이 자기 부
부와 함께 교구관저에서 지냈다고 증언했다. 자선사업에 너무 심혈을 기울인
나머지 그녀의 건강에 무리가 생겨 충분히 쉬어야 한다는 의사의 충고를 받았
으며, 그녀의 방문을 비밀로 했던 것은 극성스런 기자들의 추적을 피하기 위
해서였다는 것이다.

그다음에는 주교의 뒤를 이어 유명한 의사가 증언석에 섰다. 그리고 자신이
페리어 부인에게 세상 모든 일을 다 잊고 잠시 휴양할 것을 권했다고 증언했다.

그 지방 의사는 자신이 교구관저에 있는 페리어 부인을 진찰했다는 취지의 진술을 했다.

그다음에 소환된 증인은 델머 앤더슨이었다. 그녀가 증언석으로 들어서자 법정 안에는 긴장감이 감돌았다. 순간 사람들은 그녀가 너무나 에드워드 페리어 부인을 쏙 빼닮았다는 것을 알아차렸다.

"이름이 델머 앤더슨이지요?"

"예."

"덴마크 사람입니까?"

"예, 코펜하겐이 제 고향이에요."

"전에 거기 있는 카페에서 일한 적이 있지요?"

"예."

"지난 3월 18일에 일어났던 일을 하나도 빼놓지 말고 다 얘기해주십시오."

"그러니까 웬 신사, 영국 신사였어요. 그분이 제 테이블로 와서는 자신은 영국 주간지의 기자라고 하더군요. 'X—레이 뉴스' 주간지라고 했어요."

"분명히 'X—레이 뉴스' 주간지라고 했습니까?"

"예, 그건 확실합니다. 왜냐하면 전 처음에는 그게 의학신문인 줄 알았거든요. 그런데 알고 보니 그게 아니더라고요. 그 사람 얘기로는 영국의 어떤 여배우가 자기의 '대역'을 구하고 있는데, 제가 바로 그 역에 적합하다는 거예요. 전 영화를 자주 보러 가는 편이 아니었기 때문에 그 사람이 말하는 배우가 누군지 알 수 없었지만, 그 사람 얘기로는 그녀가 아주 유명한 배우인데 요즘 건강이 좋지 않아서 대신 사람들 앞에 내세울 자기와 똑같이 생긴 사람을 찾고 있다는 거였어요. 그리고 보수는 후하게 주겠다는 거예요."

"그 신사는 당신한테 얼마를 줬습니까?"

"영국 돈으로 500파운드. 처음엔 그 말을 믿지 않았죠. 무슨 속임수를 쓰려나 보다라고만 생각했는데, 글쎄, 그 자리에서 250파운드를 내놓지 뭐겠어요. 그래서 전 제가 일하던 가게를 그만두었죠."

그녀의 이야기는 계속되었다. 그녀는 파리로 가서 멋진 옷을 해 입고 그 멋진 기사(騎士)와 함께 지냈다는 것이었다.

"정말 멋진 아르헨티나 신사였어요. 얼마나 친절하고 예의 바른지 몰라요."

그녀가 신사와 함께 철저히 즐겼다는 것은 보지 않아도 뻔했다. 그녀는 비행기를 타고 런던으로 가서 올리브 빛 피부를 한 기사를 따라 어떤 나이트클럽에 들어갔다. 그녀는 이미 파리에서 그와 함께 있는 장면을 사진으로 찍었었다. 그녀가 갔던 몇몇 장소는 정말 좋지 못한 곳이었다는 사실을 그녀도 인정했다. 진짜, 좋지 않은 곳이더라고요! 그리고 거기서 찍은 사진들도 정말 보기가 민망한 게 많았어요. 그러나 그들은 '선전'을 위해서는 그런 사진이 필요하다고 말했다는 것이다. 그러고는 그녀는 시뇨르 라몬이 얼마나 정중했는지를 말하는 것도 빼놓지 않았다.

질문에 대한 답변에서 그녀는 페리어 부인이라는 이름을 한 번도 들어보지 못했으며, 더욱이 자신이 대역을 맡기로 한 그 숙녀가 바로 부인인 줄은 꿈에도 몰랐다고 잘라 말했다. 그리고 부인에게 해를 끼칠 의도는 조금도 없었다고 덧붙였다. 그런 뒤 그녀는 증거물로 제시된 사진은 파리와 리비에라 해안에서 찍은 자신의 사진이라고 확인해주었다.

델머 앤더슨이 정직하다는 것은 의심할 여지가 없었다. 그녀는 무척 명랑했지만 좀 바보스러운 면이 있는 여자였다. 그녀 자신도 지금에 와서 알게 되었지만, 그녀가 이용당했다는 사실은 누가 보아도 명백했다.

피고 측 항변은 들어보나마나였다. 자기네는 앤더슨이라는 여자를 매수한 적이 결코 없다는 것이었다. 문제의 그 사진은 런던 본사로 우송되어 온 것인데 페리어 부인의 사진이 틀림없다는 확신이 들었다는 것이다. 모티머 경의 마지막 변론은 사람들이 열광적인 지지를 받았다. 그는 이번 사건이 수상 부부를 깎아내리기 위한 비열한 정치적 음모라고 열변을 토했다. 가엾은 페리어 부인한테로 모든 사람의 동정이 쏟아졌다.

예상했던 대로 배심원들의 판결은 극적인 장면을 연출했다. 즉, 피고는 원고 측에 막대한 손해배상금을 지급하라는 판결이 내려졌던 것이다. 수상 부처와 그 아버지가 법정을 떠나자 수많은 사람들이 환호하며 그들 주위에 몰려들었다.

11

에드워드 페리어는 두 손으로 포와로를 반갑게 끌어안았다.

"포와로 씨, 정말 감사합니다. 이제 'X—레이 뉴스' 주간지는 끝장이지요. 더러운 주간지 같으니라고! 그렇게 야비한 술책을 부려 돈을 버는 잡지사는 이 세상에서 없어져야 마땅합니다. 세상에 그렇게 착한 데이그머에 대한 악랄한 음모를 좀 보세요. 그 악랄하고 야비한 술책을 당신이 밝혔기에 망정이지 만약 그렇지 않았다면……. 그런데 그들이 대역을 사용할지도 모른다는 생각은 어떻게 하셨는지요?"

"그건 그렇게 새삼스러운 일이 아닙니다." 포와로는 그에게 말했다.

"이미 잔 드 라 모트 사건에서 그녀가 마리 앙투아네트역을 해낸 적이 있으니까요."

"참, 그렇군요! '여왕의 목걸이'를 다시 한 번 읽어야겠어요. 그런데 어떻게 그들이 매수한 그 여자를 찾아낼 수 있었지요?"

"덴마크에서 그녀를 찾아냈지요."

"하필이면 왜 덴마크에서?"

"그건 페리어 부인의 할머니가 덴마크인이었고 또 부인의 용모가 덴마크인의 특징이 뚜렷한 얼굴이기 때문이었지요."

"정말 깜짝 놀랄 정도로 닮았더군요. 어쩌면 사람이 그렇게 악마 같은 생각을 할 수가 있단 말입니까! 어떻게 그 족제비 같은 작자가 그런 생각을 해냈는지 정말 궁금합니다."

"그가 그런 생각을 해낸 게 아닙니다." 포와로는 미소를 지었다.

그는 자기의 가슴을 탁 쳤다.

"내가 바로 그 장본인이죠!"

에드워드 페리어는 깜짝 놀란 모양이었다.

"이해가 되지 않는데요. 무슨 말씀입니까?"

포와로가 말했다.

"우린 '여왕의 목걸이' 이야기보다 더 오래전으로 되돌아가야 합니다. 아우게이아스 왕의 외양간을 청소하는 이야기로 말입니다. 헤라클레스가 청소에 사용했던 것은 강물이었습니다. 즉, 자연의 위대한 힘 중 하나를 사용한 거죠. 난 그것을 현대판으로 옮긴 겁니다! 그럼, 현대적인 자연의 힘은 뭘까? 섹스 스캔들이면 어떨까? 소설을 팔리게 하고 뉴스의 초점이 되려면 섹스 스캔들이 최고다. 섹스와 관계되는 스캔들이라면 단순한 정치적 횡령이나 독직 사건보다 훨씬 더 사람들의 관심을 끌어들일 것이다. 적어도 내 생각은 그랬습니다. 그렇다면 그다음은 제가 나설 차례였지요!

먼저 강물의 흐름을 돌릴 댐을 쌓기 위해서 헤라클레스처럼 진흙 구덩이에 손을 집어넣었습니다. 물론 언론계에 있는 내 친구 한 사람이 나를 도와주었지요. 그는 온 덴마크를 돌아다니며 대역을 맡길 수 있는 적당한 사람을 찾았습니다. 그러다가 그녀를 발견하게 되자 그녀에게 접근하여 슬쩍 'X─레이 뉴스' 주간지 기자라는 말을 흘렸지요. 물론 그녀가 그 이름을 기억해주기를 바라면서 말이죠. 그런데 과연 그 뜻대로 되었습니다. 그다음 무슨 일이 일어났느냐고요? '진흙'─그것도 엄청난 진흙이 '시저의 아내'를 향해 덮쳤습니다! 사람들에게는 그 어떤 정치적 스캔들보다 더 흥미로운 사건이었죠. 그리고 그 결과는, 그 결과는 어떻게 되었지요? 두말할 것도 없이 완전한 역전이었죠!

혐의가 완전히 벗겨져 부인이 정숙한 분이라고 새롭게 입증된 겁니다! 감동의 대 파노라마가 아우게이아스 왕의 외양간을 깨끗이 청소해버린 셈이지요. 이제는 이 나라의 모든 신문이 존 해미트 씨의 공금 횡령 기사를 내보낸다고 해도 누구 하나 그걸 믿으려 하지 않을 겁니다. 그 대신 정부의 위신을 떨어뜨리려는 또 다른 정치적 음모라고 여기게 될 겁니다."

에드워드 페리어는 숨을 깊이 내쉬었다. 순간 에르큘 포와로는 금방이라도 그가 덮칠 것 같은 위기감을 느꼈다.

"내 아내를! 감히 내 아내를 이용해서……."

다행스럽게도 바로 그 순간에 페리어 부인이 방 안으로 들어왔다.

"이젠, 모든 일이 다 순조롭게 될 거예요." 그녀가 말했다.

"데이그머, 당신은……, 처음부터 다 알고 있었다는 거요?"

"물론이죠, 여보."

데이그머 페리어가 말했다. 그런 다음 그녀는 헌신적인 아내다운 표정으로 부드럽고 자비로운 미소를 한껏 지었다.

"나한테는 한마디 말도 없었잖소!"

"에드워드, 당신이 그걸 허락할 리가 없잖아요?"

"아, 어림없고말고!"

데이그머는 미소를 지었다.

"우리도 당신이 그럴 줄 알았죠."

"우리?"

"예, 저와 포와로 씨."

그녀가 에르퀼 포와로와 자기 남편을 번갈아 쳐다보며 미소를 지었다.

그녀는 덧붙였다.

"덕분에 친절한 주교댁에서 푹 쉬었지 뭐예요. 이젠 기운이 펄펄 나는데요. 사람들이 저보고 다음 달 리버풀에 들어오는 새 군함의 이름을 지어 달라는군요. 나는 좀 대중적인 이름이 좋겠다고 생각해요."

스팀팔로스의 새

해럴드 웨어링은 그들이 호수 쪽으로 난 길을 따라 걸어 올라오는 것을 지켜보았다. 그는 호텔 테라스에 앉아 있었다. 맑은 하늘에 태양은 눈부시게 빛나고 있었고 호수는 푸르렀다.

해럴드는 파이프 담배를 피우면서 정말 아름다운 곳이라고 내심 감탄을 하고 있었다. 그의 정치 경력은 아주 화려했다. 이제 겨우 30세 나이에 차관이라는 지위에까지 오른 것은 정말 자랑스러워할 만했다. 언젠가 수상이 어떤 사람에게, '웨어링은 크게 될 인물이야'라고 말했다는 기사가 신문에 실린 적도 있었다. 해럴드는 당연하게 받아들였고 또한 의기양양했다.

그에게 인생이란 그 자체가 장밋빛이었다. 젊고 건강했으며, 잘생긴 인물인데다가 독신생활을 자유롭게 마음껏 누리고 있었다.

그는 모든 일상생활에서 벗어나 세상만사 다 잊어버리고 말 그대로 진정한 휴식을 취하기 위해 헤르조슬로바키아에서 휴가를 보내기로 마음먹었다. 스탬프카 호수에 있는 호텔은 규모가 작긴 했지만 매우 안락하고 사람들도 별로 붐비지 않아 조용했다.

몇 명 되지 않는 호텔 투숙객들은 대부분 외국인이었다. 영국인이라고 해봤자 그를 제외하면 고작 나이 든 라이스 부인과 그녀의 결혼한 딸 클레이턴 부인이 전부였다. 해럴드는 그 두 사람을 좋아했다.

엘지 클레이턴은 상당히 고전적인 미인이었다. 그녀는 화장도 진하게 하지 않는 데다 상당히 수줍어하는 성격이었다. 그에 반해 라이스 부인은 소위 개성 있는 여자였다. 그녀는 키가 크고 목소리가 굵었으며 태도는 제멋대로였지만, 유머감각이 있어서 친구로서는 아주 그만이었다. 그녀는 자기의 모든 인생을 딸에게 거는 듯했다.

해럴드는 가끔 그 모녀와 함께 즐거운 시간을 보내기는 했지만, 그들이 쉽사리 속을 보이려고 하지 않았기 때문에 그들과는 가볍고 부담없는 사이지 그 이상 깊은 친구는 아니었다.

호텔의 다른 투숙객들은 해럴드의 관심 밖이었다. 그들은 보통 도보 여행자들이거나 관광버스 손님들이었다. 그래서 기껏해야 하루나 이틀 머물고는 호텔을 떠나버리는 것이 대부분이었다. 따라서 그런 사람 중에 그의 관심을 끌만한 사람은 하나도 없었다. 적어도 오늘 오후까지는 말이다.

그들은 호숫가에서 천천히 호텔 쪽으로 걸어 올라오고 있었다. 해럴드가 그 모습을 자세히 지켜보려는 순간, 마치 기다리기라도 했다는 듯 태양이 구름 속으로 숨어버렸다. 순간 그는 몸을 흠칫 떨었다.

그는 눈을 크게 뜨고서 그들을 내려다보았다. 분명히 저 두 여인한테는 이상한 점이 있는 것 같은데? 그들은 둘 다 새처럼 길고 커다랗게 휘어진 코를 갖고 있었으며, 이상스럽게도 똑같이 생긴 그들의 얼굴은 전혀 표정이 없었다. 그리고 그들이 어깨에 대강 걸친 망토는 마치 두 마리 새의 날개처럼 바람에 날려 펄럭이는 것이었다.

"저 사람들은 꼭 새같군."

해럴드는 혼자 중얼거렸다. 그리고 거의 무심결에 다음과 같이 덧붙였다.

"불길한 징조를 던져주는 새."

그 두 여자는 테라스까지 곧장 걸어와 그의 곁을 스쳐 지나갔다. 그들은 나이 든 여자들이었다. 나이는 40대 후반으로 보였으며, 두 사람이 서로 똑 닮은 것으로 보아 자매임이 분명했다. 그들의 표정은 몹시 험악했다.

해럴드 곁을 지나치면서 그들의 눈길이 일순간 그에게 와서 닿았다. 그것은 예리하면서도 섬뜩한 기분을 느끼게 하는, 마치 야수와 같은 눈길이었다.

해럴드는 그들에게서 아까보다도 더 불길한 인상을 받았다. 그는 그 여자 가운데 한 사람 손이 기다란 발톱같이 생겼다는 것을 눈여겨보았다. 태양이 구름 속에서 빠져나왔지만 그는 다시 한 번 몸을 떨었다.

그는 생각했다.

'무섭게도 생겼군. 마치 성질이 사나운 날짐승처럼……'

그는 라이스 부인이 호텔에서 나오는 것을 보고서 애써 온갖 불길한 상념들을 털어버렸다. 그는 벌떡 자리에서 일어나 그녀에게 의자를 권했다. 고맙다는 말과 함께 자리에 앉은 그녀는 평소와 마찬가지로 열심히 뜨개질을 하기 시작했다.

"지금 막 호텔로 들어간 두 여자분을 보셨습니까?" 해럴드가 물었다.

"망토를 걸친 사람들 말이우? 그래요, 내 곁을 지나갔지."

"이상한 느낌을 받지 않으셨습니까?"

"글쎄, 하긴 좀 이상하긴 하던데. 그 사람들은 아마 어제 도착했을게요. 아주 닮은 걸로 봐서, 쌍둥이인 것 같구려."

해럴드가 말했다.

"제가 공연한 생각을 하는지는 모르겠지만, 그들을 본 순간 저도 모르게 불길한 예감이 들더군요."

"호오, 그래요? 난 그들을 아주 가까이서 보지 않아 잘 모르겠는걸. 그들이 누군지는 수위한테 물어보면 알 수 있을 거유. 영국인은 아닌 것 같던데?"

"오, 물론이죠."

라이스 부인은 손목시계를 내려다보았다.

"차 마실 시간이군. 웨어링 씨, 안에 들어가서 벨 좀 눌러 주시겠수?"

"그러죠." 그는 안에 들어갔다가 다시 나와서 자리에 앉으며 물었다.

"따님은 지금 어디 계십니까?"

"엘지? 우리는 함께 산책을 했다오. 호수 주위를 한 바퀴 돌아 소나무 숲으로 해서 호텔로 돌아왔는데 정말 멋집디다."

웨이터가 밖으로 나와 차 주문을 받았다.

라이스 부인이 열심히 뜨개질바늘을 놀리면서 계속 말했다.

"엘지는 아까 남편 편지를 받았기 때문에 차 마시러 내려오지는 않을 거유."

"남편?" 해럴드가 놀라서 되물었다.

"전 따님이 미망인인 줄로만 알고 있었는데요."

라이스 부인이 그를 재빨리 곁눈질로 쳐다보았다.

"오, 무슨 말씀을! 엘지는 미망인이 아니에요." 그녀는 냉담하게 말했다.

그런 다음 말에 힘을 주어 덧붙였다.

"불행하게도!"

해럴드는 깜짝 놀랐다.

라이스 부인이 침울한 표정으로 고개를 끄덕이며 말했다.

"많은 불행의 원인은 술이구먼, 웨어링 씨."

"사위가 술을 많이 마시나요?"

"그렇수, 물론 그 밖의 다른 이유도 있지. 그는 본래 병적으로 질투심이 강한데다가 성격이 난폭하기 그지 없다우."

그녀는 한숨을 쉬었다.

"그것만큼 참기 어려운 일도 또 없지. 내가 얼마나 엘지를 애지중지하며 키워왔는데……. 그 애는 내 유일한 혈육이라오. 그러니 그 애가 불행해진 것을 보는 내 마음이 천 갈래 만 갈래로 찢어질 수밖에 없지 뭐유."

해럴드가 감정이 풍부하게 담긴 목소리로 말했다.

"정말 얌전한 분이던데요."

"너무 얌전해서 탈이지."

"무슨 그런 말씀을……."

라이스 부인이 느릿느릿 말했다.

"행복한 사람들한테는 좀 거만한 면도 있다오. 내가 보기에 엘지가 얌전한 것은 패배감 때문인 것 같아. 인생이 그녀한테는 너무 가혹한 것 같단 말이우."

해럴드가 좀 머뭇거리면서 말했다.

"어떻게, 따님께서 그런 남자와 결혼하게 됐지요?"

라이스 부인이 대답했다.

"필립 클레이턴은 매우 매력적인 사람이었다오. 옛날에는(지금도 그렇긴 하지만) 매력이 철철 흘러넘쳤을 뿐만 아니라 재산이 상당히 많았어요. 게다가 우리한테 그의 진짜 성격을 말해준 사람이 하나도 없었지 뭐유. 난 오랜 세월 동안 과부로 살아왔다오. 그러니 여자끼리만 살아온 우리로서는 남자의 성격을 식별하는 것이 그만큼 서투를 수밖에 없었던 거유."

"예, 맞는 말씀입니다." 해럴드가 조심스럽게 말했다.

그는 그 남자에 대한 분노와 함께 그녀에 대한 동정심이 가슴 밑바닥에서 부터 끓어오르는 것을 느꼈다.

엘지 클레이턴의 나이가 아무리 많아 봐야 25세를 채 넘지 못할 것이었기 때문이다. 그는 친절해 보이는 그녀의 푸른 눈과 의기소침하게 처져 있는 그녀의 입을 머릿속에 떠올렸다.

그는 돌연 그녀에 대한 관심이 친구 이상이라는 것을 깨달았다.

그런데 그녀는 짐승 같은 녀석한테 얽매어 있어야 하다니……

2

그날 저녁식사를 마친 뒤 해럴드는 두 모녀와 자리를 함께했다. 엘지 클레이턴은 옅은 분홍색 드레스를 입었다. 그녀의 눈두덩이 벌건 것으로 보아 지금까지 울다가 온 게 분명했다.

라이스 부인이 활발하게 말했다.

"웨어링 씨, 내가 아까 당신이 말한 하피(그리스 신(神)으로 얼굴은 추한 여자의 모습이고 몸은 새의 날개로 되어 있는데 죽은 사람의 영혼을 나른다고 한다)들이 누군지 알아봤다우. 폴리시 가(家)의 숙녀들이라는군요. 아주 훌륭한 가문의 사람들이라고 수위가 말합디다."

해럴드는 두 여자가 앉아 있는 쪽을 건너다보았다.

엘지가 흥미 어린 목소리로 말했다.

"저쪽에 앉아 있는 여자들 말이에요. 헤나 염색약으로 염색한 사람들 말인데요, 어째 좀 생긴 게 으스스해 보이는군요. 왜 그런 느낌이 드는지는 모르겠지만."

해럴드가 의기양양하게 말했다.

"어떻게 나와 똑같은 생각을 하시는군요."

라이스 부인이 웃으며 말했다.

"두 사람 다 바보 같은 소리는 말아요. 외모만 보고서 그 사람이 어떤 사람인지 알 수는 없으니까."

엘지가 큰소리로 웃었다.

"하긴 그래요. 하지만 아무리 봐도 저 사람들이 독수리같이 생긴 걸 어떡해요!"

"시체의 눈을 파먹는 새 말이죠?" 해럴드가 말했다.

"오, 제발!" 엘지가 외쳤다.

해럴드가 재빨리 말했다.

"미안합니다."

라이스 부인이 미소를 지으며 말했다.

"어쨌든 저 사람들이 우리의 계획을 방해할 것 같지는 않은데, 뭘 그래."

"우리한테 무슨 나쁜 비밀이 있어요?" 엘지가 말했다.

"웨어링 씨는 또 모르지." 라이스 부인이 한쪽 눈을 찡긋해 보이며 말했다.

해럴드는 고개를 뒤로 젖히고 큰소리로 웃었다.

"저한테 비밀이라고는 눈곱만큼도 없습니다. 제 인생이야말로 펴놓은 책이지요."

그 순간 불현듯 그의 머리에 떠오르는 생각이 있었다.

'정직하게 살지 못하는 사람들은 얼마나 바보스러운가? 깨끗한 양심, 그것이야말로 인생에서 꼭 필요한 것이지. 그런 면에서 난 하늘을 우러러 한 점 부끄러움이 없는 사람이야!'

갑자기 그의 몸에 생기가 도는 것을 느꼈다. 그것도 아주 강력하게, 그 자신의 운명을 마음대로 요리할 수 있을 것 같은 자신감이라고나 할까?

3

해럴드 웨어링은 다른 영국인들과 마찬가지로 어학 실력이 부족했다. 그는 불어를 할 줄은 알았지만 더듬거리는 정도였으며 더욱이 억양은 아주 엉망이었다. 게다가 독일어와 이탈리아어는 전혀 하지 못했다.

그러나 지금까지는 그가 어학 실력이 부족하다고 해서 그렇게 큰 불편을 느낀 적은 없었다. 특히 유럽 대륙에 있는 대부분의 호텔에서는 모든 사람들이 영어를 사용하는데 그가 불편을 느낄 일이 있겠는가?

그러나 이 외딴곳에서는 슬로바키아 언어가 통용되고 있었으며, 심지어는 수위마저 독일어로 말했기 때문에 이따금 두 모녀 중 하나가 통역을 해주는 것이 해럴드는 짜증스럽기까지 했다. 외국어에 능통한 라이스 부인은 슬로바키아 어까지도 좀 구사할 줄 알았다.

해럴드는 독일어를 배워야겠다고 마음먹었다. 그래서 독일어 교본을 사서 매일 아침 2시간씩 공부하기로 했다.

아침 날씨는 쾌청했다. 해럴드는 편지를 몇 통 쓰고 나서 시계를 들여다보았다. 그리고 점심때까지는 1시간 정도 산책할 시간이 아직 남아 있다는 것을 알았다. 그는 호수 쪽으로 내려가 소나무 숲 속으로 접어들었다. 그가 5분 정도 걸었을 무렵 무슨 소리가 들려왔다. 그리 멀지 않은 곳에서 한 여자가 가슴을 쥐어짜듯이 흐느끼고 있었다.

해럴드는 잠시 걸음을 멈추었다가 소리가 나는 쪽으로 다가갔다. 그 여자는 엘지 클레이턴이었고, 옆으로 쓰러진 나무에 걸터앉아 두 손에 얼굴을 묻고서 어깨가 들썩일 정도로 크게 흐느끼고 있었다. 해럴드는 잠시 주저하다가 그녀에게로 다가갔다.

"클레이턴 부인, 엘지?" 그가 부드럽게 말했다.

그녀가 화들짝 놀라면서 그를 올려다보았다.

해럴드는 그녀 옆에 주저앉았다.

그는 진심으로 연민을 느끼며 말했다.

"내가 도울 일이 있을까요? 뭐든지 상관없는데……."

그녀는 머리를 흔들었다.

"아니에요, 아니에요. 정말 친절하신 분이군요. 하지만 댁이 도와주실 것은 아무것도 없어요."

해럴드는 약간 수줍게 말했다.

"혹시 댁의 남편과, 관계된 일인가요?"

그녀는 머리를 끄덕였다. 그런 다음 눈물을 닦고서 자제력을 다시 찾으려는 듯 콤팩트를 꺼내 눈물로 얼룩진 얼굴을 매만졌다.

그녀가 떨리는 목소리로 말했다.

"전 어머니한테 걱정을 끼치고 싶지가 않아요. 제가 슬퍼하는 것을 보시면 너무 가슴 아파하시거든요. 그래서 실컷 울어나 보려고 여기 이렇게 나왔답니다. 울어봤자 소용없다는 것은 저도 알아요. 어리석은 행동일 뿐이죠. 하지만, 때로는 정말 산다는 게 괴롭다는 생각이 들 때가 있거든요."

"정말 안됐군요." 해럴드가 말했다.

그녀는 그를 고마움이 가득한 눈길로 쳐다보았다.

이윽고 그녀가 서둘러 말했다.

"물론, 그건 다 제 잘못이에요. 제가 원해서 필립과 결혼했으니까요. 결국, 잘못된 결혼임이 밝혀졌지만, 제가 누굴 탓하겠어요. 다 제 탓인데."

"그렇게 생각하다니 정말 용기있는 분이시로군요." 해럴드가 말했다.

엘지는 머리를 흔들었다.

"아니에요, 전 용기가 없어요. 결코 용감한 편이 못 된다고요. 전 지독한 겁쟁이예요. 그래서 필립과 문제가 생겼는지도 모르죠. 그가 화를 내기라도 하면, 전 무서워서 벌벌 떨었답니다. 전 정말 그이가 무서웠어요."

"그런 사람과는 헤어져야죠!" 해럴드가 동정 어린 목소리로 말했다.

"감히 그럴 수가 없었어요. 그가, 그가 헤어지려고 하지 않아요."

"말도 안 돼요! 이혼이라는 게 뭔데."

그녀는 고개를 천천히 저었다.

"그럴 만한 이유가 있어야죠." 그녀는 어깨를 똑바로 했다.

"아뇨, 전 그냥 이대로 살아갈 거예요. 어머니와 함께 많은 시간을 보내면 되니까. 필립도 그건 싫어하지 않아요. 특히 이렇게 한적한 곳에 올 때는 제가 어머니와 함께 오는 것을 더 좋아하죠."

그녀가 뺨을 붉게 물들이며 덧붙였다.

"아시겠지만 문제 중 하나는 그가 광적으로 질투심이 많다는 거예요. 만약, 혹시 제가 다른 남자와 좀 얘기라도 나눌라치면 그땐 생각하기도 끔찍한 그런 장면이 벌어지는 거예요."

해럴드는 의분감이 치솟았다. 그는 남편의 질투심을 불평하는 여자들 얘기를 들을 적마다 겉으로는 그 여자들을 동정하는 척했지만, 속으로는 남편들이 그러는 게 당연하다고 생각해 오던 터였다. 그러나 엘지 클레이턴은 그런 여자가 아니었다. 그녀는 아직 한 번도 그에게 경박한 추파를 던진 적이 없었으니까 말이다.

엘지가 가볍게 몸을 떨면서 옆으로 떨어져 앉았다. 그녀는 하늘로 시선을 돌렸다.

"해가 없어지니까 몹시 추운데요. 호텔로 돌아가는 게 좋겠어요. 점심때가 다 되었을걸요."

그들은 자리에서 일어나 호텔 쪽으로 몸을 돌렸다. 그들이 채 1분도 걷지 않아서 앞에 웬 사람이 가는 것이 보였다. 그들은 그녀가 입는 망토로 대번에 누군지 알아차렸다. 그녀는 폴리스 가(家)의 자매 중 한 사람이었다.

그들이 그녀의 곁을 지나쳐 갈 때 해럴드는 가볍게 목례를 했다. 그러나 그녀는 아무런 반응도 보이지 않고 단지 그들 두 사람을 흘끗 쳐다볼 뿐이었다. 순간 해럴드는 그 예리한 시선을 받고서 얼굴이 붉어지는 느낌이었다. 그녀가 나무줄기에 엘지와 나란히 앉아 있는 광경을 봤을지도 모를 일이었다. 만약 그렇다면 그녀가 제멋대로 상상했을지도……

그래, 제멋대로 상상하는 것 같았어. 분노의 파도가 그를 덮쳤다! 정말 지저분한 생각만 하는 여자들도 있다니까!

그러고 보니 태양이 구름 속으로 들어가면서 두 사람이 똑같이 몸을 떨었던 것도 이상해. 혹시 그 순간에 그 여자가 우리를 지켜보고 있었던 게 아닐까?

해럴드는 어딘가 모르게 불안해지는 마음을 가누기 어려웠다.

4

그날 저녁 해럴드는 10시 조금 지나 자기 방으로 갔다. 영국에서 우편물이 도착하여 그는 많은 편지를 받았는데, 개중에는 즉각 답장을 보내야 할 편지가 몇 통 있었던 것이다. 그는 파자마와 화장복으로 옷을 갈아입은 뒤 급한 편지에 대한 답장을 쓰려고 책상 앞에 앉았다.

그가 편지를 세 통 쓰고, 네 통째 편지를 막 쓰려는 찰라 문이 갑자기 벌컥 열리면서 엘지 클레이턴이 비틀거리며 방 안으로 들어왔다.

해럴드는 깜짝 놀라 자리에서 벌떡 일어섰다. 엘지는 등 뒤로 문을 밀어 닫은 뒤 장롱을 꽉 붙들고서 그대로 서 있었다. 그녀의 가슴은 심하게 요동치고 있었고 얼굴은 백지장처럼 창백했다. 극도로 공포에 질린 표정이었다.

그녀가 숨을 헐떡이며 말했다.

"남편이 뜻밖에도 여길 찾아왔어요! 전, 전 그가 절 죽일 것 같은 생각이 들어요. 그는 미쳤어요. 미쳐도 이만저만 미친 게 아니라고요. 제발, 제발 저 좀 숨겨주세요."

그녀가 거의 쓰러질 것처럼 비틀대면서 앞으로 한두 걸음 내디뎠다. 해럴드는 얼른 팔을 내밀어 그녀를 부축해주었다.

바로 그때 문이 벌컥 열리면서 한 남자가 문 앞에 나타났다. 그는 중간 정도의 키에 짙은 눈썹과 윤이 반지르르하게 흐르는 검은 머리카락을 지니고 있었다. 그의 손에는 묵직한 자동차 스패너가 들려 있었다. 소리를 질러대는 그의 목소리는 제 분에 못 이겨 떨리고 있었다. 그는 거의 비명을 지르듯이 외쳤다.

"폴리시 가(家) 부인이 한 말이 하나도 틀리지 않았어! 너 이 자식하고 재미를 본 거구나!"

엘지가 큰소리로 말했다.

"아니요, 아니에요, 필립. 그게 아니에요. 당신이 잘못 아는 거라고요."

필립 클레이턴이 그들 두 사람에게로 다가서자 해럴드는 재빨리 여자를 자기 등 뒤로 잡아당겼다.

그러자 필립 클레이턴이 외쳤다.

"잘못 알았다고, 내가? 네가 이 방에 있는 것을 내 눈으로 똑똑히 봤는데도? 더러운 년, 죽여 버리고 말 테다."

그가 날쌔게 해럴드의 팔을 피해 옆으로 몸을 움직여 엘지를 붙잡으려고 하자, 그녀는 비명을 지르며 해럴드의 다른 팔을 붙잡고 늘어졌다. 해럴드는 상대방이 그녀에게 접근하지 못하도록 팔을 벌렸다.

그러나 필립 클레이턴은 죽어도 자기 아내를 붙잡고 말겠다는 심산인 듯했다. 그가 다시 옆으로 공격을 개시해 들어왔다. 그러자 공포에 질린 엘지는 쏜살같이 방을 뛰쳐나갔다. 그러자 필립 클레이턴이 순식간에 그 뒤를 쫓아나갔고, 해럴드 역시 그 뒤를 따라 달려갔다.

엘지는 복도 끝에 있는 자기 침실로 부리나케 달려 들어갔다. 해럴드는 그녀가 문을 잠그는 소리를 들었지만, 제대로 문이 잠긴 건 아니었다. 그녀가 문을 채 잠그기도 전에 이미 필립 클레이턴이 문을 홱 잡아당겨 열었던 것이다.

그의 모습이 방 안으로 사라지면서 해럴드는 엘지의 두려움에 찬 비명을 들었다. 순간 해럴드는 잽싸게 그들을 따라 방 안으로 달려 들어갔다.

엘지는 창 커튼 뒤에서 궁지에 몰려 있었다. 해럴드가 막 방에 들어선 순간 필립 클레이턴이 스패너를 휘두르며 그녀에게 덤벼들었다. 그러자 그녀는 외마디 비명을 지르며 자기 옆에 있던 책상에서 무거운 문진(책장이나 종이가 날리지 않도록 누르는 물건)을 홱 잡아채서는 힘껏 그에게 던졌다.

그러자 클레이턴이 개처럼 쭉 뻗어 버렸다. 엘지가 날카로운 비명을 질렀다. 해럴드는 깜짝 놀라 문간에 그대로 서버렸다. 그 여자가 남편 곁에 무릎을 꿇고 앉았다. 그러나 남자는 쓰러진 모습 그대로 꼼짝달싹도 하지 않았다.

그때 바깥 복도에서 문의 손잡이를 돌리는 소리가 들려왔다. 그러자 엘지가 벌떡 일어나 해럴드에게로 달려갔다.

"오, 제발, 어서……." 그녀의 목소리는 거의 기어들어가는 듯했다.

"당신 방으로 돌아가세요. 사람들이 올 거예요. 사람들이 여기서 당신을 보게 되면……."

해럴드는 고개를 끄덕였다. 상황이 어떻게 돌아가는지 재빨리 알아차렸던 것이다. 마침 지금은 필립 클레이턴이 전투력을 잃어버리고 뻗어 있는 상태였다. 그러나 누군가 엘지의 비명을 들었을지도 모를 일이었다. 그런데 만약 그 사람이 이 방에 있는 자신을 보게 된다면 쓸데없는 오해만 불러일으키기 쉬울 것이다. 그녀를 위해서나 그 자신을 위해서나 스캔들 같은 것은 만들지 않는 게 좋았다.

가능한 한 조용하게 뛰듯이 그는 재빨리 복도를 따라 자기 방으로 돌아왔다. 그가 자기 방에 들어서자마자 멀리서 문이 열리는 소리가 들려왔다. 그는 거의 30분 동안을 자리에 앉아 기다렸다. 그는 감히 밖으로 나갈 엄두를 못 냈다. 조만간 엘지가 올 것이라는 사실을 그는 분명히 믿고 있었다.

이윽고 문을 가볍게 두드리는 소리가 들려왔다.

해럴드는 벌떡 일어나 문을 열었다. 방에 들어온 사람은 엘지가 아니라 그녀의 어머니였는데, 해럴드는 그녀의 얼굴을 보고 소스라치게 놀랐다. 갑자기 그녀는 몇 년은 더 늙어보였다. 그녀의 회색 머리카락은 부스스하게 온통 흐트러져 있었고 눈가에는 검은 원이 깊게 패 있었다. 그는 재빨리 그녀에게 의자를 권했다. 그녀는 고통스럽게 숨을 몰아쉬면서 자리에 앉았다.

해럴드가 급히 말했다.

"아주 피곤해 보이시는군요, 라이스 부인. 제가 도울 일이 있을까요?"

그녀는 고개를 저었다.

"아뇨, 난 괜찮수. 정말 괜찮아요. 다만 충격을 받은 것뿐이니까. 웨어링 씨, 끔찍한 일이 발생했수."

"클레이턴이 많이 다쳤나요?" 해럴드가 물었다.

그녀가 숨을 죽였다.

"그것보다 더 심각한 일이오. 그가 죽었다오."

5

방 안이 빙글빙글 돌았다. 갑자기 차가운 물을 뒤집어쓴 것 같은 느낌이 해럴드로 하여금 잠시 말문이 막히게 했다.

"죽었다고요?" 그는 멍청하게 같은 말을 되풀이했다.

라이스 부인이 고개를 끄덕였다. 그녀는 완전히 기진맥진하여 들릴 듯 말 듯한 목소리로 말했다.

"그 사람 관자놀이가 대리석 문진 모서리에 정통으로 맞은 뒤, 뒤로 벌렁 넘어진 곳이 하필이면 벽난로의 쇠 펜더였수. 직접적인 사인이 그 둘 중 어떤 것인지는 나도 몰라. 하지만 분명한 건 그가 죽었다는 거유. 그냥 봐서도 죽은 게 분명하다우."

재앙, 그것은 아까부터 끊임없이 해럴드의 머릿속에 울려 퍼지는 단어였다. 재앙, 재앙, 재앙……

라이스 부인이 날카롭게 말했다.

"그건 사고였어요. 내 눈으로 직접 본 걸요."

그가 격렬한 어조로 말했다.

"물론 사고였수. 나도 그걸 알지. 하지만, 하지만, 다른 사람들이 그렇게 생각할까? 난, 솔직히 말해, 정말 두려워! 해럴드! 여긴 영국이 아니잖수."

"난 엘지의 이야기를 확증할 수 있습니다." 해럴드가 천천히 말했다.

라이스 부인이 말했다.

"그래, 그 애도 당신의 이야기를 확증할 수 있지. 그건, 그건 정말 그렇네!"

예리하고 머리가 좋은 해럴드가 그녀의 말을 못 알아들을 리는 없었다. 그는 모든 일을 다시 곰곰이 생각해본 결과 자기들이 처한 입장이 매우 난처해 졌다는 것을 깊이 통감했다.

그와 엘지는 상당히 오랜 시간을 함께 보냈다.

더욱이 문제가 되는 것은 그들 두 사람이 함께 소나무 숲 속에 있는 것을 폴리시 가(家)의 여자 하나가 보았다는 사실이었다. 그것도 약간은 미묘하달 수도 있는 그런 상황에서 말이다. 폴리시 가의 숙녀들이 영어를 못하는 것은 분명했지만, 약간은 알아들을 수 있는지도 모를 일이었다. 만약 그 여자가 그들의 대화를 우연히 엿듣기라도 했다면, '질투'나 '남편' 같은 단어의 의미는 알아들었을지도 몰랐다. 어쨌든 그 여자가 클레이턴에게 그의 질투심을 불러 일으킬 만한 어떤 얘기를 해주었음은 분명했다.

그리고 그 결과는—그의 죽음이었다.

더욱이 클레이턴이 죽었을 때 해럴드 자신은 '엘지 클레이턴의 방에 있지 않았는가?' 그가 계획적으로 문진을 사용하여 필립 클레이턴을 살해하지 않았다는 것을 입증해줄 만한 것은 아무것도 없었다. 또 질투심 많은 남편이 실제로는 그들이 함께 있는 광경을 본 적이 없었다는 것을 증명해주는 것도 전혀 없었다. 오직 하나 있다면 그건 그 자신과 엘지의 말뿐이었다. 그렇지만 사람들이 그걸 곧이들을까?

차가운 두려움이 그의 몸을 엄습했다.

그는 상상하지 않으려 했다. 아니, 진짜로 상상하지 않았다. 그 자신이나 엘지 두 사람 중 하나가 그들이 저지르지도 않은 살인죄로 사형을 선고받을지도 모른다는 방정맞은 생각을 말이다. 어쨌든 그들이 과실치사라는 책임은 져야 할 게 분명했다(이런 외국에도 과실치사죄가 있는가?).

그러나 그들이 무죄로 밝혀진다고 해도 그러려면 먼저 조사를 받아야 할 것이다. 그렇다면 온 신문의 기삿거리가 될 게 뻔했다.

'영국의 유능한 신진 정치가와 여자가 공모하여 질투심 많은 남편을 살해했다는 혐의로 경찰의 조사를 받고 있다.'

그렇게 되는 날이면 그날로 그의 정치적 생명은 끝나는 것이나 조금도 다를 바 없다. 그런 스캔들 속에서 살아남은 사람은 아직 아무도 없기 때문이다.

그는 충동적으로 말했다.

"어떻게 시체를 없애버릴 수 없을까요? 어디 모르는 곳에다 묻어 버리면?"

라이스 부인이 놀란 표정을 지었다가 곧 나무라는 듯한 표정이 되었기 때문에 그는 얼굴을 붉혔다.

그녀는 신랄한 투로 말했다.

"이봐, 해럴드 씨, 이건 탐정소설이 아니라우! 그런 짓을 한다는 것은 미친 짓이나 다를 바 없어."

"그렇겠지요." 그는 신음 소리를 내었다.

"그럼, 어떡해야 하지요? 오, 하나님! 난 어떡해야 하죠?"

라이스 부인이 절망적으로 머리를 흔들었다. 그녀의 미간은 찌푸려져 있었으며 그녀의 심장은 고통으로 터질 것만 같았다.

해럴드가 다그쳐 물었다.

"저, 우리가 할 수 있는 일이 뭐 없을까요? 이 무서운 재앙을 피할 방법이 없겠느냐고요?"

드디어 그의 입에서 흘러나왔다. 재앙이라는 단어가! 오, 얼마나 끔찍하고 저주스러운 단어란 말인가!

그들은 서로 얼굴을 물끄러미 쳐다보았다.

라이스 부인이 거칠게 말했다.

"엘지, 내 딸. 뭐든지 하고말고. 그 애가 이런 일을 당해야 한다면, 그건 그 애를 죽이는 거나 같을 거유." 그리고 그녀가 덧붙였다.

"당신 역시 정치 생명이 끝나게 되겠지. 모든 것이 말이우."

해럴드가 가까스로 말했다.

"난 상관없습니다."

그러나 그가 진심에서 그런 말을 한 것은 아니었다.

라이스 부인이 쓰디쓰게 계속 말을 이었다.

"모든 것이 너무 부당해. 진실은 그게 아닌데! 당신과 그 애 사이에 무슨 일이 있었던 것도 아니잖수? 난 그건 분명히 알고 있다오."

해럴드가 물에 빠진 사람 지푸라기라도 잡는 심정으로 말했다.

"적어도 그것만은 자신있게 증언해주실 수 있겠군요. 그리고 정말 말씀 그대로입니다."

라이스 부인이 통렬하게 말했다.

"그래, 사람들이 나를 믿기만 한다면, 하지만 여기 사람들이 어떤지는 잘 아실 텐데!"

해럴드는 우울하게 그 말에 동의했다. 유럽 대륙 사람들에게는 그 자신과 엘지가 무슨 부도덕한 관계로 비칠 게 틀림없었고, 또한 라이스 부인이 아무리 그렇지 않다고 부인해봤자 사람들은 그녀가 자기 딸을 위해 거짓 증언을 한다고 여길 게 뻔했던 것이다.

해럴드가 침울하게 말했다.

"예, 설상가상으로 여긴 영국이 아닙니다."

라이스 부인이 고개를 들었다.

"아! 참, 그렇지. 여긴 영국이 아니야. 그렇다면 이렇게 해보는 게……."

"예?" 해럴드는 간절한 심정으로 그녀를 쳐다보았다.

라이스 부인이 불쑥 이렇게 물었다.

"지금 가진 돈이 어느 정도나 되우?"

"그렇게 많지는 않습니다." 그리고 그는 덧붙였다.

"물론 돈을 더 부치라고 할 수는 있지요."

라이스 부인이 엄하게 말했다.

"돈이 상당히 많이 필요할 게유. 하지만 한번 시도는 해볼 만해."

해럴드는 다시 강한 절망감을 맛보는 기분이었다.

"무슨 생각이신데요?"

라이스 부인이 단호하게 말했다.

"우리 힘으로는 그 시체를 숨길 수가 없지만, 내 생각에는 그걸 공식적으로 흐지부지하게 만드는 방법이 있을 듯도 한데."

"정말 그렇게 생각하십니까?" 해럴드가 반신반의하면서 물었다.

"그렇수, 우선 이 호텔의 지배인은 우리 편으로 끌어들일 수 있을 게유. 물론 그의 입을 틀어 막으려면 상당히 많은 돈을 쥐여줘야 하겠지만. 내가 보기에는 이 조그맣고 한적한 발칸 반도의 마을에서는 사람들을 쉽게 뇌물로 매수할 수 있을 것 같수. 이곳 경찰관들이야 더더욱 쉬울지도 모르지!"

"나도 그 생각이 옳다고 믿습니다." 해럴드가 천천히 말했다.

라이스 부인이 계속해서 말했다.

"다행스럽게도, 호텔이 있는 사람들은 아무도 모르는 것 같더군."

"엘지의 바로 옆방에는 누가 있지요?"

"폴리시 가의 두 여자. 그들은 아무것도 듣지 못했을 거유. 만약 들었다면 그때 복도에 나와 있었을 거니까. 게다가 필립은 밤늦게 도착했기 때문에 밤당번 포터를 빼고는 그를 본 사람이 없어요. 그래서 모든 일을 감쪽같이 처리할 수 있을 것이라고 믿는 거유. 안 그래, 해럴드 씨? 즉, 필립의 사인을 자연사로 처리하는 거지! 단, 그렇게 하려면 사람들을 매수할 엄청난 돈이 필요하게 된다우. 그리고 돈 문제만 해결된다면 적당한 사람을 찾아내는 거유. 아마, 경찰서장 정도면 좋겠지!"

해럴드의 입가에 가느다란 미소가 떠올랐다.

"그럼, 코믹 오페라가 되는 셈이네요? 어쨌든 한번 해보기나 합시다."

6

라이스 부인은 정력적으로 활동을 개시했다. 먼저 지배인을 불러들여 설득을 시켰다. 일이 진행되는 동안 해럴드는 그 일에 끼지 않고 자기 방에 가 있었다. 물론 그전에 그와 라이스 부인은 엘지와 그 남편이 부부싸움을 하던 중 갑자기 남편이 심장마비를 일으켜 죽었다고 하기로 했다. 물론 엘지의 젊음과 미모도 지배인의 동정심을 불러일으키는 데 한몫했을 것이다.

다음 날 아침 여러 명의 경찰관이 찾아와 라이스 부인의 침실로 들어갔다. 그들이 떠난 것은 거의 정오가 다 되어서였다.

그동안 해럴드는 돈을 보내라고 전보만 쳤을 뿐 그 이외의 일에는 전혀 상관할 수가 없었다. 사실 이곳 경찰관계자들이 모두 영어를 전혀 하지 못했기 때문에 그가 할 일이 없기도 했다.

12시에 라이스 부인이 그의 방으로 돌아왔다. 그녀는 아주 기진맥진해 보였지만, 그녀의 얼굴에 나타난 안도감은 교섭의 결과가 성공적이라는 것을 보여주는 것이었다.

"잘 됐어요!" 그녀가 간단명료하게 말했다.

"아이고! 정말 수고하셨습니다! 수완이 정말 보통이 아니시군요!"

라이스 부인이 조심스럽게 말했다.

"일이 너무 쉽게 풀리니까 오히려 그러는 게 정상인 것 같은 기분이 들지 뭐겠수. 사실상 그들이 먼저 손을 내밀더라니까. 솔직히, 너무 그러니까 좀 혐오스럽게 느껴지더군!"

해럴드가 냉정하게 말했다.

"지금은 경찰관들의 부패에 대해 논의할 때가 아닙니다. 그럼, 액수는요?"

"상당히 많지 뭐유."

그녀는 돈을 매길 사람들의 이름을 죽 읽어 내려갔다.

"경찰서장, 총경, 경비원, 의사, 호텔 지배인, 야근 담당 포터."

그것에 대해 해럴드가 한 말은 단지 이것뿐이었다.

"야근 담당 포터한테는 얼마 주지 않아도 되겠지요? 약간 사례하는 정도로

만 주면 될 것 같은데."

라이스 부인이 설명했다.

"지배인은 그가 이 호텔에서 사망하지 않는 것으로 해달라고 요구했수. 그러니까 경찰한테는 필립이 기찻칸에서 심장마비를 일으켰다고 말하자는 것이었지. 다시 말해 그가 바람을 쐬러 복도에 나갔다가, 열차의 승강구가 항상 열려 있다는 건 아닐 거유. 그러니까 선로에 굴러 떨어졌다는 얘기지. 정말 경찰이 하고자 하면 못할 것이 없지 뭐유!"

"정말이지……." 해럴드가 말했다.

"우리나라 경찰이 그렇지 않다는 것을 다행으로 생각해야겠군요."

자신이 대영제국의 국민임을 자랑스럽게 느끼면서 그는 점심식사를 하러 내려갔다.

7

점심식사 후에 해럴드는 평상시처럼 라이스 부인과 그녀의 딸과 함께 커피를 마셨다. 그는 여느 때와 조금도 다름없이 행동하려고 애썼다.

어젯밤 사건 이후 그가 엘지의 얼굴을 본 것은 이번이 처음이었다. 그녀의 안색은 매우 창백했고 충격으로 고통받는 게 분명했지만, 그녀는 기후나 경치 같은 일상사들에 대해 얘기를 하면서 애써 평상시처럼 행동하려고 했다.

그들은 지금 막 도착한 손님이 어느 나라 사람인지에 대해서 각자 자신들의 의견을 내놓고 있었다.

해럴드는 그런 코밑수염으로 보아 프랑스인이 분명하다고 했고, 엘지는 독일인, 그리고 라이스 부인은 스페인 사람일 것이라고 말했다.

테라스에는 양 끄트머리에 앉아 뜨개질하는 폴리시 가의 두 여자밖에 아무도 없었다. 그 무표정한 얼굴 하며, 커다랗게 휘어진 코, 독수리 발톱같이 생긴 기다란 손…….

보이가 다가와 누가 라이스 부인을 만나고자 한다고 말했다.

그녀가 일어나 그 뒤를 따라갔다. 그들은 그녀가 호텔 입구에서 경찰관 제복을 입은 사람과 만나는 것을 보았다.

엘지가 숨을 죽였다.

"저, 혹시, 무슨 일이 잘못된 것은 아닐까요?"

해럴드는 재빨리 그녀를 안심시켰다.

"오, 아니오! 절대로 그럴 리가 없어요."

그러나 순간 그 자신도 두려운 마음이 드는 것을 어쩔 수가 없었다.

"어머니가 아주 수완이 좋으시더군요!"

"예, 어머닌 위대한 투사예요. 어떤 일이 있어도 꼭 이기고 말거든요."

엘지는 몸을 떨었다.

"하지만 너무 끔찍한 일이죠?"

"자, 그런 생각일랑 잊어버려요. 이젠 다 끝났으니까."

엘지가 낮은 목소리로 말했다.

"전 그걸 잊을 수가 없어요. 그를 죽게 한 사람이 바로 저라는 걸……."

해럴드가 다급하게 말했다.

"그런 식으로 생각하지 말아요. 그건 사고였어요. 누구보다도 당신이 그걸 잘 알잖소?"

그녀의 얼굴이 약간 밝아졌다.

해럴드가 덧붙였다.

"아무튼 그 일은 지나간 일이오. 과거는 과거일 뿐이지. 다시는 그런 생각일랑 하지 말아요."

라이스 부인이 되돌아왔다. 그녀의 표정으로 미루어 보건대 모든 일이 다 잘된 게 분명했다.

"솔직히 무슨 일이 생긴 줄 알고 약간 놀랐지 뭐유."

그녀는 아주 쾌활하게 말했다.

"하지만 형식적 수속에 필요한 몇 가지 서류가 있어서 왔대요. 얘야, 모든 게 아주 잘되었어. 그러니까 이젠 한시름 놓게 되었단다. 자, 리큐르(식물성 향료, 단맛 등을 가미한 강한 술)라도 한 잔 시켜서 마시고 기운을 차리자꾸나."

리큐르는 주문하자마자 곧 왔다.

그들은 모두 자기 컵을 높이 들었다.

"미래를 위해 건배!" 라이스 부인이 말했다.

해럴드가 엘지에게 미소를 보내며 말했다.

"당신의 행복을 위해 건배!"

그녀도 그에게 미소로 답하면서 자신의 컵을 높이 들고서 말했다.

"그리고 당신을 위해, 당신의 성공을 위해 건배! 당신은 분명히 위대한 정치가가 될 거예요"

두려움이 컸던 만큼 걱정이 모두 사라진 지금 그들은 그만큼 더 하늘로 날아오를 것 같은 기분이었다. 어둠은 사라지고 밝은 태양이 솟았구나!

그때 테라스 양 끄트머리에 앉아 있던 독수리같이 생긴 두 여자가 함께 일어섰다. 그리고 그때까지 뜨개질하던 털실을 조심스럽게 말았다. 그런 다음 석조바닥을 가로질러 그들에게로 다가왔다.

그들은 가볍게 목례를 한 뒤에 라이스 부인 옆에 앉았다. 그리고 그들 중 하나가 말을 하기 시작했다. 나머지 한 사람은 엘지와 해럴드를 번갈아 쳐다보았다. 그런 그녀의 입가에는 가느다란 미소가 어려 있었다. 그러나 결코 기분 좋은 미소가 못 된다고 해럴드는 생각했다.

그는 라이스 부인의 얼굴을 유심히 쳐다보았다.

그녀는 폴리스 가 여자의 이야기를 열심히 듣고 있었고, 무슨 말인지는 한 마디도 알아들을 수 없었지만 그는 그녀의 표정으로 미루어 무슨 내용인지는 알 것 같았다. 그녀의 얼굴에는 지난밤의 고통과 절망감이 다시 돌아와 있었다. 그녀는 이야기를 들으면서 간간이 몇 마디 할 뿐이었다.

이윽고 두 자매가 자리에서 일어나 딱딱한 얼굴로 가볍게 고개를 숙여 보인 뒤 호텔 안으로 들어가 버렸다.

해럴드가 앞으로 몸을 내밀며 쉰 목소리로 말했다.

"무슨 일입니까?"

라이스 부인이 아주 절망적인 음성으로 조용히 말했다.

"저 여자들이 우리를 협박하는군요. 어젯밤 다 들었다는 거예요. 그래서 우리가 없었던 일로 하려던 게 오히려 일을 더 망치게 되어 버렸으니……"

8

해럴드는 호수 옆에 난 길을 따라 걷고 있었다. 그를 강타한 절망과 비통함을 육체적인 운동으로나마 진정시켜 보고자 아까부터 이렇게 거의 한 시간 이상을 걷는 중이다. 마침내 그는 자신과 엘지의 인생을 사악한 발톱으로 할퀴고자 하는 무서운 두 여자를 처음 본 지점에 이르렀다.

그는 크게 말했다.

"천벌이나 받아라! 악마 같은 피를 빨아먹는 하피 같은 여자들아, 벼락이나 맞고 죽어버려라!"

그때 가벼운 기침 소리가 그로 하여금 뒤를 돌아보게 하였다. 그는 콧수염을 무성하게 기른 한 외국인이 막 나무 그늘 사이에서 걸어나오는 것을 보았다.

해럴드는 무슨 말을 해야 할지 무척 난감한 기분이었다. 이 조그만 남자가 아까 자신이 했던 이야기를 모두 들었을지도 몰랐기 때문이다.

당황한 해럴드가 약간은 어색하게 말을 꺼냈다.

"오, 흠, 좋은 오후군요."

그러자 상대방이 완벽한 영어로 대답했다.

"하지만 당신에게는 좋은 오후가 아닐 텐데요, 그렇지요?"

해럴드는 다시 말을 더듬거렸다.

"그, 글쎄, 저, 난……."

조그만 남자가 말했다.

"무슈, 당신한테는 고민이 있는 것 같은데 내가 도와줄 일은 없을까요?"

"말씀은 고맙지만, 괜찮아요! 기분만 더 나빠질 건데요, 뭘."

상대방이 부드럽게 말했다.

"그렇지만 난 당신을 도울 수 있을 것 같은데요. 내가 보기에는 아까 그 테라스에 앉아 있던 두 숙녀 때문에 무슨 문제가 생긴 것 같은데, 내 말이 맞지요?"

해럴드가 깜짝 놀란 얼굴로 그를 쳐다보았다.

"그 여자들에 대해서 알고 계십니까?" 그는 덧붙였다.

"그건 그렇다 치고, 당신은 누구시죠?"

그는 마치 왕실 사람들에게 고백이라도 하는 것처럼 겸손하게 말했다.

"난 에르퀼 포와로지요. 잠시 숲 속이나 산책하면서 당신 얘기를 들어볼까요? 아까도 말했지만 분명히 당신을 도와줄 수 있을 겁니다."

아까까지만 해도 그는 불과 몇 분 전에 알게 된 낯선 남자에게 모든 이야기를 다 털어놓게 되리라고는 꿈에도 생각지 못했다. 너무 과도하게 긴장한 탓인지도 몰랐다. 이유야 어떻게 되었든 간에 그는 에르퀼 포와로에게 모든 이야기를 다 털어놓았다.

에르퀼 포와로는 잠자코 듣기만 했다. 한두 번은 우울한 표정으로 머리를 끄덕이기도 했다. 해럴드가 드디어 이야기를 모두 끝내자 포와로가 꿈꾸는 듯한 음성으로 말했다.

"바로 스팀팔로스 호수 옆에서 쇠부리로 인간의 살을 파먹고 산다는 스팀팔로스 새들이로군. 예, 아주 잘 들어맞는 이야기입니다."

"무슨 말씀이신지 도저히……."

해럴드가 놀란 표정으로 말했다. 이 괴상하고 조그맣게 생긴 남자가 아마 미쳤나보다고 그는 생각했다.

에르퀼 포와로가 미소를 지었다.

"잠깐 무슨 생각이 나서요. 난 모든 사물을 내 방식으로 바라보는 버릇이 있거든요. 자, 이제 당신의 문제로 돌아가 봅시다. 당신 입장이 아주 난처해졌군요."

해럴드가 성급하게 말했다.

"난 그런 식의 말을 듣고 싶지는 않습니다!"

에르퀼 포와로가 계속해서 말했다.

"공갈 협박, 그거 아주 심각한 문제군요. 그 하피들이 당신한테서 엄청난 돈을 끌어가고도, 또다시 엄청난 돈을 요구한다는 말이지요! 만약 당신이 그 요구를 들어주지 않는다면 그땐 어떻게 되는 거죠?"

해럴드가 쓰게 내뱉었다.

"모든 게 끝장입니다. 난 정치적 생명이 끊어지고, 착하고 불쌍한 아가씨는 염라대왕한테로 가게 되겠지요. 어떻든 그 끝이야 신만이 알겠죠!"

"그러니까, 무슨 조처가 있어야죠!" 에르큘 포와로가 말했다.

해럴드가 노골적으로 말했다.

"무슨 조처요?"

에르큘 포와로는 몸을 뒤로 젖히고 눈을 반쯤 내리감았다. 해럴드의 마음속에는 그가 미친 사람일지도 모른다는 생각이 다시금 들었다.

"청동 캐스터네츠를 칠 시간이란 말입니다."

해럴드가 말했다.

"당신 정말 미친 사람 아니오?"

상대방은 머리를 흔들었다.

"무슨 그런 섭섭한 말씀을. 난 단지 나의 위대한 선배인 헤라클레스가 걸었던 길을 따르고자 하는 것뿐이오. 그러니까 잠시만 참으시오. 내일까지 당신을 괴롭히는 사람들에게서 구해 줄 테니까."

9

그 다음 날 아침 아래층으로 내려온 해럴드 웨어링은 에르큘 포와로가 테라스에 혼자 앉아 있는 것을 보았다. 자기도 모르게 해럴드는 에르큘 포와로의 약속을 철석같이 믿고 있었다.

그는 포와로에게 다가가 간절한 목소리로 물었다.

"잘 됐소?"

에르큘 포와로가 그에게 환한 미소를 지어 보였다.

"잘 됐소."

"무슨 뜻이지요?"

"모든 것이 만족스럽게 처리되었다는 말이오."

"아니, 어떻게요?"

에르큘 포와로가 꿈꾸듯이 말했다.

"내가 청동 캐스터네츠를 사용했지요. 그걸 현대적인 어법으로 바꿔 말하자면 전선이 윙윙 울게 만들었다 이겁니다. 요컨대 전신기를 사용했다는 거지요! 이제 당신을 괴롭히던 스팀팔로스의 새들은 앞으로 당분간은 자신들의 그 좋은 머리를 써먹을 수 없는 곳으로 끌려가게 될 겁니다."

"그 여자들이 경찰의 지명수배를 받던 사람들인가요? 어젯밤에 체포됐나요?"

"그렇소, 틀림없이!"

해럴드는 깊은 한숨을 내쉬었다.

"정말 놀랍군요! 그건 꿈에도 생각지 못했는데."

그가 자리에서 일어났다.

"라이스 부인과 그 따님한테 가서 얘기를 해줘야겠어요."

"그들도 알고 있습니다."

"오, 다행이군요." 해럴드는 다시 자리에 앉았다.

"어떻게 된 건지 얘기를……." 그는 돌연 말을 멈추었다.

호수 쪽에서 두 여자가 새처럼 망토를 휘날리며 유유히 걸어오고 있었다.

그가 절규하듯이 외쳤다.

"그들이 체포되었다고 하셨잖아요?"

에르큘 포와로가 그의 시선을 따라 그들을 쳐다보았다.

"아, 저 숙녀분들요? 저 사람들은 나쁜 사람이 아닙니다. 아마, 저들의 외모 때문에 그렇게 생각하셨나 본데 실은 그게 아닙니다."

"어떻게 된 셈인지 도저히 알 수가 없군요."

"예, 당신이 잘못 알고 있는 겁니다! 경찰에 지명 수배된 사람은 다른 여자들이에요. 수완 좋은 라이스 부인과 애처로운 클레이턴 부인 말입니다! 그들은 아주 유명한 맹금들이에요. 사람들한테 공갈 협박을 하여 먹고 살아가는 상습범들이죠."

해럴드는 머리가 빙빙 도는 것 같은 어지러움을 느꼈다.

"하지만 그 남자, 죽은 그 남자는?"

"죽은 사람은 아무도 없어요. 또 남자라고는 애초부터 있지도 않았어요."

"그렇지만 난 그를 봤다고요!"

"오, 아닙니다. 키가 크고 목소리가 저음인 라이스 부인은 아주 남자 흉내를 잘 냅니다. 남편 역을 맡았던 건 바로 그 여자였어요. 자기의 회색 가발을 벗어버리고 감쪽같이 남자로 변장한 거란 말입니다."

그는 몸을 앞으로 내밀어 상대방의 무릎을 가볍게 두드렸다.

"인생을 살아가는 데 남의 말을 너무 경솔히 믿어버리는 것도 문제가 되지요. 그리고 시골구석의 경찰이라고 해서 그렇게 쉽게 매수되지는 않습니다. 아마 결코 매수할 수 없을지도 모르죠. 특히 살인 문제라면 더더욱! 그 여자들은 대부분의 영국인이 외국어를 하지 못한다는 사실을 이용한 거지요. 라이스 부인이 불어나 독일어를 할 줄 아는 까닭에 항상 지배인과 얘기하는 겁니다. 그리고 경찰관들이 호텔에 도착해서 그녀의 방으로 들어갔단 말입니다! 그러나 실제로는 무슨 일이 있었을까요? 그거야 당신은 모르죠. 혹시 브로치나 뭐, 그런 종류의 것을 잃어버렸다고 말했을지도 모르지요. 하여튼 그 여자는 경찰이 호텔에 왔다는 것을 당신에게 보이기 위해서, 뭐 그럴듯한 핑계를 대었을 겁니다. 그런 다음에는 실제로 어떤 일이 일어났지요?

당신은 돈을, 그것도 상당한 액수의 돈을 보내라고 전보를 쳤고, 그 돈을 모든 협상을 맡은 라이스 부인에게 몽땅 건네주었습니다! 일이 바로 그렇게 된 거란 말입니다! 그러나 탐욕스러운 맹금들은 그것만으로 성이 차지 않아 더 많은 돈을 뜯어낼 궁리를 합니다. 그런데 당신이 폴리시 가의 두 숙녀를 이유없이 싫어하는 것을 알게 된 그 여자는 그것을 이용할 생각을 합니다. 그래서 문제의 숙녀들이 라이스 부인에게 와서 함께 잡담을 주고받는 순간 그녀는 그 기회를 놓치지 않고 적절히 이용한 거지요. 그들 사이에 무슨 말이 오갔는지 당신은 전혀 알아들을 수 없었을 겁니다. 새롭게 등장한 두 명의 협박자를 매수하겠다는 그녀의 말에 속아서 말입니다."

해럴드는 한숨을 깊이 내쉬었다.

"그럼, 엘지, 엘지는?"

에르큘 포와로는 시선을 돌렸다.

"이번에도 그녀는 자기의 역할을 잘해 냈지요. 항상 그렇게 연기를 잘하는 걸 보면 배우로서의 소질이 다분한 것 같아요. 항상 그녀는 순진 가련파로 행세합니다. 티 하나 없이 순수한 여자로 말이죠. 그러고는 섹스가 아니라 기사도 정신에 호소하는 겁니다."

에르큘 포와로가 꿈꾸듯이 덧붙였다.

"영국 남자들은 그런 수법에 항상 잘 넘어가더군요."

해럴드 웨어링은 한숨을 깊이 내쉬었다. 그러더니 활발하게 말했다.

"앞으로 유럽에 있는 나라의 언어라면 하나도 빼놓지 않고 전부 다 배울 생각입니다! 그래서 두 번 다시 이런 바보스런 꼴은 당하지 않겠습니다!"

크레타 섬의 황소

1

에르퀼 포와로는 자기를 찾아온 방문객을 조심스럽게 뜯어보았다.

그녀는 안색이 창백하고, 단호해 보이는 턱과 푸르다기보다는 차라리 회색 빛이라고 해야 좋을 눈, 그리고 진짜 짙은 남빛이라고는 보기 어려운 그런 머리카락을 지니고 있었다. 고대 그리스인들의 보라색 머리카락 같다고나 할까?

그녀는 고급스럽기는 했지만 다 닳아빠진 시골풍의 복장, 낡은 핸드백, 그리고 언뜻 보기에는 몹시 소심하고 겁이 많은 아가씨 같지만 무의식적으로 내비치는 거만한 태도를 포와로는 눈여겨보았다.

그는 속으로 생각했다.

'그래, 맞아. 저 아가씨는 카운티(군(郡)의 명문 출신)야. 하지만 돈은 없군! 나를 이렇게 찾아온 걸 보면 아주 다급한 일이 생긴 모양이야.'

다이애나 메이벌리는 떨리는 목소리로 입을 열기 시작했다.

"전, 선생님이 저를 도와주실 수 있을지 잘 모르겠어요. 그게 너무 이상스런 일이어서……."

"도대체 무슨 일인데요?" 포와로가 말했다.

다이애나 메이벌리가 말했다.

"이렇게 선생님을 찾아온 건 제가 어떻게 해야 할지 모르기 때문이에요! 아니, 제가 할 수 있는 일이 있는지조차 모르겠는 걸요!"

"그 판단은 내게 맡기는 게 어떻소?"

갑자기 아가씨의 얼굴이 붉어졌다. 그녀는 숨도 쉬지 않고 재빨리 말했다.

"저한테는 1년도 더 된 약혼한 남자가 있는데, 갑자기 그가 파혼을 선언했어요." 그녀는 말을 멈추고 그를 도전적인 눈으로 바라보았다.

"선생님은, 제가 정신병자라고 생각하실지도 모르죠."

에르큘 포와로는 천천히 고개를 저었다.

"천만에요, 마드모아젤. 나는 아가씨가 아주 이성적이라는 사실을 잘 알고 있소. 물론 연인들의 싸움을 무마해주는 일이 분명히 내 직업은 아닙니다. 그리고 아가씨가 그 사실을 잘 알고 있다는 것도 난 알아요. 따라서 그 파혼에 뭔가 이상한 점이 있다는 얘기가 되지요. 어때요, 내 말이 맞죠?"

아가씨가 고개를 끄덕였다. 그리고 분명하고도 또렷한 목소리로 말했다.

"휴는 자신이 조금씩 미쳐가고 있기 때문에 우리의 약혼을 파기하는 거라고 했어요. 미친 사람은 결혼하지 말아야 한다는 게 그의 지론이라는 거예요."

에르큘 포와로의 눈썹이 약간 치켜져 올라갔다.

"그런데 아가씨는 동의할 수 없다는 말이죠?"

"잘 모르겠어요……. 하지만 미친다는 게 결국은 뭐죠? 사람은 누구나 다 조금씩은 미친 구석이 있지 않은가요?"

"하긴 그런 면이 있긴 있어요." 포와로가 조심스럽게 말했다.

"그건 자신이 수란(달걀을 깨서 끓는 물에 반숙한 것)이라고 생각할 때거나 아니면 사람들이 강제적으로 감금시킬 필요가 있는 사람한테나 사용하는 말이죠."

"그럼, 아가씨의 약혼자가 그 정도까지는 되지 않았다는 얘긴가요?"

다이애나 메이벌리가 말했다.

"제가 보기로는 전혀 휴한테 무슨 이상이 있는 것 같진 않아요. 그인, 오, 그인 정말 정상적인 사람이라고요. 건실하고, 믿음직하며……."

"그런데 왜 그 사람은 자신이 미쳐간다고 생각하는 거지요?"

포와로는 잠시 말을 끊었다가 다시 계속했다.

"혹시 그의 가족 중에 미친 사람이라도?"

마지못해 하면서도 다이애나는 동의의 고갯짓을 했다.

"그이 할아버지가 정신이상이셨던 것 같아요. 그리고 대고모인가 하는 분도요. 하지만 제가 말하고 싶은 것은, 어떤 사람이든지 그 가족 중에 약간 특이한 사람이 있을 수도 있다는 거예요. 예를 들어 너무 바보스럽다거나 아니면 지나치게 머리가 좋다든지 하는 식으로 말이에요!"

그녀의 눈빛은 마치 호소하는 듯했다.

에르퀼 포와로는 슬픈 기색으로 머리를 흔들었다.

"정말 안됐군요, 마드모아젤."

그녀는 턱을 높이 치켜들고서 절규하듯이 외쳤다.

"전 선생님한테 그런 소리를 들으러 온 게 아니에요! 어떻게 해주기를 바라고 온 거죠!"

"내가 어떻게 해주기를 바라오?"

"저도 몰라요. 하지만 잘못된 게 있어요."

"마드모아젤, 그럼, 그 약혼자에 대해 전부 얘기해주시겠소?"

다이애나는 빠른 말투로 얘기했다.

"그의 이름은 휴 챈들러예요. 나이는 스물네 살이고요. 그의 아버지는 제독인데, 리드 메이너에서 살고 있죠. 거긴 엘리자베스 여왕 시대부터 챈들러 가문이 살아오던 곳이에요. 휴는 외아들인데 해군에 입대했죠. 챈들러 가(家)의 남자들은 배를 타는 게 일종의 전통처럼 되어 있거든요. 그게, 그러니까 15세기경에 길버트 챈들러 경이 월터 레일리 경(1552~1618, 영국의 군인·탐험가·정치가)과 함께 배를 탄 것이 그 시작이라더군요. 따라서 휴도 해군에 입대했죠. 물론 아버지 뜻에 따라서 한 일이죠. 그런데, 그이한테 해군에서 나오라고 강력하게 말한 사람이 바로 그 아버지였어요!"

"그때가 언제죠?"

"거의 1년 전 일이에요. 정말 너무나 갑작스런 일이었죠."

"휴 챈들러는 자기 직업에 만족했습니까?"

"그럼요."

"스캔들 같은 건 없었나요?"

"휴한테요? 전혀요. 그는 아주 훌륭한 군인이었어요. 그러니까 그 자신도, 영문을 모를 수밖에요."

"챈들러 제독은 그 이유를 뭐라고 하던가요?"

다이애나가 천천히 말했다.

"진짜 이유는 뭔지 몰라요. 참! 이렇게 얘기했어요. 휴가 재산 관리하는 법을 배워야 할 필요가 생겼다고 하지만, 그건 핑계에 지나지 않아요. 심지어는 조지 프로비셔 씨까지도 그걸 알고 있는 걸요."

"조지 프로비셔라는 사람은 누굽니까?"

"프로비셔 대령. 챈들러 제독의 오랜 친구이자 휴의 대부이기도 한 분이죠. 그는 대부분의 시간을 메이너에 내려가 보낸답니다."

"그럼, 프로비셔 대령은 챈들러 제독이 왜 자기 아들을 해군에서 나오라고 한다고 생각하던가요?"

"그분도 깜짝 놀라시던걸요. 전혀 영문을 모르시겠다는 표정이었어요. 그러니까 아무도 그 이유를 모르는 셈이에요."

"휴 챈들러 자신조차도 모른다는 말입니까?"

다이애나는 그 말에 즉각 대답하지 않았다. 포와로는 잠시 기다리다가 말을 계속했다.

"처음에야 그도 몹시 놀랐겠지요. 하지만 지금은? 그가 아무 말도 하지 않던가요, 전혀 아무 말도?"

다이애나가 마지못해 중얼거렸다.

"그가 말하기는(약 1주일 전일인데요), 자기 아버지가 옳았다더군요. 그냥 그 말 뿐이었어요."

"그에게 그 이유를 물어봤습니까?"

"물론이죠, 하지만 통 얘기를 하려고 하지 않아요."

에르큘 포와로는 잠시 생각에 잠겼다. 이윽고 그가 입을 열었다.

"아가씨 쪽에서 무슨 생각나는 일은 없습니까? 그러니까 약 1년 전에 말이오. 혹시 짐작되는 일이나 그 당시 떠돌아다니던 소문 같은 거라도 있다면……."

그녀가 발끈해서 말했다.

"무슨 말씀을 하시는지 전혀 모르겠군요!"

포와로가 조용하면서도 위엄있는 목소리로 말했다.

"아무거나 생각나는 대로 얘기해봐요."

"말할 게 있어야죠. 선생님한테 얘기할 만한 그런 건 없어요."

"그게 뭔데요?"

"선생님은 성질도 참 고약하시네요! 농장에서는 가끔씩 끔찍한 일이 생겨요.

복수를 하는 건지, 아니면 머리가 돌아버린 사람이 한 미친 짓인지는 잘 모르겠지만."

"무슨 일인데요?"

그녀가 마지못해서 말했다.

"양들 때문에 온통 난리가 났었어요. 머리가 모두 잘린 채로 발견되었거든요. 오! 생각만 해도 끔찍해요! 모두 한 농부의 양들이었는데, 성격이 몹시 못된 사람이었어요. 그래서 경찰들은 그 사람한테 원한을 가진 사람의 소행이 아닐까 추측했었죠."

"범인을 못 잡았소?"

"예." 갑자기 그녀가 격렬한 어조로 덧붙였다.

"만약 선생님 생각이……."

포와로는 손을 들어 올려 그녀의 말을 가로막았다.

"내 생각이 어떤지는 아가씨가 짐작도 할 수 없소. 그러니까 아가씨의 약혼자가 의사의 진찰을 받았는지만 말해봐요."

"아뇨, 분명히 그러지 않았을 거예요."

"그렇다면 맨 먼저 그것부터 해봐야 하는 일 아니오?"

다이애나가 느릿느릿 말했다.

"그가 그러려고 하지 않는걸요. 그는, 의사들을 몹시 싫어해서요."

"그럼, 그의 아버지는?"

"제가 보기에는 제독도 그렇게 의사들을 믿는 것 같지가 않아요. 뭐, 돈이나 밝히는 장사꾼들이라나요."

"제독의 건강은 어떠십니까? 건강한가요?"

다이애나가 낮게 말했다.

"그분은 갑자기 늙어버리셨어요. 최근에……."

"작년?"

"예, 너무 쇠약해서, 마치 유령 같은 느낌이 들 정도예요."

포와로는 생각에 잠긴 표정으로 고개를 끄덕였다. 이윽고 그가 말했다.

"그는 자기 아들의 약혼을 찬성했습니까?"

"오, 그럼요. 우리 집과 그 댁은 가까운 이웃 간이었거든요. 우리 집은 거기서 대대로 살아왔답니다. 휴와 제가 약혼했을 때 그분이 얼마나 기뻐하셨는지 몰라요."

"그럼, 지금은요? 두 사람이 파혼했다는 말을 듣고서는 뭐라던가요?"

아가씨의 목소리가 약간 떨렸다.

"어제 아침에 그분을 만났어요. 그런데 모습이 아주 형편없으시더군요. 그분은 제 손을 두 손으로 꼭 잡고 이렇게 말씀하셨어요. '아가, 너한테는 모진 일일 게다. 하지만 그 애가 잘한 거야. 그 애로서는 그럴 수밖에 없어.'라고요."

"그래서 나를 찾아온 거군요?" 에르퀼 포와로가 말했다.

그녀가 고개를 끄덕였다. 그리고 물었다.

"절 도와주실 수 있으세요?"

에르퀼 포와로가 대답했다.

"모르겠소, 하지만 직접 내려가서 조사나 한번 해보기로 하지요."

2

그 무엇보다도 에르퀼 포와로에게 인상이 깊었던 것은 다름 아닌 휴 챈들러의 멋진 체격이었다. 큰 키에 근사하게 균형잡힌 몸매, 우람한 가슴과 어깨, 황갈색 머리카락. 어느 모로 보나 남자다운 힘과 젊음이 물씬 풍기는 젊은이였다.

그들이 다이애나의 집에 도착한 즉시 그녀는 챈들러 제독에게 전화를 걸었고, 그들은 곧바로 리드 메이너로 향했다. 그곳에서 세 남자가 기다란 테라스에서 차를 마시며 그들을 기다리고 있었다. 나이보다 훨씬 늙어보이는 챈들러 제독은 백발에, 생각에 잠긴 검은 눈, 그리고 마치 무거운 짐을 둘러멘 듯한 사람처럼 구부정한 어깨를 하고 있었다. 그에 비하면 그의 친구 프로비셔 대령은 관자놀이에서부터 희끗희끗해지기 시작하는 불그스레한 머리카락, 깡마르고 탄탄해 보이는 조그만 체구의 남자였다. 침착하지 못하고 성질이 급하면서도 활기가 넘치는 테리어(민첩하고 영리한 개의 품종) 같은 조그만 남자였다.

그러나 그의 눈초리만은 조금도 빈틈이 없어 보였다. 그는 오만상을 찌푸리며 머리를 낮추었다가는 갑자기 앞으로 쑥 내미는 버릇이 있었는데 그러면서도 그 교활해 보이는 조그만 눈은 사람을 예리하게 주시했다. 그리고 세 번째 남자가 바로 휴였다.

"멋있는 청년이지요, 안 그렇소?" 프로비셔 대령이 말했다.

그는 포와로가 청년을 관심 있게 지켜보는 것을 눈치 채고서 목소리를 낮춰 속삭였다.

에르퀼 포와로는 고개를 끄덕였다. 그와 프로비셔가 함께 나란히 앉았고 나머지 세 사람은 그들과는 조금 떨어진 쪽에 앉아 활발하게 이야기들을 나누고 있었지만 어딘가 모르게 약간 부자연스러워 보였다.

포와로가 나지막하게 말했다.

"예, 정말 당당하게 생겼어요. 당당해. 저 젊은이는 기운찬 황소 같아 보여요. 예, 바다의 신에게 제물로 바쳤던 황소 같다고 해도 과언이 아닐 것 같은데요. 건강한 남성미가 뚝뚝 넘쳐흐르는군요."

"아주 건강해 보이지요?"

프로비셔는 한숨을 쉬었다. 그의 예리한 조그만 눈이 생각에 잠겨 있는 에르퀼 포와로를 흘긋 훔쳐보았다. 이윽고 그가 말했다.

"난 당신이 누군지 알아요."

"아, 그거야 비밀스런 얘기가 못 되죠!"

포와로는 품위 있게 손을 내저었다. 그 제스처는 그가 신분을 숨기고 다니는 것이 아니라 당당하게 본명을 쓰고 다닌다는 것을 말이 아닌 행동으로 보여주려는 것 같았다.

잠시 뒤 프로비셔가 물었다.

"저 애가 당신을 오라고 했지요? 이번 일 때문에 말이오"

"일이라면……?"

"휴 청년의 일이죠. 예, 당신이 그 문제에 대해 아는 줄 알아요. 하지만 그애가 왜 당신을 찾아갔는지 그 이유를 알 수 없구먼. 이런 종류의 일은 당신의 전문분야가 아닐 텐데, 차라리 의사를 찾아갔다면 또 몰라도"

"내 전문분야의 일이 따로 있는 게 아닙니다만. 당신이 놀라는 것도 무리는 아니지요."

"내 말뜻은 그 애가 당신한테서 뭘 기대했는지 모르겠다는 거요."

"메이블리 양은……, 투사입니다." 포와로가 말했다.

프로비셔 대령도 동의한다는 듯 고개를 끄덕였다.

"그렇소, 그 애는 정말 투사라오. 좋은 아가씨입니다. 아마 포기하지 않을 겁니다. 그렇긴 하지만 아무리 당신이라도 싸울 수 없는 게 있는 법인데……."

그는 얼굴이 갑자기 늙고 지쳐 보였다.

포와로는 아까보다도 더 목소리를 낮추었다. 그리고 조심스럽게 말했다.

"저 가족 중에 정신이상자가 있다면서요?"

프로비셔는 고개를 끄덕였다. 그러고 나서 나지막하게 말했다.

"지금까지는 한 세대나 두 세대를 건너뛰면서 돌발적으로 나타나곤 했죠. 가장 최근에 발병했던 사람은 바로 휴의 할아버지였소."

포와로는 다른 세 사람이 앉아 있는 쪽을 흘긋 쳐다보았다. 다이애나는 웃기도 하고 휴를 놀리기도 하면서 대화를 완전히 주도하고 있었다. 겉으로 보기에 그 세 사람은 세상 걱정이라고는 전혀 없는 사람들 같았다.

"정신이상이 된 사람들은 어떤 증세를 나타냈습니까?"

"그의 할아버지도 결국에는 사람들이 손을 못 댈 정도로 난폭해졌죠. 그 사람도 서른 살까지는 별 탈 없이 잘 살았다오. 아주 정상적인 사람으로 말이오. 그가 조금씩 이상해지면서 온 동네 사람들도 곧 그 사실을 알게 되었지요. 그러니 온갖 소문이 떠돌 수밖에요. 참, 말도 많았지요. 하여튼 그 소문이 안 나게 하려고 식구들이 얼마나 애를 썼는지 몰라요. 하지만, 글쎄……."

그는 어깨를 추어올렸다.

"결국에는 그가 완전히 미쳐버렸지 뭐겠소. 사람들을 죽인 거요! 그래서 정신과 의사의 감정을 받아야 했지!"

그는 잠시 말을 멈추었다가 곧 덧붙였다.

"그는 아주 늙어서 죽었다더군요. 물론 휴가 두려워하는 것도 바로 그 점이오. 그가 의사를 찾아가고 싶어 하지 않는 이유도 바로 그거고. 즉, 그는 자신이 오랜 세월동안 정신병원에 갇혀 살아가게 될까 봐 두려워하는 거요. 그러니 내가 그를 나무랄 수도 없지요. 나 역시 똑같은 생각이니까."

"그러면 챈들러 제독은 어떻게 생각하십니까?"

"그 사람이 받은 마음의 상처야 이루 다 말할 수가 없지요."

프로비셔가 간단하게 말했다.

"자기 아들을 사랑하나요?"

"그 애를 얼마나 애지중지하며 키웠는데요. 아시겠지만 저 애의 어머니는 저 애가 겨우 열 살 때 뱃놀이하러 갔다가 배가 뒤집히는 바람에 그만 세상을 떠났어요. 그때부터 저 친구는 재혼도 하지 않고 혼자서 저 애만 돌보며 살았지요."

"부인을 몹시 사랑했나 보군요."

"사랑했다기보다 숭배했다는 편이 더 맞을 거요. 하긴 모든 사람들이 그녀를 숭배했지요. 그녀는, 이 세상에서 그렇게 아름다운 여인은 또 없을 거요."

그는 잠시 말을 멈추었다가 갑자기 입술을 실룩거리며 말했다.

"그녀의 초상화를 보시겠소?"

"정말 한번 봤으면 좋겠군요."

프로비셔는 의자를 뒤로 밀어내고서 일어났다. 그리고 큰소리로 말했다.

"포와로 씨에게 그림 좀 구경시켜 드리겠네, 찰스. 미술에 상당히 안목이 있으신 분이거든."

제독은 애매하게 손을 들어 올려 보였다. 포와로는 쿵쿵거리며 테라스를 따라 걷는 프로비셔의 뒤를 따라갔다. 순간 쾌활한 척 떠들던 다이애나의 얼굴이 그 가면을 벗어버리고 고뇌에 가득한 표정이 되었다. 그러자 휴도 머리를 들고서 검은 콧수염을 커다랗게 기른 조그만 남자를 유심히 지켜보았다.

포와로는 프로비셔를 따라 집 안으로 들어갔다. 밝은 햇빛 속에 있다가 갑자기 어둑한 실내로 들어갔기 때문에 처음에는 전혀 물체를 분간할 수가 없었다. 그러나 어둠에 어느 정도 눈이 익자 그는 집 안이 상당히 고풍스럽고 아름다운 물건들로 장식되어 있다는 것을 알았다.

프로비셔 대령은 그를 화랑으로 안내했다. 벽난로로 장식한 벽에는 지금은

이 세상에 없는 챈들러 가 조상의 초상화가 죽 걸려 있었다. 대부분 엄숙하거나 명랑한 표정을 짓고 있었는데 남자들은 예복이나 해군 제복, 그리고 여자들은 진주 목걸이에 공단 옷차림이었다. 드디어 프로비셔 대령이 화랑 맨 끝에 있는 초상화 앞에 멈춰 섰다.

"오픈 작품이죠." 그가 무뚝뚝하게 말했다.

그들은 그 자리에 서서 그레이하운드(몸이 길고 날쌘 사냥개의 일종)의 목에 손을 올려놓은 채 앉아 있는 키가 큰 여자의 초상화를 올려다보았다. 적갈색의 머리카락과 생기발랄해 보이는 표정을 한 미인이었다.

"그 애는 자기 어머니의 이미지를 많이 닮았어요." 프로비셔가 말했다.

"그런 것 같지 않소?"

"어떤 면에선 그렇군요."

"물론 그녀의 부드러움이나 여성스러움은 닮지 않았지요. 그 앤 남성미가 철철 넘쳐흐르니까. 하지만 본질적인 면에서 본다면……."

그는 갑자기 말을 끊었다.

"그 애가 이어받지 않았으면 좋을 그런 챈들러 가의 피를 이어받아 정말 안됐어……."

그들은 침묵을 지켰다. 방 안에는 우울한 분위기가 감돌았다. 마치 고인이 된 챈들러 가 사람들이 대대로 그들의 핏속에 흐르는 광기와 그 때문에 비참한 운명에 처하게 됨을 슬퍼하기라도 하는 것처럼…….

에르퀼 포와로는 고개를 돌려 조지 프로비셔를 쳐다보았다. 그는 벽에 걸린 아름다운 여인의 초상화를 황홀한 듯이 쳐다보고 있었다.

이윽고 포와로가 부드럽게 말했다.

"그녀를 잘 아시나 봐요……?"

프로비셔가 입을 실룩이며 말했다.

"우린 소꿉친구였소. 그녀가 열여섯 살 때 난 인도에 중위로 파견되었죠. 내가 돌아왔을 때는, 그녀가 이미 찰스 챈들러와 결혼한 뒤였소."

"원래 그 사람도 잘 알고 있었습니까?"

"찰스도 내 소꿉친구라오. 아주 친한 친구죠. 옛날부터 말이오."

"두 사람이 결혼한 뒤에도 그들과 자주 만났습니까?"

"틈이 나기만 하면 여기 와서 지냈죠. 그래서 이곳은 내게 제2의 고향이나 다름없소. 찰스와 캐롤라인은 여기에 항상 내 방을 마련해 두고, 내가 언제 오든지 지내는 데 불편이 없도록 해주었소."

그는 어깨를 펴더니 갑자기 싸움이라도 걸 것처럼 머리를 앞으로 쑥 내밀었다.

"내가 지금 여기 있는 이유도 바로 그거요. 언제 날 필요로 할지 몰라서 말이오. 찰스가 날 필요로 하는 한, 난 여기 있을 거요."

다시금 비애의 그림자가 그의 얼굴에 드리워졌다.

"그럼, 어떻게 생각하십니까, 이 모든 일에 대해서?" 포와로가 물었다.

프로비셔는 눈살을 찌푸리며 그대로 서 있었다.

"'말(言)은 적을수록 좋다'는 속담이 있지요. 솔직히 말해, 포와로 씨, 난 당신이 뭘 할 수 있을는지 잘 모르겠소. 다이애나가 왜 당신을 끌어들여 여기까지 내려오게 했는지 도무지 그 이유를 모르겠단 말이오."

"다이애나 메이벌리와 휴 챈들러가 파혼한 사실은 물론 아시겠지요?"

"예, 그건 나도 알아요."

"그럼, 그 이유에 대해서도 아십니까?"

프로비셔는 딱딱하게 대답했다.

"거기에 대해선 나도 아는 바가 없소. 그런 일은 젊은 사람들이 알아서 해결하는 거지 내가 간섭할만한 게 못 되니까."

포와로가 말했다.

"다이애나의 말로는 챈들러가 결혼할 수 없다고 했다던데요. 자기가 곧 미치게 될 거라면서 말입니다."

그는 프로비셔의 이마에 구슬 같은 땀방울이 송송 솟아 있는 것을 보았다.

"우리가 꼭 그 지랄 맞은 일에 대해서 얘기해야 하겠소? 도대체 당신이 뭘 할 수 있다는 겁니까? 휴로서는 그럴 수밖에 없지요. 물론 그건 그의 잘못이 아니라 유전 형질, 염색체 즉, 뇌세포의 이상 때문입니다. 하지만 일단 그가 그런 사실을 안 이상에는 파혼할 수밖에 없지 않겠소? 또 그러는 게 사람의 도리이기도 하고요."

"내가 그게 사실이라는 것을 확신만 할 수 있다면야⋯⋯."

"방금 내가 다 얘기했잖소."

"아주 하찮은 얘기들만 하셨지요."

"분명히 말하지만 난 그것에 대해서는 얘기하고 싶지 않소."

"챈들러 제독은 왜 자기 아들을 해군에서 나오게 했습니까?"

"그 길밖에 없었기 때문이오."

"왜요?"

프로비셔는 완강하게 고개를 저었다.

포와로가 부드러운 목소리로 나지막하게 말했다.

"양이 살해된 일과 무슨 관계라도 있습니까?"

그러자 상대방이 화를 벌컥 내며 말했다.

"그 얘기에 대해서 들었소?"

"다이애나 양이 얘기해주더군요."

"그런 일을 다 떠들어대고 다니다니 참 한심하군. 가만히나 있지."

"그녀는 그 얘기를 별로 중요하게 생각지 않던데요."

"그 앤 몰라요."

"뭘 모른다는 거지요?"

싫다는 기색을 노골적으로 드러내 보이며 프로비셔가 입을 실룩이면서 화난 음성으로 말했다.

"거 참, 당신이 꼭 그걸 알고 싶다면, 내 얘기하리다. 챈들러가 그날 밤 소리를 들었는데 누가 집 안에 들어오는 것 같더라는군요. 그래서 밖에 나가 살펴봤더니 그 애의 방에 불이 켜져 있더랍니다. 챈들러가 그 애의 방에 들어가보니 휴가 침대에서 잠들어 있는데, 죽은 듯이 잠들어 있더래요. 글쎄, 옷을 입고서 말이오. 그런데 그 옷에 피가 묻어 있더라지 뭐겠소. 그리고 방 안에 있는 세면대에도 피가 가득 고여 있고 말이오. 그 애의 아버지는 차마 그를 깨울 수 없었답니다. 그 다음 날 아침에 양들이 목이 잘린 채로 발견되었다는 소식을 듣고 휴를 다그쳐 물었다고 합디다. 하지만 그 애는 전혀 모른다는 얘기였소. 자기가 밖으로 나간 것도 전혀 기억이 없다는 거요. 그의 신발이 온통 진흙투성이가 된 채 옆문에 버려져 있었는데도 말이오. 세면대의 피도 전혀 모른다는 얘기고, 아무튼 자기는 전혀 모르는 일이라는 거였소.

가엾게도 자기가 한 일을 자기도 모른다는 것, 그게 뭘 뜻하는지는 잘 아실 거요. 찰스가 나를 찾아와서 그 모든 얘기를 다 합디다. 그래서 우린 의논을 했죠. 어떻게 하는 게 가장 좋을까? 그런데 사흘 뒤에, 똑같은 일이 다시 발생한 거요. 그 뒤는, 말 안 해도 잘 아실 거요. 그 애는 해군에서 나왔지요. 그 애가 찰스의 눈앞에 있어야 지켜볼 수가 있으니까 말이오. 해군에서 사고라도 치는 날이면 정말 큰일 아니겠소? 그래서 그것밖에 달리 도리가 없었어요."

"그러고 나서는요?" 포와로가 물었다.

프로비셔가 사납게 말했다.

"더 이상 질문에는 대답하지 않겠소. 휴 자신도 그게 최선의 길이라는 것을 알고 있다고 생각지 않으시오?"

에르큘 포와로는 아무 대답도 하지 않았다. 그는 항상 에르큘 포와로보다 더 잘 아는 사람이 있다는 것을 인정하기 싫어했다.

3

그들이 홀로 들어가다 때마침 걸어오던 챈들러 제독과 마주쳤다. 그는 바깥의 환한 빛을 배경으로 검은 윤곽만 보이며 그 자리에 우뚝 섰다.

그는 퉁명스러운 목소리로 나지막하게 말했다.

"오, 두 분 다 여기 계셨군. 포와로 씨, 얘기 좀 하고 싶은데요. 내 서재로 가시죠."

프로비셔는 열려 있는 문을 통해 밖으로 나가버렸고, 포와로는 제독의 뒤를 따라갔다. 그는 마치 자기가 무슨 잘못이라도 저질러서 해군 장교에게 소환되어 가는 것 같은 느낌이었다.

제독이 포와로에게 앉으라고 커다란 안락의자를 가리켰다. 그리고 자신도 그 맞은편에 앉았다. 프로비셔와 함께 있을 동안 포와로는 그에게서 불안정하고 신경질적이며 안절부절못하는, 이른바 극도의 정신적 긴장 증세가 있다는 느낌을 받았었다. 반면 챈들러 제독에게서는 조용하고도 깊은 절망감과 좌절감이 온몸 구석구석에 배어 있다는 느낌을 받았다.

깊은 한숨과 함께 챈들러가 입을 열었다.

"다이애나가 이번 일에 당신을 끌어들인 것에 대해 정말 미안하단 말밖에는 할 말이 없소이다. 가엾은 것……, 그게 그 애한테 얼마나 못할 짓인지는 잘 안다오. 하지만, 글쎄요, 그건 우리 자신의 개인적인 비극일 뿐, 외부인이 나설 문제는 아니라고 봅니다. 또 원하지도 않고요. 포와로 씨, 제 말을 이해하시리라 믿습니다."

"당신의 기분은 충분히 이해할 수 있습니다."

"다이애나, 그 가엾은 애는 그게 믿기지가 않겠지요. 나도 처음엔 그랬으니까. 아마 지금도 믿지 않을 겁니다. 내가 그걸 알지만 않았어도……."

그는 말을 끊었다.

"알다니요, 뭘?"

"핏속에 흐르는 그 더러운 병 말입니다."

"하지만 그 약혼을 승낙하셨잖습니까?"

챈들러 제독의 얼굴이 확 붉어졌다.

"왜 반대를 하지 않았느냐 그 말씀이지요? 하지만 그때는 몰랐지요. 휴는 제 어미를 꼭 빼닮았어요. 챈들러 가문의 사람들을 닮은 구석은 하나도 없거든요. 물론 난 모든 면에서 그 애가 제 어머니를 닮기를 바랐죠. 애기 때부터 지금까지 그 애한테 이상증세가 나타난 적은 한 번도 없었어요. 난 그걸 몰랐었지요. 제기랄, 먼 조상 때부터 대대로 우리 핏속에 광기가 흐르는 줄은 정말 몰랐단 말이오!"

"의사의 진찰도 받지 않았다고요?" 포와로가 부드럽게 말했다.

챈들러가 으르렁거리듯이 말했다.

"암, 절대 안 받을 거야! 여기서 내가 돌봐주는 게 제일 안전한 방법이오. 그 애를 짐승처럼 네 벽 속에다 가둬놓을 순 없소."

"그가 여기선 안전하다고 하셨는데, 그럼, 다른 사람들도 안전한가요?"

"무슨 말을 하려는 거요?"

포와로는 대답하지 않았다. 대신 챈들러 제독의 슬퍼 보이는 검은 눈을 뚫어져라 쳐다보았다.

제독이 씁쓰름하게 말했다.

"'장사에는 각각 전문이 있다.'라는 속담도 있소. 당신은 범인을 찾아내는 것이 전문인 사람 아니오? 포와로 씨, 내 아들은 범인이 아니란 말이외다!"

"아직은."

"'아직은'이라니 그게 무슨 뜻이오?"

"이번 일이 커지게 되면, 그 양들을……."

"양에 대해서 누가 얘기했지요?"

"다이애나 메이벌리 양, 그리고 당신의 친구인 프로비셔 대령."

"조지가 안 해도 될 얘길 쓸데없이 해버렸군."

"그는 당신의 소꿉친구라면서요?"

"참 좋은 친구지." 제독이 퉁명스럽게 말했다.

"그리고 그는, 부인의 소꿉친구이기도 했다면서요?"

챈들러가 미소를 지었다.

"예, 조지가 캐롤라인을 사랑했었나 봐요. 그녀가 아주 어렸을 때 말입니다. 그가 지금까지 결혼하지 않은 것도 다 그 때문이라고 생각합니다. 어떻든 난 행운아였어요. 아니 그렇게 생각했었죠. 내가 그녀를 그에게서 빼앗은 셈이 되긴 했지만, 결국에는 나도 그녀를 잃어버리고 말았습니다."

한숨을 쉬는 그의 어깨가 축 늘어졌다.

포와로가 말했다.

"프로비셔 제독도 함께 있었습니까? 부인이 물에 빠졌을 때 말입니다."

챈들러가 고개를 끄덕였다.

"예, 그 사고가 났을 때 그는 우리와 함께 콘월에 내려와 있었어요. 아내와 난 보트를 타러 함께 밖으로 나갔고, 그날 그는 집에 머물러 있었습니다. 난 그 배가 어떻게 해서 뒤집히게 되었는지 전혀 이해할 수가 없었어요. 갑자기 배에 물이 새어 들어왔던 게 분명해요. 우리가 놀라서 어쩔 줄 모르고 있는데,

갑자기 커다란 파도가 몰려왔어요. 난 어떻게 해서든지 아내의 손을 놓치지 않으려고 기를 썼지만……."

그의 목소리가 심하게 흔들렸다.

"아내의 시체는 이틀 뒤에 떠올랐지요. 그때 우리가 어린 휴를 데리고 가지 않았던 게 정말 다행이었어요! 적어도 그때 생각은 그랬다는 거죠. 하지만 이제 와서는, 차라리 그때 우리가 휴를 데리고 갔다면 더 나을 뻔했다는 생각이 듭니다. 가엾은 녀석, 그때 그냥 함께 죽었더라면 이런 엄청난 일을 당하지 않아도 되었을 텐데……."

다시금 그는 땅이 꺼져라 한숨을 내쉬었다. 암담한 절망감이 가득 찬 한숨이었다.

"포와로 씨, 챈들러 가문에선 우리가 마지막이오. 우리가 죽고 나면 리드에 사는 챈들러 가문의 대는 완전히 끊기게 되는 셈이지요. 그래서 휴가 다이애나와 약혼했을 때 내 소원은, 아니, 이제 와서 얘기해봤자 아무 소용이 없는데. 그들이 결혼하지 않은 것만 해도 얼마나 다행인지 모르오. 내가 할 수 있는 말은 이제 다 했소이다!"

4

에르퀼 포와로는 장미꽃이 피어 있는 정원에 앉아 있었다. 그리고 그 옆에는 휴 챈들러도 앉아 있었다. 다이애나 메이벌리는 방금 자리를 떴다.

젊은이가 자기의 동행 쪽으로 그 단아하면서도 괴로움이 가득한 얼굴을 돌렸다.

"포와로 씨가 그녀를 좀 설득해주셔야 하겠습니다."

그가 잠시 말을 멈추었다가 계속했다.

"아시다시피 다이애나는 투사예요. 그녀는 절대 포기하지 않을 거예요. 당연히 인정해야 할 것을 인정하려 들지 않습니다. 그녀는 죽어도 내가, 정상이라는 거예요."

"젊은이도 정말 자신이, 비정상이라고 확신하는 건가?"

젊은이가 주춤했다.

"아직은 그렇게 완전히 내 머리가 돌아버린 건 아닙니다. 하지만 점점 나빠지고 있지요. 다행스럽게도 다이애나는 잘 몰라요. 그녀는 정상적일 때 제 모습만 봐왔으니까요."

"그럼, 젊은이의 상태가 나빠지게 되면, 어떤 일이 벌어지나?"

휴 챈들러는 한숨을 길게 내쉬었다. 이윽고 그가 말했다.

"첫째는, 꿈을 꾸지요. 그리고 꿈속에서 전 미쳐 있습니다. 예를 들어, 어젯밤만 해도 꿈속에서 전 더 이상 인간이 아니었습니다. 처음에는 난 황소가 되어 있었어요. 미친 황소, 강렬하게 내비치는 햇빛을 온몸에 받으며 이곳저곳을 마구 쏘다니는, 내 입에는 먼지와 피가 잔뜩 묻어 있고, 먼지와 피가……. 그 다음에 전 개가 되었어요. 광견병에 걸려 입에 침이 줄줄 흐르는 개 말입니다. 내가 다가가면 애들은 비명을 지르며 도망을 치고, 사람들은 나를 총으로 쏘려고 했어요. 누군가 나한테 물 한 그릇을 갖다 주었지만 마실 수가 없었어요. 목은 말라 죽겠는데……, 마실 수가 없더라고요."

그는 잠시 말을 멈추었다.

"그리고 잠에서 깼어요. 그런데 진짜 목이 마르더라고요. 난 세면대로 갔습니다. 입술이 바짝 타들어 가는 것 같았어요. 목이 말라 미칠 것 같았습니다. 그러나 포와로 씨, 전 마실 수가 없었어요. 한 모금도 삼킬 수가 없더라고요. 오, 하나님, 난 마실 수가 없었어요."

에르퀼 포와로는 가벼운 탄식소리를 내었다.

휴 챈들러는 계속 이야기를 했다. 그는 무릎 위에서 두 손을 꼭 움켜쥔 채로 얼굴을 앞으로 쑥 내밀고서, 마치 자기 앞으로 다가오는 무엇인가를 보기라도 하는 것처럼 눈을 반쯤 감고 있었다.

"그리고 꿈이 아닌 것도 있어요. 갑자기 잠에서 깨어 눈을 떠보면, 무서운 모습을 한 유령들이 보이는 거예요. 유령들이 무시무시한 눈으로 나를 노려보고 있던 게 한두 번이 아니었어요. 그럴 때면 난 침대에서 벌떡 일어나 밖으로 달려나가 온몸에 힘이 다 빠질 때까지 미친 듯이 날뜁니다. 마치 악마라도 된 것처럼 말이죠!"

"저런, 저런, 쯧쯧!"

에르퀼 포와로가 혀를 찼다. 그것은 부드러우면서도 약간은 비난이 담긴 소리였다.

휴 챈들러가 그에게로 고개를 돌렸다.

"오, 사정이 그러니 의심할 여지가 없지요. 제 핏속에는 우리 조상의 끔찍한 피가 흐르고 있다는 것 말입니다. 아무리 부인하려고 해도 그건 엄연한 현실이죠. 제때에 그걸 발견한 것만 해도 참 다행스러운 일이라고 해야겠지요, 뭐! 다이애나와 결혼하기 전이었으니 망정이지, 만약 우리가 결혼해서 아이라도 생겼으면 어떡할 뻔했겠습니까! 그 애가 그 무서운 유전인자를 갖고 태어나기라도 했다면!"

그는 포와로의 팔을 잡았다.

"그러니까 제발 그녀를 설득시켜 주셔야 합니다. 그녀한테 모든 걸 잊고 새 출발 하라고 얘기 좀 해주십시오. 그녀가 날 단념하기만 하면 곧 좋은 사람이 생기겠죠. 스티브 그레이엄이라는 친구가 있는데, 그녀한테 아주 반해 있어요. 아주 좋은 남자죠. 그녀가 그와 결혼한다면 행복하게 살 겁니다. 또 안전하게요. 전 그녀가, 행복해지기만을 바랄 뿐입니다. 물론 그레이엄은 돈이 많지 않고 그녀의 집안도 역시 가난하지만, 제가 죽어버리면 모든 게 괜찮아질 거예요."

에르퀼은 돌연 그의 말을 가로막았다.

"어째서 젊은이가 죽으면 모든 게 괜찮아질 것이라는 건가?"

휴 챈들러가 미소를 지었다. 그것은 은은하고도 사랑스러운 미소였다.

"우리 어머니 돈이 있거든요. 아시는지 모르겠지만, 우리 어머니는 많은 돈을 상속받았는데, 그 돈을 제게 물려주셨지요. 그런데 전 그 돈을 모두 다이애나에게 물려줄 생각이거든요."

에르퀼 포와로는 의자에다 몸을 기댔다.

"아하!" 이윽고 그가 말했다.

"하지만 젊은이가 아주 오래 살 수도 있잖나?"

휴 챈들러는 머리를 흔들었다. 그는 날카롭게 말했다.

"아니오, 포와로 씨. 전 그렇게 오래 살지 못할 겁니다."

갑자기 그는 몸을 흠칫 떨며 뒤로 물러섰다.

"오, 하나님! 저것 좀 보세요!"

그는 포와로의 어깨너머로 시선을 고정시켰다.

"저기, 당신 옆에 서 있어요. 해골이에요. 뼈들이 이리저리 흔들리면서 날 부르고 있어요. 나보고 어서 오라고 손짓을 하고 있다고요."

동공이 커다랗게 벌어진 그의 눈이 태양을 뚫어져라 쳐다보고 있었다. 그러더니 갑자기 쓰러지기라도 할 것처럼 비틀거렸다.

이윽고 포와로에게로 돌아서면서, 그가 마치 어린애 같은 목소리로 말했다.

"못 보셨죠, 아무것도?"

에르퀼 포와로는 천천히 고개를 끄덕였다.

휴 챈들러가 쉰 목소리로 말했다.

"그렇게 무섭지는 않아요. 저렇게 보이는 건요. 제가 두려워하는 건 바로 피예요! 내 방에 있는 피, 내 옷에 묻어 있는 피……. 우리 집에는 앵무새가 한 마리 있었는데, 어느 날 아침, 잠이 깨고 보니까 그게 목이 잘린 채로 내 방에 있는 게 아니겠어요! 난 피투성이가 된 손으로 면도칼을 쥐고서 침대에 누워 있고 말이죠!"

그는 포와로에게로 더 가까이 몸을 구부렸다.

"가장 최근에도 그런 일이 일어났었어요." 그는 속삭이듯 말했다.

"마을에 있는, 고원지대에서 말이죠. 어린 양들과 콜리(스코틀랜드 원산의 양 지키는 개) 한 마리가 목이 잘린 채로 발견된 겁니다. 아버지가 밤이면 내 방에다 자물쇠를 잠그지만, 때때로, 때때로 아침이면 그 문이 열려 있곤 합니다. 내가 나도 모르는 곳에다 열쇠를 하나 숨겨두고 있나 봐요. 나도 모르겠어요. 그런 짓을 하는 건 진짜 내가 아니라, 누군가 내 맘속에 들어와서는, 나를 조종하여 피를 원하는 미친 괴물로 변하게 하고 물도 마실 수 없게 하는 건지……." 돌연 그가 두 손으로 얼굴을 감쌌다.

잠시 뒤 포와로가 물었다.

"내가 아직도 이해할 수 없는 것은 그런데도 왜 의사를 찾아가지 않느냐 하는 거요."

휴 챈들러는 머리를 흔들었다.

"정말 이해 못 하십니까? 신체적으로 난 튼튼합니다. 황소처럼 튼튼하다고요. 의사를 찾아가면 전 네모난 방에 갇혀 수십 년을 살아가게 될지도 모른단 말입니다! 그렇게 할 수는 없어요! 차라리 빨리 죽어버리는 게 낫지. 그 방법이야 여러 가지가 있지요. 총을 구해 자살하든지, 아니면 사고로 가장해 죽든지……. 다이애나도 이해할 겁니다. 내 스스로 목숨을 끊어버리는 게 낫다는 걸!"

그는 도전적인 눈길로 포와로를 쳐다보았지만, 포와로는 아무 대꾸도 하지 않았다. 대신에 그는 부드러운 목소리로 물었다.

"젊은이는 뭘 먹지?"

휴 챈들러는 머리를 뒤로 젖히고 한바탕 큰소리로 웃었다.

"소화불량 때문에 내가 악몽을 꾼다고 생각하시는 겁니까?"

그러나 포와로는 부드럽게 같은 질문을 되풀이했을 뿐이었다.

"젊은이는 뭘 먹지?"

"누구나 다 먹고 마시는 겁니다."

"특별히 먹는 약 없나? 캡슐로 된 약이나, 아니면 알약?"

"세상에! 절대 아니에요. 약을 먹는다고 해서 제 병이 나을 거라고 생각하세요?"

그가 조롱하는 투로 시의 한 구절을 인용했다.

"그런다고 해서 병든 가슴에 봄이 올꺼냐!"

에르큘 포와로가 냉정하게 말했다.

"내가 한번 고쳐보려는 거네. 이 집에 혹시 눈이 나쁜 사람 있나?"

휴 챈들러가 그를 멍하니 쳐다보았다.

"아버지가 눈이 아주 많이 나쁘시지요. 그래서 상당히 자주 안과의사한테 가시는 편이죠."

"아하!" 포와로는 잠시 생각에 잠겼다. 이윽고 입을 열었다.

"프로비셔 대령이 인도에서 오래 살았다고 했나?"

"예, 인도에서 육군 대령으로 근무하셨습니다. 그래서 인도에 대해서는 무척 정통하신 편이고, 얘기도 많이 하시죠. 그 나라의 고유관습이라든지 전통 같은 것에 대해서 말입니다.”

포와로가 다시 ‘아하!’라고 탄성을 나지막하게 발했다. 다시 그가 말했다.

“턱을 베었나 본데.”

휴가 손을 올려 자기 턱을 만졌다.

“예, 아주 상당히 많이 베었어요. 언젠가 면도를 하고 있는데 아버지가 나를 깜짝 놀라게 했지 뭡니까? 아시다시피 전 요즘 아주 신경이 날카로워져서 있거든요. 그리고 턱과 목에 뾰루지가 나서 면도하기도 아주 힘들어요.”

포와로가 말했다.

“진정시키는 크림을 사용해야 하겠는 걸.”

“오, 안 그래도 사용하고 있어요. 조지 아저씨가 나한테 하나 줬거든요.”

그는 갑자기 웃음 터뜨렸다.

“우리가 마치 미장원에서나 하는 여자 같은 얘기를 하고 있군요. 로션, 진정시키는 크림, 약, 눈병. 그래서 결과적으로 어떻게 됐죠? 그래서 어떤 결론에 도달하셨느냐고요, 포와로 씨?”

포와로가 조용하게 말했다.

“난 다이애나 메이벌리를 위해서 최선을 다하려는 거라네.”

휴의 표정이 순식간에 바뀌었다. 진지한 얼굴로 그가 포와로의 팔에 한 손을 올려놓았다.

“예, 그녀를 위해 최선을 다해 주십시오. 그녀에게 이제 잊어야 한다고 말씀해 주십시오. 아무리 발버둥쳐봤자 아무 소용없는 것이라고 말씀해주세요. 아까 제가 말씀드렸던 얘기를 그녀에게 들려주시고 그리고 오, 제발 내 곁을 떠나라고 말씀해주세요! 지금 나를 위해서 그녀가 할 수 있는 일은 그것밖에 없다고 말이에요. 내 곁을 떠나, 잊어버리라고 말해주세요!”

5

“마드모아젤, 용기가 있습니까? 큰 용기가 필요합니다. 아가씨한테는 그게 필요해요.”

다이애나가 절규하듯이 외쳤다.

"그럼, 그게 사실이에요? 그가 미친 사람이라는 게?"

에르큘 포와로가 말했다.

"마드모아젤, 난 정신과 의사가 아닙니다. 따라서 난 이 사람이 미쳤다든가 정상이라는 말을 할 만한 입장은 못 됩니다."

그녀가 그에게로 바싹 다가섰다.

"챈들러 제독은 휴가 미쳤다고 생각하세요. 프로비셔 대령도 마찬가지고요. 게다가 휴 자신도 자기가 미쳤다고 생각하고 있어요."

포와로는 그녀를 지켜보고 있었다.

"그럼, 아가씨는요?"

"저요? 전 그가 미치지 않았다고 했잖아요. 그래서……."

그녀는 말을 멈췄다.

"그래서 나를 찾아왔다는 거지요?"

"예, 그렇지 않으면 왜 제가 선생님을 찾아갔겠어요?"

"지금까지 내 자신에게 물어보던 말이 바로 그겁니다, 마드모아젤."

에르큘 포와로가 말했다.

"무슨 말씀을 하시는 건지 도통 모르겠군요."

"스티브 그레이엄은 누굽니까?"

그녀는 눈을 크게 떴다.

"스티브 그레이엄? 오, 그 사람은, 아무 상관도 없는 사람이에요."

그녀가 그의 팔을 붙잡았다.

"선생님 마음속에 뭐가 있는 거죠? 도대체 무슨 생각을 하시느냐고요? 선생님은 거기 그렇게 서서, 선생님의 그 거대한 콧수염만 내보이며 햇빛 속에서 눈만 깜박거리기만 할 뿐이지 제게는 아무것도 얘기해주지 않았잖아요. 그러니까 두려워진단 말이에요. 소름이 끼칠 정도로 무섭다고요. 선생님은 왜 저를 두렵게 만드시는 거죠?"

"아마, 내 자신도 두렵기 때문일 거요." 포와로가 말했다.

깊숙한 잿빛 눈이 휘둥그레져서는 그를 뚫어져라 쳐다보았다.

"선생님은 뭘 두려워하시죠?" 그녀는 속삭이듯이 말했다.

에르큘 포와로는 한숨을 내쉬었다. 그것도 땅이 꺼질 것 같은 한숨을 말이다!

"살인을 막기보다는 살인범을 잡는 게 훨씬 쉬운 법이오."

그녀가 큰소리로 외쳤다.

"살인? 그런 단어는 쓰지 마세요. 무서워요."

"나도 쓰고 싶지는 않지만……." 에르큘 포와로가 말했다.

"쓸 수밖에 없소."

그가 돌연 어조를 바꿔 빠르고도 위엄 있는 목소리로 말했다.

"마드모아젤, 오늘 밤은 아가씨와 내가 리드 메이너에서 보내야 할 겁니다. 그러니까 아가씨가 그걸 주선해주어야 하는데, 가능하겠소?"

"전……, 예, 그렇게 하도록 하죠. 하지만 왜?"

"이제 시간이 없기 때문이오. 아까 아가씨는 용기가 있다고 했는데 지금 그걸 증명해봐요. 그건 내가 시키는 대로만 하고 그것에 대해서는 아무런 질문도 하지 말아달란 뜻이었소."

그녀는 말없이 고개를 끄덕여 보이고는 집 안으로 사라졌다.

포와로는 잠시 시간을 둔 다음, 그녀의 뒤를 따라 집 안으로 들어갔다. 그는 서재에서 들려오는 그녀의 목소리와 세 남자의 목소리를 들었다. 그는 넓은 계단을 따라 위로 올라갔다. 위층에는 아무도 없었다.

그는 휴 챈들러의 방을 쉽게 찾았다. 그 방 한구석에는 언제나 뜨거운 물과 찬물이 나오는 세면기가 설치되어 있었다. 그리고 그 위에 달린 유리 선반 위에는 여러 가지 튜브와 항아리, 그리고 병들이 놓여 있었다.

에르큘 포와로는 재빨리 다가가서 능숙한 솜씨로 일을 처리하기 시작했다. 그의 일은 그리 오래 걸리지 않았다. 그가 홀로 다시 내려가자 마침 다이애나가 반항적이고 상기된 얼굴로 서재에서 나오고 있었다.

"잘 됐어요." 그녀가 말했다.

챈들러 제독이 포와로를 서재로 데리고 가서는 문을 닫았다.

"이봐요, 포와로 씨. 난 마음에 들지 않아요."

"뭐가 그렇게 마음에 들지 않으십니까?"

"다이애나가 오늘 밤 여기서 당신과 함께 지내겠다고 고집을 부리고 있소. 난 손님을 푸대접하고 싶지가 않아요."

　"그건 푸대접의 문제가 아닙니다."

　"방금 말한 것처럼 난 손님을 냉대했다는 소릴 듣고 싶지 않아요. 아니, 솔직히 말해서 난 그게 싫소, 포와로 씨. 난, 당신이 뭐라고 하든 간에 그 애와 당신이 여기서 지내는 게 싫단 말이오. 그리고 굳이 그렇게 하려는 이유도 난 이해할 수가 없어요. 그런다고 해서 무슨 좋은 일이라도 생긴 답디까?"

　"시험 삼아 한번 해보는 거죠."

　"무슨 시험이요?"

　"그건 내 일이니까 모른 척해주시면 좋겠는데……."

　"아니, 이봐요, 포와로 씨. 난 당신한테 여기 와달라고 한 사람도 아니거니와……."

　포와로가 그의 말을 가로막았다.

　"나를 믿어 주시오, 챈들러 제독. 난 당신의 입장을 충분히 이해합니다. 내가 여기 온 건 단지 사랑에 빠진 한 아가씨의 고집을 꺾을 수가 없었기 때문이오. 당신은 자신이 확실하다고 생각하는 것을 내게 얘기해줬어요. 또 프로비셔 대령도 그렇고, 휴라는 젊은이도 마찬가지였어요. 그래서 이제는, 내 눈으로 직접 보려는 겁니다."

　"좋아요, 하지만 뭘 본다는 거요? 내 분명히 말해 두지만 볼 건 아무것도 없소! 내가 매일 밤 휴의 방에 자물쇠를 잠그는 것밖에는 말이오. 단지 그것뿐이오."

　"그렇지만, 때로는 아침에 일어나 보면 그 문이 잠겨 있지 않다고 하던데요?"

　"그게 무슨 말이오?"

　"혹시 문을 잠그지 않을 때도 있지 않았습니까?"

　챈들러가 이맛살을 찌푸렸다.

　"문의 자물쇠는 항상 조지가 여는 줄로 알고 있었는데, 그게 무슨 뜻이오?"

　"그 열쇠는 어디에 두십니까? 자물쇠에 그냥 꽂아두십니까?"

"아니오, 집 밖에 있는 궤짝에 올려놓지요. 그리고 아침에 나나 조지, 아니면 위더스라는 집사가 그 속에서 열쇠를 꺼내 문을 열어요. 그렇게 하는 이유는 밤에 휴가 자다가 일어나 돌아다닌다는 얘기를 위더스한테 들었기 때문이오. 단연코 말하지만 그는 더 많은 것을 알고 있을 겁니다. 하지만 그는 오랜 세월 동안 나와 함께 지냈기 때문에 믿을 만한 사람이지요."

"다른 열쇠가 또 있습니까?"

"내가 아는 바로는 없소."

"누군가 그 열쇠를 하나 더 만들어서 가지고 있을 수는 있지요."

"하지만 누가 그런……."

"아드님은 자기가 자신도 모르는 곳에다 열쇠를 하나 숨겨놓았을지도 모른다고 생각하던데요."

그때 방 한구석에서 프로비셔 대령의 목소리가 들려왔다.

"찰스, 난 싫네. 그 아가씨는……."

챈들러 제독이 재빨리 말했다.

"내 생각과 똑같군. 그 아가씨는 오늘 밤 여기서 지내면 안 돼요. 그러니까 당신 혼자라도 괜찮다면 여기서 하룻밤 자든지."

포와로가 말했다.

"메이벌리 양이 오늘 밤 여기서 자는 걸 왜 그렇게 싫어하십니까?"

프로비셔가 낮은 목소리로 말했다.

"너무 위험하기 때문이오. 만약에……." 그는 말을 끊었다.

"휴와 그 아가씨는 서로 사랑하는데……." 포와로가 말했다.

챈들러가 외쳤다.

"그게 바로 그 이유란 말이오! 제기랄, 이봐요. 미친 사람은 이것저것을 가리지 않는다는 말이오. 휴도 그걸 잘 알고 있소. 그러니까 다이애나가 여기서 지내면 안 된다는 거요."

"그 점에 대해서라면……." 포와로가 말했다.

"다이애나 양도 각오를 단단히 해야겠지요."

그는 서재 밖으로 나갔다.

다이애나가 차 안에 앉아 그를 기다리고 있었다. 그녀가 큰소리로 외쳤다.

"오늘 밤에 필요한 물건을 사러 갔다가 저녁 먹을 시간에 돌아올게요."

차가 한참 달려가는 동안, 포와로는 그녀에게 자신이 제독과 프로비셔 대령하고 함께 막 나누었던 대화를 되풀이해 들려주었다.

그녀는 경멸하듯이 웃었다.

"휴가 나를 해칠지도 모른다고 생각하나 보죠?"

대답 삼아 포와로는 그녀에게 마을에 있는 약국에 좀 들려도 좋겠냐고 물었다. 칫솔을 깜박 잊고 가져오지 않아 좀 사야겠다고 말했던 것이다.

약국은 평화스러운 마을 한가운데 길가에 있었다. 다이애나는 차 안에서 기다렸다. 그런데 어느 순간 에르퀼 포와로가 칫솔을 고르는데 너무 시간이 오래 걸린다는 생각이 그녀의 뇌리에 스쳐 지나갔다.

6

묵직한 엘리자베스 왕조 시대의 오크 재(材) 가구가 딸린 커다란 침실에서 에르퀼 포와로는 앉아서 기다렸다. 기다리는 것밖에는 달리 할 일이 없었던 것이다. 이제 모든 준비는 완료되었다.

호출이 온 것은 새벽이 채 되기 전이었다. 바깥에서 발걸음 소리가 들리기 무섭게 포와로는 손잡이를 돌려 문을 열었다. 복도에는 남자 두 사람이 서 있었다. 나이보다 훨씬 더 늙어보이는 중년의 두 남자가 말이다. 제독은 심각하고도 무서운 얼굴로, 프로비셔 대령은 얼굴을 실룩이며 약간 떨고 있었다.

챈들러가 간단명료하게 말했다.

"포와로 씨, 함께 가시겠소?"

다이애나 메이벌리의 방문 앞에 웬 사람이 아무렇게 누워 있었다. 불빛이 마구 헝클어진 황갈색 머리를 미쳤다. 휴 챈들러가 거기서 코를 골면서 정신 없이 자고 있었다. 그는 화장복을 입고 슬리퍼를 신은 차림이었다. 그의 오른손에 들린 날카롭게 휘어진 나이프가 불빛을 받아 날이 번쩍거렸다. 번쩍거리는 것은 그것뿐만이 아니었다. 여기저기 붉은 반점들이 불빛을 받아 희미하게 보였던 것이다.

에르큘 포와로가 가만히 부르짖었다.

"오, 이런!"

프로비셔가 날카롭게 말했다.

"그녀는 무사해요. 그녀한테는 손을 못 댔어요."

그가 목소리를 높여 외쳤다.

"다이애나! 우리야! 문 좀 열어줘!"

포와로는 제독이 신음 소리를 내며 탄식하는 것을 들었다.

"아이고, 이 불쌍한 자식!"

안에서 손잡이를 돌리는 소리가 들리는 것과 동시에 문이 열리자마자 다이애나가 거기에 서 있었다. 그녀의 얼굴은 백지장처럼 창백했다.

그녀가 더듬거리며 말했다.

"저, 무슨 일이 생겼어요? 누군가가, 안으로 들어오려고 했는데. 그 소리를 들었어요. 문을 더듬고, 손잡이를 돌리다가, 문짝을 마구 할퀴는……. 오! 정말 무서웠어요. 짐승 같은 소리였어요."

"문이 잠겨 있어서 천만다행이었군!" 프로비셔가 날카로운 어조로 말했다.

"포와로 씨가 문을 잠그라고 했어요."

"그를 안으로 데려다 누입시다." 포와로가 말했다.

두 남자가 허리를 구부리고 의식불명인 젊은이를 들어 올렸다.

그들이 다이애나 곁을 지나가자 그녀는 숨을 헉하고 들이쉬었다.

"휴? 저 사람이 휴예요? 저건 뭐죠, 손에 묻어 있는?"

휴 챈들러의 손에는 갈색을 띤 붉은 얼룩이 여기저기 묻어 있었다.

다이애나는 기어들어가는 듯한 목소리로 말했다.

"혹시 저건 피예요?"

포와로는 미심쩍은 표정으로 두 남자를 쳐다보았다.

제독이 고개를 끄덕였다.

"사람이 아니어서 천만다행이야! 고양이야! 아래층 홀에서 고양이가 목이 잘린 채 있는 걸 봤지. 그러고 나서 그 애가 여기로 올라온 게 분명……."

"여기?" 다이애나의 목소리가 공포로 목구멍으로 기어들어가는 듯했다.

"나한테?"

의자 위에 눕혀 놓았던 남자가 몸을 흠칫 떨더니, 뭐라고 중얼거렸다. 사람들이 넋 나간 듯이 그를 지켜보았다. 휴 챈들러가 일어나 앉더니 눈을 껌벅거렸다.

"어!" 그는 어리둥절한 목소리로 말했다.

"무슨 일이 일어났습니까? 내가 왜 여기……."

돌연 그가 말을 멈추었다. 그는 그때까지도 자기 손에 쥐여 있는 나이프를 뚫어져라 쳐다보았다. 그러더니 느리면서도 무거운 음성으로 말했다.

"내가 무슨 짓을 저질렀죠?"

그의 눈이 이 사람 저 사람을 번갈아 쳐다보았다. 그러다가 드디어 그의 시선이 벽 쪽으로 뒷걸음질치는 다이애나한테 가서 머물렀다.

그는 조용하게 말했다.

"내가 다이애나를 죽이려고 했습니까?"

그의 아버지는 머리를 끄덕였다.

휴가 외쳤다.

"무슨 일이 일어났는지 말 좀 해줘요! 어차피 알아야 할 일 아닙니까?"

그들이 마지못해 더듬거리면서 그에게 모든 이야기를 다 해주었다. 그는 참을성 있게 조용히 그 얘기를 들었다.

창 밖에서 태양이 조금씩 떠오르고 있었다. 에르퀼 포와로가 커튼을 옆으로 밀어젖혔다. 그러자 새벽의 밝은 빛이 방 안으로 스며들어 왔다.

휴 챈들러의 표정은 복잡해 보였고 목소리는 딱딱했다.

"알겠어요." 그러더니 자리에서 일어났다.

그는 미소를 지으며 기지개를 켰다. 그리고 아주 자연스러운 목소리로 말했다.

"아름다운 아침이죠? 숲 속에 나가 토끼나 잡을까 봐요."

그는 놀란 눈으로 자기를 쳐다보는 사람들을 뒤로하고 방을 나가버렸다. 그러자 제독이 벌떡 일어나 따라가려 했다. 프로비셔가 그를 잡았다.

"안 돼, 찰스, 안 돼. 그게 최선의 방법이야, 그 애를 위해서는, 가엾은 것!

어느 누구도 어쩔 수가 없단 말일세."

다이애나가 침대에 쓰러져서는 마구 흐느끼기 시작했다.

챈들러 제독이 떨려서 잘 들리지도 않는 목소리로 말했다.

"자네 말이 맞아, 조지, 자네가 옳았어. 그 앤 용기가 있지……."

프로비셔 역시 떨리는 음성으로 말했다.

"그 앤 남자고말고……."

잠시 침묵이 흘렀다. 갑자기 챈들러가 말했다.

"제기랄, 그 지랄 맞은 외국인은 어디 갔지?"

7

총기실에서 휴 챈들러가 선반 위에 놓인 권총을 내려 막 탄알을 재려는 찰나 에르퀼 포와로가 손으로 그의 어깨를 붙잡았다. 에르퀼 포와로가 한 말은 단 한 마디였지만 이상스럽게도 그 말 속에는 거역할 수 없는 힘이 들어 있었다.

"안 돼!"

휴 챈들러가 그를 노려보았다. 그가 무겁고도 화난 음성으로 말했다.

"나한테서 손을 떼세요. 간섭하지 말라고요. '사고가 있을 수도 있다.'라고 내가 말했을 텐데요. 이것만이 내가 탈출할 수 있는 유일한 방법이라고요."

"안 돼." 다시 에르퀼 포와로가 같은 말을 되풀이했다.

"만일 다이애나의 방문이 잠겨 있지 않았다면 내가 다이애나의 목을 잘랐을지도 모른다는 걸 아세요? 다이애나의 목을 말입니다! 그 나이프로……."

"내 생각은 그렇지가 않네. 젊은이는 메이벌리 양을 죽이려 하지 않았거든."

"내가 고양이를 죽였잖아요?"

"천만에, 젊은이는 고양이를 죽이지 않았네. 앵무새도, 양도 모두 젊은이가 죽인 게 아니라네."

휴가 멍하니 그를 쳐다보았다. 그러더니 다그치듯이 물었다.

"당신이 미친 건가요, 아니면 내가 미친 건가요?"

"우리 둘 다 아주 말짱하네." 에르퀼 포와로가 대답했다.

바로 그때 챈들러 제독과 프로비셔 대령이 안으로 들어왔다. 그 뒤를 따라 다이애나도 들어왔다.

휴 챈들러가 당황한 목소리로 들릴 듯 말 듯 말했다.

"이분 말이 내가 미친 게 아니라고……."

에르퀼 포와로가 말했다.

"젊은이가 아주 정상이라는 것을 말할 수 있게 되어 내 얼마나 기쁜지 모르겠네."

휴가 큰소리로 웃었다. 그것은 마치 진짜 미치광이라도 된 듯한 그런 웃음이었다.

"말도 안 되는 소리! 양과 개의 머리를 잘랐는데도 내가 정상이에요? 앵무새를 죽였는데도 정상이라고요? 더구나 오늘 밤 고양이를 죽였는데도?"

"젊은이가 양, 앵무새, 고양이를 죽인 게 절대 아니라고 내 말했잖나."

"그럼, 누구의 짓이란 말인가요?"

"자네를 정신이상자로 몰아버리려는 사람! 사실은 누군가 자네한테 강한 최면제를 몰래 먹여 잠에 곯아떨어지게 해놓고는 피가 얼룩진 나이프나 면도칼을 자네 옆에 갖다 둔 거지. 그것은 또한 피 묻은 손을 자네의 세면대에서 씻은 자의 소행이기도 해."

"하지만, 왜?"

"아까 내가 막았네만, 젊은이로 하여금 스스로 목숨을 끊도록 교묘히 유도하기 위해서라네."

휴의 눈이 휘둥그레졌다.

포와로는 프로비셔 대령에게로 몸을 돌렸다.

"프로비셔 대령은 인도에서 오래 사셨다고 하더군요. 혹시 약을 먹고서 미쳤다는 사람 얘기를 들어본 적이 있습니까?"

프로비셔 대령의 얼굴이 의기양양해졌다.

"직접 내 눈으로 본 적은 한 번도 없지만 그런 얘기는 많이 들었소이다. 가시독말풀의 독을 많이 먹으면 사람이 미친다고 합니다."

"예, 맞습니다. 아무튼 가시독말풀의 독도 기본적으로는 알칼로이드 아트로

핀과 그 성분이 아주 유사합니다. 아트로핀은 벨라도나에서 채취하는 독극물이지요. 벨라도나 조제약은 일반적으로 시판되고 있고, 아트로핀 황산염은 안과 의사들이 눈(目) 치료제로 많이 처방해주고 있어요. 따라서 마음만 먹으면 처방전 하나를 복사하거나 얻어서 여러 약국을 다니며 아무런 의심도 받지 않고 상당한 양의 독을 사 모을 수가 있습니다. 그러고는 그것에서 알칼로이드를 추출해 내어 늘 사용하는, 그러니까 진정제를 면도 크림 속에 살짝 섞어 놓는 겁니다. 그것을 계속해서 사용하게 되면 뾰루지가 생기는데, 뾰루지가 있으니까 면도할 때마다 아플 수밖에요. 따라서 자꾸만 그 크림을 바르게 되고 그렇게 해서 독약이 교묘하게 몸속으로 침투하게 되는 거지요. 독약이 몸속에 많이 들어가게 되면 나타나는 일반적인 증상이 있습니다. 입과 목이 마르고, 뭘 삼키는 게 힘들어지며, 환각, 이중 환상 같은 것을 체험하게 되죠. 사실상 그 모든 증상이 이 젊은이에게 나타난 겁니다."

그는 젊은이에게로 몸을 돌렸다.

"자네의 마음속에 남아 있는 의혹을 말끔히 지우기 위해서, 그건 추측이 아니라 사실이라는 것을 내 증명해주겠네. 자네의 면도 크림 속에서 아트로핀 황산염이 다량 검출되었지. 내가 그걸 조금 떠서 분석해봤다네."

새하얗게 질린 얼굴로 몸을 떨면서 휴가 말했다.

"누가 그런 짓을, 왜?"

에르퀼 포와로가 말했다.

"내가 여기 도착하고 나서부터 줄곧 생각해 왔던 게 바로 그거였다네. 다시 말해 난 살인의 동기를 찾고 있었던 거지. 다이애나 메이벌리는 젊은이가 죽으면 그 재산을 상속받기로 되어 있지만 그녀가 범인일 가능성은 아주 희박하다고 생각했네."

휴 챈들러가 발끈 화를 내며 소리쳤다.

"말도 안 되는 소리 하지도 마세요!"

"그래서 난 다른 각도에서 한번 그 동기를 찾아보기로 했네. 두 남자와 한 여자 사이의 영원한 삼각관계. 프로비셔 대령은 자네 어머니와 사랑하는 사이였지만 결혼한 사람은 챈들러 제독이었네."

챈들러 제독이 절규하듯이 부르짖었다.

"조지? 조지! 난 믿을 수 없어."

휴가 도저히 믿기지 않는다는 듯이 말했다.

"그 증오심의 화살이, 아들한테로 돌려졌단 말인가요?"

"어떤 면에선 그런 셈이라네!" 에르퀼 포와로가 말했다.

프로비셔가 울부짖었다.

"엉터리 거짓말이야! 찰스, 그의 말을 믿지 말게."

챈들러가 뒷걸음치면서 투덜대며 중얼거렸다.

"가시독말풀, 인도. 그래, 맞아. 아무도 독약을 쓴 걸 눈치 채지 못했는데, 어느 누구도 몸속에 미친 피가 흐르고 있다는 걸 눈치 채지 못했는데, 이런……."

"바로 그거요!" 에르퀼 포와로가 불어로 높고 날카롭게 말했다.

"몸속에 미친 피가 흐르고 있다는 말 말이오. 복수심에 불탄, 한 미친 사람이, 많은 미친 사람들이 그러하듯이, 오랫동안 교묘하게 그런 자신의 광기를 숨겨 왔소."

그가 프로비셔 쪽으로 홱 몸을 돌렸다.

"휴가 댁의 아들이라는 사실을 분명히 알고 있었지요? 그런데 왜 그에게 그런 이야기를 하지 않았습니까?"

프로비셔가 침을 꿀꺽 삼키고는 더듬거리며 말했다.

"몰랐소. 정말 그런 줄은……. 언젠가 캐롤라인이 나를 한 번 찾아온 적이 있었는데, 그녀는 무엇인가를 두려워하고 있었소. 그것도 아주 몹시. 그게 무슨 일이었는지는 그녀가 얘기하지 않았기 때문에 그때와 마찬가지로 지금도 난 모릅니다. 하여튼 그녀와 나, 우린 서로에게 열중했소. 그리고 난 즉시 떠났어요. 우린 이성을 찾아야 한다는 걸 잘 알고 있었고, 그러려면 내가 떠날 수밖에 없었던 거요. 글쎄요, 그럴 가능성을 한 번도 생각해보지 않았다면 그건 거짓말이겠지. 하지만 꼭 그렇다고 확신할만한 것도 없었소. 캐롤라인이 한 번도 나한테 휴가 내 아들이라는 낌새를 내비친 적이 없었으니까. 그런데다가 이런, 그 애한테 이런 정신이상 증세까지 있는 이상 의심해볼 여지가 전혀 없다고 생각한 거요."

포와로가 말했다.

"예, 의심해볼 여지가 없고말고요! 젊은이의 고집스러워 보이는 저 얼굴과 아래로 처진 눈썹은 당신을 꼭 빼다 박은 듯이 닮았다는 것을 모르셨습니까? 그리고 버릇까지도 말이오. 그러나 찰스 챈들러는 그걸 알고 있었습니다. 오래전부터. 아마 자기 부인한테서 그 사실을 알아냈겠지요. 이건 내 생각입니다만, 그녀는 자기 남편을 몹시 무서워했습니다. 그건 제독이 그녀한테 정신이상 증세를 보이기 시작했기 때문일 수도 있어요. 그래서 그녀는 당신한테로 달려갔습니다. 그녀가 변함없이 사랑했던 당신한테로 말입니다. 그 사실을 알게 된 찰스 챈들러는 복수할 계획을 세웁니다. 그의 아내는 보트 사고로 죽었어요. 그 보트에 타고 있었던 사람은 그와 그녀, 두 사람뿐이었기 때문에 어떻게 그런 사고가 발생했는지는 오직 그 사람만 알지요.

그다음 그는 복수심에 불타는 증오의 화살을 자기 이름만을 땄을 뿐 자기 아들은 아닌, 저 젊은이에게로 돌립니다. 그래서 당신이 인도에 관한 얘기를 하면서 무심결에 흘린 가시독말풀 이야기를 그는 예사로 듣지 않고, 그 독을 이용해 저 젊은이를 죽일 계획을 세웁니다. 천천히 미치게 하자. 절망감에 자기 스스로 목숨을 끊도록 서서히 유도하자. 이게 그의 계획이었습니다. 따라서 피를 갈망했던 사람은 챈들러 제독이었지, 휴 챈들러가 아니었단 말입니다. 즉, 고원에 있는 양들의 목을 잘라버린 사람은 바로 찰스 챈들러였어요. 하지만 범인이라는 억울한 누명을 뒤집어쓴 사람은 휴였지요! 내가 언제 그를 의심했는지 아십니까? 내가 챈들러 제독한테 아들을 의사한테 보이라고 했더니 그 싫어하는 정도가 지나칠 만큼 심했습니다. 휴 자신이 반대하는 것은 충분히 이해가 됩니다. 하지만 아버지가 반대한다는 것은 말도 안 되지요! 자기 아들의 병을 고칠 수 있는 치료법이 있을 수도 있고, 하여튼 아버지가 된 입장으로서는 의사를 찾아가는 게 백번 마땅하지요. 그렇지 않습니까? 하지만, 그로서는 의사에게 휴 챈들러를 진찰하게 할 수가 없었습니다. 왜냐하면 휴가 정상이라는 사실을 의사가 알게 될 테니까요!"

휴가 착 가라앉은 목소리로 말했다.

"정상……, 내가 정상이라고요?"

그는 다이애나한테로 한 걸음 내디뎠다.

프로비셔가 쉰 목소리로 말했다.

"넌 아주 정상이야. 우리 집안에 미친 사람은 없으니까."

"휴……." 다이애나가 말했다.

챈들러 제독이 휴의 권총을 집어들었다.

"돼먹지 않은 소리 집어치워! 나가서 토끼나 한 마리 잡을 수 있는지 봐야겠는데……."

프로비셔가 앞으로 훌쩍 뛰어나가려 했다.

그러나 에르퀼 포와로가 그를 가로막았다.

"자신의 입으로 말했지요? 조금 아까, 그게 최선의 방법이라고……."

휴와 다이애나는 방에서 나가버렸다.

영국인과 벨기에인 두 사람은 챈들러 가의 마지막 자손이 정원을 지나 숲속으로 들어가는 것을 지켜보았다.

이윽고……, 한 발의 총성이 들렸다.

디오메데스의 말

1

전화벨이 울렸다.

"여보세요, 포와로 씨세요?"

에르퀼 포와로는 목소리의 주인공이 젊은 스타더트 의사라는 것을 즉각 알아차렸다. 그는 마이클 스타더트를 좋아했다. 수줍게 웃는 모습 하며, 범죄에 대한 그의 소박한 관심이 모두 그의 마음에 들었던 것이다. 그뿐 아니라 자신이 선택한 직업에 아주 열심이고 철두철미하다는 점에서는 존경스럽기까지 했다.

"귀찮게 해 드리고 싶지는 않습니다만……."

상대방은 말을 채 잇지도 못하고 끝을 흐렸다.

"하지만 자네를 귀찮게 하는 일이 생겼다는 건가?"

에르퀼 포와로가 대뜸 그 말뜻을 알아채고서 이렇게 되물었다.

"예, 그래요."

마이클 스타더트 박사의 목소리에는 안도감이 깃들어 있었다.

"대번에 알아맞히시다니 정말 대단하신데요!"

"뭐, 그 정도를 가지고 그러나. 그런데 대체 무슨 일인가?"

스타더트는 즉시 대답하기가 어려운 모양이었다.

이윽고 그는 좀 더듬거리며 대답했다.

"이런 늦은 시각에 당신을 오시라고 하면 너무 뻐, 뻐, 뻔뻔한 것 같아서……. 그, 그렇지만 제가 지금 곤란한 상황에 부닥쳐 있거든요."

"물론 가고말고, 자네 집으로 가는 건가?"

"아뇨, 사실 전 지금 큰길 뒤쪽에 있는 뮤스 거리에 와 있어요. 커닝바이 뮤스 17번지. 정말 오시겠습니까? 뭐라고 감사의 말을 드려야 할지 모르겠군요."

"내 즉시 가겠네." 에르퀼 포와로는 대답했다.

에르큘 포와로는 번지수를 살펴보며 어두컴컴한 뮤스 거리를 걷고 있었다. 새벽 1시를 막 지난 시각이어선지 창문에 불빛이 새어 나오는 한두 집을 빼고는 대부분 깊은 잠에 빠져 있는 듯했다. 17번지에 도착해보니 문을 열어놓은 채로 스타더트 의사는 밖을 내다보고 있었다.

"포와로 씨! 올라오시죠." 그가 말했다.

좁은 사다리처럼 생긴 계단이 위층으로 이어져 있었다. 오른쪽으로 상당히 커다란 방이 있었는데 방 안에는 소파와 함께 삼각형 모양의 은빛 쿠션과 많은 컵이며 병들이 어지럽게 놓여 있었다.

그런데 방 안은 온통 엉망이었다. 담배꽁초와 깨진 유리조각들이 이곳저곳에 마구 흐트러져 있었다.

"허!" 에르큘 포와로가 말했다.

"친애하는 왓슨 선생, 여기서 파티가 있었나 보군."

"예, 파티가 있었나 봐요." 스타더트가 웃지도 않고 말했다.

"무슨 파티였는지는 모르지만 말입니다!"

"그럼, 자넨 참석하지 않았단 말인가?"

"예, 전 직업상 여기 온 것뿐입니다."

"무슨 일이 생겼나?"

"이 집은 페이션스 그레이스라는 부인 집입니다. 페이션스 그레이스 부인."

"그 이름 하나 아주 매력적이면서도 고풍스럽군." 포와로가 말했다.

"그레이스 부인한테는 매력이라거나 고풍스러운 구석이 조금도 없습니다. 거칠어 보이는 여자예요. 이미 남편을 두 사람이나 거쳤고, 지금은 자기를 차버릴 것 같다는 남자와 동거하고 있지요. 이 파티를 시작할 때는 술을 마셨다가 나중에는 마약까지 먹었나 봐요. 코카인이 틀림없더군요. 코카인은 사람의 기분을 아주 황홀하게 만들고 온 세상이 다 자기 것 같다는 환상에 사로잡히게 하는 마약이죠. 또 그걸 사용하면 원기가 왕성해지고 평소보다 훨씬 더 힘이 넘치는 것 같은 기분이 듭니다. 만일 과도한 양을 복용하게 되면 정신적인 흥분상태가 폭력적이 되면서 일시적인 정신착란과 피해망상이 뒤따르게 되는 무서운 마약이죠. 그레이스 부인은 호거라는 좋지 못한 남자친구와 대판 싸움이 붙었나 봅니다. 결론을 말씀드리자면 그 남자가 그녀를 버리고 떠나자, 그녀는 창문 밖으로 몸을 내밀고서 어떤 미련한 사람이 그녀에게 준 신형 자동권총의 방아쇠를 그를 향해 잡아당겼습니다."

에르퀼 포와로의 눈썹이 치켜져 올라갔다.

"그가 맞았나?"

"아뇨, 그녀의 실력으로야 어림없죠! 총알이 사방팔방으로 마구 튄 모양이에요. 그 총에 맞은 사람은 뮤스 거리 쓰레기통을 뒤지며 돌아다니는 불쌍한 부랑자였어요. 재수 없게도 그의 팔뚝에 총알이 날아가 박힌 겁니다. 그가 비명을 지른 것은 물론이죠. 그러자 사람들이 이곳으로 그를 둘러메고 와서 피가 너무 흐르니까 대충 지혈만 해놓고서 저를 데리러 왔더군요."

"그래서?"

"당연히 응급처치를 했지요. 다행히도 중상은 아니었습니다. 그리고 한두 사람이 그와 뭐라고 한참 얘기를 하더니 결국은 5파운드짜리 지폐 2장을 받고 더 이상 얘기하지 않기로 합의를 본 모양이에요. 가엾긴 하지만 그 사람한테 되레 잘된 일이었지요. 생각지도 않은 횡재를 한 셈이 되었으니까 말입니다."

"그럼, 자넨?"

"저도 일한 대가는 당연히 받았지요. 그레이스 부인은 그때까지도 미친 듯이 날뛰고 있었습니다. 그래서 제가 그녀에게 주사를 한 대 놓고서 억지로 침대에 끌어다 눕혔지요. 그런데 의식을 잃은 아가씨가 또 하나 있었습니다. 아주 젊은 아가씨였는데, 역시 응급처치를 했지요. 그때쯤엔 그 많던 사람들이 썰물처럼 다 빠져나가 버리고 거의 남아 있는 사람들이 없었습니다."

그는 말을 멈추었다.

"그럼, 상황을 한번 생각해볼 여유가 생겼겠군." 포와로가 말했다.

"예." 스타더트가 말했다.

"단순히 술만 마시고 그 소동을 피웠더라면 일은 그걸로 끝난 거죠. 하지만 마약은 다릅니다."

"마약을 복용한 게 확실한가?"

"오, 그럼요. 그건 틀림없는 코카인입니다. 래커 상자 속에 들어 있는 걸 봤는데요. 아마, 그걸 코로 들이마시나 봅니다. 문제는 그걸 어디서 구했느냐는 겁니다. 얼마 전 저한테 최근에 마약 복용이 유행처럼 번지고 마약중독자의 수가 급증하고 있다고 하셨잖습니까?"

에르큘 포와로는 고개를 끄덕였다.

"경찰이 오늘 밤 이 파티에 대해서 관심이 많겠군."

"제 얘기가 바로 그겁니다." 마이클 스타더트가 침울하게 말했다.

불현듯 포와로는 새로운 관심으로 그를 쳐다보았다.

"하지만 자네……, 자넨 경찰이 관심 있어 하는 게 그리 달갑지 않은 모양이군 그래?"

마이클 스타더트가 웅얼거렸다.

"죄 없는 사람들이 애꿎게 걸려들지도 모르잖아요. 그렇게 되면 너무 안됐으니까."

"그렇다면 자네가 걱정하는 사람이 페이션스 그레이스 부인인가?"

"아이고, 천만에요. 그 여자는 조금도 동정할 여지가 없어요!"

"그럼, 다른 사람이라면, 그 아가씨?"

"물론, 그녀 역시 어느 의미에서는 중독자일지도 모르죠. 하지만 그녀는 너무 어려요. 좀 제멋대로이고 방종한 면도 없지 않아 있죠. 그러나 그건 아직 그녀가 철부지라서 그런 겁니다. 아마 틀림없이 그녀는 그런 게 멋있다거나 현대적이라고 생각해서 이런 유혹에 자기도 모르게 말려든 것일 거예요."

포와로의 입가에 가벼운 미소가 스쳐 지나갔다. 그러고는 부드럽게 말했다.

"그 아가씨를 오늘 밤 이전에도 만난 적이 있나 보군?"

마이클 스타더트가 고개를 끄덕였다. 당황하는 그의 표정이 유난히 어려보였다.

"머턴셔에서 우연히 만났습니다. 헌트 볼에서지요. 그녀의 부친은 은퇴한 장군인데, 살벌하게 총을 쏴대는 장면이 많이 나오는 서부극의 주인공처럼 진짜 신사였지요. 그분에게는 딸이 넷 있었는데 모두 성격이 거친 편이었습니다. 그건 군인이었던 아버지하고만 살았던 탓일 겁니다. 그리고 그들이 살았던 마을 환경이 좋은 편이 못 되었거든요. 부근에 군수공장이 있어서 돈이 쏟아지니까, 전형적인 시골이라는 느낌은 전혀 없는 곳이었죠. 어떡해서든지 돈을 벌려고 아우성치는 사람들이 대부분이었고, 개중에는 아주 나쁜 사람들도 많이 있었지요. 그런 환경 속에서 살게 된 아가씨들은 자연히 그런 나쁜 영향을 받지 않을 수가 없을 겁니다."

에르큘 포와로는 한참 그의 얼굴을 유심히 살펴보았다. 이윽고 그가 말했다.

"자네가 왜 나를 오라고 했는지 그 이유를 생각해봤네. 내가 직접 이 사건에 손대기를 바라는 거지, 그렇지 않나?"

"그렇게 해주시겠어요? 어떤 조치를 해야 한다고 생각은 하지만, 솔직히 고백하자면 전 제 힘이 닿는 한 실라 그랜트를 지켜주고 싶습니다."

"그 문제라면 어떻게 해볼 수도 있을 것 같은데. 하여튼 그 아가씨나 한번 만나보세."

"절 따라 오세요." 그는 방문을 나섰다.

반대쪽 문에서 난리 치는 여자의 목소리가 들려왔다.

"의사 선생, 제발. 의사 선생, 나 미치겠어."

스타더트가 방 안으로 들어갔다. 포와로도 따라 들어갔다. 방 안이 온통 난장판이었다. 화장분은 바닥에 엎질러져 있고, 이곳저곳에 주전자와 병들은 나뒹굴고, 옷은 마구 흐트러져 있었다. 침대 위에는 가발임에 분명한 금발 여자가 멍하고 심술궂은 얼굴로 누워 있었다.

그녀는 고래고래 소리 질렀다.

"내 몸에 벌레들이 기어 다녀……, 벌레가. 정말이야. 나 미치겠어. 제발, 딱 한 대만 놔줘."

스타더트 박사는 침대 옆에 섰다. 그러고는 전문적인 의사답게 환자를 잘 다독거렸다.

에르큘 포와로는 조용히 그 방에서 물러 나왔다. 맞은편에 또 다른 문이 하나 있었다. 그는 그 문을 열었다. 그곳은 조그만 방이었는데, 거의 꾸미지 않아서 스산하기까지 했다. 침대 위에는 가냘프고, 아직 채 소녀티가 가시지 않은 아가씨가 죽은 듯이 누워 있었다.

에르퀼 포와로는 발끝으로 걸어 침대 옆으로 가서 그 아가씨의 얼굴을 내려다보았다.

검은 머리카락, 갸름하고 창백한 얼굴, 그리고 앳된, 너무 어렸다.

아가씨의 눈꺼풀이 바르르 떨리는가 싶더니 눈을 번쩍 떴다. 그를 보고 처음에는 깜짝 놀라더니 곧 무서운 표정이 되었다. 그를 한참 노려보더니 그녀가 몸을 일으켜 앉아 치렁치렁한 남빛 도는 검은 머리카락을 손가락으로 뒤로 빗어 넘겼다. 그녀는 겁먹은 말괄량이 같았는데, 몸을 잔뜩 웅크리고 있었다. 마치 들짐승이 먹이를 주려는 낯선 사람을 잔뜩 경계하는 듯한 모습이었다.

그녀가 말했다. 그 목소리는 앳되고 가냘프면서도 당돌했다.

"도대체 당신은 누구죠?"

"무서워 말아요, 마드모아젤."

"스타더트 박사님은 어디 있어요?"

그 순간 그 젊은이가 방 안으로 들어왔다. 그제야 마음이 놓이는지 그녀가 한결 느긋해진 음성으로 말했다.

"오! 거기 계셨군요! 이분은 누구예요?"

"내 친구요, 실라. 지금 기분은 어떻소?"

아가씨가 말했다.

"끔찍해요. 이가 들끓는 기분이에요…… 내가 왜 그 좋지 못한 것을 들이마시게 되었는지 모르겠어요."

스타더트가 엄한 목소리로 말했다.

"내가 당신이라면 다시는 그런 걸 들이마시지 않을 거요."

"이젠, 안 그럴 거예요."

"누가 그걸 아가씨한테 주었죠?" 에르퀼 포와로가 말했다.

그녀의 눈이 크게 벌어지면서 윗입술이 약간 경련을 일으켰다.

"여기, 파티 때에 나온 거예요. 우리 모두 그걸 코로 들이마셨죠. 그랬더니, 처음에는 몸이 하늘로 붕 뜨는 기분이더라고요."

에르퀼 포와로가 부드럽게 물었다.

"그럼, 그걸 여기 가져온 사람은 누구죠?"

그녀가 머리를 흔들었다.

"전 몰라요……. 아마 토니일지도 모르죠, 토니 호커. 하지만 정말로 전 그 것에 대해서는 아는 게 없어요."

포와로가 부드럽게 말했다.

"코카인을 사용한 건 이번이 처음이오, 마드모아젤?"

그녀는 고개를 끄덕였다.

"그게 처음이자 마지막이 되어야 하오." 스타더트가 퉁명스럽게 말했다.

"예, 저도 그럴 생각이에요. 하지만 그때 기분은 정말 황홀했어요."

"이봐요, 실라 그랜트." 스타더트가 말했다.

"지금 난 의사로서 말하는 거니까 내 말을 잘 들어야 해요. 일단 마약을 상 습적으로 복용하게 되면 그 사람은 상상조차 할 수 없는 비참한 지경에 이르 게 돼요. 파멸밖에 남는 게 없단 말이오. 난 그런 사람을 여럿 보아왔기 때문 에 누구보다도 잘 알아요. 마약은 인간의 육체와 정신을 파멸시킵니다. 술이 그래도 마약에 비하면 훨씬 신사죠. 이 순간부터 당장 그것을 끊어요. 내 말을 명심해요. 그건 결코 재미나는 일이 못 된다는 걸! 만약 오늘 밤 일을 당신 아 버지가 아신다면 뭐라고 하시겠소?"

"아버지?" 실라 그랜트의 목소리가 더욱 높아졌다.

"아버지?" 그녀는 웃기 시작했다.

"아버지 얼굴이 어떨지는 보지 않아도 뻔하죠! 아버지가 오늘 밤 일을 알아 서는 안 돼요. 분명히 노발대발하실 테니까!"

"그거야 당연한 일이지." 스타더트가 말했다.

"의사 선생, 의사 선생……."

건넛방에서 그레이스 부인의 울부짖는 소리가 길게 들려왔다.

스타더트가 한숨을 쉬면서 뭐라고 투덜거리더니 방을 나갔다.

실라 그랜트는 다시 포와로를 한참 쳐다보았다. 그 표정이 몹시 곤혹스러워 보였다.

"당신은 진짜 누구시죠? 파티에는 없었는데."

"그렇소, 난 파티에는 참석하지 않았소. 난 스타더트 의사의 친구요."

"선생님도 의사세요? 의사 같아 보이지는 않는데."

"내 이름은……."

연극의 제1막이 올라가기 전에 앞으로 나와 간단한 인사말을 하는 사회자라도 된 것처럼 포와로는 한껏 점잖을 빼며 입을 열었다.

"내 이름은 에르큘 포와로요."

그의 기대에 어긋나지 않게 그 말은 확실히 효과가 있었다. 때때로 자신의 이름을 한 번도 들어보지 못했다는 무지한 젊은이들을 만날 때가 있는데, 그 때마다 포와로는 무척 슬펐던 게 사실이었다.

그러나 실라 그랜트는 그의 명성을 익히 들어 알고 있음이 분명했다. 그의 이름을 듣고서는 당황해 어쩔 줄 몰라 했기 때문이었다. 아니, 놀라서 말이 안 나오는지, 그저 그의 얼굴을 빤히 쳐다보기만 할 뿐이었다.

3

그 말의 진의야 어떻든 간에 '누구나 토케이에는 고모 한 사람쯤은 있다.'라는 옛말이 있다. 그와 똑같은 의미로 '머턴셔에는 아무리 없어도 누구나 친척하나 정도는 있다.'라는 말이 있다. 머턴셔는 런던에서 그리 멀리 떨어지지 않은 곳에 있으면서도 수렵, 사격, 낚시를 동시에 즐길 수 있는 마을이었다.

또 철도시설이 잘되어 있는데다가 고속도로가 새로 생겨서 주요 도시들을 왕래하는데 조금도 불편이 없었다. 그래서인지 이웃의 다른 섬에 비해 많은 인구가 사는 편이었다. 그 결과 머턴셔에서 살아가려면 수입이 4자리 수 이상 되거나 아니면 소득세와 기타 수입을 합한 금액이 최소한 5자리 수는 되어야 했다.

다른 나라에서 온 에르큘 포와로에게 그 마을에 사는 친척이 있을 리 없지만, 교제범위가 상당히 넓은 그로서는 그쪽으로 자신을 초대해줄 만한 사람을 찾기가 별로 어려운 일은 아니었다. 그중에서 자기를 초대해줄 여주인으로 이

윗사람들 이야기를 하는 게 큰 낙인 한 귀여운 숙녀를 택했다. 그녀의 유일한 결점 덕분에 포와로는 그가 관심을 둔 사람들에 대한 얘기가 나올 때까지, 그녀의 입에서 술술 쏟아져 나오는 수많은 사람들에 대한 이야기를 그저 고개를 끄덕이며 듣고 있기만 하면 되었다.

"그랜트 가? 오, 예, 자식이 넷인데 모두 딸이죠. 가엾은 장군이 그 딸들을 휘어잡지 못하는 것도 무리는 아니에요. 남자가 딸만 넷을 데리고 뭘 할 수 있겠어요?"

카마이클 부인은 웅변이라도 하는 것처럼 양손을 번쩍 올렸다.

"정말 뭘 하겠습니까?" 포와로가 말했다.

그러자 숙녀가 말을 계속했다.

"군대에 있을 때는 자기가 이만저만 엄격한 사람이 아니었다고 하더군요. 하지만 딸들한테는 그도 두 손 두 발 다 들었대요. 내가 젊었을 때는 그렇지가 않았는데. 내가 기억하기로는 늙은 샌디스 대령도 굉장히 엄격한 사람이었는데 그 딸들은 그만……"

그녀는 샌디스 대령의 딸들과 카마이클 부인이 젊었을 때 친구 얘기를 한참 지루하게 늘어놓았다.

"물론 그렇다고 해서……"

카마이클 부인이 처음의 주제로 되돌아오면서 말했다.

"그 딸들이 정말 나쁘다는 얘기는 아니에요. 한창 커가는 시기에는, 좋은 환경 속에서 자라야 하는데, 여긴 그렇지가 못한 편이거든요. 아주 이상야릇한 사람들이 여기로 오는 바람에 이젠 군(郡)이라고 할 수도 없어요. 지금은 모두 돈, 돈, 돈이에요. 그리고 그 끔찍한 얘기 들으셨죠? 누가 얘기해줬어요? 앤터니 호커? 아, 예, 난 그 사람을 잘 알죠. 그 청년은 내가 싫어하는 전형적인 타입이에요. 하지만 정말 돈은 많은가 보더라고요. 여기 여우 사냥하러 내려와서는 파티를 많이 여는데, 말도 못하게 호화로운 파티라더군요. 그런데 수상쩍은 파티를 열기도 한다는 말이 좀 있어요. 물론 내가 그 말을 들은 대로 다 믿는 건 아니에요. 사람들이란 게 심보가 좀 고약해서 제일 나쁜 쪽으로만 생각하려는 경향이 있거든요. 뭐, 알코올 중독자라거나 마약 상습 복용자 같다는 등의 험담 말이에요. 얼마 전에 누가 나한테 어린 아가씨들이 타고난 술꾼이라고 했는데, 난 정말 그런 식으로 말하는 건 좋지 못하다고 생각해요.

또 누가 행동이 조금 이상하거나 애매해도 사람들은 무조건 '마약중독자'라고 몰아붙이는데, 그것도 공평치 못한 처사라고요. 사람들 말로는 라킨 부인이 마약중독자라고 하더군요. 하지만 내가 보기엔 멍해서 그렇지, 뭐 그런 것 같지는 않더라고요. 물론 난 그 여자를 좋아하지는 않아요. 그 여자는 앤터니 호커와 보통 사이가 아닌데, 바로 그런 이유로 그 여자가 그랜트 장군의 딸들을 그렇게 욕을 하며 돌아다닌다니까요. 뭐, 남자를 잡아먹는 식인종이라나요? 아마 그들을 따라다니는 남자들이 많은 모양인데, 하지만 그렇다고 해서 문제될 게 뭐가 있겠어요? 사실 따지고 보면 아주 당연한 일인데. 그 딸들은 하나같이 인물들이 좋거든요."

포와로가 불쑥 질문을 하나 던졌다.

"라킨 부인? 이봐요, 그녀가 누군지 나한테 물어봐야 아무 소용이 없잖아요? 요즘 같은 시대에 별로 친하지도 않은 그 여자의 속까지 알 수가 있나요? 사람들 말로는 그 여자가 아주 부자고 승마를 즐긴다고 합디다. 본래 그 남편은 도회지에서 상당한 자산가였는데 죽었다더군요. 이혼한 게 아니고요. 그 여자는 이곳에서 그렇게 오래 살지 않았어요. 그랜트 장군이 이사 온 다음에 바로 왔으니까 말입니다. 내 생각으로는 항상 그녀가……."

늙은 카마이클 부인이 갑자기 입을 다물었다. 그녀의 입은 벌어져 있었고 눈은 왕방울만 하게 커져 있었다. 갑자기 그녀가 몸을 앞으로 내밀며 들고 있던 재단기로 포와로의 손가락을 찰싹 때렸다. 그가 아파서 몸을 움찔하며 상을 찡그리는 것도 아랑곳하지 않고 그녀는 흥분한 목소리로 외쳤다.

"정말 그렇구나! 그래서 당신이 여기까지 온 거군요! 음흉하고 교활한 사람 같으니라고. 자, 나한테 모든 걸 다 솔직히 얘기해봐요."

"내가 얘기할 게 뭐가 있어야죠."

카마이클 부인이 다시 그의 손가락을 때릴 태세여서 포와로는 재빨리 손을 치웠다.

"얘기하지 않고 못 배기실걸요, 에르퀼 포와로 씨? 지금 당신의 콧수염이 떨리고 있단 말이에요. 물론, 당신이 여기 내려온 건 '범죄' 때문이겠죠. 그래서 그렇게 나를 물고 늘어진 거고요! 그렇다면 살인사건? 최근에 누가 죽었더라? 늙은 루이자 길모어밖에 없는데. 하지만 그녀는 여든다섯 살인데다가 수종까지 걸렸잖아. 그러니까 그녀는 아니겠고, 그럼 레오 스테이버턴? 가엾게도 그 사람은 사냥터에서 목이 부러져 온몸에 깁스하고 누워 있다오. 그러니까 분명히 그 사람도 아냐. 그럼, 살인사건이 아닌가? 아이고, 답답해 미치겠구려! 최근에는 보석 강도 사건이 발생했다는 말도 못 들었고……. 혹시 범인을 추적하는 건 아니에요? 그럼 베릴 라킨? 그 여자가 남편을 독살이라도 했어요? 그러고 보니까 그 여자가 그렇게 멍해 있는 게 양심의 가책 때문이었던가 봐."

"부인, 부인! 너무 비약이 심하십니다." 에르큘 포와로가 큰소리로 말했다.

"무슨 소리! 분명히 무슨 일이 있다니까요, 에르큘 포와로 씨."

"고전 문학에 대해 잘 아십니까, 부인?"

"거기에 고전 문학이 왜 갑자기 나오는 거죠?"

"이번 일과 관계가 있기 때문이죠. 전 위대한 선배 헤라클레스와 같은 모험을 하고 있습니다. 디오메데스의 야생마 길들이기도 헤라클레스의 모험 중 하나지요."

"말을 길들이러 여기 왔다는 얘기는 말도 안 돼요. 그것도 당신 나이에, 게다가 항상 에나멜 가죽구두만 신고 다니면서! 내가 보기에는 말(馬)이라고는 한 번도 타보지 않은 사람 같은데요."

"그 말들은 상징적인 의미가 있는 말들입니다, 부인. 인간의 육체를 먹고 사는 야생마들을 뜻하는 거지요."

"정말 듣기에도 역겹군요. 정말 그 고대 그리스 로마 신화는 내용이 불유쾌해요. 그런데 왜 목사들이 설교하면서 그 신화의 구절들을 인용하기 좋아하는지, 내 참 알 수가 없다니까. 도대체 무슨 의미인지 알지도 못하겠는데다가 그 신화의 주제라는 게 목사들한테는 도저히 맞지 않는 거라고요. 수많은 근친상간, 한결같이 벌거벗은 나체상들(지금 내가 목사들이 어떻다고 하는 건 아니지만), 아가씨들이 어쩌다 스타킹을 신지 않고 교회에 오는 날이면 난리를 치는 사람들이 그런다니까. 그런데 가만있자, 지금 내가 무슨 말을 하는 거죠?"

"잘 모르겠는데요."

"이 너구리 같으니라고, 정말 얘기하지 않을 심산인 것 같은데 그러지 말고 나한테 솔직히 얘기해봐요. 라킨 부인이 자기 남편을 살해한 거예요, 아니면 앤터니 호커가 브링턴 트렁크 살인사건의 범인인 건가요?"

그녀는 간절한 눈길로 포와로를 쳐다보았지만 그의 얼굴에는 아무 표정이 없었다.

"위조지폐일지도 몰라." 카마이클 부인이 생각에 잠겨 중얼거렸다.

"그저께 아침에 은행에 갔더니 라킨 부인이 마침 50파운드짜리 수표를 현금으로 바꾸고 있더라고요. 아닌 게 아니라 현금도 많이 바꿔간다고 조금 수상스럽게 생각하긴 했죠. 오, 아냐. 그건 말도 안 돼. 만약 그녀가 위조지폐를 가지고 있었다면 그 수표를 입금할 리가 없잖아요? 에르퀼 포와로 씨, 정말 그렇게 시치미를 뚝 떼고 앉아서 한마디도 하지 않겠다면 가만두지 않을 거예요."

"좀 참고 기다리시지요." 에르퀼 포와로가 말했다.

4

그랜트 장군이 사는 애쉴리 로지 저택은 그렇게 큰 집은 아니었다. 그 집은 언덕 비탈에 있었는데 훌륭한 마구간과 손질을 하지 않아서인지 볼품이 없는 정원이 하나 딸려 있었다. 내부는 부동산 소개업자가 '가구 장식 완비'라고 말하면 딱 알맞을 그런 광경이었다. 움푹 들어간 벽감(조상(彫像), 꽃병 등을 두기 위해 만든 벽의 움푹 들어간 곳)에는 부처들이 책상다리하고 앉아 눈을 아래로 내리깐 채 곁눈질을 하고 있었고, 바닥에는 베나레스(인도 북부 우타르프라데시 주 남동부에 있는 도시)산(産) 청동제 쟁반과 테이블들이 온통 자리를 차지하고 있었다. 또 벽난로 선반은 코끼리 행렬들이 장식되어 있었고, 상당히 꾸불꾸불한 청동세공품이 벽면을 장식하고 있었다.

마치 인도에 사는 영국인 집에 온 것 같은 착각이 들 정도인 그 집 중앙에, 그랜트 장군이 붕대를 칭칭 감은 다리를 맞은편 의자에 올려놓은 채 커다랗고 허름한 안락의자에 몸을 푹 파묻고 앉아 있었다.

"통풍(通風)이오." 그가 설명했다.

"통풍에 걸려본 적 있습니까, 미스터, 흠, 포와로? 한번 걸렸다 하면 정말 미칠 지경이죠! 그게 다 우리 아버지 탓이오. 그 양반은 평생 술을 마셨으니까. 그뿐만 아니라 우리 할아버지도 그러셨다오. 그게 나를 망쳐버린 거요. 좀 마시겠소? 미안하지만 내 다리가 이 꼴이니 그 벨 좀 눌러주시오."

머리에 터번을 두른 하인이 나타났다. 그랜트 장군은 그를 압둘이라고 소개한 뒤, 그에게 위스키와 소다를 가져오라고 명령했다. 술이 나오자 장군이 너무 많은 양을 따르는 것을 보고 놀란 포와로는 얼른 손을 들어 막으려고 했다.

"함께 마시지 못해 정말 유감이오, 포와로 씨."

장군은 슬픈 눈으로 술병을 쳐다보았다.

"내 주치의는 내가 그걸 마시는 건 독약을 먹는 거나 다름이 없다고 하지 뭡니까? 하지만 그 사람이 뭘 알아. 의사들이란 무식하기 짝이 없다오. 남이 노는 것을 방해나 할 줄 알지, 글쎄, 남이 먹고 싶은 음식과 술은 하나도 못 먹게 하고 갓난 애기들한테나 먹일 찐 생선 같은 것만 먹으라는 거요. 그게 얼마나 악취미요. 찐 생선이라니. 흥, 더러워서!"

화가 난 장군이 무심결에 자신의 아픈 다리를 건드린 모양이었다. 그가 고통에 찬 비명을 질렀다. 그는 자기의 말이 거친 것에 대해 사과를 했다.

"내가 나도 모르게 성난 곰처럼 화를 냈소이다. 그래서 딸들도 내가 통풍에 걸려 있을 때면 나를 피한다오. 물론 그렇다고 그 애들만 나무랄 수도 없다는 걸 잘 알아요. 당신이 내 딸아이를 만났다고 들은 것 같은데."

"예, 그런 즐거움을 누렸었지요. 따님이 여럿 되신다지요?"

"넷." 장군이 우울하게 말했다.

"아들은 하나도 없고 지독한 여자들만 넷인 셈이오. 요즘 들어 아들이 하나 있었으면 하는 생각이 더 간절하다오."

"따님들이 전부 아주 매력적이라고 하던데요?"

"인물이야 그만하면 괜찮은 편이죠. 아주 못생기진 않았으니 말이오. 그런데 문제는 그 애들의 속을 도저히 모르겠다는 거요. 당신도 요즘 여자애들은 어떻게 해볼 수 없을 거요. 세상에 너무 규율이 없어요. 너무 자유가 많아 전부

제멋대로인 세상이라니까. 이런 데 남자 혼자서 뭘 할 수 있겠소? 그렇다고 그 애들을 집 안에 다 꽁꽁 묶어둘 수도 없는 노릇이고…….”

“그래도 따님들이 이웃사람들한테 인기가 많은 것 같던데요.”

“늙은 고양이 같은 여자들은 그 애들을 좋아하지 않소.”

그랜트 장군이 말했다.

“이 마을에는 순진한 어린 양의 탈을 쓴 늙은 양들이 상당히 많다오. 그래서 혼자 사는 남자는 조심해야 하오. 나도 하마터면 푸른 눈의 과부 하나한테 꼼짝없이 붙잡힐 뻔했지 뭡니까? 새끼 고양이처럼 그르렁거리면서 우리 집 주위를 배회하곤 했소. ‘가엾은 그랜트 장군, 당신도 재미있는 인생을 살아야 한다우.’ 이러면서 꾀더란 말입니다.”

장군이 윙크를 하면서 코에다 손가락 하나를 갖다 대었다.

“그렇게 꼬리를 치는 속셈이야 뻔한 것 아니겠소, 포와로 씨? 오, 물론, 그렇다고 해서 여기가 아주 나쁜 곳이라는 말은 아니오. 약간 시끄럽고 서로 빨리 달려가려고 하는 것 같아 내 기호에 좀 안 맞는다 뿐이지. 난 시골다운 시골을 좋아해요. 자동차와 재즈, 종일 나팔을 부는 라디오가 없는 고즈넉한 시골 말이오. 그래서 우리 집에는 그런 게 하나도 없다오. 딸들도 그 점은 잘 이해하는 편이지요. 혼자 사는 남자가 자기 집에서 그만한 평화를 누릴 권리쯤은 있는 것 아니겠소?”

포와로는 슬그머니 화제를 앤터니 호커에게 돌렸다.

“호커, 호커라? 잘 모르겠는데. 아, 그럼, 그 친군가? 미간이 너무 좁아서 음흉해 보이던걸. 사람 얼굴을 똑바로 쳐다보지 못하는 사람은 절대 믿지 마시오.”

“그가 댁 따님인 실라 양 친구죠?”

“실라? 그건 모르겠소. 딸애들이 나한테는 아무 얘기도 하지 않았으니까.”

장군이 숱이 무성한 눈썹을 찌푸렸다. 얼굴이 시뻘게진 채로 그의 예리하게 빛나는 푸른 눈이 에르큘 포와로의 얼굴을 한참 쏘아보았다.

“이봐요, 포와로 씨. 도대체 무슨 일 때문에 그러시오? 당신이 날 찾아온 이유가 도대체 뭐냔 말이오?”

포와로가 천천히 말했다.

"글쎄요, 내 자신도 잘 모르겠습니다. 그러나 이것 하나는 말씀드릴 수 있습니다. 댁 따님인 실라 양이(아마 따님 모두일지도 모르죠), 좋지 못한 친구들을 사귀고 있습니다."

"나쁜 애들 틈에 들어갔다고요? 안 그래도 그게 늘 걱정이었는데. 하긴 그런 말을 전혀 안 들었던 건 아니었소."

그가 애절한 눈빛으로 포와로를 쳐다보았다.

"하지만 내가 어떻게 해야 하겠소, 포와로 씨? 어떻게 할 도리가 있어야지."

포와로는 복잡한 표정으로 머리를 흔들었다.

그랜트 장군이 계속해서 말했다.

"딸애들이 그 애들과 어울려 무슨 나쁜 짓이라도 저지른 거요?"

포와로가 질문을 대답으로 대신했다.

"그랜트 장군, 혹시 따님 중에 기분이 아주 좋아서 날뛰다가, 갑자기 의기소침해지고 성격이 아주 신경질적인데다, 정서적으로 불안정한 사람은 없습니까?"

"거, 약 광고하는 투군. 그래. 아니, 우리 딸 중에 그런 애는 하나도 없소."

"그렇다면 다행입니다만." 포와로가 침울한 어조로 말했다.

"도대체 그게 무슨 의미요?"

"마약!"

"뭐라고요?" 갑자기 장군의 입에서 천둥 같은 고함이 터져 나왔다.

포와로가 말했다.

"한번 시험 삼아 해본 게 실라 양을 마약 중독자로 만들 수도 있습니다. 코카인 중독자가 되는 데는 그다지 많은 시간을 요하지는 않아요. 1~2주면 충분합니다. 그리고 일단 중독이 되었다 하면 그것을 맡지 않고는 못 배기기 때문에 어떤 수를 써서라도 그걸 구하려 들지요. 그렇게 되면 돈이 많이 필요한 것은 두말할 나위 없습니다. 마약밀매업자가 엄청나게 돈을 많이 모으는 것도 바로 그런 이유 때문이지요."

포와로는 불같이 화가 난 노인이 입술에 침을 튀겨가며 온갖 욕을 하는 것을 잠자코 들었다. 이윽고 그 불길이 가라앉자, 장군은 이럴 때 바보 천치 같은 아들이라도 하나 있었으면 얼마나 좋을까라는 말만 되풀이할 뿐이었다.

에르큘 포와로가 말했다.

"장군이 그렇게 존경하는 비틴 부인의 말처럼, 우린 먼저 산토끼를 잡아야 합니다. 마약밀매업자를 잡기만 하면 내 기쁘게 그 녀석을 장군에게 선물로 드리지요."

그는 자리에서 일어서다가 장식이 많이 조각된 조그만 테이블에 걸려 넘어질 뻔했다. 그는 자기도 모르게 장군을 꽉 붙잡고서 가까스로 몸의 균형을 유지했다. 그는 중얼거리듯이 말했다.

"정말 미안합니다. 장군, 마지막으로 한 번 더 부탁하겠는데, 절 이해해주시리라 믿습니다. 대답해주십시오. 정말 댁의 따님들과 이 모든 일에 대해 얘기를 한마디도 나누신 적이 없으십니까?"

"뭐라고요? 그 애들은 나한테 그런 사실을 한 번도 말한 적이 없다니까요. 내가 말할 수 있는 건 그것뿐이오."

"장군이 말하지 않는 것도 당연하겠지요. 하긴 말해봐야 모두 거짓말뿐일 테고 말입니다."

"이런 제기랄, 이봐요……."

"그랜트 장군, 당신이 입 다물고 있을 수밖에 없다는 걸 난 잘 알지요. 그건 생사가 달린 문제니까. 무슨 말인지는 아시겠죠? 바로 생사가 달린 문제란 말입니다."

"오, 이런! 당신 마음대로 생각하시오."

늙은 군인이 성난 목소리로 으르렁거렸다.

그는 약간 기가 꺾인 기색이긴 했지만 도저히 이해할 수 없다는 태도였다.

에르큘 포와로는 베나레스 청동 물건들 사이를 조심스럽게 걸어서 밖으로 나갔다.

5

라킨 부인의 방은 사람들로 꽉 차 있었다. 라킨 부인은 보조 테이블에서 손수 칵테일을 만드는 중이었다. 그녀는 키가 컸는데 옅은 갈색 머리카락이 목 바로 뒤에서 안으로 도르르 말려 있었다. 그녀의 눈은 초록빛을 띤 회색으로 눈동자가 유난히 크고 까맸다. 자기 딴에는 우아한 척해 보이며 사람들 사이를 돌아다녔는데 그래서 그런지 그녀의 나이는 겨우 30대 초반으로 보였다. 자세히 들여다봐야 겨우 알 수 있는 눈가의 주름만 뺀다면 그녀는 실제 나이보다 적어도 10년은 더 젊어 보였다.

이곳에 에르퀼 포와로를 초대해준 사람은 카마이클 부인의 친구로 성격이 활발한 중년 부인이었다. 그는 칵테일 잔을 손에 들고 창문 옆에 앉아 있는 한 아가씨에게로 가까이 다가갔다. 그 아가씨는 조그맣고 예쁜 미인이었다. 백옥같이 흰 피부와 발그레한 뺨의 홍조는 마치 천사 같다는 느낌이 들었다.

에르퀼 포와로가 그녀한테 다가가자 대번에 그녀의 눈빛에 경계하는 듯한 기색이 어렸다.

"아가씨의 건강을 위해!" 그가 말했다.

그녀는 고개를 끄덕여 보이고는 술을 한 모금 마셨다. 그러더니 그녀가 불쑥 입을 열었다.

"우리 언니를 아시죠?"

"언니? 아, 그럼, 아가씨가 그랜트 장군의 따님 중 한 분인가?"

"전 팸 그랜트예요."

"오늘 언니는 어디 있소?"

"사냥하러 나갔는데 곧 돌아올 거예요."

"난 아가씨 언니를 런던에서 만났지요."

"알고 있어요."

"언니가 다 얘기한 모양이군?"

팸 그랜트가 고개를 끄덕였다. 그녀가 갑자기 물었다.

"실라 언니가 곤경에 처했어요?"

"그럼, 언니가 모든 걸 다 얘기하지 않았나 보지?"

아가씨는 머리를 끄덕였다.

"토니 호커도 거기 있었어요?"

포와로가 미처 대답도 하기 전에 문이 열리면서 호커와 실라 그랜트가 안으로 들어왔다. 그들은 사냥복을 입고 있었으며 실라의 뺨에는 진흙 찌꺼기가 묻어 있었다.

"안녕하십니까, 여러분? 우리도 한잔하러 왔습니다. 토니의 물병이 말라버렸거든요"

포와로가 중얼거리듯이 말했다.

"자기가 마치 천사라도 되는 것처럼 말하고 있군."

팸 그랜트가 냉큼 그의 말을 가로챘다.

"사실은 악마라는 말씀이시죠?"

"듣고 보니 정말 그런 것 같은데." 포와로가 날카롭게 답했다.

베릴 라킨이 앞으로 다가갔다.

"여기 있었군, 토니. 오늘 사냥이 어땠는지 얘기해주겠어? 길러츠 덤불 숲으로 간 거야?"

그녀는 능숙한 솜씨로 그를 벽난로 옆에 있는 소파로 끌고 갔다.

포와로는 그가 그녀를 따라가기 전에 고개를 돌려 실라를 흘끗 쳐다보는 것을 유심히 지켜보았다.

실라가 포와로를 본 모양이었다. 그녀는 잠시 머뭇거리더니 곧 창문 옆의 두 사람 곁으로 다가왔다. 그러더니 다짜고짜 물었다.

"어제 우리 집에 찾아왔던 사람이 바로 선생님이시죠?"

"아가씨 아버지가 얘기하던가요?"

그녀는 머리를 흔들었다.

"압둘이 당신 인상을 말해줬죠. 그래서 나 혼자, 짐작한 거예요."

팸이 큰소리로 말했다.

"아버지를 만나러 가셨다고요?"

"아, 예, 친구를 통해서 서로 아는 사이거든요." 포와로가 말했다.

"난 믿을 수 없어요." 팸이 날카로운 어조로 말했다.

"뭘 못 믿는다는 말이오, 아가씨? 아버지와 내가 친구를 통해 서로 아는 사이라는 것 말이오?"

아가씨의 얼굴이 확 붉어졌다.

"바보인 척하지 마세요. 제 말은, 선생님이 여기 온 진짜 이유는 그게 아니라는 거예요."

그녀가 자기 언니한테로 고개를 돌렸다.

"언니는 왜 아무 말도 하지 않는 거야?"

실라가 깜짝 놀랐는지 약간 더듬거리며 말했다.

"그게, 토니 호커와는 아무 상관도 없는 일이겠지요?"

"꼭 그래야만 되는 이유라도 있소?" 포와로가 물었다.

실라는 얼굴이 빨개지더니 방을 가로질러 다른 사람들한테로 가버렸다.

갑자기 팸이 격렬한 어조이긴 했지만 목소리를 낮추어 말했다.

"전 토니 호커가 싫어요. 왠지, 그 사람은 불길해 보이거든요. 그리고 그 여자도, 라킨 부인 말이에요. 저들을 좀 봐요."

포와로가 그녀의 시선을 쫓아 그 두 사람을 쳐다보았다. 호커의 머리와 여주인의 머리가 맞닿아 있었다. 그는 그녀를 달래는 것이 분명했다.

그때 그녀의 목소리는 한층 높아졌다.

"하지만 난 기다릴 수 없어. 난 지금 당장 원한단 말이야."

포와로가 엷은 미소를 지으며 말했다.

"여자들이란 그게 무엇이든 간에 항상 당장 원하는 모양이오, 그렇지 않소?"

그러나 팸 그랜트는 대답하지 않았다. 그녀는 얼굴을 숙인 채 자신의 트위드 스커트 옷자락을 신경질적으로 만지작거리고 있었다.

포와로가 어루만지듯이 나직하게 말했다.

"아가씨는 언니와 아주 다른 타입이군요, 마드모아젤."

그녀가 진부한 평도 다한다는 듯 고개를 번쩍 쳐들었다.

"포와로 씨, 토니가 실라 언니한테 주는 약이 뭘까요? 언니를 변하게 만든 그게 도대체 무엇인지요?"

그가 그녀를 똑바로 쳐다보았다.

"그랜트 양, 코카인을 복용한 적이 있습니까?"

그녀는 머리를 흔들었다.

"오, 천만에요. 그렇다면 그 약이 바로 그건가요? 코카인? 아주 위험한 것 아니에요?"

실라 그랜트가 손에 새 술잔을 들고서 그들에게 다가왔다.

"뭐가 위험해?"

포와로가 말했다.

"지금 마약 중독이 끼치는 영향에 대해 얘기하는 중이오. 마약은 인간의 정신과 영혼을 천천히 좀먹어 들어가 결국에는 죽음에 이르게 하는 병이오. 인간의 진실과 선을 송두리째 파괴하는 무서운 병이란 말입니다."

실라 그랜트가 몸을 움찔했다. 그러자 그녀의 손에 든 잔이 흔들리면서 바닥에 그 액체가 흘러 떨어졌다.

포와로는 계속해서 말을 이었다.

"마약이 인간의 생명을 좀먹는다는 얘기는 스타더트 의사가 분명히 얘기했던 것으로 알고 있어요. 한번 엎지르긴 쉽지만, 그걸 다시 주워담으려면 여간 어려운 일이 아니지요. 돈을 벌기 위해서 남을 타락시키고 파멸로 이끄는 사람은 인간의 피와 살을 먹고 사는 흡혈귀와 다를 바가 없어요."

그는 몸을 돌려버렸다. 어깨너머로 그는 팸 그랜트가 외치는 소리를 들었다.

"실라!"

이어 중얼거리는 소리를 들었다. 그것은 실라 그랜트의 들릴 듯 말 듯한 속삭임이었다. 그녀의 목소리가 너무 낮았기 때문에 그는 가까스로 한마디만 알아들을 수 있었다.

"그 물병······."

에르퀼 포와로는 라킨 부인에게 작별인사를 하고 홀로 나갔다. 홀 테이블 위에는 사냥용 채찍과 모자가 사냥용 물병과 함께 놓여 있었다.

포와로가 물병을 집어들었다. 병에는 A. H.라는 약자가 새겨져 있었다.

"토니의 물병이 비어 있다고?" 포와로가 혼자 중얼거렸다.

그는 병을 조심스럽게 흔들었다. 물소리는 들리지 않았다. 그는 마개의 나사를 돌려 뚜껑을 열었다.

토니 호커의 물병은 결코 빈 병이 아니었다. 그 속은 가득 차 있었다. 그것도 온통 하얀 가루가……

6

에르퀼 포와로는 카마이클 부인의 저택 테라스에 서서 한 아가씨를 열심히 설득하고 있었다.

"아가씨는 너무 어려요. 아가씨와 동생들이 얼마나 무서운 일을 하는지 잘 모르기 때문에 그랬으리라고 난 믿고 있소. 아가씨는 디오메데스의 암말처럼 자신의 육체를 갉아먹고 있었던 거요."

실라가 몸을 떨면서 흐느껴 울기 시작했다.

"말씀을 듣고 보니 정말 끔찍하군요. 하지만 그게 사실이겠죠! 그날 저녁 런던에서 스타더트 박사님이 저한테 그런 말을 하기 전까지는 정말 그런 줄은 몰랐어요. 그분은 아주 엄숙하고, 진지하게 제게 충고해주셨어요. 전 그때야 제가 했던 행동이 얼마나 무서운 것이었는가를 알게 된 거죠. 그전까지는 그게, 오! 전 그게 식후에 마시는 음료수인 줄 알았어요. 돈 주고 사먹는 것인 줄은 알았지만 그게 그렇게 무서운 해를 끼치는 약인 줄은 정말 몰랐어요!"

"그럼 지금은?" 포와로가 물었다.

실라 그랜트가 말했다.

"선생님이 시키는 대로 다 하겠어요. 전, 전 다른 사람들에게도 얘기해주겠어요." 그녀는 덧붙였다.

"스타더트 박사님은 이제 다시는 저와 얘기하려 하지 않겠지요?"

"천만에요." 포와로가 말했다.

"스타더트 의사와 난 아가씨가 새로운 삶을 시작할 수 있도록 최선을 다해 도울 준비가 되어 있어요. 그러니까 아가씨는 우리만 믿어요. 하지만 먼저 해야 할 일이 있습니다. 그건 죽어 없어져야 마땅한 사람이 하나 있습니다. 철저하게 파괴해야 하는데, 그를 죽일 수 있는 사람은 아가씨와 동생들뿐이오. 즉, 그가 유죄임을 입증할 수 있는 것은 아가씨와 동생들의 증언뿐이라는 뜻이오."

"선생님이 지금 말씀하시는 사람은, 우리 아버지?"

"아가씨의 아버지가 아니죠, 마드모아젤. 에르큘 포와로는 모르는 게 없는 사람이라고 내가 말했지요? 치안본부에서 아가씨의 사진으로 간단하게 신원을 확인했소. 아가씨 이름은 실라 켈리, 2~3년 전 상습절도범으로 소년원에 수감되었지요. 그 뒤 아가씨가 소년원을 나오자 그랜트 장군이라고 자처하는 한 남자가 아가씨에게 접근하여 같이 지내자고 했소. 딸이라는 신분으로 말입니다. 그 사람은 아가씨가 딸 노릇을 하면 많은 돈과 즐거움을 제공해주겠다고 했겠죠. 그 대신 아가씨는 그 코담배를 아는 사람한테 소개해주기만 하면 되었지요. 물론 어떤 사람이 아가씨에게 그걸 준 것처럼 하면서 말이오. 아가씨의 동생들 역시 아가씨와 사정은 마찬가지지요."

그는 잠시 말을 멈추었다가 말했다.

"그러니까 먼저, 그 남자를 형무소로 보내야 해요. 그다음에는……."

"예, 그런 다음에는?"

포와로가 기침을 했다. 그가 미소를 지으며 말했다.

"아가씨가 신의 은총에 감사해야 하겠지요."

7

마이클 스타더트가 놀란 눈으로 포와로를 빤히 쳐다보았다.

"그랜트 장군? 세상에 그랜트 장군이?"

"바로 그렇다네, 의사 선생. 모든 게 하나의 연출이었던 걸세. 불상, 베나레스산 청동제 수공품, 그리고 인도인 하인. 모든 게 연출을 위한 소도구들이었던 게야! 그뿐인 줄 아는가? 그 남자가 통풍에 걸렸다는 것 또한 기막힌 연기였단 말일세. 하지만 그건 옛날에나 써먹던 수법이고 요즘에는 한물간 방법이지. 통풍으로 고생하는 아주 나이 많은 노신사. 그 사람이 열아홉 살짜리 딸을 둔 아버지라고 하기에는 너무 나이가 많잖은가? 내가 확신하게 된 이유는 그것 말고도 또 있다네. 내가 나가려고 하다가 발에 뭐가 걸려 몸이 비틀거리는 바람에 나도 모르게 그 남자의 아픈 다리를 꽉 잡았지 뭔가? 그런데도 내 말에 머리가 혼란해진 그 신사는 내가 자기 다리를 잡은 줄도 모르고 있더라니까, 글쎄. 그래서 난 확신을 하게 된 걸세. 그 장군이라는 남자가 가짜 엉터리라는 것을 말일세. 하지만 그 아이디어 하나는 정말 기막히더군.

인도에서 군인 생활을 하다가 퇴역한 장군, 불같이 성을 잘 내는 다혈질의 희극적인 인물로 분장하여 그는 그 마을에 정착했네. 다른 퇴역 장교들이 모여 사는 곳을 피해서 말일세. 아니, 보통 퇴역군인들이 사는 것처럼 그렇게 고급스럽지 않은 거주지를 택해 살기로 마음먹은 걸세. 하지만 그곳은 런던의 돈 많은 사람들이 모여들기 때문에 상품시장으로서는 아주 그만인 곳이었지. 게다가 어느 누가 생기발랄하고 매력적이며 어린 아가씨들을 의심하겠는가? 또 만약 사실이 드러난다 해도 그 아가씨들이 피해자라고 하면 그만일 테니까 말일세. 그러니 그것만큼 확실한 일이 또 어디 있겠는가?"

"그 악마를 만나러 가셔서 어떻게 하실 생각이었는데요? 그를 깜짝 놀라게라도 해줄 심산이셨습니까?"

"그렇네, 난 무슨 일이 일어날 것인지 보고 싶었단 말일세. 사실, 그렇게 오래 기다리고 뭐고 할 필요도 없더군. 그 아가씨들한테 명령을 내리는 사람이 있다는 걸 난 즉시 알아차렸으니까. 실질적으로 피해자의 한 사람인 앤터니 호커가 희생양이 된 셈이지. 실라는 나한테 홀에 있는 물병에 대해 얘기해주려고 했다네. 아마 그녀로서는 그렇게 하지 않을 수가 없었을 테지. 하지만 다른 아가씨가 그녀의 입을 막으려고 화난 목소리로, "실라!" 하고 외치는 바람에 그만 용기가 꺾였는지 멈칫해 버렸다네."

마이클 스타더트가 자리에서 일어나 방 안을 오락가락했다.

"아시겠지만 전 그 아가씨를 놓치지 않을 겁니다. 전 사춘기에 그런 범죄를 저지르는 사람들에 대해서는 연구를 상당히 한 편이죠. 그들의 가정환경을 살펴보면 항상……."

포와로가 그의 말을 가로막았다.

"의사 선생, 자네의 학문에 대해서 난 항상 깊이 존경하고 있다네. 아까 말한 자네의 연구는 실라 켈리 양과 밀접한 관계가 있다는 것을 자네가 말하지 않아도 내 충분히 알지."

"다른 사람과도 관계가 있습니다."

"다른 사람이라? 그럴지도 모르지. 하지만 내가 자신있게 말할 수 있는 사람은 귀여운 실라 양밖에 없으니까. 아무튼 자네라면 그 아가씨를 잘 길들이리라 믿어 의심치 않네! 사실, 그 아가씨는 이미 자네가 하라는 대로 고분고분 말을 잘 듣는 것 같더군."

마이클 스타더트가 얼굴을 붉히면서 말했다.

"원, 무슨 말씀을 그렇게 하십니까, 포와로 씨?"

히폴리테의 띠

1

'일이 하나 생기면 연달아 생긴다.'라는 말은 에르퀼 포와로가 별로 신경 쓰지 않고 즐겨 쓰는 말 가운데 하나다.

그는 루벤스 도난 사건만큼 증거가 확실한 사건도 또 없을 것이라는 것을 덧붙이고 싶었다. 사실, 그는 루벤스 그림 도난 사건에 대해서 별 흥미를 느끼지 못했다. 그 이유는, 첫째는 루벤스는 그가 좋아하는 화가가 아니라는 것이고, 둘째는 도난을 당한 상황이 아주 평범하다는 점 때문이었다. 그런데도 그가 그 사건을 맡은 까닭은 순전히 그의 친한 친구로 자처하는 알렉산더 심프슨의 간절한 부탁과 고전 문학과 관련된 그 자신의 개인적인 이유가 맞아떨어졌기 때문이었다.

도난 사건이 발행한 직후 알렉산더 심프슨은 사람을 보내 포와로를 불러와 자신이 당한 재난의 전후 사정을 청산유수로 털어놓았다. 그 루벤스 그림은 지금까지 알려지지 않았다가 최근에 와서 발견된 작품인데, 진짜 그의 그림임이 분명하다고 했다. 심프슨은 자신의 화랑에다 그 그림을 전시해놓았는데, 글쎄 환한 대낮에 그림을 도난당했다는 것이었다. 그러니까 많은 실업자들이 교차로에 드러누워 시위를 벌이다가, 리츠로 몰려갈 무렵의 일이었다. 그들 중 몇몇 사람이 심프슨의 화랑으로 들어와, "미술은 사치다. 굶주린 자에게 빵을 달라."라는 슬로건이 쓰인 푯말을 들고서 바닥에 드러누웠다.

그가 경찰을 부르러 보낸 사이에 호기심이 가득 찬 눈길로 군중이 꾸역꾸역 모여들었다. 곧이어 경찰이 달려와 시위자들을 강제로 연행해 갔는데 그때야 비로소 루벤스의 그림이 감쪽같이 사라진 것을 알게 되었다는 것이다. 누군가 그 그림의 액자에서 교묘하게 그림만 잘라내어 가져가 버린 것이다!

"자네도 알겠지만 그 그림은 아주 작네." 심프슨 씨가 설명했다.

"따라서 사람들이 그 바보 얼간이 같은 실업자들이 하는 짓을 보는 동안 범인은 그 그림을 팔 밑에 끼고 유유히 화랑을 빠져나간 게 틀림없네."

경찰이 문제의 실업자들을 조사한 결과 그들은 이 도난 사건과는 아무 관계가 없는 것으로 판명되었다. 그들이 심프슨의 화랑에서 시위를 벌이기로 한 것은 사실이었지만 왜 그런 도난 사건이 발생했는지는 그들도 전혀 모르는 게 확실했다.

에르퀼 포와로는 그것이 교묘한 속임수를 쓴 범행이라고는 생각했지만, 자신이 맡을 만한 사건은 아니라고 생각했다. 그래서 그는 그렇게 간단한 강탈 사건이라면 경찰한테 수사를 맡기는 게 마땅하다고 했다.

그런데 알렉산더 심프슨이 말했다.

"내 말 좀 들어 보게, 포와로. 난 그 그림을 훔쳐간 범인이 누구며 어디로 가져갔는지 알고 있다네."

심프슨 화랑의 주인 얘기로는, 그것은 국제적인 도둑놈들이 그 그림을 말도 되지 않는 높은 가격으로는 결코 사가지 않는 어떤 백만장자한테 팔아먹기 위해 저지른 범행이라는 거였다. 틀림없는 사실이라고 장담할 수 있다는 것이다!

그 루벤스 그림은 지금쯤 프랑스로 몰래 들어가 그 백만장자의 손아귀에 들어갔을 거라고 했다. 영국 경찰과 프랑스 경찰이 함께 수사를 맡고 있긴 하지만 분명히 사건은 미궁으로 빠져들 거라는 게 심프슨의 주장이었다.

"일단 그림이 그 더러운 자식의 손에 들어간 이상 다시 찾기는 어렵다는 얘기지. 돈 많은 사람들은 함부로 건드릴 수가 없거든. 그래서 이렇게 자네한테 부탁하는 걸세. 상황이 아주 미묘해져서 그걸 해결할 수 있는 사람은 자네밖에 없네."

그래서 결국 에르퀼 포와로는 어쩔 수 없이 그 일을 맡게 되었던 것이다. 그는 심프슨의 요청에 따라 즉시 프랑스로 떠나기로 했다. 사실, 그는 프랑스로 떠나고 싶은 마음은 별로 없었다. 그러나 그의 흥미를 끄는 여학생 실종 사건도 있고 해서 기꺼운 마음으로 그 요청을 수락했던 것이다.

포와로가 다음 얘기를 들은 것은 그가 하인과 여행할 짐을 꾸리고 있을 때 불쑥 나타난 재프 주임경감한테서였다.

"아하! 프랑스로 떠날 모양이지." 재프가 말했다.

"자네의 정보망은 런던경시청 안에서도 유명하더군." 포와로가 말했다.

재프가 싱글싱글 웃었다.

"우리가 모르는 건 없네! 심프슨이 루벤스 그림 도난 사건을 당신한테 맡겼다는 것까지도 잘 알고 있으니까. 아마도 우리가 못 미더웠던 모양이야! 어떻든 그건 그렇다 치고, 내가 이렇게 당신을 찾아온 것은 다른 부탁할 일이 있어서네. 이왕 파리에 가는 김에 돌 하나로 새 두 마리를 잡는 게 훨씬 나을 테니까. 헌 수사경감은 프랑스 경찰과 공동수사하려고 이미 거기로 떠났네. 자네도 헌 경감은 알지? 좋은 사람이긴 하지만, 상상력이 부족해서 좀 탈인 사람이지. 그 사건에 대한 자네의 의견을 듣고 싶네만."

"자네가 말하는 그 사건이라는 게 도대체 뭔데 그러나?"

"어린 소녀가 행방불명됐네. 아마 오늘 저녁 신문에는 기사가 실릴 걸세. 아무래도 유괴된 것 같아. 크랜체스터에 있는 성당 참사의원의 딸인데 이름은 킹, 위니 킹이라고 하지."

그는 사건의 전후 사정을 자세히 설명했다.

위니는 영국과 미국 여학생들을 선발하여 받아들이는 고급 교육기관(포프 학교)에 입학하기 위해 파리로 가던 중이었다. 위니는 크랜체스터에서 아침 일찍 기차로 출발했다. 그 소녀가 런던을 통과하는 것을 각 역에서 어린 소녀들을 돌보는 일을 하는 엘더 시스터스 회사의 사원 하나가 보았으며, 그 뒤에는 포프 학교의 부사령관격인 비쇼 양이 빅토리아 역에서 기다리고 있다가 그녀가 도착하자, 다른 열여덟 명의 소녀들과 함께 임항열차(기선과 연결되는 열차) 편으로 빅토리아를 떠났다. 열아홉 명의 소녀는 해협을 건너가 캘레(도버 해협에 임한 프랑스 북부)에서 통관수속을 마친 다음 파리행 열차로 갈아탔다. 그리고 식당차에서 점심식사를 했다. 그런데 기차가 파리 근교에 이르렀을 무렵 비쇼 양이 인원을 점검한 결과 한 명이 없어졌다는 것이다. 즉, 열아홉 명이어야 할 소녀들이 열여덟 명밖에 되지 않았다는 것이다!

"아하!" 포와로가 고개를 끄덕였다.

"기차가 도중에 멈춘 적은 없었나?"

"아미앵에서 한 번 서긴 했지만, 그때는 학생들이 모두 식당차에 있었는데 한결같이 위니도 자기들과 함께 있었다고 얘기하더군. 그러니까 그녀가 칸막이 객실로 돌아오는 도중에 행방불명되었다는 얘기가 되지. 다시 말해 그녀 혼자 다른 다섯 명의 학생과는 떨어져 객실로 들어가지 않은 걸세. 그러나 다섯 학생은 그저 그녀가 다른 칸에 가 있을 거라고만 생각했을 뿐 무슨 문제가 생겼을 줄은 전혀 몰랐다는 거야."

포와로가 고개를 끄덕였다.

"그렇다면 그녀의 모습을 마지막으로 본 게, 정확히 언제였나?"

"기차가 아미앵을 떠난 지 약 10분가량 되었을 때지."

재프가 헛기침을 했다.

"그녀가 화장실에 들어갔는데, 흠, 그녀의 모습을 본 건 그게 마지막이었네."

"아주 자연스럽군." 포와로가 나지막하게 중얼거렸다.

"그밖에 다른 일은 뭐 없었나?"

"아니, 하나 있어." 재프의 표정이 엄해졌다.

"그녀의 모자가 철로변에서 발견되었네. 아미앵에서 대략 14마일(약 22km) 정도 떨어진 지점에서."

"그런데 시체는 없었나?"

"그렇다네."

"거기에 대해 자네 생각은 어떤가?" 포와로가 물었다.

"생각이고 뭐고 골치만 아플 뿐이라네! 기차에서 떨어졌다면 시체라도 있어야 하는데 흔적도 없이 사라져 버렸으니, 내 참, 그러니까 분명히 기차에서 떨어진 건 아니야."

"기차가 아미앵을 떠난 뒤로는 정말 한 번도 정지한 적이 없었나?"

"그렇다니까. 신호 때문에 한 번 좀 속도를 늦춘 적은 있었지만, 완전히 멈춘 적은 없다고 하더군. 그리고 아무리 속도를 늦췄다 해도 달리는 열차에서 뛰어내려 사람이 다치지 않을 정도로 천천히 가지는 않았을 것 아닌가? 자네는 그 애가 갑자기 겁을 집어먹고 도망이라도 친 게 아닌가 생각하나? 물론 그 애는 그 학교에 처음 입학하는 신입생이고 따라서 갑자기 부모 품 안이 그리워졌는지도 모르지. 하지만 그 애의 나이가 이미 열다섯 살하고도 6개월이 지났으니 그만하면 분별력이 있을 때도 되지 않았나? 게다가 그 소녀는 여행하는 동안 아주 기분이 좋아서 친구들과 수다를 떨며 즐겁게 지냈다고 하더군."

"기차 안은 수색해봤나?" 포와로가 말했다.

"오, 물론이지! 열차가 노르 역에 도착하기 전에 그 안을 샅샅이 뒤져 보았네. 그 소녀가 기차 안에는 없다는 것은 분명한 사실이었지."

재프가 분통이 터져 못살겠다는 듯한 태도로 말을 덧붙였다.

"그 애는 감쪽같이 사라져 버렸어. 공기 속으로 말이야! 아무리 생각해도 도저히 이해가 되지 않는단 말이야, 포와로. 정말 사람 미치게 만든다니까!"

"그 학생은 어떤 소녀였나?"

"내가 아는 바로는 아주 평범하고 무난한 여학생이었네."

"내 말뜻은 그게 아니라, 그녀가 어떻게 생겼느냐는 걸세."

"안 그래도 여기 그녀의 스냅사진을 가져왔네. 이제 막 피어나는 꽃봉오리 같은 미인은 아니야."

포와로는 그가 건네주는 스냅사진을 받아들고 아무 말 없이 찬찬히 살펴보았다. 머리는 양쪽으로 길게 땋아 내린 몸매가 호리호리한 소녀였다. 포즈가 자연스러운 것으로 보아 사진을 일부러 찍으려고 포즈를 취한 게 아니라 순간적으로 찍힌 사진이 분명했다. 사과를 먹고 있었던 때문인지 그녀의 입술이 벌어져 있어서 치과 교정장치를 낀 치아가 약간 드러나 보였다. 거기에다 안경까지 끼고 있었다.

재프가 말했다.

"수수해 보이는 아이지. 하지만 누구나 그만한 나이 때는 다 그렇게 보이기 마련 아닌가? 어제 치과에 들렀다가 '스케치' 잡지에 등장하는 '올해의 최고 미인' 난에서 마르시아 곤트의 사진을 봤네. 내가 절도사건으로 캐슬에 내려가 있었을 때 처음 그녀를 봤는데, 그때는 그녀 나이가 열다섯 살이었네. 그 당시에는 주근깨투성이에다 이는 튀어나왔고 머리카락은 그냥 흩어져 선머슴 같은 말괄량이였지. 그런데 그런 애가 하룻밤 사이에 미인으로 변했다니. 어떻게 그런 일이 일어날 수 있는지 참 신기하잖나, 그게 바로 기적 아니겠나?"

포와로가 미소를 지었다.

"여자들이란, 원래 기적적인 동물이지! 그 학생의 가정환경은 어떤가? 뭐 도움이 될 만한 얘기라도 있나?"

재프는 머리를 흔들었다.

"그렇게 도움이 될 만한 얘기는 없어. 그녀의 어머니는 몸이 약해 자리에 누워 있고, 늙은 아버지는 당황해서 어쩔 줄 몰라 하고 있네. 그녀의 아버지 얘기로는 자기 딸이 몹시 파리에 가고 싶어 했으며 그날만 손꼽아 기다리기까지 했다는 거야. 미술과 음악, 그런 것을 공부하고 싶어 했다는군. 포프 학교는 대부분 훌륭한 예술가가 되고 싶어 하는 학생들이 지원하네. 자네도 알다시피 포프 학교는 그 방면에서 아주 유명한 학교지. 그래서 상류층 자녀가 많이 입학하는 편이고, 학교의 규율 또한 엄격하기로 소문이 나 있는데(학비도 매우 비싸고), 특히 교장한테 지도를 받기란 하늘의 별 따기처럼 어렵다고 하더군."

포와로는 한숨을 쉬었다.

"어떤 사람인지 대충 짐작이 가네. 영국에서 소녀들을 데리고 간 사람이 비쇼 양이라고 했나?"

"머리가 아주 좋은 여자는 아니네. 포프 양 말로는 그게 모두 그녀의 탓이라고 하더군."

포와로는 생각에 잠긴 어조로 물었다.

"이번 사건에 젊은 남자가 관계되어 있을 가능성은 없나?"

재프가 손짓으로 사진을 가리키는 시늉을 해보였다.

"자네 눈에 이 애가 그렇게 보이나?"

"아니, 꼭 그렇다는 건 아니네. 하지만 외모가 예쁘지 않다고 해서 로맨틱한 감정을 가지지 말란 법은 없으니까. 열다섯 살이라면 그렇게 어린 나이도 아니잖나?"

재프가 말했다.

"글쎄, 만약 로맨틱한 감정 때문에 그 소녀가 열차 밖으로 뛰어내렸다면, 여류 소설가가 쓴 소설들을 한번 읽어보겠네."

그는 기대감이 담긴 눈초리로 포와로를 쳐다보았다.

"아무 생각도 안 나나?"

포와로는 천천히 고개를 저었다.

"혹시 철로변에서 그녀의 신발은 보지 못했나?"

"신발? 아니, 그런데 신발은 왜?"

"그냥 생각이 나서……." 포와로가 중얼거리듯이 말했다.

2

에르큘 포와로가 택시를 타러 막 내려가는데 전화벨이 울렸다.

그는 수화기를 들었다.

"뭐?" 재프의 목소리가 들려왔다.

"자네와 통화를 하게 되어 정말 다행이야. 이봐, 모든 게 다 해결되었네. 지금 경시청에 돌아와 보니까 보고가 올라와 있더군. 그 소녀를 찾았다고 말일세. 아미앵에서 15마일(약 24km) 떨어진 간선도로변에서 그녀를 찾아냈는데 멍한 표정일 뿐 묻는 말에는 한마디도 옳게 대답을 하지 못하더라지 뭔가? 의사 말로는 그녀가 마약을 먹어서 그렇다더군. 하지만 곧 깨어날 거라고 했어. 이제는 모든 문제가 해결된 셈이라고."

"그럼, 내가 조사할 필요가 없어졌겠군?" 포와로가 느릿느릿 말했다.

"그러니까 그건 걱정하지 않아도 되네! 사실, 괜히 자네한테 폐만 끼친 것 같아 정말 미안하게 됐는걸."

재프는 익살스럽게 한바탕 웃어대더니 전화를 끊었다.

그러나 에르큘 포와로는 웃지 않았다. 그는 수화기를 천천히 내려놓았다. 그의 얼굴에는 근심이 어려 있었다.

3

헌 수사경감은 미심쩍은 눈초리로 포와로를 쳐다보았다.

"당신이 왜 그렇게 관심이 있는지 난 이해할 수가 없군요."

포와로가 말했다.

"이번 사건에 대해 나와 의논하라는 얘기는 재프 주임경감한테 들었겠지요?"

헌은 고개를 끄덕였다.

"경감 얘기로는 당신이 여기 딴 볼일을 보러 오시는 김에 우리를 도와 해결해주겠다고 했다더군요. 하지만 그 사건은 이제 깨끗이 해결되었기 때문에 당신이 절 찾아오리라고는 생각도 못했던 겁니다. 여기서 당신이 해야 할 다른 일도 많을 테니 말입니다."

에르퀼 포와로가 말했다.

"내 일은 나중에 해도 됩니다. 나한테 관심이 있는 것은 이번 사건이오. 아까 당신은 그 사건을 수수께끼라고 지칭하면서 이젠 다 해결되었다고 했어요. 하지만 내가 보기에 수수께끼는 아직 남아 있습니다."

"글쎄요, 우린 소녀를 찾았고, 소녀가 어디 다친 것도 아닙니다. 그럼, 된 것 아닙니까?"

"그렇지만 소녀가 어떻게 되돌아오게 되었는지 모르고 있잖습니까? 그녀가 뭐라고 얘기하던가요? 의사가 그녀를 진찰했지요? 그런데 뭐라던가요?"

"그 소녀가 마약을 복용한 것 같다고 했습니다. 그래서인지 아직도 의식이 완전히 돌아온 것은 아니라더군요. 크랜체스터를 출발한 다음의 일은 전혀 기억하지 못하고 있어요. 기억상실증에 걸린 모양인데, 의사 얘기로는 가벼운 뇌진탕 증세를 보이고 있다는 겁니다. 머리 뒤의 타박상이 기억상실증의 원인일 가능성이 크다더군요."

"그거 아주 편리한 생각이군요, 누군가에게는!" 포와로가 말했다.

헌 경감이 미심쩍은 목소리로 말했다.

"그녀가 부끄러워하지도 않는다는 말씀이죠?"

"경감의 생각은?"

"전 그러는 게 당연하다고 생각합니다. 착하긴 하지만, 나이에 비해 좀 어려 보이거든요."

"아니, 그녀가 부끄러워하지 않는다는 건 문제가 되지 않아요."

포와로가 머리를 흔들었다.

"내가 알고 싶은 것은 그녀가 어떻게 열차를 빠져나갔느냐는 점이오. 그렇게 하게 시킨 사람이 누구며, 또 그 이유를 알고 싶다는 말이지요."

"그 이유에 대해서라면 말입니다. 그 소녀를 납치해 가려던 게 아닐까요? 몸값을 받아내기 위해서 말입니다."

"하지만 그렇게 하지 않았잖소?"

"경찰이 바짝 추적하니까 그만 겁이 나서, 길가에다 내버리고 도망을 쳤을 수도 있지요."

포와로가 믿을 수 없다는 어조로 물었다.

"크랜체스터 성당의 일개 참사회 의원한테 몸값을 뜯어내 봐야 과연 얼마나 받겠소? 백만장자도 아닌 교회 의원에 불과한 사람한테 말이오."

헌 수사경감이 즐겁게 말했다.

"제가 보기에는 처음부터 끝까지 범인들이 실수한 겁니다."

"아하, 그게 경감의 의견이란 말이지요?"

헌이 얼굴을 약간 붉히며 말했다.

"그럼, 포와로 씨 생각은 어떠신데요?"

"난 그녀가 왜 기차를 빠져나갈 생각을 하게 되었는지 그게 궁금합니다."

경찰관의 얼굴에 그늘이 드리워졌다.

"그건 정말 수수께끼예요, 예. 조금 전까지만 해도 식당차에 앉아 다른 소녀들과 수다를 떨던 소녀가 5분도 채 지나지 않아 감쪽같이 사라져 버린 건, 도저히 이해가 안 갑니다. 요술쟁이가 요술을 부리지 않은 다음에야 어떻게 그런 일이 일어날 수 있을까요?"

"요술쟁이가 요술을 부렸다! 바로 그거요. 포프 학교에서 예약한 객실에 달린 차량에는 다른 객실도 있었을 터인데 거기에 누가 타고 있지 않았습니까?"

헌 경감이 고개를 끄덕였다.

"좋은 착안을 하셨군요. 그건 중요한 문제죠. 그들이 탔던 객실이 열차의 맨 마지막 칸이었는데 사람들이 식당차에서 돌아오자마자 차량 사이의 문들을 잠가 놓았다는 건, 중요한 열쇠가 될 수도 있지요. 물론 문들이 잠긴 건 점심식사가 완전히 준비되기 전에 사람들이 들락거리는 걸 막기 위해서라는 거였어요. 위니 킹은 다른 학생들과 함께 식당차에서 그 차량으로 되돌아왔습니다. 학교 측에서 그 차량의 객실을 3개 예약해놓았기 때문이지요."

"그럼, 그 차량의 다른 객실에는 누가 있었습니까?"

헌이 노트를 꺼냈다.

"조던 양과 버터스 양, 둘 다 중년쯤 된 독신녀로 스위스로 가는 중이었지요. 그들을 조사해본 결과 그들의 고향인 햄프셔에서는 꽤 사회적 지위가 높고 유명한 사람들이었습니다. 두 프랑스인 외판원 중 하나는 리용에서, 다른 하나는 파리에서 온 사람입니다. 두 사람 다 점잖은 중년신사들이에요. 그리고 제임스 엘리옷이라는 청년과 아내가 있었습니다. 눈에 번쩍 띌 정도로 화려한 옷차림을 한 여자였지요. 그 청년은 평판이 아주 나쁜 사람인데, 경찰한테는 몇 가지 밀수사건에 관련되었다는 혐의를 받는 남자입니다. 하지만 유괴사건을 저지른 적은 한 번도 없었습니다. 어떻든 객실을 샅샅이 조사해보았지만, 그가 이번 사건에 관련되었다는 것을 보여주는 물증은 하나도 없습니다. 따라서 그는 이번 유괴사건과는 아무런 관계가 없는 게 분명합니다. 나머지 한 사람은 밴 서이더 부인이라는 미국인인데, 파리로 가던 중이었다고 합니다. 그녀에 대해서는 알려진 게 거의 없지만 별 이상은 없어 보입니다. 이상으로 끝입니다."

에르큘 포와로가 말했다.

"기차가 아미앵을 떠난 뒤로 한 번도 서지 않았다는 것은 정말 확실합니까?"

"예, 틀림없습니다. 한 번 느리게 간 적은 있지만 사람이 뛰어내릴 수 있을 정도로 그렇게 천천히 가지는 않았어요. 죽을 결심을 한 사람이라면 몰라도 달리는 열차에서 뛰어내린다는 게 어디 보통 일인가요?"

에르큘 포와로가 중얼거리듯이 말했다.

"정말 흥미로운 사건이오. 한 여학생이 아미앵 근교에서 바람같이 사라져버렸다가 다시 나타난다. 그럼, 그동안 그녀는 어디에 있었던 걸까?"

헌 경감이 머리를 흔들었다.

"글쎄, 그걸 누가 알겠습니까. 참! 그런데 신발에 대해서 물어보셨다면서요? 그 여학생의 신발 말입니다. 우리가 그녀를 찾아냈을 때는 신발을 다 신고 있없어요. 그런데 이상한 점은 열차 신호수가 철로변에 신발 한 켤레가 놓여 있는 것을 발견했다는 겁니다. 그는 신발이 새것 같아 보여서 집으로 가져갔다고 하더군요. 검은색 구두라나 봐요."

"아하—." 포와로가 말했다. 그런 그의 표정은 만족스러워 보였다.

헌 경감이 호기심 어린 목소리로 말했다.

"그 신발에 무슨 의미라도 들어 있습니까, 예? 무슨 중요한 의미라도……."

"가설을 사실로 뒷받침해주는 단서가 되지요." 에르퀼 포와로가 말했다.

"어떻게 수수께끼를 부렸나 하는 가설 말입니다."

4

포프 학교는 같은 종류의 다른 많은 학교처럼 뇌이유에 있었다. 위풍당당한 건물의 정면을 쳐다보고 서 있던 에르퀼 포와로는 갑자기 정문에서 쏟아져 나오는 여학생들 틈에 휩싸여 버렸다.

그가 그 숫자를 세어본 결과 모두 25명이었는데, 한결같이 검푸른 색 윗도리와 스커트를 입었으며, 머리에는 검푸른 색 벨루어 천으로 만든 영국풍 모자를 쓰고 있었다. 그것도 포프 양이 선택한 독특한 자줏빛과 황금빛의 테가 둘러쳐진 모자였다. 그들의 나이는 14세에서 18세 사이로 보였는데 그들의 나이만큼이나 그 생김새도 다양해서 뚱뚱한 학생, 마른 학생, 금발머리 학생, 까만 머리 학생, 차갑게 보이는 학생, 우아해 보이는 학생 등 고루 섞여 있었다. 맨 마지막으로 나이 어린 여학생들과 함께 나이가 지긋해 보이는 한 여자가 걸어 나왔다. 희끗희끗한 백발에 까다로운 표정을 짓고 있었는데 포와로는 아마 비쇼 양일 거라고 지레짐작했다.

포와로는 잠시 그들을 바라보다가 벨을 눌러 포프 양을 만나고 싶다는 뜻을 전했다. 래비니아 포프 양은 그녀의 부사령관 격인 비쇼 양과는 아주 다른 사람이었다. 포프 양은 남다른 품격과 위엄을 갖추고 있었다. 포프 양이 학부모들에게 아무런 스스럼없이 대한다고 해도, 학부모들은 감히 접근치 못할 그녀의 당당한 태도 앞에서 주눅이 들게 뻔했다. 교장이라는 그녀의 처지에서 보자면 그것은 아주 좋은 무기가 되는 셈이었다.

그녀의 백발은 단정하게 손질되어 있었고, 그녀가 입는 옷은 수수하면서도 독특한 세련미를 풍기고 있었다. 또 그녀는 유능하고 박식했다.

그녀가 포와로를 맞이한 방은 교양 있는 여자의 향취가 물씬 풍기는 방이었다. 우아한 가구와 꽃, 액자에 든 사진들이 방 안을 장식하고 있었다. 그 사진들은 이 학교 출신으로서 저명인사가 된 사람들의 사진인데, 사진마다 각자의 사인이 들어 있었다. 그들 대부분은 학위 수여식 때 입는 정장차림이었다. 벽에는 세계 각국의 명화 복제품들과 아름다운 수채화 몇 점이 걸려 있었다. 온 방 안을 얼마나 깨끗하게 청소했는지 반짝반짝 윤이 날 정도였다. 한마디로 먼지 한 점 떨어뜨리기도 미안할 만큼 깔끔한 방이었다.

포프 양은 자신만만하고 능숙한 태도로 포와로를 맞이했다.

"에르큘 포와로 씨? 물론 당신 이름은 잘 알고 있지요. 위니 킹이 겪은 불행한 사건 때문에 여기 오셨나 보군요. 그렇게 마음을 괴롭힌 사건도 또 없었습니다."

그러나 포프 양은 마음의 괴로움을 겪은 것 같지는 않았다. 그녀는 불행을 기정사실로 받아들여 유연하게 대처함으로써 불행이 미치는 파장을 될수록 줄여보겠다는 태세인 것 같았다.

"그런 일이, 전에는 한 번도 일어난 적이 없습니다." 포프 양이 말했다.

또한 그녀의 태도는, '그리고 앞으로도 절대 또다시 그런 일이 일어나지는 않을 겁니다!'라고 말하는 듯했다.

"이번에 처음으로 입학하는 학생이었지요?" 에르큘 포와로가 말했다.

"그렇습니다."

"위니와 예비 면담을 가지셨겠지요? 물론 그녀의 부모도 함께 말입니다."

"최근은 아니에요. 2년 전 제가 크랜체스터 부근에 잠시 머문 적이 있었지요. 주교와 함께 말입니다. 사실……."

그렇게 말하는 포프 양의 태도는 마치 이렇게 말하는 듯했다. '똑똑히 들어요. 난 주교 같은 사람들하고 지내는 신분이란 말이에요.'라고 말이다.

그녀는 이어서 말했다.

"제가 거기 머무르는 동안 성당 참사회 의원과 그 부인을 알게 되었지요. 참 안됐기도 킹 부인은 몸이 아주 약하시더군요. 그때 위니를 만나게 된 겁니다. 가정교육을 잘 받고 자란 학생으로 미술에 대한 관심과 소질이 많았어요. 그래서 제가 킹 부인에게 말했지요. 1~2년 뒤에 위니가 보통교육 과정을 마치면 우리 학교에 입학하는 게 어떻겠냐고요. 포와로 씨, 우리 학교는 미술과 음악을 전문적으로 가르치는 학교입니다. 그래서 학생들은 오페라 좌(座)나 국립 극장으로 관람을 가기도 하며 루브르 박물관에서 강의하는 것을 들으러 가기도 하지요. 또 학생들에게 음악, 성악, 미술을 가르치는 선생님으로는 최고 수준의 선생들만 모시고 있어요. 보다 넓고 풍부한 문화생활, 그게 바로 우리 학교의 교육 목표입니다."

포프 양은 불현듯 포와로가 학부형이 아니라는 사실을 상기해 내고는 짤막하게 덧붙였다.

"제가 도울 일이라도 있습니까, 포와로 씨?"

"위니에 대한 학교 측의 견해가 어떤지 알고 싶습니다."

"킹 참사회 의원이 아미앵까지 와서 위니를 데리고 집으로 돌아갔습니다. 충격을 받은 아이가 마음의 안정을 찾는 데는 집이 최고입니다."

그녀는 계속 말했다.

"우린 허약한 학생들은 받지 않습니다. 왜냐하면 그 학생들을 돌볼 전문 시설이 없거든요. 그래서 제가 참사회 의원에게 그 학생을 집으로 도로 데려가는 게 낫겠다고 말해주었지요."

에르퀼 포와로가 무뚝뚝하게 물었다.

"포프 양의 견해로는 실제로 어떤 일이 벌어졌을 것 같습니까?"

"그걸 제가 어떻게 알겠어요, 포와로 씨. 제게 보고된 내용으로 봐서는 정말 믿어지지 않는 일이 발생했으니까요. 솔직히 학생들을 인솔하는 일을 맡은 우리 직원이 그렇게 큰 잘못을 저질렀다고는 생각지 않습니다. 물론 좀더 빨리 그 여학생이 없어진 것을 발견하지 못한 책임은 있겠지요?"

"혹시 경찰에서 찾아오지는 않았습니까?" 포와로가 말했다.

포프 양의 당당한 태도가 약간 흔들렸다. 그녀는 차가운 어조로 말했다.

"경시청의 르파르지 씨라는 사람이 날 찾아왔더군요. 혹시 제가 그 사건에 대해 뭘 아는 게 아닐까 해서요. 하지만 제가 아는 게 뭐 있어야 얘기를 해주죠. 그랬더니 그 사람은 위니의 트렁크를 조사하게 해달라고 하더군요. 물론 같이 온 다른 학생들의 트렁크도 함께 말이죠. 그래서 이미 다른 경찰관이 와서 조사해 갔다고 말해줬습니다. 지휘계통이 하나로 서 있지 못한 모양이라고 혼자 추측하면서 말입니다. 그 사람이 떠난 지 몇 분도 채 안 되어 전화가 한 통 걸려 왔습니다. 그래서 전 그들에게 위니의 소지품 모두를 건네줄 수는 없다고 딱 잘라 말했지요. 무척 화가 나더군요. 그렇게 거만하고 관료적인 경찰한테 굴복할 수는 없다고 생각한 거죠."

포와로는 한숨을 길게 내쉬었다.

"아주 용기가 대단하십니다. 정말 존경스럽군요, 마드모아젤. 위니의 트렁크가 여기 도착하고 나서 그 짐을 풀어보셨겠지요?"

포프 양의 안색이 약간 싸늘하게 변했다.

"규칙이에요." 그녀가 말했다.

"우린 엄격한 규칙에 따라 생활합니다. 여기선 학생들의 트렁크가 도착하면 직원들이 그 짐을 풀어서 제가 지시하는 곳에다 정리해놓고 있습니다. 따라서 딴 학생들의 짐을 풀 때 위니의 짐도 풀었지요. 물론 위니의 짐은 원래대로 다시 싸 놓았습니다. 짐을 찾으러 오면 돌려주기 위해서 말이에요."

"원래대로?" 포와로가 말했다.

그러고 나서 그는 벽 쪽으로 걸음을 옮겼다.

"멀리 대성당이 보이는 이 그림의 다리는 그 유명한 크랜체스터 다리군요."

"잘 보셨습니다, 포와로 씨. 위니가 저를 놀라게 해주려고 저 그림을 그렸나 봅니다. 위니의 트렁크 속에 저 그림이 잘 포장되어 들어 있었어요. 포장지 위에는, '포프 선생님께 위니가 드림.'이라는 글이 씌어 있었죠. 정말 귀엽고 깜찍하더군요."

"아하! 그럼, 어떻게 생각하십니까, 그림으로서는?" 포와로가 말했다.

솔직히 그는 지금까지 크랜체스터 다리를 그린 그림을 수없이 많이 봤었다. 왕실미술전에 출품되는 작품 중 매년 빠지지 않고 등장하는 대상이 바로 그

다리였던 것이다. 어떤 때는 유화, 어떤 때는 수채화라는 것만 달랐을 뿐이다. 그러다보니 그는 아주 뛰어나게 잘 그린 그림, 평범하게 그냥 그린 그림, 아주 형편없는 그림 등 여러 수준의 그림을 보아왔다. 그러나 이 그림처럼 실물을 있는 그대로 묘사한 그림은 본 적이 없었다.

포프 양은 관대한 미소를 짓고 있었다.

"학생들의 의욕을 꺾어서는 안 되지요, 포와로 씨. 물론 위니가 지도를 받게 되면 솜씨가 훨씬 나아질 거예요."

포와로는 생각에 잠긴 어조로 말했다.

"그 나이에는 수채화로 그리는 게 더 자연스러운 일이 아닙니까?"

"예, 그 학생이 유화를 그리는 줄은 나도 몰랐습니다."

"아하!" 에르퀼 포와로가 말했다.

"내가 좀 봐도 되겠습니까, 마드모아젤?"

그는 그림을 벽에서 떼어 내 창문으로 가져갔다. 그것을 한참 들여다보던 포와로가 입을 열었다.

"부탁이 있는데요, 마드모아젤. 이 그림을 내가 가져가면 안 되겠습니까?"

"글쎄요, 그게, 포와로 씨……."

"이 그림에는 별로 애착이 없으신 것 같은데요. 그림이 형편없다고 하셨잖습니까?"

"오, 예술적인 가치가 없다는 건 저도 인정해요. 하지만 그건 학생의 작품이고……."

"분명히 말씀드리지만, 마드모아젤, 이 그림은 여기 벽에다 걸어둘 그런 그림이 아닙니다."

"왜 그런 식으로 말씀하시는지 영문을 모르겠군요, 포와로 씨."

"지금 당장 그걸 증명해 드리지요."

그는 주머니에서 병 하나와 스펀지, 그리고 헝겊 조각들을 꺼냈다.

"우선 간단하게 얘기부터 하기로 하지요, 마드모아젤. '백조로 변한 미운 오리 새끼' 동화와 비슷한 얘기입니다."

그는 입으로 얘기하면서도 바쁘게 손을 움직였다. 터펜틴 유(油) 냄새가 방 안을 진동했다.

"교장 선생님은 레뷰(시사 풍자극으로 음악·춤·무대장치가 화려한 극)를 잘 구경하러 가시지 않는 모양이지요?"

"아, 예, 솔직히 말하면 좀 시시한 것 같아서……."

"시시하지요. 예, 하지만 때로는 얻는 것도 있습니다. 난 아주 머리가 좋은 유명한 풍자극 배우가 불가사의한 방법으로 변신하는 것을 본 적이 있습니다. 어느 순간에 보면 그녀는 아름답고 요염한 카바레의 여왕이 되어 있습니다. 그러나 10분도 채 못 되어 그녀는 아데노이드 증세가 있는 조그만 여학생으로 분장하여 교복을 입고 나옵니다. 그런가 하면 어느새 또 그녀는 미래의 운수를 점치는 누더기를 걸친 집시로 분장해 나오지요."

"그럴 수야 충분히 있겠죠. 하지만 왜 그런 말을 하시는지 이해가……."

"난 기차 안에서 요술쟁이가 어떻게 요술을 부렸는지를 설명하려는 겁니다. 머리는 양쪽으로 땋아 늘어뜨리고, 안경을 쓰고, 거기다가 치과 교정장치까지 해서 정말 꼴불견처럼 보이는 위니라는 한 여학생이, 화장실로 들어갑니다. 그리고 15분도 채 못 되어 다시 나타납니다. 헌 경감의 말을 빌리자면, 눈에 번쩍 띌 정도로 화려한 옷차림을 하고서 말이지요. 얇은 실크 스타킹, 높은 하이힐, 교복을 가리기 위해 걸친 밍크코트, 구불거리는 머리 위에 올려놓은 귀엽고 앙증맞은 모자, 그리고 짙게 화장한 얼굴. 예, 분을 짙게 바르고, 빨갛게 바른 입술, 그리고 새카맣게 마스카라를 칠한 눈! 그렇게 빠른 시간에 완벽하게 변신할 수 있는 그 사람의 정체는 과연 뭘까요? 아마 하나님만 아셨겠지요! 하지만 마드모아젤, 당신은 어떻게 미숙한 여학생이 촌티를 벗고 요술이라도 부리는 것처럼 순식간에 매력적이고 세련된 미인으로 변모할 수 있는지를 종종 봐 왔습니다."

포프 양은 상당히 놀란 모양인지 숨도 제대로 쉬지 못했다.

"그럼, 당신의 얘기는 위니 킹이 변장했다는……."

"위니 킹은 아닙니다. 천만에요. 위니는 열차가 런던을 조금 지난 지점에서 납치되었습니다. 그리고 변신의 명수인 우리의 주인공이 그 소녀 노릇을 한 거지요. 따라서 비쇼 양은 진짜 위니 킹을 한 번도 본 적이 없는 셈입니다. 머리를 양 갈래로 땋아 내리고 치과 교정장치를 낀 여학생이 사실은 위니 킹이 아니라는 걸 그녀가 어떻게 알겠소? 거기까지는 그런대로 좋았는데 문제는 위니가 진짜 이곳에 와서는 안 된다는 데 있었습니다. 왜냐하면 당신은 진짜 위니와 안면이 있는 처지였으니 말입니다. 그래서 위니는 화장실에 들어가 사라지고 싹 요술을 부려 제임스 엘리웃이라는 남자의 여권에 기재된 아내로 나타납니다! 양 갈래로 땋은 머리, 안경, 레이스 실로 짠 스타킹, 치과 교정장치. 이 모든 것은 둘둘 뭉쳐 가방 한구석에 처박아 버리면 되지요. 그러나 투박한 구두와 모자, 그것도 잘 구겨지지 않는 영국풍 모자는 버려야 했습니다. 그래서 그걸 창문 밖으로 집어던져 버렸지요. 그 뒤 진짜 위니는 해협 건너편까지 끌려갑니다. 강제로 마약을 먹고 정신을 잃은 어린 소녀를 경찰의 눈이 미치지 않는 곳까지 데려간 거지요. 그리고 차로 간선도로변에다 그 아이를 내려놓고는 사라져 버린 겁니다. 만일 그 소녀가 스코플라민 때문에 계속 의식을 잃고 있었다면 자기 몸에 무슨 일이 일어났는지 거의 기억을 해내지 못하겠지요."

포프 양은 포와로를 노려보고 있었다. 그녀가 덤벼들듯이 물었다.

"하지만 왜요? 뭣 때문에 제가 그런 어리석은 행동을 했다는 겁니까?"

포와로가 우울하게 말했다.

"위니의 짐 때문이지요! 범인들은 영국에서 프랑스로 몰래 가져갈 물건을 가지고 있었습니다. 세관원들이 눈에 불을 켜고 찾는 물건이지요. 좀더 정확히 말하자면 도난품이지요. 그런데 세관원의 눈을 피하기 위해서 여학생의 트렁크보다 더 안전한 곳이 어디 있겠습니까? 포프 양, 당신은 유명한 인물이고, 학교도 평판이 아주 좋습니다. 미래의 예술가가 될 어린 학생들의 짐은 세관에서도 검사하지 않고 대부분 그냥 통과시켜 주고 있습니다. 더욱이 유명한 포프 학교의 학생들이라는 데에야 두말할 나위가 없지요! 그러나 납치사건이 알려진 뒤에, 경시청의 형사가 와서 그 학생의 짐을 가져가겠다고 하면 그야말로 도로아미타불이 되겠지요."

에르퀼 포와로는 싱긋 미소를 지었다.

"하지만 다행스럽게도 이 학교의 규칙상 트렁크가 도착하면 짐을 풀어보기로 되어 있습니다. 그리고 위니가 당신에게 줄려고 했다는 선물, 물론 위니가 크랜체스터에서 포장한 선물은 아니지요."

그는 그녀 앞으로 다가갔다.

"당신은 이 그림을 나한테 준 거요. 분명히 말하지만, 이 그림이 당신의 이 우수한 학교에는 적합하지 않다는 것을 인정해야 합니다!"

그가 캔버스 쪽으로 손을 뻗었다. 그러자 마치 요술이라도 부린 것처럼 크랜체스터 다리가 사라지고 대신 풍부하면서도 부드러운 색조의 고전적인 광경이 나타났다.

포와로가 부드럽게 말했다.

"히폴리테의 띠지요. 히폴리테가 헤라클레스에게 자신의 띠를 주는 장면을 그린 그림인데, 루벤스의 작품이지요. 아주 위대한 작품이긴 합니다만, 당신의 응접실에 걸어놓기에는 어울리지 않는 그림이오."

포프 양의 얼굴이 약간 벌게졌다.

히폴리테의 손에는 띠가 들려 있었고, 몸은 아무것도 걸치지 않은 나신이었다. 헤라클레스 한쪽 어깨에는 사자 가죽이 비스듬하게 걸쳐져 있었다. 루벤스의 그림 속에 나오는 인물들은 모두 풍만하고 관능적인 육체를 지니고 있었다.

포프 양은 마음의 평정을 찾은 목소리로 말했다.

"정말 훌륭한 예술작품이에요. 하지만, 당신이 말한 대로 결국에는 학부모들의 감정을 존중해야만 되겠지요. 마음이 좁은 사람들이 꽤 많으니까요. 제 말뜻을 이해하실지 모르겠지만……."

5

포와로가 막 학교를 떠나려고 할 때였다. 갑자기 뚱뚱한 학생, 마른 학생, 검정 머리 학생, 금발머리 학생 등 각양각색의 여학생 무리가 주위로 우르르 몰려들었다.

"이런! 진짜 아마존(그리스 전설의 여장부로 사나운 여자를 가리킴)들이 공격하는 것 같군!" 그는 불어로 중얼거렸다.

키가 큰 금발머리 여학생이 큰소리로 외쳤다.

"소문이 다 돌았대요……."

학생들이 파도처럼 그의 주위로 밀려들자 에르퀼 포와로는 꼼짝달싹도 할 수 없이 그만 갇혀버리고 말았다. 젊고 시끌벅적한 여학생들 틈에 끼인 그의 모습도 찾아보기 어려웠다.

25명의 학생이 제각기 다른 음색으로 똑같은 말을 소리치고 있었다.

"포와로 씨, 사인북에 사인 좀 해주시겠어요?"

게리온의 무리들

1

"이렇게 불쑥 찾아와서 정말 미안합니다, 포와로 씨."

카너비 양은 자신의 핸드백을 양손으로 단단히 움켜쥐고는 몸을 앞으로 내밀었다. 그러고는 근심 어린 눈길로 포와로의 얼굴을 뚫어져라 쳐다보았다. 여느 때와 같이 그녀의 목소리는 숨 가쁘게 들렸다.

에르큘 포와로의 눈썹이 치켜 올라갔다.

"저를 기억하시겠지요?" 그녀는 속이 타는 듯이 말했다.

에르큘 포와로의 눈이 반짝 빛났다.

"내가 만난 범인 중 가장 운이 좋았던 사람 중 하나라고 기억하고 있소!"

"어머나, 포와로 씨, 꼭 그렇게 말씀하셔야 해요? 제게 친절하게 대해 주셨던 것은 늘 잊지 않고 있답니다. 에밀리와 전 종종 포와로 씨 얘기를 하곤 해요. 그리고 혹시 신문에 당신에 대한 기사라도 나면 오려서 철을 해놓곤 합니다. 아우구스투스한테는 우리가 새로운 재주를 하나 가르쳤죠. 우리가, '셜록 홈스를 위해 죽어라, 포튠 씨를 위해 죽어라, 헨리 메이베일 경을 위해 죽어라, 그리고 에르큘 포와로 씨를 위해 죽어라.'라고 말하면 아우구스투스는 아래로 내려가서 통나무같이 누워 버린답니다. 그리고 일어나라는 말을 할 때까지는 꼼짝도 하지 않고 그대로 누워 있지요!"

"그것참 영광입니다." 포와로가 말했다.

"그래, 귀여운 아우구스투스는 어떻게 지냅니까?"

카너비 양은 양손을 깍지 끼고는 자기 집 발바리를 입에 침이 마르도록 자랑하기 시작했다.

"오, 포와로 씨, 말도 마세요. 얼마나 영리해졌는지 몰라요. 모르는 게 없답니다. 얼마 전에 제가 유모차에 있는 어떤 아기를 보고 예쁘다며 머리를 쓰다

듣어 주고 있는데 갑자기 손의 감각이 이상해서 돌아보았더니, 글쎄 아우구스투스가 있는 힘을 다해 끈을 물어뜯고 있지 않겠어요? 그것만 봐도 얼마나 영리한지 아시겠죠?"

포와로의 눈이 반짝 빛났다.

"아우구스투스도 우리가 지금 얘기하는 그런 범죄의 취향을 갖게 된 모양이지요!"

그러나 카너비 양은 웃지 않았다. 대신 그녀의 통통한 얼굴에는 걱정과 슬픈 기색이 감돌았다. 그녀가 기어들어가는 듯한 소리로 말했다.

"오, 포와로 씨, 걱정이 돼서 죽겠어요."

"무슨 일이지요?" 포와로가 친절하게 말했다.

"아시다시피, 포와로 씨, 전 두려워요, 전 정말로 두렵습니다. 제가 '상습적인 범죄자'라는 사실 말이에요. 그런 표현을 쓸 수 있는 자격이 제게 있는지는 모르겠지만 수시로 착상들이 떠올라 미치겠어요!"

"무슨 착상이요?"

"아주 별난 착상들이에요! 예를 들면 어제는 우체국을 털 아주 구체적인 계획이 머리에 떠올랐어요. 그런 걸 염두에 둔 적은 한 번도 없었는데, 갑자기 그런 계획이 머리에 떠오르더라고요! 그러고는 세관에 침입할 수 있는 기발한 방법이 떠오르지 않겠어요. 전 확신이 서요. 아주 확신이 온다고요. 그 계획이 생각으로만 끝나지 않고 실행될 거라는 걸 말이에요."

"아마 그럴지도 모르죠." 포와로가 차갑게 말했다.

"당신의 착상이 위험한 이유가 바로 그겁니까."

"그래서 저도 얼마나 고민이 되는지 몰라요, 포와로 씨. 어릴 때 아주 엄격한 가정교육을 받고 자란 저로서는 그런 법에 어긋나는, 진짜 나쁜 착상들이 머리에 떠오르는 게 양심에 가책이 되어 죽겠어요. 제가 생각하기에 문제는 물론 부분적이긴 하지만 제가 너무 한가한 시간이 많아서 그런 것 같아요. 요새 전 호긴 부인댁을 나와 한 노부인 밑에서 매일 편지를 읽어주고 또 그녀 대신 편지를 써주는 일을 하고 있습니다. 하지만 편지 쓰는 일이란 게 금방 끝나기 마련이고, 제가 책을 한두 줄 읽기가 무섭게 그녀는 잠이 들어버리니깐 그만 할 일이 없어져 그냥 가만히 앉아 있게 되거든요. 다시 말해 빈둥거리며 그냥 시간을 보내는 거죠. 그런데 악마는 바로 그 게으름을 이용한다는 사실은 모르는 사람이 없잖아요."

"쯧쯧!" 포와로는 혀를 찼다.

"얼마 전에 아주 최근에 나온 책을 한 권 읽었어요. 독일어를 번역한 책인데 인간의 범죄성향에 대해 아주 시사적인 의미를 던져주고 있더군요. 제가 이해하기로는 인간은 누구나 자신의 충동을 승화시켜야 한다는 의미 같았어요! 사실은 그 때문에 선생님을 찾아온 거예요."

"뭐요?" 포와로가 말했다.

"포와로 씨는 아실 거예요. 전 자극적인 것을 추구하는 것, 그 자체는 그리 사악하지 않다고 생각합니다. 제 일생은 불행하게도 아주 평범한 것이었어요. 저어, 그래서 밥바리들과 함께 운동했을 때가 진짜 사는 것 같다는 생각이 들 때가 많아요. 물론 그건 비난받아 마땅하지만, 제가 읽었던 책에도 쓰여 있듯이 인간은 사실에 등을 돌리지 말아야 한다고 생각해요. 선생님을 이렇게 찾아온 것은, 혹시 가능하지 않을까 하는 일말의 기대감이 있어서예요. 자극적인 것을 추구하는 저의 그런 성향을 승화시킬 수 있도록 선생님께서 좀 도와주시면 안 될까요? 그렇게 되면 천사의 편에서 그런 성향을 쓸 수 있을 것 같은데요."

"아하, 그러니까 자진해서 내 동료가 되겠다는 말이오?" 포와로가 말했다.

카너비 양의 얼굴이 붉어졌다.

"주제넘은 말씀을 드리고 있다는 것은 저도 잘 알아요. 하지만 선생님이 너무 친절하게……."

그녀는 말을 끊었다. 그녀의 엷은 푸른색 눈빛은 혹시나 주인이 데리고 산책하러 나가 주지 않을까 하고 요행을 바라는 강아지의 눈빛을 닮아 있었다.

"그것도 한 착상에 들어가겠군." 에르큘 포와로는 천천히 말했다.

"물론, 전 그렇게 똑똑한 편은 못 됩니다." 카너비 양이 덧붙였다.

"하지만 제가 가진 능력 중, 시치미 떼는 능력 하나만은 우수하다고 자부해요. 물론 그러지 않을 수가 없었죠. 그렇지 않으면 먹고 사는 데 지장이 많았을 테니까요. 그리고 제 경험상 좀 어리석은 척하는 것이 그렇지 않을 때보다 훨씬 더 결과가 좋다는 것을 알고 있죠."

에르큘 포와로는 웃었다.

"아가씨가 몹시 마음에 들어요, 마드모아젤."

"어머나, 포와로 씨. 정말 친절하신 분이세요. 그럼, 이제 희망을 품어도 되는 거죠? 공교롭게도 바로 얼마 전에 유산을 조금 물려받았어요. 얼마 안 되긴 하지만, 그래도 동생과 제가 먹고살기에는 충분한 금액이기 때문에 전처럼 제가 그렇게 열심히 일을 하지 않아도 되게 되었답니다."

"이제 내가 고려해야 할 사항은……." 포와로가 말했다.

"당신의 재능을 어디에 가장 적합하게 써먹을 수 있는가 하는 점이오. 당신한테 무슨 생각이 있을 법도 한데, 어떻소?"

"선생님은 상대방의 마음속까지 꿰뚫어 보시는군요. 안 그래도 요즘 제 친구 하나가 걱정되어 죽겠어요. 그래서 선생님을 찾아오려고 했었죠. 물론 선생님은 한 늙은 하녀의 부질없는 공상이나 상상이라고 하실지도 모르겠어요. 사람이란 원래 과장하는 버릇이 있어서 그냥 우연히 같이 일어난 사건들이라도 한데 엮어 줄거리를 만들어 보려는 경향이 있으니까요."

"당신이 과장해서 생각한다고는 보지 않소, 카너비 양. 그러니까 생각나는 대로 다 얘기해봐요."

"저한테 친구가 하나 있는데 아주 절친한 친구예요. 비록 최근 몇 년간은 자주 만나지 못하긴 했지만요. 이름은 에멀린 클레그입니다. 영국 북부에 사는 한 남자에게 시집갔었는데 몇 년 전에 남편이 세상을 떠나서 제가 보기에는 혼자 조용히 사는 친구예요. 하지만 친구는 남편이 죽은 뒤 외로움과 불행하다는 느낌에 사로잡혔는지 어떤 면에서 보면, 좀 바보스럽고 고지식한 여자가 된 것 같아요. 신앙이 삶에 큰 도움이 되기는 하겠지요. 하지만 그건 전통적이 종교일 때나 그렇죠."

"그리스 정교(가톨릭의 한 분파로 로마 교황을 인정하지 않고 교회와 의식을 존중함) 얘기요?" 포와로가 물었다.

카너비 양은 충격을 받은 듯했다.

"오, 아니에요. 영국 국교 말입니다. 전 가톨릭을 좋아하지는 않지만, 최소한 인정은 해요. 또 웨즐리교(영국의 감리교)와 조합 교회 역시 유명한 종교단체들이지요. 제 말은 아주 별난 신흥 종교단체들에 대한 얘기예요. 그들은 요즘 막 세력을 확장하고 있어요. 그들의 종교가 일종의 감정적인 호소력을 지니고 있기는 하지만 그게 순수한 의미에서의 종교라고 할 수 있을까 하는 것은 의문점이지요."

"그럼, 그 친구가 그런 신흥 종교단체 때문에 희생되었을 거라는 거요?"

"그래요. 오, 틀림없어요. 그들은 스스로 '목자의 무리'로 자처한다더군요. 그들의 본부는 데본셔에 있어요. 바다와 접해 있는 아주 아름다운 마을이죠. 신자들은 피정(避靜; 일정한 기간 동안 조용한 곳에서 하는 종교 수련)이라는 종교적 행사를 위해 그곳에 모입니다. 그러고는 2주일 동안 거기서 예배와 독특한 의식을 행한답니다. 또 일 년에 세 번 큰 축제가 있는데, 그걸 목초도래제, 충목초제, 목초추수제라고 한다나 봐요."

"마지막 게 제일 우습군." 포와로가 말했다.

"목초를 추수하는 사람이 어디 있어."

"그것만 우스운 게 아니라 다 우스워요."

카너비 양은 다소 흥분된 어조로 말했다.

"그 교파의 가장 중심인물은 신도들이 '위대한 목자'라고 부르는 사람인데, 앤더슨 박사라는 남자가 바로 그 사람입니다. 직접 보면 인물이 아주 잘생긴 남자인가 봐요."

"그 외모가 여자들을 끄는 매력이란 말이군요?"

"글쎄, 그래서 걱정이 된다니까요." 카너비 양이 한숨을 쉬었다.

"우리 아버지는 인물이 아주 잘생긴 사람이셨어요. 그런 까닭에 교구 내에서 난처한 일이 종종 생겼답니다. 같은 성직자들끼리 시샘하고 그래서 교구가 갈라지고……."

그녀는 회상에 젖은 채 고개를 저었다.

"그 '위대한 무리' 신도들이 대부분 여자들이오?"

"적어도 사분의 삼은 그럴 거예요. 남자들이 있다고는 하지만 그들은 대부분 얼치기이죠! 따라서 교단의 세력 확장을 위해 전도하는 것도 헌금을 내는 것도 여자들이죠."

"아하ㅡ." 포와로가 말했다.

"이제 문제의 핵심에 이르렀군요. 솔직히 말해 당신은 그 단체가 엉터리 사기라는 거요?"

"솔직히 말해서 그래요, 포와로 씨. 그리고 제가 걱정하는 이유가 또 있어요. 불쌍한 제 친구가 그 종교에 빠져 최근에 자기의 모든 재산을 이 단체에 헌납하겠다는 유언장을 작성했거든요."

포와로가 날카롭게 말했다.

"그쪽에서 그런 걸, 그녀에게 은근히 강요하거나 암시한 적은 있었소?"

"공정하게 말한다면 없어요. 그건 전적으로 제 친구의 의사였어요. '위대한 목자'가 새로운 삶의 길로 인도해주었고, 그렇기 때문에 자기가 죽으면 위대한 운동을 위해 모든 재산을 교단에 바치겠다는 거예요. 그런데 제가 정말 염려스러운 점은……."

"좋아요, 계속하시오."

"그런 유언장을 작성한 사람 중에 아주 돈이 많은 여자가 여럿 있었는데, 작년에 그중 세 명이 죽었어요."

"자신들의 재산을 모두 교단에 남겨주고 말이지요?"

"예."

"그들의 친척들이 아무 이의도 제기하지 않았습니까? 소송을 제기했을 법도 한데요."

"아실는지 모르겠지만, 포와로 씨, 그 교단의 신도들은 대부분 독신녀들이에요. 가까운 친척이나 친구들이 거의 없는 사람들이죠."

포와로가 생각에 잠겨 고개를 끄덕였다.

카너비 양은 서둘러 얘기를 계속했다.

"물론 제가 그런 것을 문제 삼을 권리는 없어요. 제가 아는 한도 내에서는 그들의 죽음에 의문을 품을 만한 점이 없거든요. 한 사람은 유행성 독감 후유증으로 급성 폐렴에 걸려 사망했고, 또 한 사람은 위궤양으로 죽었죠. 다시 말해 그들 모두 그린 힐 성소가 아닌 자기 집에서 숨을 거뒀다는 거죠. 그러니까 무슨 문제가 있는 건 분명히 아니겠지만, 그래도 전, 글쎄, 에미한테 혹시 무슨 일이라도 일어날까 봐 걱정이 돼서 그러는 거죠."

그녀는 손을 깍지 끼고서 호소하는 눈빛으로 포와로를 바라보았다.

포와로는 한동안 침묵을 지켰다. 이윽고 그가 입을 열었을 때 목소리에는 변화가 있었다. 그는 심각하고 어두운 투로 말했다.

"최근에 사망한 여자들의 이름과 주소를 알고 있으면 알려주고, 모른다면 찾아서 알려주겠소?"

"그렇게 하고말고요, 포와로 씨."

포와로가 느릿느릿 말했다.

"마드모아젤, 내 생각에 당신은 대단한 용기와 결단력이 있는 여성인 것 같소. 또 연기력도 대단하고 말이오. 그럼, 상당한 위험이 뒤따를지도 모르는 일이 하나 있는데 그 일을 맡아 주겠소?"

"그럼, 맡다마다요." 모험심에 가득 찬 카너비 양이 말했다.

포와로가 경고하듯이 말했다.

"만약 정말로 위험이 따른다면, 목숨까지도 위험해질지 모르오. 이게 아무것도 아닌 일인지, 아니면 중대한 사건인지는 당신이 호랑이굴로 들어가 살펴보면 알게 될 것이오만, 그러기 위해서는 먼저 당신이 그 위대한 무리의 신도로 위장해야 할 것이오. 내 생각으로는 당신이 요즈음 물려받았다는 유산의 액수를 좀 불리는 게 좋을 듯싶소. 그럼, 이제부터 당신은 인생의 아무런 목표 없이 방황하는 부유한 여인이 되는 것이오. 그리고 당신의 친구인 에멀린이 푹 빠져 있는 종교에 대해 그녀와 논쟁하는 거요. 그 종교가 아주 잘못된 것이라고 하면서 말이오. 그러면 그녀는 그 말에 반박하면서 어떡해서든지 그 종교로 당신을 끌어들이려 할 것이오. 그럼, 당신은 그 말에 설복되어 그린 힐 성소로 내려가는 것처럼 행동하는 거요. 그리고 거기서 앤더슨 박사의 설교와 그 마술적 매력에 사로잡힌 광신자가 된 척하는 거요. 당신이라면 그 역할을 충분히 잘해 낼 수 있을 것 같은데, 어떻소?"

카너비 양이 겸손하게 미소를 지었다. 그리고 나지막이 말했다.

"그런 일이라면 자신 있어요!"

2

"어이, 여보게, 뭣 좀 알아낸 게 있는가?"

재프 주임경감은 그 물음을 건네 온 자그마한 남자를 조심스러운 눈초리로 바라보았다. 그러고는 좀 기가 죽어서 대답했다.

"쓸만한 정보는 전혀 없네, 포와로. 난 머리를 길게 기른 광신자들이 독약만큼이나 싫다네. 여자들에게 허황한 미신 같은 것을 잔뜩 주입시켰더군. 그렇지만 그 친구 꽤나 용의주도하던걸. 도무지 꼬투리 잡을 만한 게 없더라고. 모든 게 약간은 비정상으로 보이긴 하지만 그렇다고 크게 해가 될 만한 것도 없어."

"앤더슨 박사라는 남자에 대해서는 좀 알아봤는가?"

"그의 지난 과거를 조사해봤지. 한때는 촉망받는 화학자였는데 독일 어느 대학에 있다가 밀려났더군. 그의 어머니가 유대인이었던 탓인가 봐. 그는 동양의 신비주의와 종교에 대해 항상 관심이 많아서 남는 시간을 모두 그 연구에 매달렸고 또 다양한 논문들을 썼다네. 그중 어떤 논문은 내가 보기에 미친 듯한 내용을 담고 있더군."

"그럼, 진짜 광신자일 가능성이 있다는 건가?"

"바로 그런 말이지!"

"내가 자네한테 준 주소와 이름에 대해서도 알아봤는가?"

"거기도 별 이상한 점은 없어. 에버릿 양은 궤양성 대장염으로 사망했는데, 의사 말로는 사인에 이상은 전혀 없었다고 하더군. 로이드 부인은 기관지 폐렴으로 사망했다네. 그리고 웨스턴 부인은 폐결핵으로 사망했는데, 아주 오래 전부터 그 병을 앓았었다는 거야. 그 교단에 들어가기 전부터 말일세. 리 양은 장티푸스로 사망했네. 영국 북부의 어느 식당에서 먹은 샐러드가 상했었나봐. 네 사람 중 셋은 병이 들어 자기 집에서 죽었고, 로이드 부인은 프랑스 남부의 한 호텔에서 죽었네. 그리고 그들의 죽음에 '위대한 무리'나 데븐셔에 있는 앤더슨이 관계되었다는 증거가 전혀 없어. 아마 우연의 일치일 거야. 정확히 말해 문제 되는 건 하나도 없네."

에르퀼 포와로는 한숨을 쉬었다.

"그렇지만, 이보게, 난 이번 일이 꼭 헤라클레스의 열 번째 모험일 것 같은 느낌이 드네. 그리고 앤더슨 박사라는 녀석은 내가 없애야 할 괴물 게리온인 것 같고 말일세."

재프가 걱정스러운 눈초리로 그를 쳐다보았다.

"이보게, 포와로. 최근에 이상한 소설을 읽은 건 아닌가?"

포와로는 위엄 있게 말했다.

"내 말이야말로 합리적이고 틀림이 없지."

"자네도 종교나 하나 만들지 그래?" 재프가 말했다.

"이런 신조를 하나 내걸고서 말일세. '세상에서 가장 똑똑하신 에르퀼 포와 로님, 아멘, 아멘. 몇 번이고 이걸 외워야 하느니라!'라고"

3

"여기는 정말 평화스러운 곳이구나." 카너비 양은 황홀한 음성으로 말했다.

"거봐, 내가 뭐랬어, 에이미." 에멀린 클레그가 말했다.

두 친구는 깊고 푸른 바다를 굽어보며 언덕 경사진 곳에 앉아 있었다. 파릇 파릇한 잔디, 태양빛을 받아 작열하는 듯한 시뻘건 지면과 낭떠러지들. 그린 힐 성소라고 알려진 이 조그만 땅은 약 6에이커(약 24,282㎡) 정도 되는 곳(바다나 호수로 가늘게 뻗어 있는 육지의 끝 부분)이었다. 대륙에서 이곳으로 들어오는 길이 라곤 아주 좁다란 길 하나밖에 없었기 때문에 섬이나 거의 다를 바 없었다.

클레그는 감상적인 어조로 나지막하게 말했다.

"붉은 땅, 영광과 약속의 땅, 삼위일체의 운명이 달성되는 땅."

카너비 양이 깊이 한숨을 내쉬면서 말했다.

"어젯밤 예배는 정말 멋있더구나."

"그건 아무것도 아냐." 그녀의 친구가 말했다.

"오늘 밤 축제를 기다려 봐. 풍요로운 총목초제가 벌어진다고!"

"안 그래도 잔뜩 기대하고 있어." 카너비 양이 말했다.

"놀라운 영적인 체험을 하게 될 테니까 두고 보렴."

그녀의 친구가 그녀에게 약속이나 하듯이 말했다.

카너비 양이 그린 힐 성소에 도착한 것은 일주일 전의 일이었다. 처음 여기 도착했을 때 그녀의 태도는 이러했다. '그게 얼마나 말도 안 되는 소리니? 에미, 어쩜 너처럼 분별력이 있는 애가……' 등등.

앤더슨 박사와의 예비 면담에서 그녀는 솔직한 자기의 심정을 그대로 털어놓았다.

"앤더슨 박사님, 난 내 감정을 속인 체 신도인 척하고 싶지는 않습니다. 우리 아버지는 영국 국교의 성직자이셨고 내 믿음이 흔들린 적이 한 번도 없었어요. 따라서 이교도의 교리를 받아들일 수는 없습니다."

덩치가 크고 금발인 남자가 그녀를 보고 미소를 지었다. 아주 달콤하고 모든 걸 다 이해한다는 듯한 미소였다. 그는 의자에 매우 당당하게 앉아 있는 토실토실하고 약간은 도전적인 태도의 중년 여자를 관대한 눈초리로 바라보았다.

"친애하는 카너비 양." 그가 말했다.

"클레그 부인의 친구시라고요? 여기 오신 걸 환영하오. 우리의 교리는 결코 이교도의 교리가 아니오. 여기서는 모든 종교를 환영하며 모든 사람이 평등하오."

"믿을 수가 없는데요."

고(故) 토마스 카너비 목사의 믿음직한 따님이 말했다.

의자에 몸을 뒤로 기대며 교주가 풍부한 목소리로 속삭였다.

"하늘에 계신 우리 아버지께는 집이 많이 있소. 그것을 기억하시오, 카너비 양."

그들이 면담을 끝내고 밖으로 나오자 카너비 양이 자기 친구에게 속삭였다.

"그 사람 정말 멋있게 생겼던데."

"응." 에멀린 클레그가 말했다.

"그리고 영적인 능력도 놀라우신 분이셔. 영적으로 거룩해 보이시잖니?"

카너비 양도 그 말에는 동감이었다. 그가 이 세상 사람 같지 않은 신비한 분위기를 지니고 있음은 틀림없는 사실이었다. 아니, 그렇게 느꼈다고 해야 옳을 것이다. 영적인 성품을 지녔다고 할까?

그녀는 마음을 단단히 다져 먹었다. '위대한 목자'의 신비스러운지 뭔지는 모르겠지만 하여튼 그 마력에 이끌려 희생의 제물이 되고자 그녀가 여길 찾아온 것은 결코 아니었기 때문이다. 그녀는 에르퀼 포와로의 모습을 마음속에 그려 보았다. 순간 이상스럽게도 그가 자기와는 아무 상관이 없는 사람처럼 느껴지는 것과 동시에 몹시 세속적인 사람으로 여겨졌다⋯⋯.

"에이미!" 카너비 양이 혼자 중얼거렸다.

"넌 마음을 굳게 먹어야 해. 네가 뭣 때문에 여길 왔는지 명심해."

그러나 날이 갈수록 그녀는 너무나 쉽게 자신이 그린 힐에 매료되어 가는 것을 느낄 수 있었다. 평화스럽고 소박한 생활, 간소하지만 맛있는 음식, '사랑과 경배'의 노래와 함께 거행하는 아름다운 예배의식, 가장 고귀하고 숭고한 인간성에 호소하는 교주의 간결하면서도 감동적인 설교, 세상의 분쟁과 추함이 이곳에는 없었다. 오직 평화와 사랑만이 있을 뿐⋯⋯.

오늘 밤은 중요한 여름행사인 총목초제의 축제가 벌어지는 날이었다. 그리고 에이미 카너비가 그들의 의식에 따라 세례를 받기로 한 날이기도 했다. 다시 말해 '위대한 무리'에 정식으로 가입하기로 한 날이었던 것이다.

축제는 '신령한 성도들의 집'이라고 불리는 화려한 백색 콘크리트 건물에서 열렸다. 사람들은 모두 양가죽으로 만든 망토를 걸치고 발에는 샌들을 신었다. 또 양팔은 맨살을 그대로 드러내놓았다. '신령한 성도들의 집' 중앙에 있는 높은 대(臺)에는 앤더슨 박사가 서 있었다. 아름다운 금발, 푸른 눈, 멋있는 턱수염, 당당한 체구─녹색 법복을 입고 목자의 금지팡이를 든 그의 멋진 모습은 그렇게 매력적일 수가 없었다.

그가 금지팡이를 높이 쳐들자 주위가 쥐죽은 듯이 고요해졌다.

"나의 양들아, 어디 있느뇨?"

그러자 모인 회중들이 똑같이 입을 열어 대답했다.

"여기 있나이다, 목자시여."

"너희들의 가슴에 기쁨과 감사가 충만할 지어다. 오늘 밤은 '기쁨의 축제'니라."

"'기쁨의 축제', 저희가 기쁨이 넘치나이다."

"너희에게 더 이상 슬픔과 고통은 없을지어다. 기쁨만 있도다!"

"기쁨만 있나이다……."

"목자의 머리가 몇이뇨?"

"셋이나이다. 금(金)머리, 은(銀)머리, 소리 나는 동(銅)머리."

"양의 몸은 몇이뇨?"

"셋이나이다. 육(肉)의 몸, 타락의 몸, 빛의 몸."

"'목자의 무리'는 어떻게 맹세를 하느뇨?"

"피로 맹세하나이다."

"너희는 그 맹세를 할 준비가 되어 있느뇨?"

"그러하나이다."

"눈을 가리고 오른손을 앞으로 내밀지어다."

온 회중이 하나같이 각자에게 배급된 녹색 스카프로 자기 눈을 가렸다. 카너비 양도 다른 사람들처럼 손을 뻗었다.

위대한 목자가 그의 양떼들 사이를 차례로 지나갔다. 고통인지 희열인지 모를 그런 비명과 신음 소리들이 여기저기에서 들렸다.

카너비 양은 마음속으로 외치고 있었다.

"이건 신을 모독하는 짓거리야! 이런 광신적인 히스테리를 보이다니 정말 다들 미쳤군. 정신을 바짝 차리고 다른 사람들의 반응이 어떤지 지켜봐야겠어. 마음을 놓지 말아야지. 난……."

위대한 목자가 그녀에게 다가왔다. 그녀의 팔이 잡히는가 싶더니 갑자기 바늘로 콕콕 찌르는 듯한 예리한 통증이 그녀를 엄습했다.

목자의 중얼거리는 소리가 들렸다.

"피의 맹세는 너희에게 기쁨을 주도다……."

그는 지나갔다. 이윽고 명령이 떨어졌다.

"눈 가린 것을 떼어내고 영혼의 기쁨을 누릴지어다!"

해가 막 지려는 중이었다. 카너비 양은 주위를 둘러보았다. 다른 사람들 속에 섞여 그녀는 천천히 집 밖으로 걸어나왔다. 갑자기 그녀의 몸이 붕 뜨는 것과 같은 황홀한 느낌을 맛보았다. 그녀는 부드러운 둑 위에 풀썩 주저앉았다. 전에는 내가 왜 '외롭고 쓸모없는 중년 여자'라고 내 자신을 비하했었지?

인생이 이렇게 멋진데, 내가 얼마나 멋진 여자란 말인가? 난 생각하는 능력이 있는 여자야. 꿈도 있다고. 이 세상에서 내가 이루지 못할 게 뭐가 있담!

그녀는 기분이 몹시 유쾌해졌다. 그녀는 자기 주위의 동료 신도들을 둘러보았다. 갑자기 그들의 키가 무진장 커진 것 같은 느낌을 받았다.

'나무들이 걸어 다니는 것 같군……' 카너비 양이 속으로 생각했다.

그녀는 손을 들어 올렸다. 그건 마치 자신이 지구를 지배하기라도 하는 것 같은 몸짓이었다. 시저, 나폴레옹, 히틀러─불쌍하고 지지리도 못난 친구들 같으니라고! 나, 에이미 카너비한테는 할 수 없는 게 없다는 걸 몰랐을 테지! 내일 난 세계의 평화를 위해, 인류의 행복을 위해 일어서리라. 전쟁도, 가난도, 질병도 더 이상 없는 나라. 나, 에이미 카너비는 신세계를 건설할 것이다.

하지만 서두를 필요야 없지. 시간은 얼마든지 있으니까…… 1분이 지나면 또 1분이 오고 한 시간이 지나면 또 한 시간이 오거든!

카너비 양의 사지는 무겁게 가라앉았지만 그녀의 기분만은 최고조에 달해 있었다. 온 세상을 훨훨 날아다닐 수 있을 것 같은 느낌이었다. 그녀는 잠이 들었다. 그러나 잠을 자면서도 꿈을 꾸고 있었다. 광대한 땅, 거대한 빌딩들, 멋진 신세계……

이윽고 점점 세상이 오므라들자 카너비 양이 하품을 했다. 그녀는 뻣뻣하게 굳어 있던 사지를 움직였다. 어제 무슨 일이 일어났었더라? 어젯밤에 꿈을 꾸긴 꾸었는데……

달이 떠 있었다. 카너비 양은 달빛에 손목시계를 비춰 보았다. 정말 놀랍게도 시곗바늘은 10시 15분 전을 가리키고 있었다. 그녀가 알기로는 해가 진 시각이 8시 10분이었기 때문이다. 그렇다면 겨우 한 시간 35분밖에 지나지 않았다는 말인가? 그럴 리가 없어. 하지만……

"정말 불가사의한 일이군." 카너비 양은 혼자 중얼거렸다.

4

"당신은 내 지시대로만 따라 해요, 알았소?" 에르퀼 포와로가 말했다.

"오, 그럼요, 포와로 씨. 절 믿으세요"

"그 교단에다 재산을 바칠 의향을 비춰봤겠지요?"

"예, 포와로 씨. 제가 대교주, 아니 앤더슨 박사에게 직접 얘기를 했죠. 모든 게 너무나 놀라운 계시로 이루어지는데 내가 감히 어떻게 그 종교를 비웃을 수가 있으며 다른 종교를 믿을 수 있느냐는 식으로 감정을 아주 풍부히 섞어 그에게 얘기했던 거죠. 그런데 솔직히 말하자면, 제가 진짜로 그에게 고백하는 것 같은 느낌이 들지 뭐겠어요. 아실지 모르겠지만, 앤더슨 박사는 매력이 철철 넘치는 남자예요."

"그러리라고 짐작하고 있소." 에르큘 포와로가 냉정하게 말했다.

"그의 태도는 너무나 당당해서 누구도 그 사람 앞에서 굴복하지 않을 수 없어요. 그리고 진짜 돈에 대해서는 아무 관심이 없는 사람처럼 보여요. '형편이 되는 대로 바치시오. 아무것도 바칠 게 없다 해도 문제가 되지는 않아요. 여기서는 누구나 평등하니까.' 하고 그가 사람의 마음을 끌어당기는 매력적인 미소를 지으며 말하더군요. 그래서 내가 이렇게 말했죠. '오, 앤더슨 박사님, 전 그렇게 가난하지는 않습니다. 먼 친척에게서 상당한 유산을 상속받았거든요. 물론 법적인 절차가 완전히 다 끝날 때까지는 그 돈에 손을 댈 수 없지만, 제 소망은 단 하나예요.' 그러고는 내가 가진 재산을 모두 교단에다 기증하겠다는 유언서를 작성하고 싶다고 했지요. 물론 내게는 가까운 친척이 하나도 없다는 얘기까지 덧붙였죠."

"그 사람은 유산을 기증하겠다는 그 뜻을 우아하게 받아들였겠군?"

"거기에 대해서 아주 초연하게 행동하던데요. 그의 말로는 이제 내가 장수할 것이며, 세속을 초월한 영적인 생활과 기쁨이 충만한 삶을 오래도록 살아가게 될 거라고 하더군요. 그런데 그 말이 그렇게 감동적으로 들리더라고요."

"그거야 당연하겠지." 포와로의 어조는 무뚝뚝했다.

그는 계속해서 말했다.

"당신의 건강상태에 대해서도 언급했겠지요?"

"예, 포와로 씨, 본래 결핵환자로 치료했지만 여러 번 재발했었다고요. 그러나 몇 년 전 요양소에서 치료받은 뒤로는 지금까지 한 번도 재발하지 않았다고 말해줬죠."

"아주 그럴듯하군!"

"그렇지만 내 폐가 얼마나 건강한데 하필이면 결핵환자라고 말해야 할 필요가 있었는지 난 모르겠군요."

"꼭 그럴 필요가 있음은 물론이요. 당신 친구에 대해서도 언급했소?"

"예, 그에게, 이건 아주 극비라는 단서를 붙여 얘기했죠. 에멀린은 자기 남편한테서 물려받은 재산 말고도, 그녀를 끔찍이 생각하는 고모로부터 조만간 아주 상당한 유산을 상속받게 될 거라고 말이에요."

"아주 좋아요! 당분간은 그게 클레그 부인의 생명을 지켜주겠구먼!"

"오, 포와로 씨, 정말 무슨 흑막이 있다고 생각하시는 거예요?"

"내가 알아내려고 하는 게 바로 그거요. 성소에서 콜 씨라는 사람을 만난 적이 있소?"

"지난번에 내려갔더니 그런 이름을 가진 사람이 있더군요. 정말 특이한 사람이더라고요. 항상 짧은 연두색 반바지를 입고 음식도 양배추만 먹는다는데, 아주 열렬한 신도예요."

"아하, 모든 게 척척 잘 맞아들어가는군. 지금까지 정말 일을 훌륭하게 해냈소. 이제 준비는 끝났으니 가을 축제만 기다립시다."

5

"카너비 양, 잠깐만!"

콜 씨는 열광적으로 번득이는 눈빛으로 카너비 양을 붙잡았다.

"환상을 봤다고요. 그렇게 놀라운 환상은 처음 봤어요. 당신한테는 그 얘길 꼭 들려주고 싶소이다."

카너비 양은 한숨을 쉬었다. 콜 씨가 봤다는 환상이 좀 두렵게 느껴졌기 때문이다. 그녀는 콜 씨가 미친 사람이라고 확신하고 있었다! 더구나 그가 봤다는 환상들은 참으로 터무니없는 것들이 너무 많았다. 그 얘기를 들을 때마다 그녀는 자신이 데븐셔에 내려오기 전에 읽었던 독일인 저자의 신간도서에 나오는 한 구절이 연상되곤 했다. 그 책에는 인간의 잠재의식에 대해 매우 솔직하게 표현한 구절이 있었던 것이다.

번쩍거리는 눈빛으로 말하려는 콜 씨의 입술이 비틀려졌다. 그는 흥분된 어조로 말하기 시작했다.

"내가 묵상을 하고 있을 때였어요. 생의 충만함과 하나됨이라는 최고의 기쁨을 마음속에 다시 새기고 있었지요. 그런데 갑자기 내 눈이 열리더니 보이더라고요……."

카너비 양은 바짝 긴장하면서 콜 씨가 지난번에 보았던 것이 아닌 제발 다른 것을 봤기를 마음속으로 기도했다. 저번에는 고대 슈메르에서 남신과 여신이 결혼의식을 치르는 장면을 봤다는 것이다.

"난 봤다고요." 콜 씨는 그녀 쪽으로 몸을 구부리며 말했다.

그는 숨을 거칠게 몰아쉬고 있었고 그의 눈은(정말 그랬다) 완전히 미친 사람의 눈처럼 보였다.

"엘리야 선지자가 불마차를 타고 하늘에서 내려오는 것을……."

카너비 양은 안도의 한숨을 내쉬었다. 엘리야가 차라리 나았던 것이다.

"그 밑에는……." 콜씨가 계속해서 말했다.

"바알의 제단이 있어요. 수백 개가 넘는 제단들이 나란히 놓여 있더란 말입니다. 그런데 어떤 목소리가 나한테 들려왔습니다. '지금부터 네가 보는 것을 기록해서 사람들한테 알리도록 해라.'라고요."

그가 말을 멈추자 카너비 양은 예의상 한마디 거들었다.

"그런데요?"

"제단 위에는 결박되어 죽기만을 기다리는 산 제물들이 놓여 있었어요. 처녀들, 수백 명의 처녀, 젊고 아름다우며 실오라기 하나 걸치지 않은 처녀들이……."

콜 씨는 입맛을 다셨고, 카너비 양은 얼굴을 붉혔다.

"그리고 북쪽에서 오던 신(지식, 문화, 군사를 맡아보는 최고의 신)의 갈까마귀 떼(불길한 징조의 까마귀)가 까맣게 몰려 왔어요. 그리고 엘리야가 갈까마귀들과 함께, 하늘에서 커다란 원을 그리더라고요. 그러더니 갑자기 모든 까마귀 떼가 제물들한테로 내리 덮쳐 그들의 눈을 쪼아버렸지요. 그러자 비명과 울부짖고 통곡하는 소리가 온 세상을 진동했어요. 그때 목소리가 또 들려왔지요. '제물을 바라보라, 이로써 오늘 여호와와 오딘 신이 피로써 형제의 약속을 맺었느니라!'라고요. 그러고는 사제들이 칼을 높이 치켜들고서 제물들한테 덤벼들었어요. 제물들의 손과 발을 자르고……."

카너비 양은 사디즘(이성을 학대함으로써 쾌감을 얻는 가학증)적인 광기가 도는 입술로 군침을 흘리는 고문자에게서 어떡해서든지 빠져나가야겠다는 심정뿐이었다.

"잠깐 실례하겠어요."

그녀는 얼른 그린 힐 성소 입구의 문지기 집에 사는 립스콤에 다가가서 말을 걸었다. 그 남자는 사람들이 그린 힐에 입장하는 것을 허가하는 문지기인 셈이었다.

"혹시." 그녀가 말했다.

"내 브로치 못 봤어요? 어디 바닥에 떨어진 모양인데."

립스콤은 그린 힐의 친절하고 즐거운 일반적인 분위기와는 영 동떨어진 남자였다. 그는 브로치 같은 것을 보지 못했다고 으르렁거리듯이 말했다. 그런 물건을 찾는 일 같은 것은 자기 일이 아니라는 태도였다. 그가 카너비 양을 떨어뜨리려고 했지만, 그녀는 기를 쓰고 그를 따라가며 브로치에 대해 이것저것 떠들어댔다. 그건 콜 씨의 광기 어린 눈빛을 피해 그녀가 안전하다 싶은 곳까지는 어떻게 해서든지 가야 했기 때문이었다.

바로 그때 대교주가 그레이트 폴드에서 나오다가 그녀를 보고 미소를 지었다. 그 자비로운 미소에 용기가 생긴 카너비 양은 그에게 자신의 생각을 말해보기로 마음먹었다. 대교주님은 콜 씨가 아주, 이상하다고 생각하지 않느냐고 말이다. 대교주는 그녀의 어깨에 한 손을 내려놓았다.

"두려움을 떨쳐 버려야 하오. 완전한 사람은 두려움을 물리치나니……."

"하지만 제가 보기에 콜 씨는 미친 사람이에요. 그가 보는 환상이……."

"아직은……." 대교주가 말했다.

"불완전한 사람이기 때문에 그러는 것뿐이오. 자기 자신의 육욕과 본능의

창을 통해 세상을 보니까 말이오. 그러나 그가 영적으로 보게 될 날이 곧 오게 될 거요. 순수한 마음의 창으로 말이오."

카너비 양은 겸연쩍어졌다. 물론 그렇다고 하겠지. 그녀는 기운을 차려 다른 문제를 건드려봐야겠다고 생각했다.

"그렇다면……." 그녀가 말했다.

"립스콤 씨의 태도가 그렇게 무례해도 될 이유라도 있나요?"

대교주는 예의 그 자비로운 미소를 다시 지었다.

"립스콤은, 집 지키는 충실한 개와 같은 사람이오. 성격이 좀 거칠고 원시적인 사람이긴 하지만, 정말 충실하다오. 그럴 수 없을 정도로 말이오."

그는 성큼성큼 걸어가 버렸다.

카너비 양은 그가 콜 씨에게 다가가 어깨에 한 손을 올려놓는 것을 지켜보았다. 그녀는 대교주의 능력으로 콜 씨가 앞으로 또 보게 될 환상의 영역을 좀 변화시켜 줬으면 좋겠다고 생각했다.

어쨌든 가을 축제까지는 이제 겨우 일주일 남았다.

6

축제 바로 전날 오후에 카너비 양은 뉴턴 우드베리라는 한적한 조그만 마을의 조그만 찻집에서 에르큘 포와로를 만났다. 카너비 양의 얼굴은 빨개져 있었고 보통 때보다 훨씬 더 숨 가쁜 목소리였다. 그녀는 자리에 앉아 로크 케이크(표면이 거칠거칠하고 단단한 과자)를 손가락으로 뜯어 차와 함께 먹고 있었다.

포와로는 그녀가 한 단어로 대답할 수 있는 질문을 먼저 몇 가지 했다.

"그 축제에는 몇 사람이나 모일 것 같소?"

"한 120명 정도예요. 물론 에멀린도 참가할 거랍니다. 그리고 콜 씨도, 그 사람은 요즘 들어 더 이상해졌어요. 자기가 환상을 본다나요, 뭐. 그중 몇 개는 나한테 얘기를 해줬는데 진짜 괴상망측한 얘기들밖에 없어요. 그가 정말 미친 사람이 아니기를 바랄 수밖에요. 그 밖에 새로 들어오는 신자들이 꽤 될 거예요. 한 20명 정도"

"좋아요, 그럼, 당신이 뭘 해야 하는지는 알고 있소?"

카너비 양은 잠시 침묵을 지키다가 입을 열었다. 그런데 그 목소리가 어딘가 이상했다.

"선생님이 저한테 해주셨던 얘기는 잘 알고 있어요, 포와로 씨."

"그럼, 됐소!"

그런데 에이미 카너비가 딱 잘라 말하는 것이었다.

"하지만 전 안 할 거예요."

에르큘 포와로는 그녀를 멍하니 쳐다보았다.

카너비 양은 자리에서 일어섰다. 그녀의 목소리는 빨라지면서 히스테릭했다.

"선생님이 이곳에 나를 보낸 까닭은 앤더슨 박사의 동정을 살펴보라는 거예요. 선생님은 그분의 모든 것에 대해 의심했어요. 하지만 그분은 훌륭한 분이세요. 위대한 교주시라고요. 난 그분의 마음과 영혼을 믿어요! 그래서 이제 더 이상 당신의 스파이 노릇을 안 하겠다는 거라고요, 포와로 씨! 나도 목자의 양떼 중 하나예요. 대교주는 앞으로 다가올 세상에 대한 메시지를 주셨고, 나의 몸과 영혼은 그분께 속해 있단 말이에요. 그럼, 내 찻값은 내가 내고 나가겠어요."

말을 마치기가 무섭게 카너비 양은 1펜스와 3펜스짜리 은화를 탁자에 꺼내놓고 횡하니 찻집 밖으로 나가버렸다.

"저런, 저런!" 에르큘 포와로는 불어로 중얼거렸다.

웨이트리스가 그를 두 번이나 불렀을 때에야 그는 비로소 그녀가 계산서를 내밀고 있다는 것을 깨달았다. 그는 옆자리의 고약하게 생긴 남자가 흥미있는 눈초리로 빤히 쳐다보는 것을 알고서 얼굴이 시뻘게졌다. 그래서 얼른 계산을 하고서 밖으로 나갔다. 그는 생각에 생각을 거듭하고 있었다.

7

다시금 양들이 그레이트 폴드에 모였다. 그리고 예배의식의 문답이 되풀이 되었다.

"너희는 그 맹세를 할 준비가 되어 있느뇨?"

"그러하나이다."

"눈을 가리고 오른손을 앞으로 내밀지어다."

녹색 법의를 입은 위대한 목자가 위엄 있는 모습으로 사람들이 줄지어 서 있는 사이를 지나갔다. 양배추만 먹고 환상을 보는 콜 씨는 카너비 양 옆에 서 있다가 바늘이 그의 몸을 찌르자 고통에 찬 환희의 비명을 내질렀다.

위대한 목자가 카너비 양 옆에 섰다. 그의 손이 그녀의 팔에 닿았다.

"안 돼, 그만둬. 이런 짓은……."

도무지 믿기지 않는 말이었다. 그런 말을 하는 선례가 전혀 없었던 것이다. 서로 맞붙어 싸우며 고함치는 소리가 들렸다. 녹색 띠가 그녀의 눈에 떨어져 나가자 위대한 목자가 낯선 신자들과 양가죽을 쓴 콜 씨의 손에 붙잡혀 버둥거리고 있었던 것이다.

본연의 모습으로 돌아온 콜 씨가 아주 형사다운 어조로 말하고 있었다.

"여기 당신을 체포하라는 영장이 있소. 또한 법정에서 진술할 권리와 아울러 법정에 가기 전에 묵비권을 행사할 권리도 있다는 것을 알려주겠소."

쉽 폴드의 출입문에 낯선 사람들의 모습이 나타났다. 푸른 경찰 제복을 입은 사람들이었다. 누군가가 외쳤다.

"경찰이야. 경찰이 대교주를 잡아가려고 하고 있어. 경찰이 대교주를 잡아가려 하고 있어……."

모든 신도가 충격을 받은 듯했다. 모두 경악에 찬 비명을 질러댔다. 그들에게 위대한 목자는 순교자였다. 다시 말해 무지몽매한 외부 세상의 박해로 고통당하는 순교자였던 것이다. 그동안에 콜 수사경감은 위대한 목자의 손에서 굴러 떨어진 피하 주사기를 조심스럽게 종이에 싸고 있었다.

8

"나의 용감한 동지여!"

포와로는 카너비 양과 반갑게 악수하고는 그녀를 재프 경감에게 소개했다.

"최고의 작품이었소, 카너비 양." 재프 경감이 말했다.

"당신이 아니었더라면 우린 엄두도 못 내었을 거요. 이건 아첨이 아니오."

"어머나!" 카너비 양은 가슴이 두근거렸다.

"그렇게 말씀해주시다니 정말 고맙군요. 솔직히 얘기하자면 정말 재미있었어요. 그 짜릿한 흥분, 그리고 제가 맡은 배역, 그런데 전 때때로 정신이 나가버려요. 제가 느끼기에도 저 역시 멍청한 여자들이나 조금도 다를 바가 없었다니까요."

"하지만 바로 그것 때문에 당신이 성공했다고 할 수 있어요."

재프가 말했다.

"당신의 연기는 정말 일품이었소. 그러니까 대교주가 감쪽같이 속아 넘어간 것도 무리는 아니지! 사실 그 사람도 보통 약아빠진 악당이 아닌데."

카너비 양이 포와로에게 고개를 돌렸다.

"그 찻집에서는 정말 아찔했어요. 어찌해야 할지 모르겠더군요. 그냥 임기응변식으로 어떻게 넘길 수밖에 딴 도리가 없더라고요."

"당신은 정말 멋졌소." 포와로가 따뜻하게 말했다.

"처음에는 당신이나 나나 어느 한 쪽이 제정신이 아닌 모양이라고 생각했지. 그러나 곧 당신의 행동에 무슨 의미가 들어 있을 거라고 생각했소."

"정말 충격이었어요." 카너비 양이 말했다.

"우리가 비밀 얘기를 하고 있는데 언뜻 유리창에 립스콤의 모습이 비치지 뭐예요. 그 사람은 성소를 지키는 문지기인데 바로 내 뒤 테이블에 앉아 있었던 거예요. 지금 생각해봐도 그게 우연이었는지, 아니면 그가 일부러 내 뒤를 미행했던 것인지는 모르겠어요. 아까도 말했지만 그 순간의 위기를 모면하는 방법은 임기응변으로 대처하는 수밖에 없었어요. 그래서 그렇게 행동했지만 포와로 씨가 저를 이해하게 되리라 믿었었죠."

포와로는 미소를 지었다.

"난 그때 알아차렸소. 우리 얘기를 엿들을 수 있을 만큼 가까운 자리에 있는 사람은 딱 한 사람뿐이었고, 그래서 찻집을 나와 그의 뒤를 미행해볼 생각을 했던 거지요. 그가 곧장 성소로 들어가는 것을 보고서 난 당신이 나를 실망시키지 않으리라 믿었던 거요. 그러나 그 때문에 당신의 신변에 위험이 닥칠까 봐 무척 걱정이 되었소"

"그때는, 정말 위험했던 거예요? 주사기 속에는 뭐가 들어 있었는데요?"

"당신이 설명하겠소, 아니면 내가 할까?" 재프가 말했다.

포와로는 심각한 표정으로 말을 이었다.

"마드모아젤, 앤더슨 박사라는 남자는 이미 사람을 유인해서 살해할 계획을 다 세워놓았소. 아주 과학적인 살인 방법인 셈이오. 그는 아주 오래전부터 박테리아 연구를 하고 있었소. 셰필드에다 다른 이름으로 화학 실험실을 하나 차리고는 거기서 여러 가지 균을 배양했던 거요. 그리고 축제 때에는 그가 직접 자신의 추종자들에게 소량이지만 효과를 충분히 발휘할 수 있을 만큼의 대마초를 주사해줬던 거지. 시중에서는 해시시 또는 블랭으로 알려진 마약이죠. 사람들로 하여금 장엄하고 기쁨에 찬 환희의 환각을 보게 하는 게 바로 그 마약의 효능이었지. 결국 그가 추종자들을 꼼짝 못하도록 붙들어 둘 수 있는 비결이란 게 바로 그거였던 셈이오. 또 그가 사람들에게 약속한 영적인 기쁨이라는 것도 바로 그거였소"

"아주 근사했어요." 카너비 양이 말했다.

"그렇게 황홀한 느낌일 수가 없었다고요."

에르퀼 포와로는 고개를 끄떡였다.

"그랬으니까 사람들한테 먹혀들어 갔겠지. 그 마약이 사람 몸에 들어가게 되면 어느 누구나 자신이 최고라는 기분에 젖어들게 되고 군중의 선동에 말려들게 되네. 그 사람은 그 점을 이용해 사람들을 자신의 노예로 만들었던 걸세. 하지만 그의 목표는 그 외에 또 한 가지가 더 있었네. 그는 혼자 사는 여자들에게 광신적인 감사의 마음을 불어넣어서 자신들의 재산을 모두 교단에 바치겠다는 유언서를 작성하게 했네. 물론 그 여자들은 하나씩 차례로 죽어갔지. 그들이 죽은 곳이 모두 자기 집이었기 때문에 외견상으로는 그들의 죽음에 아무런 하자가 없었지. 그럼, 너무 기술적인 사항은 빼고 얘기하겠네. 전문가의 얘기로는 특정 박테리아균만을 강력하게 배양할 수가 있다고 하더군. 예를 들면 콜리 코뮤니스균 같은 것은 궤양성 대장염의 원인이 될 수 있다네. 장티푸

스균이나 폐렴균 역시 그런 식으로 써먹었던 걸세. 그리고 구식 투베르쿨린 주사약 중에는 건강한 사람한테는 해가 없지만 오래된 결핵 병소를 활동성으로 자극 시키는 약이 있다네. 그 녀석의 영악함을 알 수 있겠지?

피해자들이 사망한 곳은 각기 다른 지역이었고, 따라서 각기 다른 의사가 그들을 진찰했을 거니까 어느 누가 감히 그런 것을 의심이나 해봤겠는가? 그뿐만 아닐세. 그 남자는 특정 병균의 작용을 지연시키면서 동시에 강화시킬 수 있는 특수한 물질을 배양하고 있었네."

"정말 악마가 있다면, 그 녀석이 바로 악마일세그려!" 재프 경감이 말했다.

포와로는 계속해서 말을 이었다.

"내 지시에 따라 당신은 앤더슨 박사에게 자신이 결핵환자였다고 얘기했소. 그 결과 콜 경감이 그를 체포했을 때 주사기에는 구식 투베르쿨린 약이 들어 있었던 거지요. 물론 그걸 맞았다 치더라도 당신은 건강한 사람이니까 아무런 해가 없었을 거요. 내가 당신더러 자신의 결핵 병력을 그자에게 자꾸 강조하라고 시킨 이유가 바로 거기에 있었던 거지. 난 그 녀석이 다른 종류의 균을 선택할까 봐 몹시 걱정이 되었소. 하지만 난 당신의 용기를 높이 샀고, 그래서 그런 위험을 감수하게 할 수밖에 없었소."

"오, 그건 괜찮아요." 카너비 양이 밝게 말했다.

"전 그런 위험은 무섭지 않거든요. 들판에 있는 커다란 황소 같은 것이나 무섭지. 그런데 그 악마 같은 남자를 감옥으로 보낼 증거는 충분한가요!"

재프가 싱글싱글 웃었다.

"증거야 많지요." 그가 말했다.

"우리가 그의 실험실을 덮쳐서 그가 배양하던 균과 모든 도구를 증거물로 압수했거든요!"

포와로가 말했다.

"내 생각으로는 그자는 오래전부터 살인을 해 왔을 가능성이 있을 것 같네. 어쩌면 그 녀석이 독일 대학에서 해고당한 것은 자기 어머니가 유대인이었다는 것이 이유가 아닐지도 모르지. 그런 핑계를 댄 것은 자기가 여기에 오게 된 이유를 자연스럽게 보이도록 하기 위해서였을 걸세. 물론 사람들의 동정도

받을 겸 말이야. 내가 보기에 그자는 순수한 아리안 혈통이야."

카너비 양이 한숨을 쉬었다.

"무슨 일 때문에 그러오?" 포와로가 불어로 말했다.

"그 생각이 나서요." 카너비 양이 말했다.

"첫 번째 축제 때 경험했던 그 놀라운 꿈 말이에요. 아마 해시시였나 봐요. 온 세상을 정말 아름답게 변화시키는 꿈을 꾸었다고요! 전쟁도, 가난도, 아픈 사람도, 못생긴 사람도 없는 그런 세상을……."

"아주 멋진 꿈을 꾸셨구려." 재프가 부럽다는 듯이 말했다.

카너비 양은 벌떡 자리에서 일어났다.

"집에 가봐야 해요. 에밀리가 무척 걱정하고 있을 거예요. 또 귀여운 아우구스투스가 죽도록 나를 찾고 있을 텐데. 그 소리가 들리는 것 같군요."

에르퀼 포와로가 미소를 지으며 말했다.

"아마, 그 녀석은 자기처럼 당신도 에르퀼 포와로를 위해 죽으러 간 게 아닐까 걱정에 차 있을게요."

헤스페리스의 사과

1

에르퀼 포와로는 생각에 잠긴 표정으로 큰 마호가니 재(材) 책상 뒤에 앉아 있는 남자를 쳐다보았다. 굵은 눈썹, 얇고 볼품없는 입술, 탐욕스러워 보이는 턱, 날카롭고 몽상적인 눈. 그는 에머리 파워가 왜 재계의 실력자가 되었는지 그를 직접 보니 알 수 있을 것 같았다.

또 책상 위에 올려진 길고 화사한 보기 좋은 상대방의 손으로 시선을 돌리면서 그가 위대한 미술품 수집가로 명성을 떨치는 이유도 알게 되었다. 파워는 또한 미술품에 대한 감정가로서도 대서양 전역에 그 이름을 떨치고 있었다. 미술에 대한 그의 그칠 줄 모르는 정열은 역사에 대해 보여주는 그의 정열과 혼연일체가 되어 있었다. 그래서 그에게는 어떤 물건이 아름답다는 것만으로는 충분치 못했고 반드시 그 배후에 역사적인 전통이 있어야만 했던 것이다.

에머리 파워는 한창 얘기하는 중이었다. 그는 목소리가 아주 작고 또렷했지만 그 어떤 성량이 풍부한 목소리보다 훨씬 더 효과적이었다.

"내가 알기로, 당신은 요즘 사건을 잘 맡지 않는 걸로 알고 있소만, 이번 일만은 맡아 주리라고 믿소."

"이번 일이 그렇게 중대한 일입니까?"

"적어도 나한테는 그렇소." 에머리 파워가 말했다.

포와로는 미심쩍다는 태도로 고개를 약간 갸우뚱했다. 그 모습은 마치 명상에 잠긴 티티새 같았다.

상대방은 이야기를 계속했다.

"그건 어떤 예술품을 되찾는 일과 관계된 일이오. 좀더 정확하게 말하면 르네상스 시대의 황금 술잔. 그 술잔은 교황 알렉산더 6세(로데리고 보르지아)가 사용했던 것으로 알려진 것인데, 때때로 그는 자기와 친한 손님에게 그 술잔에 마실 것을 따라 주었다더군. 그런데 말이오, 포와로 씨, 그 술잔을 받아 마신 손님들은 대부분 죽었다는 거요."

"대단한 역사를 가진 물건이로군요." 포와로가 중얼거렸다.

"그 술잔의 내력은 항상 피비린내나는 사건과 연관 지어져 있소. 누군가 그것을 훔쳐 가면 그걸 되찾기 위해 살인이 자행되곤 했으니까. 세월이 흐름에 따라 수많은 사람들의 핏자국도 계속 그 술잔의 뒤를 따라 이어진 셈이오."

"그게 정말 그렇게 가치 있는 물건입니까, 아니면 무슨 다른 이유라도 있는지?"

"그것의 진가는 확실히 굉장한 것이오. 세공이 아주 훌륭하게 되어 있소(사람들은 벤베누토 셀리니의 작품이라고들 하지). 보석으로 치장한 뱀이 한 그루의 나무를 휘감고 있고 나무에는 아주 아름다운 에메랄드로 만든 능금들이 주렁주렁 달린 그런 디자인이오."

그러자 포와로는 갑자기 흥미가 생기는지 이렇게 중얼거렸다.

"능금들이라고요?"

"그 에메랄드들도 뱀의 몸에 박힌 루비들도 아주 훌륭하오. 하지만 그 잔의 참된 가치는 물론 그것의 역사적인 배경 때문이라고 할 수 있소. 그 잔은 1929년에 산 베라트리노 후작에 의해 경매에 붙여졌소. 수집가들은 서로 경합을 벌였지. 그렇지만 결국 내가(그때 당신의 환시세로) 3만 파운드에 상당하는 가격으로 그것을 획득했었소."

포와로는 눈썹을 치켜세웠다. 그리고 중얼거렸다.

"대단한 액수로군요! 산 베라트리노 후작은 운이 좋은 편인데요."

에머리 파워가 말했다.

"난 내가 정말로 갖고 싶은 것을 손에 넣기 위해서라면 얼마든지 돈을 지불할 용의가 있는 사람이오, 포와로 씨."

에르퀼 포와로는 조용히 말했다.

"물론 당신도 이런 스페인 속담을 들어보셨을 겁니다. '갖고 싶은 것은 가져라. 단 그 대가는 반드시 치러라.'라는 속담 말입니다."

순간 대부호는 눈살을 찌푸렸다. 노여움의 불꽃이 재빨리 그의 눈 속을 스치고 지나갔다. 그는 차갑게 말했다.

"당신은 철학자 같은 투로 얘기하는 버릇이 있는 모양이로군요, 포와로 씨."

"깊이 생각할 나이가 되었으니까요."

"확실히 그렇군. 하지만 아무리 그래도 생각만으로는 내 술잔을 되찾기는 어려울 거요."

"그렇게 생각하십니까?"

"필요한 것은 행동이니까."

에르퀼 포와로는 가볍게 고개를 끄덕였다.

"많은 사람들이 바로 당신과 같은 잘못을 저지르고 있지요. 하지만 양해해 주십시오, 파워 씨. 얘기가 약간 옆길로 새버린 것에 대해서 말입니다. 어쨌든 당신은 그 술잔을 산 베라트리노 후작에게서 샀다고 했지요?"

"그렇소, 그런데 지금 내가 당신한테 꼭 얘기하고 넘어가야 할 사실이 한 가지 있는데 그건 그 술잔이 내 수중으로 들어오기도 전에 도난당했다는 사실이오."

"어떻게 해서 그렇게 되었습니까?"

"경매가 있던 날 밤에 누군가 후작의 저택에 몰래 들어가 그 술잔을 포함하여 10여 점이나 되는 고가의 물품을 훔쳐가 버렸던 거요."

"그래서 어떤 조치가 내려졌지요?"

파워는 어깨를 으쓱했다.

"물론 경찰이 사건을 수사했소. 그리고 그 사건이 국제적으로도 널리 알려진 도둑 집단의 소행이었다는 것도 밝혀냈지요. 그 일당 가운데 더블레이라는 프랑스인과 리코베티라는 이탈리아인, 이 두 사람은 체포되어 재판에까지 회부되었소. 훔친 물건 가운데 일부는 그들의 소지품 속에서 찾아냈고 말이오."

"그러나 보르지아의 술잔은 없었군요?"

"그렇소, 경찰 조사로 밝혀진 바로는 실제로 범행에 가담했던 사람은 모두 세 사람이었다고 했소. 내가 방금 얘기했던 두 사람 외에 패트릭 케이시라는 아일랜드인이 더 있소. 그 남자는 전문적인 도둑으로서 실제로 물건들을 훔쳐낸 것도 바로 그 사람이었다고 하더군. 더블레이는 일당의 참모격으로 모든 계획을 준비했고 리코베티는 차를 몰고 창 밑에서 대기하고 있다가 위에서 내려오는 물건들을 운반하는 역할을 맡았던 것 같소"

"그래서 훔친 물건들은요? 그들 세 사람이 나눠 가졌다는 말입니까?"

"아마 그랬을 거요. 하지만 되찾은 물건들은 모두 비교적 값어치가 적게 나가는 것들이었소. 더 비싸고 더 훌륭한 물건들은 서둘러 외국으로 모두 밀반출시켰겠지."

"그럼, 세 번째 범인인 케이시라는 남자는 어떻게 되었습니까? 그는 법의 심판을 받지 않았습니까?"

"당신이 말하는 의미로 봐서는 그렇소. 그는 그리 젊은 사람이 아니었으니까. 근육이 예전만큼 유연하지 못했던지 그로부터 2주일 뒤에 그는 어느 건물의 5층에서 추락해서 그만 즉사하고 말았소."

"어디에서 말입니까?"

"파리에서였소. 그는 백만장자이자 은행가인 뒤볼리에의 저택을 털려고 하다가 그랬다더군."

"그럼, 그 뒤로 그 술잔은 전혀 모습을 나타내지 않았단 말입니까?"

"그렇소."

"팔아치운 흔적도 없습니까?"

"그렇지 않다는 것만은 아주 확실하오. 나는 경찰뿐만 아니라 여러 사설기관에도 의뢰해서 줄곧 그 점을 알아보고 있었으니까 말이오."

"그럼, 당신이 지급한 돈은 어떻게 되었습니까?"

"후작은 워낙 예의 바른 사람이라, 자기 집에서 그 잔을 잃어버렸으니까 나한테 돈을 되돌려 주겠다고 말해 오긴 했소."

"그렇지만 당신이 그걸 거부했다 이겁니까?"

"그렇소."

"왜 그랬습니까?"

"글쎄, 내 수중에서 이 문제를 그냥 유보해 두고 싶었기 때문이라고 할까?"

"즉, 만일 당신이 후작의 제의를 받아들이게 되면 지금은 법적으로 당신 소유일 그 술잔이 설사 발견된다 하더라도 그의 소유로 다시 되돌아가게 된다,

이 말씀입니까?"

"바로 그렇소."

포와로가 물었다.

"당신이 그런 태도를 보인 이면에는 또 다른 사정이 있는 거지요?"

에머리 파워는 미소를 지으며 말했다.

"대단한 직감력이오, 포와로 씨. 사실 그건 아주 간단한 논리라오. 사실 난 지금 그 술잔을 가진 사람이 누군지 대강 짐작이 가니까."

"아주 흥미롭군요. 그래, 그가 누구죠?"

"루빈 로젠탈 경이오. 그는 같은 수집가로서 내 동료가 될 뿐 아니라 또한 개인적인 적이기도 하지요. 우리는 여러 사업상의 거래에서 라이벌 관계에 놓여 있었소. 그런데 대체로 승리자는 나였던 거요. 상대방에 대한 적의는 보르지아 술잔의 경매를 둘러싸고 최고조에 달해 있었소. 우리 두 사람은 각기 그것을 차지하기로 마음먹고 있었으니까 말이오. 따라서 어떤 면에서는 그건 자존심과도 관계된 문제였소. 우리는 각기 대리인을 내세워 경매장에서 서로 경합을 벌였었소."

"당신의 대리인이 마침내 낙찰에 성공했군요?"

"아니, 정확히 말하면 그런 건 아니오. 나는 만일을 위해서 또 다른 대리인을 고용했으니까. 파리에 있는 어느 미술상의 대리인으로 가장시켜서 말이오. 아시다시피 우리 두 사람은 서로 상대방에게는 절대 양보할 수 없었지만 만일 제3자가 그 잔을 가져간다면 충분히 양보할 마음이 있었소. 왜냐하면 나중에 제3자와 살짝 뒷거래를 할 수도 있을 거라는 생각 때문이었소. 그건 전혀 별개의 문제였으니까 말이오."

"그러니까 살짝 속임수를 쓴 것이로군요."

"바로 그렇소."

"그리고 그 속임수는 그대로 성공했고, 그 뒤에 루빈 경은 자기가 속았다는 걸 알게 되었군요?"

파워는 미소를 지었다. 그것은 회심의 미소였다.

포와로가 말했다.

"이제야 대강 사정을 알겠습니다. 당신은 루빈 경이 절대로 질 수 없다는 생각에서 도둑 집단에게 부탁하여 술잔을 훔쳐낸 것이라고 생각하고 계시군요?"

에머리 파워는 한쪽 손을 들었다.

"오, 아니오, 아냐! 그렇게 노골적인 얘기는 아니오. 다만 이렇게 됐을 거란 얘기요. 즉, 도난 사고가 일어난 직후 루빈 경은 출처가 불분명한 르네상스 시대의 술잔을 하나 샀을 거란 말이오."

"경찰이 도난품의 수배서를 배포했을 게 아닙니까?"

"물론 사람들의 눈에 쉽게 띄는 곳에 술잔을 놓아두었을 리는 없겠지."

"그럼, 루빈 경은 술잔을 자신이 소유하고 있다는 사실만으로 만족해하고 있을 거라는 말입니까?"

"그렇소, 한 걸음 더 나아가 만일 내가 후작의 제의를 받아들이면, 나중에 루빈 경은 후작과 비밀리에 거래해서 그 술잔을 합법적으로 자기 손에 넣을 가능성도 충분히 있지 않겠소?"

그는 잠시 말을 끊었다가 다시 이렇게 말했다.

"그러나 술잔의 법적인 소유권은 나한테 있기 때문에 내가 내 물건을 되찾을 가능성이 아직 다 사라져 버린 것은 아니었소."

"말하자면……." 포와로가 노골적으로 말했다.

"무슨 방법을 동원해서라도 술잔을 루빈 경에게서 다시 훔쳐오려고 했다는 말이로군요?"

"그건 훔치는 게 아니오, 포와로 씨. 단지 잃어버렸던 내 물건을 다시 찾아오는 당연한 일을 했을 뿐이란 말이오."

"그런데 당신은 그 일에 성공하지 못했다는 얘긴가요?"

"그도 그럴 수밖에. 로젠탈은 술잔을 가지고 있지 않았으니까 말이오."

"어떻게 그걸 압니까?"

"최근 석유회사들을 합병시킨 뒤로 로젠탈 경과 나는 이해관계가 서로 일치하고 있소. 우리는 이미 적이 아닌 동지 사이가 된 셈이라고나 할까? 내가 그에게 솔직하게 그 문제에 대해 털어놓자 그는 그 자리에서 자기는 그 술잔을 단 한 번도 자기 수중에 넣어본 적이 없다고 솔직하게 대답했소."

"그런데 당신은 그의 말을 믿습니까?"

"그렇소."

생각에 잠긴 표정으로 포와로가 말했다.

"그렇다면 무려 10년 동안이나 당신은, 속된 말로 계속 헛다리만 짚어왔다는 말씀입니까?"

대부호는 씁쓸한 표정으로 말했다.

"그렇소, 나는 계속 그 일만 하고 있었던 셈이오!"

"지금은, 모든 일을 처음부터 다시 시작하기로 하셨습니까?"

상대방은 고개를 끄덕였다.

"그래서 나를 끌어들인 거로군요? 그렇다면 나는 희미한 단서나마 찾아내기 위해 당신이 끌고 나온 사냥개인 셈이군요. 그것도 아주 희미한 단서를 찾아내려고 말입니다."

에머리 파워는 냉담하게 말했다.

"만일 이번 사건이 쉽게 해결될 사건이었다면 굳이 당신을 불러올 필요도 없었을 거요. 물론 당신이 아무래도 이번 일을 해결하기가 불가능할 것 같다고 생각한다면……."

그의 말은 그 순간에 참으로 적절한 말이었다. 에르큘 포와로는 몸의 자세를 다시 가다듬었다. 그리고 차갑게 이렇게 말했다.

"나는 불가능이란 말을 모르는 사람입니다. 다만 내 자신에게 이렇게 자문해볼 뿐이지요. 이 사건은 과연 내가 손을 댈 만큼 흥미 있는 사건일 것인가?"

에머리 파워가 다시 미소를 지었다.

"흥미가 있을 거요. 당신은 당신이 요구하는 만큼의 보수를 다 받게 될 테니까."

작은 남자는 커다란 덩치의 남자를 쳐다보았다. 그리고 조용히 말했다.

"당신은 그 미술품이 그렇게까지 탐나는 건 아니로군요? 내 말이 맞지요?"

에머리 파워가 말했다.

"당신처럼 나 역시 패배라는 걸 싫어하는 성격이라서 말이오."

에르큘 포와로는 고개 숙여 인사를 했다.

"그랬군요. 그렇게 말씀하시니, 충분히 이해됩니다."

2

바그스타페 경감은 상당한 관심을 보였다.

"산 베라트리노 술잔 말입니까? 예, 그 사건에 대한 거라면 전부 기억하고 있지요. 제가 끝까지 그 사건을 담당했었으니까요. 아시다시피 제가 이탈리아 어를 조금 할 줄 알기 때문에 그곳으로 건너가 공동수사에도 참여했었지요. 그러나 그때부터 지금까지 그 술잔은 전혀 모습을 나타내고 있지 않습니다. 정말 이상한 일이지요."

"그래, 당신 생각은 어떻소? 장물처리로 됐을 것 같소?"

바그스타페는 고개를 저었다.

"그렇지는 않은 것 같습니다. 물론 그럴 가능성을 완전히 배제할 수는 없겠 지만……, 아니오. 내 생각은 아주 간단한 것이지요. 그 술잔은 어디에 숨겨졌 고, 그게 숨겨진 장소를 아는 사람은 죽어버렸다는 겁니다."

"케이시란 사람 말이오?"

"그렇습니다. 그는 이탈리아에 그걸 숨겨놓았거나 아니면 외국으로 밀반출 시켰을 겁니다. 어쨌거나 그는 그것을 감추어 놓았고, 그가 그걸 어디에 감추 어 놓았건 그건 아직 그 장소에 있을 겁니다."

에르퀼 포와로는 한숨을 내쉬었다.

"참으로 로맨틱한 추리로군요. 석고상 속의 진주들, 그 소설 제목이 뭐였더 라? 맞아, 《나폴레옹의 흉상》이었습니다. 하지만 이번 경우는 보석이 아니라, 크고 단단한 황금 술잔이란 말이오. 그건 숨기기도 그리 쉽지 않을 텐데요."

바그스타페가 애매모호하게 대답했다.

"글쎄, 그건 모르겠는데요. 하지만 하려고만 들면 못할 것도 없지 않을까요? 가령 마루 밑이라든가 아니면, 뭐 그 비슷한 곳에 말입니다."

"케이시는 자기 소유의 집이 있었소?"

"그렇습니다. 리버풀에요." 그러더니 그는 빙긋 웃었다.

"하지만 그곳 마루 밑에는 없었습니다. 우리가 이미 확인해보았으니까요."

"가족은 어떻게 됐소?"

"그의 아내는 고상한 여자였는데, 폐결핵을 앓았지요. 그녀는 자기 남편이 하는 일 때문에 무척 고민을 하고 있었습니다. 그녀는 신앙심이 두터운 여자로 (열렬한 가톨릭 신자였기 때문에) 차마 그와 이혼할 결심을 못 했나 봅니다. 하지만 그녀는 이미 2년 전에 죽었습니다. 딸이 그녀를 돌봐주고 있었는데, 나중에 그 딸도 수녀가 되었지요. 아들은 달랐습니다. 자기 아버지를 그대로 쏙 빼닮았지요. 그에 대한 마지막 소식은 그가 미국에서 복역 중이라는 것입니다."

에르큘 포와로는 수첩에다 적었다.

"미국? 케이시의 아들이 숨겨진 장소를 알고 있을 가능성은 없소?"

"그렇게는 생각되지 않습니다. 만일 그랬다면 지금쯤은 벌써 장물아비의 손에 넘어가 있었을 테니까요."

"그 술잔을 녹여 버렸을 수도 있잖소?"

"물론이지요. 확실히 가능성이 있는 얘기라고 생각됩니다. 하지만 모르는 일이지요. 그 술잔은 수집가들에게는 막대한 가치가 있는 물건인데다가, 수집가들 사이에서는 여러 은밀한 거래가 이뤄지는 모양이니까요. 정말 기가 막힌 노릇이죠. 포와로 씨, 때로는……."

불쾌한 표정으로 바그스타페가 말했다.

"수집가란 사람들은 최소한의 도덕심도 가지지 않은 것처럼 여겨지기도 하지요."

"오! 그렇다면 당신은 예를 들어 루빈 로젠탈 경이 당신이 말하는 그 '은밀한 거래'에 관계되어 있다고 해도 별로 놀라지 않겠군요?"

바그스타페는 웃었다.

"그 사람 역시 예외라고 할 수 없을 테니까요. 예술품에 관한 한 그 사람도 그리 양심적인 사람이라고는 할 수 없죠."

"다른 공범자들은 어떻게 되었소?"

"리코베티와 더블레이는 둘 다 중형을 선고받았지요. 아마 지금쯤은 그들도 풀려나올 때가 되었을 겁니다."

"더블레이는 프랑스인이라지요?"

"그렇습니다, 그는 그 도둑 집단의 참모격인 사람이었지요."

"그 세 사람 이외에 또 다른 공범자들도 있었소?"

"젊은 여자가 하나 있었습니다. 레드 케이트라고 불리는 여자였지요. 이 여자는 귀부인들의 하녀로 위장취업을 해서 모든 사전 정보를 제공해주는 일을 했습니다. 예를 들어 보석이 있는 장소라든지 등등을 말입니다. 제가 알기로는 일당이 일망타진된 뒤에 그녀는 오스트레일리아로 갔다고 알고 있습니다."

"그 밖의 사람들은 없소?"

"유구이안이라는 녀석이 그들과 한패일 거라는 혐의를 받았지요. 그는 상인이었습니다. 본거지는 이스탄불이었지만 파리에도 가게를 하나 가지고 있었지요. 그 자식에게는 증거가 없었지만, 수상쩍은 녀석이었던 것만은 틀림없었습니다."

포와로는 한숨을 내쉬었다. 그는 자기 수첩을 내려다보았다. 거기에는 다음과 같이 쓰여 있었다. 미국, 오스트레일리아, 이탈리아, 프랑스, 터키…….

"아무래도 지구를 한 바퀴 빙 돌아다녀야 할 것 같군." 그는 중얼거렸다.

"뭐라고요?" 바그스타페 형사가 물었다.

"내가 보기엔……." 에르퀼 포와로가 말했다.

"아무래도 세계 일주를 할 필요가 있을 것 같다는 말이오."

3

에르퀼 포와로에게는 옛날부터 유능한 하인인 조지와 자신이 맡은 사건에 대해 토론을 벌이는 그런 습관이 있었다. 다시 말해서 에르퀼 포와로가 어떤 의견을 말하면 조지는 자신이 하인 생활을 하는 가운데 얻었던 처세술로 그에 답하는 것이다.

"조지, 만일 자네가, 전 세계에 흩어진 다섯 나라로 가서 조사해야 할 상황에 직면했다면 어떻게 할 텐가?"

"글쎄요, 나리, 아무래도 비행기로 가는 게 가장 빠르지 않겠습니까? 물론 어떤 사람들은 그걸 타면 위가 뒤집히는 것 같다고 말하기도 합니다만. 그 점에 대해서는 뭐라고 말씀드릴 수가 없군요."

"생각해보세. 헤라클레스라면 어떻게 했을지 말이네."

"그 자전거 가게 주인 말입니까, 나리?"

에르큘 포와로는 계속 말을 이었다.

"아니면……, 좀더 간단하게 그가 어떻게 했느냐고 해볼까? 그 대답은 말일세, 조지, 그는 아주 정력적으로 여행했다는 것이지. 그러나 결국 그가 얻어낸 정보는(얼마간은) 프로메테우스한테 얻은 것이었고, 그 나머지는 네레우스한테서 얻은 것이었지."

"그래요?" 조지가 말했다.

"그런데 전 그런 신사분들의 성함은 전혀 들어보지 못했는데요. 저, 그분들은 여행사 분들인가 보죠?"

자기 자신의 목소리를 음미하면서 에르큘 포와로가 말을 계속했다.

"내 고객 에머리 파워는 단 한 가지밖에 모르고 있네. 그것은 '행동하라!'는 것이지. 그러나 불필요한 행동에 정력을 낭비한다는 것은 그야말로 쓸데없는 일일 뿐이야. 조지, 삶에 있어서의 이런 철칙도 있지. 특히 다른 사람이 할 수 있는 일은 절대로 하지 말아라! 특히……."

자리에서 일어서서 책장 쪽으로 걸음을 옮기며 에르큘 포와로가 덧붙였다.

"더욱이 비용이 아무 문제가 안 될 때는!"

그는 책장에서 D자가 붙어진 서류철을 하나 끄집어내더니 '탐정 사무실. 믿을 수 있는……'이라는 글자가 쓰여 있는 부분을 펼쳤다.

"이보게, 현대판 프로메테우스지." 그는 중얼거렸다.

"조지, 미안하지만 지금부터 내가 부르는 이름과 주소들을 좀 적어주게. '뉴욕에 있는 핸커턴 사무소, 시드니에 있는 레이든 앤드 보쉐 사무소, 로마에 있는 지오바니 메치 사무소, 스탐불에 있는 나훔 사무소, 파리 로제에 있는 프랑코나르 사무소' 이상이네."

그는 조지가 쓰는 걸 마칠 때까지 가만히 기다렸다. 이윽고 그가 말했다.

"그리고 지금 당장 리버풀행 기차가 있는지 좀 알아봐 주게."

"알겠습니다, 나리. 그런데 리버풀로 가시려고요?"

"그래야 할 것 같네. 물론 나중에는 그보다 더 먼 곳으로 가봐야 할지도 모르겠지만, 조지. 그렇지만 아직은 아닐세."

4

에르퀼 포와로가 바위 위에 서서 대서양을 바라보며 서 있게 된 것은 그로부터 3개월 뒤의 일이었다. 외로운 듯 갈매기들이 긴 울음소리를 남기면서 바다 위를 오르락내리락하고 있었다. 공기는 부드러우면서도 축축했다.

이니시골란에 처음 발을 디딘 사람은 누구나 그러하듯 에르퀼 포와로 역시 자기가 지구 끝에 와 있다는 기분에 사로잡혀 있었다. 그는 이때까지 살아오면서 이토록 외지고, 쓸쓸하며, 사람들이 돌보지 않는 황량한 곳이 있으리라고는 꿈도 꾸지 못했었다. 이곳에는 아름다움과 우수가 있었다. 금방이라도 유령들이 튀어나올 것만 같은 아름다움, 외지고 믿기지 않을 정도로 먼 과거의 아름다움이 있었던 것이다. 이곳 아일랜드 서쪽은 로마군대조차 단 한 번도 진격해 오지 않은 땅이었다. 단 한 번도 진지가 구축된 적도 없었고, 잘 정리된 편리한 도로가 닦여진 적이 없었다. 이곳은 그야말로 상식도, 질서 있는 생활양식도 전혀 알려지지 않은 그런 땅이었던 것이다.

에르퀼 포와로는 자신이 신은 에나멜 구두의 코끝을 내려다보면서 한숨을 내쉬었다. 그는 왠지 아주 외롭고 비참하다는 기분이 들었다. 그가 살아온 생활수준 같은 것은 이곳에서는 전혀 쓸모가 없었다.

그의 시선은 황량한 해안선을 천천히 훑어보고는 다시 바다 쪽으로 향했다. 전설에 의하면 어딘가 저 해안에서 멀리 떨어진 바다 위에는 축복받은 사람들만이 사는 섬과 젊은이들만의 나라가 있다고 했다.

그는 혼자 중얼거려 보았다.

"사과나무와 노랫소리, 그리고 황금빛……."

문득 에르퀼 포와로는 제정신이 들었다. 마법이 풀리며 다시 그는 에나멜 구두와 산뜻한 진회색 양복에 어울리는 사람으로 되돌아왔다.

그리 멀지 않은 곳에서 종소리가 들려오고 있었다. 그는 그 종소리가 무슨 소리인지 금방 알아차렸다. 그것은 그가 아주 어렸을 때부터 들어왔던 아주 귀에 익은 소리였던 것이다.

그는 벼랑을 따라 발걸음을 재촉하기 시작했다. 한 10분가량 걷자 절벽 위에 세워진 건물 한 채가 눈에 들어왔다. 높은 돌담이 그 건물을 에워싸고 있었으며, 장식 못이 박힌 거대한 나무문이 벽 한가운데 있었다. 에르퀼 포와로는 그 문 앞에 이르러 문을 두드렸다. 그리고 그 문에 철로 된 커다란 노커(현관문을 두드리는 쇠)가 달린 것을 발견하고는 조심스럽게 녹슨 쇠사슬을 잡아당겼다. 그러자 문 안쪽에서 작은 종소리가 요란스럽게 울렸다.

문에 붙어 있던 작은 판벽이 옆으로 밀쳐지며 얼굴 하나가 나타났다. 그 얼굴은 온통 빳빳하게 서 있는 백발에 뒤덮인 채 잔뜩 경계하는 눈초리로 상대방을 쳐다보고 있었다. 윗입술 위에는 상당히 짙은 콧수염이 나 있었지만 목소리만은 여자의 목소리였는데, 그것은 에르퀼 포와로가 '소름끼치는 여자'의 목소리라고 말하는 그런 소리였다. 그 얼굴이 그에게 용건을 물었다.

"이곳이 성모 마리아와 모든 천사의 수녀원입니까?"

그 소름끼치는 여자가 퉁명스럽게 대답했다.

"그곳이 아니면, 그럼 어디란 말이우?"

에르퀼 포와로는 그 말에는 대꾸할 생각도 않고 그저 이 괴물에게 이렇게 말했다.

"원장 수녀님을 뵙고 싶습니다만."

괴물은 별로 마음이 내키지 않는 모양이었지만 결국에는 양보하지 않을 수가 없었다. 문고리가 풀리고 문이 열리자 에르퀼 포와로는 방문객들을 접대하는, 가구라곤 거의 없는 작은 방으로 안내되었다.

곧이어 허리에 묵주를 매단 수녀 하나가 미끄러지듯 방 안으로 들어왔다.

에르퀼 포와로는 태어날 때부터 가톨릭 신자였다. 그래서 그는 자기가 들어와 있는 수도원 내부의 분위기를 잘 이해하고 있었다.

"이렇게 갑자기 찾아뵈서 죄송합니다, 수녀님. 하지만 세상에서 케이트 케이시라고 불리던 수녀 한 사람이 여기에 와 있다고 해서……."

원장 수녀는 고개를 크게 끄덕인 다음 이렇게 대답했다.

"그렇습니다. 세례명은 메리(마리아) 우르술라지요."

에르퀼 포와로가 말했다.

"실은 좀처럼 해결이 잘 안 되는 어떤 범죄 사건이 있었습니다. 그 사건에 메리 우르술라 수녀의 도움이 좀 필요해서요. 그녀는 아마도 이 사건을 풀 수 있는 중요한 정보를 제게 주리라 믿습니다만."

그러자 원장 수녀는 고개를 저었다. 얼굴은 평온했고 목소리는 조용하면서도 차분했다.

"메리 우르술라 수녀는 당신을 도와 드릴 수가 없습니다."

"하지만 맹세코 나는……."

원장 수녀는 그의 말을 가로막았다.

"메리 우르술라 수녀는 두 달 전에 죽었습니다."

5

지미 도노반 호텔 안에 있는 술집에서 에르퀼 포와로는 심히 우울한 얼굴로 벽에 기댄 채 앉아 있었다. 이 호텔은 그의 머릿속에 들어 있는 호텔이라는 기존 관념과는 동떨어진 그런 호텔이었다. 침대는 거의 쓰러질 지경이었고, 그의 방에 있는 두 장의 유리창 역시 마찬가지여서, 에르퀼 포와로가 가장 싫어하는 차가운 밤 공기가 인정사정없이 방 안으로 들어오고 있었다. 그에게 가져온 뜨거운 물이라는 건 미적지근하기 그지없는 것이었고 그가 먹었던 음식 역시 뱃속에서 이상스레 고통스러운 느낌만을 그에게 안겨주었다.

술집에는 5명의 남자가 앉아 있었는데 그들의 화젯거리는 온통 정치에 관한 것들뿐이었다. 그 대부분은 에르퀼 포와로는 무슨 얘긴지 전혀 이해가 가지 않는 것이었다. 그는 그들 얘기에 그리 신경을 쓰지 않고 있었다.

잠시 뒤에 그는 그 남자들 중 한 사람이 자기 옆에 와서 앉았다는 걸 알아챘다. 그 사람은 다른 사람들과는 약간 다른 계층의 사람인 듯했다. 그에게는 도시에서 달고 온 듯한 그런 도시 사람의 찌꺼기가 약간 남아 있었던 것이다.

그는 아주 거드름을 피우면서 말을 걸어왔다.

"선생, 가르쳐줄까? 좋아. 가르쳐 주지. '페긴의 자존심'은 이길 승산은 전혀 없어. 정말 전혀 없다고…… 도중에 틀림없이 녹초가 되고 말 테니까 말이야. 틀림없이 그렇게 된다니까. 자네, 내 예상을 사지 그래. 사람들은 누구나 다 내가 주는 정보를 사려고 한다니까. 내가 누군지 알고 있나, 선생? 내가 누군지 아느냐고, 응? 아틀라스야. 내가 누구냐면 말이지, 더블린 선의 아틀라스 말이야. 시즌 내내 승리마를 맞춘 사람이라고. 배당이 얼마나 되는 줄 알아? 무려 25배였단 말이야. 선생, 아틀라스가 시키는 대로만 하면 틀림없다니까."

에르큘 포와로는 이상스런 존경의 눈초리로 그를 쳐다보았다. 그러고는 목소리까지 떨면서 이렇게 외쳤다.

"오, 하나님! 계시를 주셔서 감사합니다!"

6

그로부터 몇 시간이 지났다. 달은 때때로 구름 사이로 요염하게 미소를 지으며 얼굴을 내밀고 있었다. 포와로와 그의 새 친구는 벌써 몇 마일이나 걷고 있는지 자신들도 몰랐다. 포와로는 다리를 절룩거렸다. 불현듯 다른 구두 생각이 그의 머리를 스치고 지나갔다. 시골길을 걷기에는 에나멜 구두보다 훨씬 더 편할 듯싶은 그런 구두였다.

실제로 조지는 아주 정중한 태도로 그 구두를 그에게 가져다주었었다.

"나리, 고급 생피구두입니다."라고 조지가 말했었는데……

에르큘 포와로는 그것을 신고 싶은 마음이 조금도 없었다. 그는 자신의 발이 산뜻하고 맵시 있게 보이는 것을 좋아했다. 그러나 지금 이 자갈투성이의 길을 터벅터벅 걷고 있자니 그 구두를 신고 왔었으면 더 좋았을 것이라고 후회가 되기 시작했다.

그의 동행이 갑자기 말을 걸었다.

"그 신부가 냄새라도 맡고 뒤쫓아 오면 어떻게 하지? 왠지 양심에 가책되는 걸?"

에르퀼 포와로가 말했다.

"자네는 단지 시저의 것을 시저한테 돌려주려는 것뿐이라고."

이윽고 그들은 수녀원의 높은 돌담 밑에 도착했다. 아틀라스는 자기가 맡은 역할을 다 하기 위해 준비태세를 갖췄다.

그 남자는 신음 소리를 내며 그만 찌그러져 버리겠다고 나지막하지만 날카롭게 비명을 질렀다!

에르퀼 포와로는 엄한 목소리로 나무랐다.

"조용히 해! 자네가 지금 떠받치는 건 지구 전체의 무게가 아니라고! 기껏해야 이 에르퀼 포와로의 몸무게일 뿐일세!"

7

아틀라스는 빳빳한 5파운드짜리 지폐 두 장을 이리저리 쳐다보았다. 그리고 마치 기도하는 투로 중얼거렸다.

"아침이 되면 어떻게 해서 내가 이 돈을 벌게 되었는지 다 잊게 되었으면 좋겠어. 아무래도 오레일리 신부님께 의심받을 것만 같아서 걱정된단 말이야."

"다 잊어버리게나, 친구. 내일이면 세상은 자네 것이라고."

아틀라스가 중얼거렸다.

"그런데 이걸 어디에다 건다! 그래, 워킹 래드가 좋겠어. 그 말은 거마인데다 아주 사랑스러우니까! 그리고 셰일라 보인도 있지. 그럼, 7배는 문제없다고!" 그는 잠시 말을 멈췄다.

"그런데 방금 자네가 이교도 신(神)을 들먹거렸던 것 같은데, 내가 잘못 들었나? 아니야, 헤라클레스라고 자넨 말했어. 오, 하나님 감사합니다. 내일 3시 반에 헤라클레스란 말이 경기에 출전한단 말이야."

"이보게, 친구." 에르퀼 포와로가 말했다.

"그렇다면 그 말에 돈을 걸어보게나. 장담하네만 헤라클레스는 절대 지지 않을 테니까."

그리고 그 이튿날 과연 그의 예상은 적중해서 로슬린 씨 소유의 헤라클레스는 보이넌 경마 경기에서 60배라는 좋은 배당으로 전혀 얘기치 않게 우승을 차지했다.

8

재빨리 에르큘 포와로는 산뜻하게 포장된 소포를 뜯었다. 처음에는 갈색 종이가 나타났고, 그다음에는 솜이, 마지막으로 휴지가 나타났다.

이윽고 에머리 파워 앞에 높인 책상 위에 그는 찬란하게 빛나는 황금 술잔을 올려놓았다. 술잔의 표면에는 녹색 에메랄드로 된 능금들이 주렁주렁 매달려 있는 나무 한 그루가 새겨져 있었다.

대부호는 깊이 숨을 들이마셨다. 마침내 그가 말했다.

"축하하오, 포와로 씨."

에르큘 포와로는 고개를 숙였다.

에머리 파워는 손을 뻗어 손가락으로 그 술잔의 가장자리를 어루만졌다. 그는 감격스러운 목소리로 말했다.

"오, 내 물건!"

"네, 당신 것이지요!" 에르큘 포와로도 그 말에 동의했다.

파워는 한숨을 쉬었다. 그는 의자에 몸을 기댔다. 그리고 사무적인 투로 이렇게 말했다.

"이걸 어디에서 찾아냈소?"

"제단 위에서 찾아냈지요." 에르큘 포와로가 말했다.

에머리 파워는 깜짝 놀란 듯했다.

포와로는 계속 말을 이었다.

"케이시의 딸은 수녀였습니다. 그녀는 자기 아버지가 죽었을 때 마침 허원식(마지막 서약식)을 하려던 참이었습니다. 그녀는 무심했지만 그러나 신앙심만은 깊었지요. 그 술잔은 리버풀에 있는 케이시의 집에 숨겨져 있었습니다. 그걸 아버지의 유물로 생각한 그녀는 아버지가 지었던 죄를 속죄하기 위해 술잔을 수녀원으로 가지고 갔습니다. 그리고 하나님께 그걸 바쳤던 겁니다. 내가 보기에 수녀들 자신은 그 술잔의 가치를 전혀 깨닫지 못하고 있었던 것 같습니다. 아마도 가보쯤으로 여겼을 테지요. 그들의 눈으로 보면 이것은 성찬배일 뿐이었고 실제로 그들은 이 술잔을 그 용도로 사용하고 있었으니까요."

에머리 파워가 말했다.

"정말 뜻밖의 이야기로군!" 그가 덧붙였다.

"그런데 당신은 어떻게 그곳까지 가겠다는 생각을 한 거요?"

포와로는 어깨를 으쓱했다.

"아마도, 소거법을 적용했던 덕분이 아닐까요? 거기다 그 누구도 술잔을 처분할 생각을 안 했다는 의외의 사실도 있었고 말입니다. 그런 사실들은 그게 일반적인 물질적 가치가 적용되지 않는 그런 장소에 있을지도 모른다는 것을 깨우쳐 주었지요. 그리고 나서 나는 패트릭 케이시의 딸이 수녀라는 사실을 기억해 냈습니다."

파워는 감탄 섞인 어조로 말했다.

"정말, 조금 전에도 말했지만 축하하오, 포와로 씨. 자, 이제 보수가 얼마면 되겠는지 말해보시오. 수표를 써줄 테니까."

"보수는 필요 없습니다." 에르퀼 포와로가 말했다.

파워는 깜짝 놀란 표정으로 그를 쳐다보았다.

"무슨 뜻이오, 그게?"

"혹시 어릴 때 옛날이야기를 읽었던 적이 있습니까? 그 이야기들 속에 나오는 왕은 대게 이렇게 말했지요. '네가 원하는 게 무엇인지 과인에게 말해보라.' 라고 말입니다."

"그렇다면 나한테 부탁하고 싶은 것이라도 있단 말이오?"

"그렇습니다. 그러나 돈은 아닙니다. 아주 간단한 부탁이지요."

"대체 그게 뭐요? 주식시세에 대한 예상이라도 듣고 싶다는 거요?"

"그것 역시 또 다른 형태의 돈에 불과한 것일 뿐이지요. 내 부탁은 그것보다 훨씬 더 간단한 것입니다."

"도대체 뭔데 그러오?"

에르퀼 포와로는 술잔 위에 손을 얹었다.

"이 술잔을 다시 수녀원으로 돌려 보내 주십시오."

잠시 말이 끊겼다. 이윽고 에머리 파워가 입을 열었다.

"당신, 정신이 아주 이상해진 모양이로군?"

에르큘 포와로는 고개를 저었다.

"아니오, 내 정신은 이상해지지 않았습니다. 자, 보십시오. 보여드릴 게 있습니다."

그는 술잔을 집어들었다. 그리고 손톱 끝으로 나무를 휘감은 뱀의 벌어진 주둥이를 힘껏 눌렀다. 그러자 술잔 안쪽에 새겨져 있던 부각의 일부분이 살짝 옆으로 벗겨지면서 속이 비어 있는 손잡이와 연결된 부분에 구멍이 하나 나타났다.

"아시겠습니까? 이것은 보르지아 교황의 술잔이었습니다. 이 작은 구멍을 통해 독이 술 속으로 들어갔던 것이지요. 당신 스스로 이렇게 말씀하셨던 적이 있습니다. 이 술잔의 역사는 사악하기 그지없다고 말입니다. 폭력과 피와 사악한 격정이 그 술잔을 소유한 사람을 늘 따라다녔지요. 어쩌면 이번에는 그 해가 당신한테 닥치게 될지도 모르는 일입니다."

"그건 미신일 뿐이오!"

"그럴지도 모르지요. 하지만 당신은 왜 그토록 이것을 손에 넣고 싶어 했지요? 그것은 이 술잔의 아름다움 때문도, 이것의 가치 때문도 아니었습니다. 당신은 수백, 아니 어쩌면 수천 가지나 되는 아름다운 물건들과 진귀한 물건들을 가지고 계신 분입니다. 당신은 당신의 자존심을 지키기 위해서 그것이 필요했던 것뿐입니다! 당신은 지는 것이 싫었습니다. 그리고 이렇게 당신은 지지 않았습니다. 당신은 이겼소! 술잔은 당신의 수중에 들어왔습니다. 그러니 지금은 훌륭한, 아주 훌륭한 아량을 베풀어 주시는 게 어떻겠습니까? 거의 10여 년 동안이나 평화롭게 안치되었던 그곳으로 술잔을 되돌려 보내 주십시오. 그곳에서 술잔의 사악함이 깨끗하게 씻겨질 수 있도록 놓아둡시다. 한때 이 술잔은 교황에게 속해 있던 물건이었습니다. 그걸 다시 교회로 돌려줍시다. 우리가 사람들의 영혼이 정결해지고 속죄함을 받을 수 있도록 빌 때 그 술잔의 사악함 역시 정결케 되고 속죄함을 받을 수 있도록 그 술잔을 다시 제단 위에 올려놓자는 겁니다." 그는 앞으로 몸을 내밀었다.

"내가 이 술잔을 어디에서 찾아냈는지 말씀드리지요. 그곳은 잊힌 젊음과 영원한 미의 파라다이스 쪽으로 가는, 서해가 내려다보이는 평화의 낙원이었습니다."

그는 외따로 떨어진 이니시골란의 아름다움을 간단한 몇 마디 말로 묘사하면서 계속 말을 이어 나갔다.

에머리 파워는 의자에 깊이 파묻힌 채 한쪽 손을 눈 위에 얹었다. 그러더니 마침내 그가 입을 열었다.

"내가 태어난 곳은 아일랜드의 서쪽 해안가였소. 내가 아직 소년이었을 때 미국으로 가기 위해 나는 그곳을 떠났지."

"그 얘긴 나도 들었습니다." 포와로가 조용히 말했다.

대부호는 자리에서 벌떡 일어섰다. 그의 눈동자는 다시 빛나고 있었다. 그는 입을 열었다. 그때 그의 입가에는 엷은 미소가 떠올랐다.

"당신은 참 이상한 사람이구려, 포와로 씨. 아무튼 당신 생각대로 하시오. 이 술잔을 내가 주는 선물로 수녀원에 갖다주시오. 상당히 값비싼 선물이 될 거요. 무려 3만 파운드짜리니까. 그런데 이것과 바꾸어 내가 얻는 것은 과연 무엇이오?"

포와로가 엄숙한 표정으로 말했다.

"수녀님들이 당신의 영혼을 위해 미사를 올려 드릴 겁니다."

대부호는 활짝 미소를 지었다. 탐욕스러우면서도 굶주린 듯한 미소였다.

"그렇다면 이것 역시 하나의 투자인 셈이 되겠군! 어쩌면 내 생애 최고의 투자가 될 수도 있겠지요."

9

수녀원의 작은 응접실 안에서 에르퀼 포와로는 모든 사정을 들려주고 원장 수녀에게 성찬배를 다시 돌려주었다.

그녀는 중얼거렸다.

"저희가 감사드린다고 전해 주세요. 그리고 그분을 위해 늘 기도 드리겠다는 말도 함께요."

에르퀼 포와로는 조용히 말했다.

"확실히 그 사람에게는 수녀님들의 기도가 필요하지요."

"그분이 그토록 불행한 분이었던가요?"

"너무도 불행해서 그는 무엇이 행복인지도 잊고 말았습니다. 너무도 불행해서 그 자신은 자기가 불행하다는 사실마저 깨닫지 못할 정도입니다."

"아, 그 부유한 사람이……." 원장 수녀는 조용히 말했다.

에르퀼 포와로는 아무 말도 하지 않았다. 왜냐하면 달리 할 말이 없다는 것을 그는 알고 있었기 때문이다.

케르베루스를 잡아라

지하철 안에서 이리저리 흔들리며 이 사람 저 사람하고 부딪치던 에르퀼 포와로는, '이 세상에는 사람들이 너무 많아 탈이란 말이야.'라고 혼자 중얼거렸다. 확실히 저녁 이맘때쯤(오후 6시 30분)의 런던 지하철은 참으로 많은 사람들로 들끓었다. 덥고, 소란스럽고, 혼잡하고, 서로 이리저리 마구 떠밀고—기분 나쁘게 짓눌러 오는 손, 팔, 몸, 어깨들이라니! 전혀 모르는 사람들한테 둘러싸여 마구 짓눌리고, 게다가(그는 치를 떨며 생각했다) 그 대부분은 얼마나 단조롭고 무표정한 모습들을 하고 있는지! 정말 떼를 지어 몰려다니는 사람들한테서는 매력이라고는 눈곱만치도 찾아보기 어려웠다.

이런 현실 속에서 어떻게 지혜로 빛나는 얼굴을 마주 대할 수 있겠으며, 어떻게 '곱고 화려하게 차려입은 여인'과 만나게 되기를 바랄 수 있단 말인가? 게다가 이런 악조건 속에서도 뜨개질하겠다고 덤벼드는 여자들의 극성스러움이라니! 여자들은 자신들이 뜨개질하고 있을 때의 모습이 어떻다는 걸 모른다. 온통 뜨개질에만 집중된 정신, 흐릿한 눈동자, 쉴 새 없이 바삐 움직이는 손가락! 붐비는 지하철 안에서 뜨개질하기 위해서는 적어도 들고양이의 민첩함과 나폴레옹의 의지력이 필요한 법이다. 그런데 여자들은 용케도 그 노릇을 잘해내고 있으니, 참! 그들은 자리를 차지하기 바쁘게 보잘것없는 뜨개바늘을 꺼내들고 곧장 뜨개질을 하기 시작한다!

쉬지 않고 손을 놀려대긴 하지만 여자다운 우아함이라고는 눈곱만큼도 없으니! 이미 초로의 나이로 접어든 그의 정신세계는 현실세계를 지배하는 긴장과 쫓기는 것에 반감을 품고 있었다. 그의 주변에 있는 요즘의 젊은 여자들은 어쩌면 그렇게도 한결같이 서로 엇비슷한데다 매력도 없고, 또 그 풍부하고 매혹적인 여성미는 어디다가 다 내버렸는지…… 그는 보다 화려한 매력을 지닌 여자가 좋았다. 아! 우아하고 품위있고 서로 교감이 통하는 사교계의 여인을 만나볼 수만 있다면! 풍부한 몸의 곡선을 지닌 여자, 약간 우스꽝스럽긴 해도 아주 화려하게 차려입은 그런 여자를 만날 수만 있다면! 한때는 그런 여자들이 거리를 활보하고 다니던 그런 시대도 있었다. 그러나 요즘은, 요즘은 ……

지하철이 역에 도착했다. 포와로를 뾰족한 뜨개바늘 끝으로 마구 밀어붙이면서 사람들이 우르르 내렸다. 그리고 마치 기름에 절인 정어리를 깡통에 넣듯 서 있는 사람들 사이로 마구 쑤셔 넣으며 다시 우르르 올라탔다. 지하철은 다시 덜컹거리며 움직이기 시작했고 그 바람에 포와로는 주렁주렁 짐을 들고 서 있던 어떤 뚱뚱한 여자 쪽으로 쓰러졌다.

포와로가, "죄송합니다."라는 말을 하기가 무섭게 이번에는 허리에 서류가방을 끼고 있던 키가 크고 몹시 마른 어떤 남자에게 그만 몸이 쏠리고 말았다. 그는 다시, "죄송합니다."라고 말했다. 그는 자신의 콧수염이 흐늘흐늘 흐트러지게 되면 어떡하나 걱정되기 시작했다. '이런 지옥 구덩이 같으니라고!' 천만다행 하게도 다음 역은 그가 내릴 차례였다.

그러나 피커딜리 서커스가 공연 중이어서인지 역 구내 역시 150여 명은 족히 되어 보이는 사람들로 붐비고 있었다. 마치 거대한 파도처럼 플랫폼 위에는 사람들의 물결이 이리저리 흔들리고 있었다.

이내 포와로는 다시 사람들 틈에 꼭 끼인 채 위로 올라가는 에스컬레이터에 올라탔다.

지옥에서 탈출하는 기분이라고 포와로는 생각했다. 올라가는 에스컬레이터 위에서 뒷사람의 가방을 무릎으로 떠받치고 있어야 하는 이 고통은 또 얼마나 끔찍한가!

그때 누가 큰소리로 그의 이름을 불렀다. 깜짝 놀라서 그는 눈을 치켜떴다. 반대편 내려오는 에스컬레이터 위에서 놀랍게도 그의 눈은 과거의 환영을 보았다. 그곳에는 머리에서부터 발끝까지 화려하게 차려입은 한 풍만한 여성이 서 있었던 것이다. 염색한 숱 많은 적갈색 머리칼에는 화려한 밀짚모자가 씌어 있었다. 그 모자는 작은 새 깃털로 장식되었는데, 아름답고 정밀하게 채색

되어 돋보였다. 또한 값비싸게 보이는 모피가 그녀의 어깨 위에 드리워져 있었다.

진홍색으로 칠한 그녀의 입술이 크게 열리자 풍부하고도 이국적인 그녀의 목소리가 다시 들려왔다. 그녀의 목소리는 정말 컸다.

"여기예요!" 그녀가 외쳤다.

"여기라고요, 에르퀼 포와로 선생님! 우리가 다시 만났군요! 내 이럴 줄 알았어요!"

그러나 운명보다 더 매정한 것은 서로 엇갈려가는 두 대의 에스컬레이터였다. 옴짝달싹도 못한 채 에르퀼 포와로는 그대로 위를 향해 올라가는 중이었고, 베라 로사코프 백작부인은 밑을 향해 내려가고 있었다.

간신히 몸을 옆으로 틀며 난간에 몸을 기댄 채 포와로가 절망적인 목소리로 외쳤다.

"부인, 어디로 가야 부인을 만날 수 있지요?"

그녀의 대답은 저 밑바닥에서 아주 희미하게 들려왔다. 그것은 전혀 예기치 못한 대답이었지만, 묘하게도 지금의 상황에 아주 걸맞은 그런 대답이었다.

"지옥이지요……."

에르퀼 포와로는 눈을 깜빡거렸다. 그리고 다시 한 번 눈을 또 깜박거려 보았다. 갑자기 그의 발밑이 흔들렸다. 자신도 모르게 그는 어느새 맨 꼭대기에 올라와 있었던 것이다. 그런데 정확하게 발을 옮겨 놓아야 한다는 사실을 깜박 잊고 있었던 것이다. 그의 주위에 있던 사람들은 사방으로 흩어져나갔다. 한쪽으로 약간 몰려 서 있던 사람들이 앞을 다투며 내려가는 에스컬레이터에 올라타고 있었다.

그가 다시 그들 속에 가세해야 한단 말인가? 백작부인은 그런 뜻으로 그 말을 했던 걸까? 러시아워에 지구의 안쪽을 돌아다녀야 한다는 것은 분명히 지옥에 있는 것과 다름없는 일이었다. 만일 백작부인이 그런 뜻에서 그 말을 했다면 도저히 그는 그 말대로 해줄 수가 없었다.

그러나 단호하게 포와로는 걸음을 옮겨 밑으로 내려가는 사람들 틈을 비집고 들어선 다음 다시 아래쪽으로 되돌아갔다. 에스컬레이터를 내려섰지만 백작부인은 자취도 없었다. 포와로에게는 파랑고 빨갛게 알록달록 줄지어 켜 있는 불빛 가운데 하나를 선택하는 일만이 남아 있는 셈이었다.

백작부인은 베이컬루나 피커딜리 라인의 후견인이었던 걸까? 포와로는 플랫폼 위를 차례차례 돌아다녀 보았다. 그는 지하철을 타고 내리는 사람들을 대강 눈으로 훑어보기도 했다. 그러나 그 어디에서도 화려하게 차려입은 러시아 백작부인 베라 로사코프의 모습은 보이지 않았다.

백작부인을 찾는 일에도 지치고 진력이 난 에르퀼 포와로는 툴툴거리며 다시 위로 올라와서, 사람들로 북적거리는 피커딜리 서커스 공연장 쪽으로 걸음을 옮겼다. 그리고 가벼운 흥분에 휩싸인 채 집으로 돌아왔다.

키가 작고 꼼꼼한 남자가 몸집이 크고 화려하게 치장한 여자를 그리워한다는 건 어찌 보면 불행한 일이라 아니할 수 없었다. 포와로는 자신을 사로잡아 버렸던, 그 옛날 운명적인 백작부인의 매력을 아직 마음속에서 떨쳐내지 못하고 있었다. 그녀를 마지막으로 만난 뒤 벌써 20년이란 세월이 흘러갔지만 그 마력은 여전히 그를 사로잡고 있었던 것이다. 비록 그녀가 한 화장이 무대의 배경을 그리는 화가의 일몰 그림과 비슷하다 해도 화장술로 교묘하게 눈을 가린 그녀의 모습이 에르퀼 포와로에게는 여전히 화려하고 매혹적인 모습으로 비쳤다. 소시민이란 항상 귀족들에 대해 어떤 전율 같은 걸 느끼기 마련이니까.

문득 이 늙은 찬미가의 머릿속에 그 옛날 그녀가 보석을 훔칠 때 발휘했던 기발한 솜씨가 떠올랐다. 그는 그 사건에 대해 심문할 당시 모든 범죄 사실을 인정하던 그녀의 놀라울 정도로 태연자약하던 모습이 기억났다. 천 명, 아니, 만 명에 하나 나올까 말까 한 그런 여자였지! 그는 그녀를 다시 만났는데, 그런데—금세 놓쳐버리고 말았던 것이다!

"지옥이지요." 그녀는 그렇게 말했다.

혹시 그가 잘못 들은 것은 아니었을까? 분명히 그녀가 그렇게 말했던가?

그럼, 그녀는 무슨 뜻으로 그렇게 말했던 걸까? 그녀는 런던의 지하철을 얘기하고자 했던 걸까, 아니면 그녀의 말 속에는 어떤 종교적 의미가 담겨 있던 걸까? 설령 세상을 살아가는 그녀 자신의 생활방식 때문에 저세상으로 간 그녀에게 가장 어울리는 장소가 지옥이 된다 해도 분명히, 분명히 러시아인으로서의 도의상으로라도 그녀가 에르퀼 포와로에게 반드시 그녀가 있는 그곳으로 그가 와야 한다고 말했을 리는 없지 않은가?

아니야. 그녀는 전혀 다른 뜻으로 그 말을 했던 게 분명해. 그래, 그럴 거야. 그렇지만 에르퀼 포와로는 당황하지 않을 수 없었다. 이 무슨 음모투성이의 뚱딴지같은 여자란 말인가? 다른 여자였다면 아마 이렇게 외쳤을 것이다.

"리츠예요." 혹은, "클라리지로 오세요."라고 말이다. 그러나 베라 로사코프는 날카로운 목소리로 터무니없게도, "지옥이지요!"라고 소리쳤던 것이다.

포와로는 한숨을 내쉬었다. 그러나 그는 아직 패배하지 않았다. 머릿속이 혼란스러워지자 이튿날 아침 그는 가장 간단하면서도 손쉬운 경로를 밟았다. 그는 비서인 레몬 양에게 그걸 물어보았던 것이다.

레몬 양은 믿기지 않을 정도로 못생기긴 했지만 정말 능력있는 여자였다. 그녀에게 포와로는 전혀 특별한 사람이 아니었다. 그는 단순히 그녀를 고용한 사람에 불과할 뿐이었다. 그녀는 그를 위해 훌륭하게 일 처리를 해주었다. 행여나 그녀의 마음에 쉴 틈이 생기기라도 하면 그녀 개인의 생각과 꿈은 온통 새로운 서류 정리방식에 쏠리곤 했다.

"레몬 양, 내가 한 가지 물어봐도 되겠소?"

"물론이에요, 포와로 씨."

레몬 양은 타자기 키 위에서 손을 내려놓더니 귀를 기울이며 기다렸다.

"만일 당신 친구 중에 누군가가, 그가 여자든 남자든, 당신과 지옥에서 만나자고 했다면 어떡하겠소?"

언제나처럼 레몬 양은 거침없이 대답했다. 마치 이야기가 시작될 때에 이미 모든 대답을 준비해 두고 있었던 사람처럼.

"제 생각엔, 미리 좌석을 하나 예약해 두는 게 좋을 것 같군요."

에르퀼 포와로는 영문을 모르겠다는 표정으로 그녀를 멍하니 쳐다보았다.

이윽고 그가 한 마디 한 마디에 힘을 주며 이렇게 말했다.

"좌석을 하나 예약해 두겠다고?"

레몬 양은 고개를 끄덕이며 자기 앞으로 전화기를 끌어당겼다.

"오늘 밤이에요?"

이렇게 묻더니 그가 아무 대답도 하지 않자 승낙이라도 받아낸 듯 그녀는 재빨리 다이얼을 돌렸다.

"템블 바 14578 대주세요. 아, 예, '지옥'입니까? 저, 좌석 예약을 하려고 하는데요? 이름은 에르퀼 포와로, 7시."

그녀는 수화기를 다시 제자리에 놓았다. 다시 그녀의 손가락은 타자기 키 위를 바삐 오르내리고 있었다. 약간, 아주 미세하지만 초조한 표정이 얼핏 그녀의 얼굴에 나타났다. 그 표정은 마치 자기 주인한테, '자 나는 내 할 일을 다 끝냈으니 이제 그만 내가 일을 할 수 있게 나 좀 내버려 두라.'는 말을 하는 듯했다.

그러나 에르퀼 포와로에게는 설명이 필요했다.

"레몬 양, 그런데 그 '지옥'이란 곳은 대체 뭘 하는 곳이오?"

레몬 양은 약간 의외라는 표정을 지었다.

"아니 모르고 계셨던가요, 포와로 씨? 그곳은 나이트클럽이에요. 아주 새로운 방식으로 요즘 대유행하고 있지요. 제가 알기로는 그곳을 경영하는 사람은 어떤 러시아 부인이라고 하더군요. 물론 선생님이 오늘 해 떨어지기 전에 그 클럽의 회원이 되고 싶으시다면 지금 곧바로 제가 아주 간단하게 처리해 드리겠습니다."

그러고 나서 시간 낭비는 이만하면 충분하다는 듯(그녀의 표정은 분명히 그랬다) 레몬 양은 능숙하게 타자기 키를 계속 두드려대기 시작했다.

그날 저녁 7시에 에르퀼 포와로는 윗부분에 조심스럽게 한 번에 한 글자씩만 켜지는 네온사인이 붙어 있는 출입구에 들어섰다. 빨간색의 연미복을 차려입은 한 신사가 그를 맞이하며 코트를 벗어들었다.

그는 몸짓으로 아래로 내려가는 얕고 폭이 넓은 계단으로 포와로를 안내했다. 각 계단에는 문구가 하나씩 쓰여 있었다. 첫 번째 문구는 이렇게 시작되었다. '내 말뜻은…….' 두 번째 문구는, '나는 내가 맘이 내킬 때면 언제든지 그 일을 포기할 수 있다…….'

"지옥으로 가는 길에 아주 기발한 착상인걸. 아주 좋은 생각이군 그래."

평가하듯 에르퀼 포와로가 중얼거렸다.

그는 계단을 내려갔다. 계단이 끝나는 곳에는 진홍색 백합이 핀 물탱크가 놓여 있었다. 포와로는 그 다리를 건넜다.

그의 왼쪽에는 무슨 대리석 같은 걸로 만든 동굴이 하나 있었는데 그 속에는 포와로가 이제까지 한 번도 본 적이 없는 아주 크고 험악하게 생긴 시커먼 개 한 마리가 앉아 있었다. 그 개는 무시무시한 표정을 지은 채 몸을 곧게 편 자세로 꼼짝도 않고 앉아 있기만 했다. '아마도 저 개는 진짜 살아 있는 게 아닐 거야.' 하고 그는 생각했다(그리고 그건 그가 바라는 바이기도 했다). 그러나 그 순간 그 개가 잔인하고 험악해 보이는 고개를 돌리면서 그 새카만 몸뚱어리 맨 밑바닥에서 울려나오는 듯한 소리로 낮게 으르렁거렸다. 그것은 소름 끼치는 소리였다.

그때 포와로의 눈에는 작고 둥그스름한 강아지용 비스킷이 들어 있는 장식 바구니 하나가 들어왔다. 거기에는 다음과 같은 표지가 붙어 있었다. '케르베루스에게 뇌물을!'

개의 시선은 그 과자 위에 머물러 있었다. 다시 한 번 낮게 으르렁거리는 소리가 들려왔다. 급한 포와로는 비스킷 하나를 집어들고 그걸 커다란 개 앞으로 던졌다.

움푹 팬 뻘건 입이 쫙 벌려졌다. 재빨리 과자를 받아 물더니 강인해 보이는 턱을 다시 닫았다. 케르베루스는 그가 주는 뇌물을 받았던 것이다! 포와로는 열려 있는 출입구 쪽으로 몸을 옮겼다.

실내는 그리 큰 편은 아니었다. 곳곳에 작은 탁자들이 놓여 있었으며 중앙에는 춤을 추기 위한 플로어가 있었다. 실내에는 자그마한 빨간 램프들이 불을 밝혔고 벽에는 프레스코(갓 칠한 회벽토에 수채로 그리는 벽화법)가 그려져 있었다. 그리고 맨 끝에는 꼬리와 뿔이 달린 악마의 의상을 입은 주방장이 커다란 그릴 한쪽에 자리 잡고 있었다.

제일 먼저 포와로를 맞이한 것은 이런 것들이었고, 마침내 진홍색 이브닝드레스를 차려입은 베라 로사코프 백작부인이 러시아인 특유의 열정적인 몸짓으로 두 손을 앞으로 내밀며 그에게로 달려왔다.

"오, 선생님 오셨군요! 내가, 내가 정말 존경하는 선생님! 선생님을 이렇게 다시 만나게 되다니, 얼마나 기쁜지! 그렇게 세월이 흘렀는데도, 그렇게 많은 세월이 말이에요. 정말 얼마나 됐죠? 아니에요. 얼마나 됐는지 알 필요도 없다고요! 내게는 바로 어제 일이나 다름없으니까요. 선생님은 정말 변하지 않으셨군요. 조금도 변하지 않으셨어요!"

"부인 역시 그렇습니다."

그녀의 손 위로 고개를 숙이며 포와로가 말했다.

그렇지만, 그는 20년을, 어디까지나 20년이란 사실을 완전히 깨닫고 있었다. 로사코프 백작부인은 솔직히 아주 형편없어졌다고 말할 정도는 아니었다. 그러나 적어도 그녀가 화려하게 몰락해 가는 것만은 사실이었다. 삶에서 화려함과 그칠 줄 모르는 즐거움은 여전히 간직하고 있었지만, 애석하게도 그녀는 남자에게 어떻게 애교를 부려야 하는지를 잘 모르고 있었다.

그녀는 포와로와 함께 다른 두 사람이 앉아 있는 탁자 쪽으로 걸음을 옮겼다.

"제 친구, 그 유명한 에르퀼 포와로 선생님이세요." 그녀가 소개했다.

"이분은 악한들에게는 공포의 대상이시죠! 한 때는 내 자신도 선생님을 두려워했지만 지금은 나도 최고로 도덕적인, 아주 지루하기 이를 데 없는 나날들을 보내고 있으니까요, 그렇죠?"

그녀가 말을 걸었던 키가 크고 여윈 초로의 남자가 입을 열었다.

"결코 지루한 것만은 아니지요, 부인."

"이분은 리스커드 교수님이시죠." 백작부인이 소개했다.

"이분은 과거 일이라면 모르시는 게 없는 분으로, 이곳의 실내장식을 하는데 중요한 힌트를 내게 주신 분이시기도 해요."

인류학 교수는 어깨를 으쓱했다.

"부인이 무슨 일을 할 작정이었는지 내가 미리 알고 있었다면 말이지요!"

그가 중얼거렸다.

"결과는 이렇게 무시무시한 것이 됐지만 말입니다."

포와로는 좀더 가까이에서 프레스코 벽화를 살펴보았다. 그가 마주 보는 벽에는 오르페우스와 그의 재즈 밴드가 곡을 연주하는 동안 에우리디스가 희망에 찬 표정으로 그릴 쪽을 쳐다보는 그림이 그려져 있었다. 그 반대편 벽에는 오시리스와 이시스가 뱃놀이를 즐기면서 이집트인 하나를 지옥으로 던져버리는 그림이 그려져 있었다. 세 번째 벽에는 쾌활한 표정의 젊은이들 몇 명이 벌거벗은 상태로 목욕하면서 한데 뒤엉켜 장난을 치고 있었다.

"그야말로 젊은이들의 나라죠"

이렇게 설명해주고는 백작부인은 뒤이어 소개하는 일을 마무리하려는 듯 숨도 쉬지 않고 이렇게 덧붙였다.

"그리고 이쪽은 우리 엘리스예요."

포와로는 탁자에 앉아 있던 체크무늬 코트와 스커트 차림의 수수해 보이는 아가씨에게 인사를 했다. 그녀는 뿔테 안경을 쓰고 있었다.

"이 아가씨는 아주 아주 똑똑합니다." 로사코프 백작부인이 말했다.

"학위도 받았고 또 심리학자이기도 해요. 이 아가씨는 미치광이가 왜 미치광이인지 그 이유까지도 다 알고 있다고요! 그건 선생님이 생각하듯 그들이 미쳤기 때문이 아니랍니다! 그런 게 아니라 거기에는 온갖 종류의 다양한 이유가 있다고요. 나는 그게 아주 특이한 것이라는 걸 알아요."

이름이 엘리스라는 아가씨는 상냥하게, 그러나 약간은 경멸하는 듯한 표정으로 미소를 지었다. 그녀는 교수에게 단호한 어조로 춤추지 않겠느냐고 물었다. 교수는 한편으로는 의기양양해하면서도 다른 한편으로는 왠지 불안스런 표정을 지었다.

"실례지만 아가씨, 나는 왈츠밖에 출 줄 모른다오."

"이 곡은 왈츠라고요." 끈질기게 엘리스가 말했다.

그들은 자리에서 일어나 춤을 추러 나갔다. 그들의 춤은 그리 훌륭하지 못했다.

로사코프 백작부인은 한숨을 내쉬었다. 혼자만의 긴 사념의 터널을 빠져나온 듯 그녀는 중얼거렸다.

"사실 저 아가씨는 별로 못생긴 편은 아니에요."

"저 아가씨는 사람들한테 아름답게 보이기 위한 노력을 별로 하지 않는 것 같군요."

공정해지려고 애쓰며 포와로가 말했다.

백작부인이 말했다.

"솔직히, 저는 요즘 젊은 아가씨들을 잘 이해 못 하겠어요. 그들은 더 이상 남의 맘에 들려고 노력하지 않아요. 제가 젊었을 때는 항상 그런 노력을 기울여 왔는데 말이에요. 내게 어울리는 색깔에다, 옷에는 약간 심을 넣고, 허리는 코르셋으로 꽉 졸라매고, 머리는 좀더 재미있는 색상으로 물들이고 싶어 하고……."

그녀는 이마 앞으로 흘러 내려온 거대한 타이탄 머리채를 뒤로 밀었다. 최소한 그녀가 아직도 열심히 노력을 계속하고 있다는 것만은 부인할 수 없는 사실이었다!

"자연이 부여해준 것만으로 만족한다는 것, 그것은, 그것은 어리석은 거예요! 또 건방지기도 하고요! 엘리스가 섹스에 대해 많은 말들을 늘어놓으며 책을 쓴다지만, 한 가지 물어보겠는데, 실상 남자들이 저 아가씨에게 함께 브라이턴에 가서 주말을 보내자고 한 게 몇 번이나 될 것 같아요? 글, 일, 노동자 후생복지, 미래세계라는 것들은 아주 가치 있는 것이긴 하죠. 하지만 어디 그런 게 즐거움을 주나요? 그리고 보세요. 요즘 젊은 사람들이 세상을 얼마나 단조롭게 만들어 버렸는지 말이에요! 온통 규칙과 금지사항뿐이잖아요! 내가 젊었을 때만 해도 이렇지 않았다고요."

"그러고 보니 생각나는데. 그 애, 아니 아드님은 어떻게 지내죠, 부인?"

마지막 순간에 그는 이미 20년이란 세월이 흘러갔음을 떠올리며 '그 애'란 말을 '아드님'이란 말로 재빨리 바꿨다.

그러자 백작부인의 얼굴에 광적인 모성애가 나타나며 표정이 밝아졌다.

"사랑스런 천사 말이죠! 지금은 얼마나 자랐다고요! 그 어깨하며 잘생긴 모습이란! 그 애는 지금 미국에 있어요. 그곳에서 건설하는 일을 하고 있답니다. 다리, 둑, 호텔, 백화점, 철도 등 미국인들이 원하는 것이라면 그 무엇이든 말이에요!"

포와로는 약간 어리둥절한 표정을 지었다.

"그렇다면 아드님은 기사인 모양이로군요? 아니면 건축가인가요?"

"그게 무슨 상관이에요?" 백작부인이 말했다.

"그 애는 사랑스러워요! 그 애는 철로 된 대들보라든가 기계장치, 압력이라나 하는 그런 것에 온통 몰두해 있어요. 그런 것들에 대해서 난 전혀 문외한이지만요. 하지만 우리는 서로 존중해준답니다. 또 늘 그렇게 해왔고요! 그래서 그 애를 위해서 난 저 엘리스란 아가씨도 존중한답니다. 둘은 비행기인가 배, 아니 기차에서 여행하다가 만났는데, 둘이서 노동자의 복지에 대해 토론을 벌이다가 그만 사랑에 빠져버린 모양이에요. 그래서 저 아가씨는 런던에 온 김에 나를 찾아왔고 나도 진심으로 환영했죠."

백작부인은 그녀의 그 풍만한 앞가슴 위로 팔짱을 꼈다.

"그리고 난 말했어요. '아가씨와 니키는 서로 사랑하는 사이라지? 그래서 나 역시 아가씨를 사랑해. 하지만 그 애를 사랑한다면서 왜 아가씨는 그 애가 있는 미국으로 안 가는 거지?'라고요. 그랬더니 저 아가씨는 자기 직업에 대해서며, 지금 자기가 쓰는 책에 대해서며, 자기 경력에 대해서며 다 얘기해주더군요. 하지만 솔직히 난 하나도 알아들을 수가 없었어요. 그렇지만 내 주장은 항상 이것이니까요. 즉, '관용을 베풀라'예요."

그리고 그녀는 단숨에 이렇게 덧붙였다.

"그런데 이곳을 이렇게 꾸며놓은 내 착상에 대해 어떻게 생각하세요, 선생님?"

"정말 기발한 착상입니다." 주위를 돌아보며 포와로가 만족한 듯 말했다.

"멋있소!"

실내는 사람들로 온통 꽉 들어차 있었으며, 이 클럽의 성공이 결코 억지로 꾸며낸 것이 아니라는 것을 실내의 분위기는 잘 보여주고 있었다. 손님 중에는 하릴없이 이브닝 정장을 빼입고 나와 그저 빈둥거리는 쌍쌍이 있는가 하면, 반대로 지저분한 코르덴바지 차림의 떠돌이들도 있었고, 양복 차림의 뚱뚱한 신사들도 눈에 띄었다. 악마처럼 치장한 밴드는 요즘 한창 인기를 끄는 곡을 연주하고 있었다. 아무튼 '지옥'이 사람들한테 선풍적인 인기를 끌고 있는 것만은 틀림없는 사실이었다.

"이곳에는 온갖 종류의 사람들이 모여들어요." 백작부인이 말했다.

"이런 생각은 안 드세요? 지옥의 문은 모든 사람들에게 활짝 열려 있다는?"

"아마도 가난한 사람들을 제외한다면 그렇게 되겠지요?" 포와로가 말했다.

백작부인이 웃음을 터뜨렸다.

"부자가 천국에 들어가기 어렵다는 말을 듣지도 못하셨어요? 그러니까 당연히 지옥에 들어올 때는 그들에게 우선권을 주어야 하잖아요."

교수와 엘리스가 탁자로 돌아왔다. 백작부인은 자리에서 일어섰다.

"나는 아리스티드에게 할 말이 있어요."

그녀는 여위고 냉소적인 지배인과 몇 마디 이야기를 나누더니 이 탁자 저 탁자 사이로 돌아다니며 손님들과 말을 나누기 시작했다.

이마를 닦고 포도주를 한 모금 홀짝인 다음 교수가 입을 열었다.

"그녀는 개성적인 여성입니다. 그렇지 않습니까? 누구나 쉽게 그걸 느낄 수 있어요."

그는 잠시 실례하겠다고 말하며 다른 탁자로 건너가더니 그곳에 앉아 있던 사람과 이야기를 열심히 하기 시작했다.

수수한 차림의 엘리스와 단둘만 남게 된 포와로는 차가워 보이는 그녀의 파란 눈동자와 눈이 마주치자 좀 당황하고 말았다. 그는 그녀가 아주 예쁘다는 걸 깨달았지만 본능적으로 그녀에게서는 어떤 경계심이 느껴졌다.

"나는 아직 아가씨의 성을 모르고 있소만." 그가 중얼거렸다.

"커닝햄이에요. 앨리스 커닝햄 박사. 선생님은 옛날부터 베라 아주머니와 아는 사이 같던데요?"

"족히 20년은 되었을 겁니다."

"아주머니는 아주 흥미로운 연구대상이에요." 앨리스 커닝햄이 말했다.

"물론 제가 앞으로 저와 결혼하게 될 남자의 어머니한테 관심을 두는 건 당연한 일이 되겠지만, 그 밖에도 교수라는 입장에서 저는 그녀에게 많은 관심이 있답니다."

"정말 그렇습니까?"

"그래요, 저는 요새 범죄심리학에 대한 책을 쓰는 중이지요. 저는 이곳에서의 밤 생활이 제 연구에 아주 고무적이라는 사실을 알아냈습니다. 정기적으로 이곳을 찾아오는 사람 중에서 다양한 범죄자 타입을 찾아냈으니까요. 그들 가운데 몇 사람하고는 이미 그들의 어린 시절에 대해 이야기를 나눠보기도 했지요. 물론 선생님도 베라 아주머니의 범죄적인 성향에 대해서는 잘 알고 계시겠죠? 그녀의 도벽에 대해서 말이에요."

"모르는데, 물론, 그것에 대해서라면 알고 있소만."

약간 놀라면서 포와로가 대답했다.

"전 거기다 맥파이(수다쟁이) 콤플렉스란 이름을 붙였어요. 선생님도 잘 아시겠지만, 그녀는 늘 '번쩍이는 것'을 탐내지요. 돈 같은 것이 아니에요. 항상 보석이었어요. 저는 그녀가 어렸을 때부터 귀여움만 받은 응석받이였던 데다가 지나친 과보호 속에서 성장했다는 사실을 밝혀냈어요. 그녀에게 삶이란 견딜 수 없이 지루하기만 한 그런 것일 뿐이었죠. 지루하면서도 안전했다고 할까요? 그녀의 본성은 극적인 것을 갈구했습니다. 거기에는 '벌'이란 것도 포함되어 있었죠. 그녀가 도둑질에 깊이 탐닉하게 된 이유는 바로 그것이었어요. 그녀가 원한 것은 벌 받는 것의 중요성과 그에 따른 악명이었던 셈이죠!"

포와로는 반박했다.

"러시아에서 혁명이 일어났을 때는 그녀가 구제도의 일원이었기 때문에 그녀의 삶 역시 그렇게 안전하고 지루하지만은 않았을 텐데요?"

커닝햄 양의 창백한 푸른 눈동자에 얼핏 재미있다는 표정이 스치고 지나갔다.

"아! 구제도의 일원으로서 말이지요? 아주머니가 선생님한테 그렇게 말했나 보죠?"

"그녀가 귀족이란 사실만은 부인할 수 없는 일이 아니겠소?"

백작부인이 자신의 입으로 직접 그에게 얘기해줬던 억척스럽고 다양했던 삶의 이야기들을 기억해 내려 애쓰며 고집스럽게 포와로가 말했다.

"누구나 자기가 믿고 싶은 데로 믿는 법이니까요."

직업의식에 차 있는 눈초리로 그를 쳐다보며 커닝햄 양이 대답했다.

포와로는 경계심을 느꼈다. 순간적으로 그는 이번에는 자기가 무슨 콤플렉스에 해당하는지 그 얘기가 나오게 될 거라고 생각했다. 그는 스스로 적진 속으로 뛰어들 결심을 했다. 솔직히 그는 로사코프 백작부인이 귀족 출신이라는 사실 때문에 더 그녀의 사교계에 기꺼이 참석하고 있었다. 그리고 그런 자신의 즐거움을 심리학 박사 학위를 가진 이 폭 삶긴 구즈베리(서양 까치밥나무의 열매) 같은 눈동자에 안경까지 쓴 젊은 아가씨 때문에 망치고 싶지는 않았다!

"내가 알아낸 놀라운 사실이 무엇인지 아가씨는 아시오?" 그가 물었다.

앨리스 커닝햄은 세상 일 중에서 그녀 자신이 모르는 일이 있다는 사실을 인정하려 들지 않았다. 그녀는 남들 눈에 자신이 거만하고 제멋대로인 사람처럼 보이는 걸 스스로 만족하는 듯했다.

포와로는 계속 말을 이었다.

"나를 놀라게 한 것은 바로 아가씨란 사람이오. 젊어서 적은 수고로도 얼마든지 아름답게 보일 수 있는 아가씨, 바로 당신이란 말이오! 그런데도 아가씨는 마치 금방이라도 골프를 치러 갈 사람처럼 커다란 주머니가 주렁주렁 달린 치마에 두꺼운 코트를 걸치고 있어요. 여기는 분명히 골프장이 아닌 실내 온도가 섭씨 21도인 지하실입니다. 더구나 아가씨 콧등은 땀으로 번들거리는데 정작 자신은 분칠하는 것은 안중에도 없고 그나마 칠해진 립스틱은 되는대로 입술의 선을 마구 무시해 버린 채 칠해져 있습니다! 아가씨는 자신이 여성인데도, 그것에 전혀 관심을 기울일 생각을 안 하고 있소. 나는 아가씨한테 물어보고 싶어요. 꼭 그렇게 해야만 하겠느냐고 말입니다. 정말 안타까운 일이군요."

잠깐 동안 그는 앨리스 커닝햄 역시 별수 없는 사람이었다는 사실을 확인하며 내심 만족해했다. 그녀의 눈동자에서 불꽃을 튀기며 이는 분노의 불길을 그는 보았던 것이다. 그러나 그녀는 애써 미소를 짓는 척했다.

"친애하는 포와로 선생님……." 그녀가 말했다.

"선생의 생각과 요즘의 사고방식과는 너무 큰 차이가 있는 것 같군요. 문제는 근본적인 사실에 있는 게 아닐까요? 한낱 장식물이 아닌!"

마침 피부색이 까무잡잡한 아주 잘생긴 청년이 그들에게로 다가왔기 때문에 그녀는 그에게로 시선을 돌렸다.

"이 사람은 가장 흥미로운 타입이지요."

강한 흥미를 보이며 그녀가 속삭였다.

"이름은 폴 바레스코예요. 여자들한테 얹혀살면서도 이상스레 타락된 갈망을 지닌 남자! 저는 저 남자한테서 그가 세 살이었을 때 그를 돌봐줬던 보모 겸 가정교사였던 여자에 대해 좀더 듣고 싶어요."

그로부터 얼마 뒤에 그녀는 그 청년과 춤을 추고 있었다. 그의 춤 솜씨는 훌륭했다. 그들이 춤을 추며 포와로가 앉아 있는 탁자 옆을 지나갈 때 포와로의 귀에 그녀의 말소리가 들렸다.

"그래, 보그노어에서 여름을 지낸 뒤에 그녀가 당신한테 장난감 두루미를 줬단 말인가요? 두루미 말이죠? 그렇군요. 아주 암시적이군요."

잠깐 동안 포와로는 범죄자 타입에 대한 커닝햄 양의 관심이 언젠가는 그녀의 불완전한 육체만이 홀로 숲 속에 버려지게 되는 그런 결과를 낳게 될 것이라고 짓궂게 생각했다. 그는 앨리스 커닝햄을 좋아하지 않았지만, 그래도 그는 정직한 사람이었기 때문에 자신이 그녀를 싫어하게 된 것은, 그녀가 에르큘 포와로 자신을 별로 대수롭지 않게 생각하기 때문이라는 걸 충분히 자각하고 있었다. 허탈감이 그의 몸을 휩쌌다!

그때 그의 눈에 무엇인가가 들어왔기 때문에 그 뒤로 그는 차츰 앨리스 커닝햄의 일을 잊게 되었다. 플로어의 반대쪽에 있던 한 탁자에 어떤 금발 청년이 앉아 있었던 것이다. 그는 이브닝 정장 차림이었는데, 겉모습은 돈을 많이 가진 채 하릴없이 무위도식하는 여느 사람과 별반 다를 바 없어 보였다. 그의 맞은편에는 아주 사치스런 차림의 한 아가씨가 앉아 있었다. 그는 멍청히 바보 같은 모습으로 그녀를 쳐다보았다. 그들의 모습을 본 사람이라면 아마 누구든지 이렇게 중얼거렸을 터였다.

"하릴없이 빈둥대는 부잣집 도련님이군!"

그러나 포와로는 그 청년이 사실은 부자도, 빈둥대는 건달도 아니라는 사실을 잘 알고 있었다. 그는 찰스 스티븐스 수사경감이었던 것이다. 포와로에게는 스티븐스 경감이 틀림없이 어떤 임무 때문에 이곳에 온 것으로만 생각되었다.

이튿날 아침 포와로는 런던경시청으로 그의 오랜 친구인 재프 주임경감을 찾아갔다.

이것저것 떠보는 그의 질문에 대한 재프의 반응은 전혀 뜻밖이었다.

"이런 늙은 여우 같으니라고!" 애정이 담긴 목소리로 재프가 말했다.

"이번에는 또 나를 얼마나 골탕먹이려고!"

"하지만 난 아무것도 모르고 있다는 걸 맹세해도 좋아. 전혀 모르고 있단 말일세! 있다면 단지 쓸데없는 호기심뿐이랄까?"

재프는 포와로에게 거짓말을 하지 말라고 했다.

"자넨 '지옥'이란 곳에 대해 전부 알고 싶은 거지? 사실, 겉으로 보기에는 그곳도 다른 곳과 별반 다를 게 없는 곳이지. 요즘은 그런 게 대유행이니까! 돈도 꽤 잘 벌릴걸. 물론 그곳을 여느라 비용도 꽤 들었겠지만 말일세. 표면적으로 그곳을 경영하는 사람은 자칭 백작부인인가 하는 러시아 여성으로 되어 있네."

"나는 로사코프 백작부인과 아는 사이일세." 차갑게 포와로가 말했다.

"우리는 오랜 친구사이지."

"하지만 그녀는 허수아비에 불과해." 재프가 계속 말을 이었다.

"자본금을 댄 사람은 그녀가 아니니까. 아마 자본금을 댄 사람은 그곳의 지배인 아리스티드 파포폴루스일 걸세. 그는 그런 것에 관심이 많으니까. 하지만 우리는 그게 그가 꾸민 쇼라고는 믿지 않아. 솔직히 우리는 그 쇼가 누구의 머리에서 나온 것인지 아직 모르고 있어."

"그래서 스티븐스 경감이 뭣 좀 알아내기 위해 그곳에 갔던 거로군?"

"오, 자네도 스티븐스를 본 모양이지? 그 친구, 납세자들이 낸 세금으로 그런 호사를 누리고 있으니 정말 운 좋은 친구지 뭔가? 물론 그 친구가 이제까지 많은 것을 알아내긴 했지만 말일세."

"그곳에서 어떤 게 나오리라고 자넨 생각하고 있나?"

"마약이지! 대규모 마약밀매, 그리고 마약 대금은 무엇으로 치러지는 줄 아나? 돈이 아니라 값비싼 보석으로 치러진다네."

"아하! 그래?"

"진상은 이렇네. 블랭크 부인은, 혹시 무슨 백작부인이라 해도 상관은 없겠지. 현금을 손에 넣기가 어렵다는 사실을 알게 됐네. 그리고 어떤 경우에든 은행 밖으로 거금을 빼돌리고 싶어 하지도 않았지. 그녀한테는 보석들이 있었네. 때로는 그게 집안의 가보가 될 수도 있지. 그 보석들은 모양이 바뀌거나 혹은 리세팅(보석을 바꾸어 박는 것)되기 위해 어떤 장소로 보내지게 되네. 그곳에서 보석들은 본래의 모습은 버리고 다시 반죽 그릇으로 들어가게 되지. 리세팅이 되지 않은 원석은 영국 내에서나 혹은 대륙으로 건너가 팔리게 되네.

아주 손쉬운 장사잖나? 보석을 훔친 도둑도, 또 그 보석을 찾아달라고 나서는 사람도 없으니 말일세. 혹시 나중에 장식관이나 목걸이가 위조품인 게 발각되면 어떻게 되느냐고 말하고 싶겠지? 그렇게 되면 블랭크 부인은 아주 결백한 척 깜짝 놀라는 걸세. 그녀는 진짜와 가짜가 언제, 어떻게 뒤바뀌어졌는지 도무지 모르겠다고 잡아떼네. 그도 그럴 것이 목걸이는 그녀의 수중을 떠나본 적이 없는 것으로 되어 있으니까 말일세. 결국 내막도 모르고 해고된 하녀나, 의심스러운 집사, 혹은 수상쩍은 창문 닦기의 뒤만 열심히 수사하는 불쌍한 경찰관들만 웃음거리가 되는 거네.

하지만 우리도 사교계의 참새들이 생각하고 있듯이 그렇게 바보는 아니지. 우리는 차례로 발생했던 몇 가지 사건을 조사했네. 그리고 그 사건들의 공통점을 발견해 냈지. 그것은 그 사건에 등장한 여자들 대부분이 마약중독 증세를 보인다는 것이었네. 신경질적이 되고 예민해지고, 경련을 일으키며 눈동자의 동공이 확대되는 등등. 문제는 이걸세. 그들이 어디에서 마약을 공급받았으며 중간 밀매자는 과연 누구인가?"

"그런데 자네 생각에 그 대답은 '지옥'이란 곳으로 나왔단 말이지?"

"우리는 그곳이 마약밀매의 본거지라고 생각하고 있네. 우리는 보석들이 어디에서 원석으로 뒤바뀌는지를 알아냈지. 골컨다 주식회사라는 곳이더군. 겉으로는 아주 훌륭하고 고급스러운 모조 보석류를 만드는 회사인데, 그곳에는 폴 바레스코라고 불리는 약간 뒤가 구린 그런 작자가 있더군. 아, 참, 자네도 그 사람을 아는 걸로 아는데?"

"그 사람을 보긴 했네. '지옥'에서."

"그곳에서 나는 그 녀석과 만나고 싶었네. 바로 그 장소에서! 그 녀석은 그런 짓을 한 여자들만큼이나 나쁜 녀석이라고 물론 여자들, 아무리 고상한 여자라 해도 그의 손아귀에 걸려들면 어쩔 수 없게 되고 말겠지만! 어쨌든 그 녀석은 골컨다 주식회사와 모종의 관계를 맺고 있네. '지옥' 배후에 있는 인물도 틀림없이 그 녀석일 거야. 그의 목적을 이루기에는 그곳이 이상적인 장소니까. 모든 사람들이 다 그곳으로 모여 들잖나? 사교계의 여자들도, 직업적인 사기꾼들도, 그곳은 완벽한 만남의 장소인 셈이지."

"그렇다면 교환(마약과 보석)도 그곳에서 이루어지고 있다고 자네는 생각하는 건가?"

"물론이야. 우리는 골컨다 쪽 사람은 알고 있네. 지금 우리가 알고 싶은 것은 그 상대편, 즉 마약 밀매인일세. 우리는 마약 공급책이 누구이며, 또 어디서 가져오는지를 알고 싶은 걸세."

"그럼, 그 이상에 대해서는 자네도 모르고 있다는 얘긴가?"

"내 생각으로는 말일세, 러시아 여자가 개입되어 있을 것 같긴 한데. 그러나 증거가 없어. 하긴 몇 주 전에 우리가 성공할 뻔하기도 했네. 바레스코가 골컨다로 가서, 원석 몇 가지를 받은 다음 곧장 지옥으로 갔으니까. 스티븐스가 그를 감시하고 있긴 했지만 원석을 건네주는 걸 직접 목격하지는 못했어. 바레스코가 그곳을 나왔을 때 우리는 그를 연행해서 몸을 수색해봤지만, 원석은 그의 몸에 없었네. 우리는 클럽을 덮쳐서 그곳에 있던 사람들의 몸을 다 수색해 보았지만 결과는 원석도 마약도 찾아내지 못했지."

"결론적으로 대실패였단 말이로군?"

재프는 어깨를 으쓱했다.

"자네가 그렇게 말할 줄 알았지! 하마터면 궁지에 빠질 뻔한 게 사실이긴 하지만 다행히도 그 단속에서 페버럴(자네도 알고 있지?) 배터시 사건의 살인자 말일세)을 체포했다네. 정말 운이 좋았어. 우리는 그 자식이 벌써 스코틀랜드로 도망가 버린 줄 알고 있었거든. 그런데 우리 민완형사 중 한 사람이 그 자식을 알아봤던 거지. 어쨌든 끝이 좋으면 다 좋은 거야. 우리는 명예를 얻었고, 그 클럽은 인기 면에서 그 단속이 굉장한 상승작용이 된 셈이었지. 그날 이후 사람들이 그 클럽으로 더 많이 몰려 들어왔으니까."

포와로가 말했다.

"그러나 마약 수사는 조금도 진척되지 못했잖나? 혹시 클럽 내부에 은닉처가 있는 건 아닌가?"

"그럴 수도 있겠지. 그렇지만 그곳을 찾아내진 못했네. 내부를 샅샅이 뒤져 봤지만 말일세. 그리고 자네와 나 사이라 하는 말이지만 물론 비공식적인 방법도 동원해보았지." 그는 한쪽 눈을 찡긋했다.

"몰래 잠입해 들어가 보았네만 실패하고 말았네. 우리가 보낸 비공식적인 요원만 끔찍하게 큰 개한테 물려 하마터면 몸이 발기발기 찢길 뻔했지. 그 개가 클럽 안에서 자고 있었거든."

"아, 케르베루스?"

"그렇네, 개한테 그런 바보 같은 이름을 붙이다니. 차라리 소금 뭉치라고 부를 일이지."

"케르베루스!" 생각에 잠긴 채 포와로가 중얼거렸다.

"이번 사건에 손댈 생각은 없나, 포와로?" 재프가 넌지시 말을 꺼냈다.

"이번 사건은 아주 중요한 것으로, 해볼 만한 가치가 충분히 있는 사건이네. 나는 마약밀매가 특히 싫어. 그건 사람들의 몸과 영혼을 동시에 파괴하는 거니까. 그게 바로 지옥이지!"

생각하는 표정으로 포와로가 중얼거렸다.

"일들을 정리해 연결시켜 보기만 하면 되겠는데. 그래, 맞았어. 자네 혹시 헤라클레스의 12번째 임무가 무엇이었는지 알고 있나?"

"아니, 전혀!"

"'케르베루스를 잡아라.'였네. 참으로 그럴듯한 임무란 생각 안 드나?"

"자네가 지금 무슨 얘기를 하는 건지 통 이해가 안 가지만, 여보게, 이 한 가지 사실만은 잊지 말게. 개가 사람을 잡아먹으면 뉴스거리가 된다는 것을 말일세."

그러고 나서 재프는 몸을 뒤로 기대면서 웃음을 터뜨렸다.

"아주 진지하게 부인과 이야기를 나누고 싶은데요." 포와로가 말했다.

아직 이른 시간이어서인지 클럽 안은 거의 텅 비다시피 했다. 백작부인과 포와로는 출입구 가까이에 있는 작은 탁자에 앉아 있었다.

"하지만 난 진지한 기분이 안 드는걸요." 그녀가 말했다.

"가엾은 앨리스, 그 아가씨는 항상 진지한 표정을 짓고 있지만, 우리 사이에 그런 건 지겨운 것일 뿐이잖아요? 가엾은 니키, 장차 그 애는 무슨 재미로 살아가게 될까? 딱하기도 하지."

"나는 부인에 대해 아주 호감을 품고 있습니다."

그녀의 말에는 조금도 개의치 않고 포와로가 말을 계속했다.

"그리고 부인이 궁지에 몰리게 되기를 바라지도 않고요."

"그런 당치도 않은 말을! 나는 한창 전성기를 누리는 중이에요. 돈이 그냥 굴러들어오고 있다고요!"

"이곳 주인은 부인이십니까?"

백작부인은 그의 시선을 피했다.

"물론이죠." 그녀가 대답했다.

"그렇지만 동업자가 있지요?"

"누가 그러던가요?" 날카롭게 백작부인이 되물었다.

"그 동업자가 폴 바레스코지요?"

"네? 폴 바레스코? 세상에 어처구니가 없군요!"

"그는 나쁜 사람입니다, 전과자라고요. 그리고 이곳에서 아주 빈번하게 범죄가 저질러지고 있다는 사실을 부인은 알고 계셨습니까?"

그러자 백작부인은 웃음을 터뜨렸다.

"그 부르주아들이 그렇게 말했나 보군요! 물론 나도 알고 있어요! 선생님은 이곳의 매력이 바로 그런 거라는 사실을 모르고 계셨어요? 메이 페어(런던 하이드파크 동쪽의 고급 주택가로 런던 사교계를 일컫는 말이기도 함)에서 온 젊은이들, 그들은 자기들이 속해 있는 웨스트 앤드(런던 서부지구에 속한 상류지역) 주변 사람들을 상대하는데 진력이 났죠. 그래서 그들이 이곳으로 몰려와 범죄자들과 어울리는 거랍니다. 도둑이니, 공갈범이니, 사기꾼들이니 하는 사람들과 말이에요. 그중에는 살인자가 끼어 있을지도 모르죠. 다음 주면 일요신문에 대문짝만 하게 실릴 그런 사람들도요! 재미있잖아요? 그러면서, 그들은 자기들이 정말 사는 것처럼 삶을 맛보고 있다고 생각한다니까요! 일주일 내내 니커스(무릎 아래에서 졸라매는 헐렁한 여자용 반바지)니, 양말이니, 코르셋 같은 것을 파는 부유한 상인들 역시 마찬가지예요! 평소의 남부럽지 않은 생활과 상당한 지위의 친구들을 벗어나 멋진 변신을 해보는 거죠! 게다가 스릴도 있잖아요? 저기 저 탁자에 콧수염을 쓰다듬으면서 앉아 있는 사람이 보이죠? 그 사람은 런던경시 청에서 온 형사라고요. 꼬리에 형사라고 적혀 있죠?"

"부인도 알고 계셨군요?" 포와로가 부드러운 투로 말했다.

그녀는 그와 시선이 마주치자 살며시 미소를 지었다.

"선생님, 나는 선생님이 생각하는 것처럼 그렇게 단순한 여자가 아니랍니다."

"그럼, 이곳에서는 마약도 팝니까?"

"오, 그렇지는 않아요!" 날카로운 목소리로 백작부인이 대답했다.

"그런 짓은 생각만 해도 역겹다고요!"

포와로는 잠깐 동안 그녀의 얼굴을 쳐다보다가 이내 한숨을 쉬었다.

"나는 부인을 믿습니다. 그러나 그렇기 때문에 더더욱 부인은 이곳의 진짜 주인이 누구인지를 나한테 얘기해줘야 합니다."

"주인은 나예요." 그녀는 재빨리 그의 말을 가로챘다.

"서류상으로는 분명히 그렇지요. 하지만 부인의 배후에는 틀림없이 누군가 가 있습니다."

"선생님이 그처럼 호기심이 많은 분이라는 건 처음 알았어요. 그러나 저 개 는 그리 호기심이 많지 않답니다. 그렇지, 두두?"

마지막 말을 발음할 때의 그녀의 목소리는 마치 비둘기가 구구하고 우는 것처럼 들렸다. 그녀는 자기 접시에서 오리 뼈다귀를 하나 집어들더니 그걸 그 크고 까만 하운드 앞으로 던졌다. 개는 그 끔찍한 턱을 쫙 벌리더니 냉큼 뼈를 받아 물었다.

"저 애 이름이 뭐라고요?" 시선을 돌리면서 포와로가 물었다.

"나의 귀여운 두두!"

"하지만 약간 우스꽝스럽군요. 그런 이름을 붙이다니!"

"그러나 사랑스러운걸요! 저 개는 원래 경찰견이었죠! 저 개는 뭐든지 다 해낸답니다. 뭐든지 말이에요. 기다려 보세요!"

그녀는 자리에서 일어나서 주위를 두리번거렸다. 그러더니 갑자기, 근처 탁자에 막 올라온, 소스가 듬뿍 쳐진 커다란 스테이크가 담긴 접시를 낚아챘다. 그녀는 대리석 벽감 쪽으로 걸어가더니 러시아어로 뭐라고 중얼거리면서 접시를 개 앞에 내려놓았다.

케르베루스는 똑바로 정면을 쳐다보고 있었다. 마치 스테이크 따위는 안중에도 없다는 태도였다.

"알겠지? 하지만 시간을 다투는 그런 일은 아냐! 아니, 그는 필요하다면 몇 시간이고 저렇게 앉아 있을 테니까."

그런 다음 그녀는 다시 몇 마디를 더 중얼거렸고, 번개처럼 케르베루스는 그 긴 목을 수그렸다. 그 순간 접시 위의 스테이크는 마치 요술처럼 온데간데없이 사라지고 말았다.

베라 로사코프는 개의 목에 팔을 둘렀다. 그리고 발을 일으켜 세우는 개를 꼭 껴안고 열정적으로 키스를 퍼부었다.

"얘가 얼마나 얌전한지 보세요!" 그녀가 외쳤다.

"나와 앨리스, 또 자기 친구들한테는 말이에요. 그들은 그들 하고 싶은 대로 뭐든지 해도 괜찮답니다! 하지만 단 한 사람만은 예외죠. 제가 명령을 내려 두었으니까요. 그 사람(예를 들어 형사 같은 사람 말이에요)을 조각조각 낼 거예요! 맹세해도 좋아요! 조각조각 낸다니까요!"

그러더니 그녀는 웃음을 터뜨렸다.

"그 말 외에는 달리 할 말이 없었군요."

포와로가 급히 말을 가로막았다. 그는 백작부인이 하는 유머의 의미를 파악할 수가 없었다. 어쩌면 그건 스티븐스 경감이 위험에 처하게 될 거라는 사실을 의미하는지도 몰랐다.

"리스커드 교수께서 부인에게 무슨 할 말이 있으신 모양인데요. 부인?"

교수는 못마땅한 얼굴로 그녀의 팔꿈치 근처에 서 있었다.

"부인은 내 스테이크를 가져갔소." 그가 투덜거렸다.

"왜 하필 내 스테이크를 가져간 거요? 아주 훌륭한 스테이크였는데!"

"목요일 밤일세." 재프가 말했다.

"풍선은 그때 띄워지기로 되어 있다네. 그리고 출동하는 팀은 물론 앤드루 사단(마약 단속반원)들이네. 그렇지만 자네가 이번 사건에 나섰다는 걸 알면 그 친구도 무척 기뻐할걸. 아니, 됐네. 나는 자네의 그 진귀한 시럽을 맛볼 생각이 별로 없어. 나도 내 위를 보호해야 할 테니까 말일세. 그런데 저기 있는 게 위스키 아닌가? 난 저게 더 좋을 것 같네그려."

잔을 내려놓으며 그는 계속 말을 이었다.

"내가 보기에 이번 사건은 이미 다 해결된 거나 다름없어. 그 클럽에는 외부와 통하는 또 다른 통로가 있었네. 우린 마침내 그걸 찾아냈지!"

"어디에서?"

"그림 뒤쪽이었네. 그림이 한쪽으로 돌아가게 되어 있더군."

"하지만 틀림없이 자네 눈으로……"

"물론 아니네. 수색이 시작되자마자 불이 나갔으니까. 누군가 메인 스위치를 내려버린 거야. 우리가 불을 다시 켜기까지는 한 1~2분 정도 걸렸네. 그동안 정면 출입구로 나간 사람은 아무도 없었지. 그곳은 우리 형사들이 지키고 있었으니까. 하지만 지금에 와서야 하는 말이지만 누군가 비밀통로를 통해 클럽 밖으로 빠져나갔을 수도 있다는 생각이 더욱 확실해지고 있네. 우리는 클럽 뒤에 있는 집도 수색해봤지. 그리고 그동안 우리가 왜 헛다리만 짚어야 했는지를 알게 됐다고."

"그래서 앞으로 자네가 계획하는 일이라는 게, 대체 뭔가?"

재프는 한쪽 눈을 찡긋했다.

"그건 계획대로만 하면 되는 일이지. 경찰이 나타나고, 불이 나가고, '그리고 비밀통로에서 튀어나올 사람을 비밀통로 끝에서 기다리고 있기만 하면 되는 일이지.' 아마 이번에야말로 우리는 성공하게 될 거야."

"그런데 왜 꼭 목요일이라야 한다는 건가?"

또다시 재프가 한쪽 눈을 찡긋했다.

"사실은 골컨다에 도청장치를 해두었지. 목요일에 그곳에서 물건이 나갈 예정이라더군. 캐링턴 부인의 에메랄드 등이 말일세."

"그렇다면……." 포와로가 말했다.

"나 역시 몇 가지 준비를 좀 해도 되겠나?"

목요일 밤 언제나 앉았던 입구 가까이에 있는 작은 탁자에 몸을 내려놓으면서 포와로는 자신의 주위를 살펴보았다. 늘 그랬던 것처럼 '지옥'은 성황을 이루고 있었다!

백작부인은 그 어느 때보다도 화려하게 단장을 하고 있었다. 그녀는 오늘 밤, 그 어느 때보다도 더 러시아인다운 태도로 손뼉까지 치면서 까르르 웃음을 터뜨리고 있었다. 폴 바레스코가 도착했다. 그는 어떤 때는 완벽한 이브닝 차림으로 또 어떤 때는 오늘 밤처럼 깡패처럼 차리고 나타나곤 했는데, 단추가 잔뜩 달린 코트 차림에 목둘레에는 스카프까지 두른 그의 모습은 퇴폐적이긴 해도 어딘지 모르게 매력적이었다. 다이아몬드로 온통 몸을 감싼 뚱뚱한 중년 부인한테서 떨어져 나오면서 그는 탁자에 앉아 작은 노트에 분주하게 글씨를 쓰는 앨리스 커닝햄 쪽으로 다가갔다. 그리고 그녀에게 춤을 신청했다. 험악한 눈초리로 앨리스를 쏘아보던 뚱뚱한 여인은 다시 사랑스러운 듯 바레스코한테로 시선을 돌렸다.

커닝햄 양의 눈동자에는 전혀 사랑의 감정이 나타나 있지 않았다. 그 눈동자들은 단순히 학문상의 흥미만을 나타내며 반짝이고 있을 뿐이었다. 그들이 춤을 추며 옆을 지나갈 때 포와로는 그들이 나누는 대화의 일부분을 들었다. 그녀는 이제 그의 보모 겸 가정교사였던 여자에 대한 이야기를 이끌어내고 있었다.

음악이 끝나자 기쁘고 흥분된 표정으로 그녀는 포와로 옆에 와서 앉았다.

"아주 흥미로운데요." 그녀가 말했다.

"바레스코는 내 책에서 든 실례 중 가장 중요한 실례가 될 거라고요. 상징성도 명백해요. 예를 들어 조끼에 대한 문제만 해도 그렇죠. 왜냐하면 그 연관 관계를 따져보면 조끼는 결국 '헤어 셔츠(말의 털을 깎아 만든 고행자들의 입는 옷)'로 귀착되니까요. 그리고 전체적인 일들은 아주 단순해지지요. 그는 틀림없는 범죄자 타입이라고 선생님은 말씀하실지도 모르겠지만 어쩌면 치료법이 약효를 발휘하게 될지도 모르겠어요."

"자신이 난봉꾼을 새사람으로 만들 수 있다고 생각하는 것은 말이오."

포와로가 말했다.

"여자들이 흔히 빠지는 가장 사랑스러운 착각 중 하나지요."

앨리스 커닝햄이 차갑게 그를 쏘아보았다.

"이 일에 사적인 감정은 전혀 들어 있지 않아요, 포와로 선생님."

"절대로." 포와로가 말했다.

"아무 사심도 없는 순수한 애타주의(愛他主義)에서 비롯된 거라는 말인데, 음, 말이야 항상 그렇게들 하지요. 그러나 그 이면에는 역시 이성에 대한 매력이 개입되어 있다는 사실만은 부인할 수 없는 일이지요. 예를 들어 아가씨는 내가 어디에서 학교를 다녔으며, 나에 대한 여사감의 태도 같은 것에 관심이 있다고 솔직히 말할 수 있겠소?"

"선생님은 범죄자 타입이 아니니까요." 커닝햄 양이 말했다.

"그럼, 아가씨는 상대방을 보면 첫눈에 그가 범죄자 타입인지 아닌지를 알 수가 있단 말이오?"

"물론이에요."

리스커드 교수가 그들 두 사람 곁으로 다가왔다. 그는 포와로 옆에 자리를 잡았다.

"여러분은 범죄자에 대해 토론을 벌이고 계신 모양이로군요. 그렇다면 함무라비 법전에 실린 범죄자에 대한 처벌을 연구하는 것도 빼놓지 말아야 할 겁니다, 포와로 씨. 그건 B. C. 1800년경의 법전이지요. 아주 재미있습니다. 가령 '불이 난 집의 물건을 훔치다 잡힌 사람은 그대로 불 속으로 던져져야 한다.'라는 둥……."

그는 유쾌한 듯 전기장치가 된 그릴을 바라보았다.

"그보다 더 오래된 것으로는 수메르 법전이 있습니다. '만일 아내가 남편을 싫어해서 그에게, "당신은 내 남편이 아니오."라고 말하면 사람들은 그녀를 강물에 던져 버린다.'라고 쓰여 있지요. 어떻습니까? 요즘 이혼재판보다 훨씬 싸면서 손쉬운 방법이지요? 그러나 만일 그렇게 말한 사람이 남편 쪽이라면 그는 그녀에게 단지 일정한 양의 은을 주기만 하면 끝나는 일이지요. 아무도 그를 강물에다 던지지 않습니다."

"옛날 얘기라는 건 똑같잖아요." 앨리스 커닝햄이 말했다.

"하나는 남자를 위한 법률이고 또 하나는 여자를 위한 법률이라는 차이만 뺀다면 말이에요."

"물론 금전적인 가치 면에서라면 여자들이 훨씬 더 비싸지요."

생각에 잠긴 채 교수가 말했다.

"아시다시피." 그는 덧붙였다.

"나는 이곳이 맘에 듭니다. 그래서 웬만하면 저녁때마다 이곳으로 오지요. 물론 나는 돈이 없습니다. 백작부인은(아주 친절하게도) 이곳의 실내를 꾸미는 데 내가 그녀에게 중요한 정보를 제공해주었기 때문에 나한테는 돈을 받지 않겠노라고 말하더군요. 사실, 나는 그런 것과 전혀 무관한 사람인데 말입니다. 그녀가 나한테 무엇을 물어왔던 기억이 내게는 전혀 없거든요. 그런데다 그녀와 실내 장식가는 모든 일을 아주 그릇되게 꾸며놓고 말았습니다. 나는 이 무서운 것들과 내가 아주 미미하게나마 관계가 있다는 걸 그 누구도 알게 되기를 원치 않습니다. 물론 나는 그 오명을 절대로 씻지 못하겠지요. 그렇지만 그녀는 멋진 여자입니다. 나는 그녀가 오히려 바빌로니아인을 닮았다고 늘 생각해 왔으니까요. 바빌로니아 여인들은 사업 면에서 훌륭한 수완을 발휘했습니다. 아시다시피……."

교수의 얘기는 갑자기 외치는 소리 때문에 제대로 들리지 않았다. '경찰들이다!' 하는 말이 들려왔던 것이다. 여자들이 자리에서 일어서고, 한바탕 시끌벅적한 소동이 벌어졌다. 전깃불이 나가고 전기장치가 된 그림 역시 불이 꺼졌다. 그 와중 속에서도 나지막한 교수의 목소리는 조용히 함무라비 법전에 나오는 인용문들을 계속 암송하고 있었다.

불이 다시 켜졌을 때 에르퀼 포와로는 폭이 넓고 얕은 계단 위를 반쯤 올라가는 중이었다. 문 옆에 서 있던 경찰관들이 그를 보고 인사했다. 그는 거리로 나와 길모퉁이 쪽으로 걸음을 옮겼다. 그가 모퉁이를 막 돌자, 벽 쪽에 코가 빨갛고 키가 작은데다 야릇한 냄새를 풍기는 자그마한 남자가 하나 바짝 붙어 서 있었다. 그는 허스키한 목소리로 불안한 듯 이렇게 말했다.

"저, 여기 있습니다요, 나리. 제 장기를 발휘할 시간은 있겠지요?"

"물론이네. 자, 가지."

"그런데 거기엔 무시무시한 경찰 나리들이 많지 않을까요?"

"그 문제에 대해선 걱정하지 말게. 그 친구들한테는 자네 얘기를 미리 해두었으니까."

"그 사람들이 나를 방해하지 않았으면 좋겠습니다요. 그건 어떻습니까요?"

"그 친구들은 방해되지 않을 거야. 그런데 자네가 장담한 대로 자네가 그일을 과연 해낼 수 있을까? 문제의 그 개는 아주 큰데다 사납기까지 하다네."

"그래도 저한테는 사납게 대들지 못할 것입니다요."

자신있는 목소리로 작은 남자가 말했다.

"저는 아무것도 안 가져왔습니다요! 하지만, 어떤 개라도 설령 지옥까지라도 저를 따라올 것입니다요."

"그렇지만 이번엔……." 에르큘 포와로가 중얼거렸다.

"그 개는 자네를 따라 지옥 밖으로 나와야 한단 말일세!"

이른 아침에 전화가 울렸다. 포라로는 수화기를 들었다.

재프의 목소리가 들렸다.

"전화하라고 했다면서?"

"그래, 정말 그랬지. 그래 어떻게 됐나?"

"마약은 없었네. 에메랄드는 찾았지."

"어디에서?"

"리스커드 교수의 주머니 속에서."

"리스커드 교수?"

"자네 역시 놀라는군! 솔직히 어떻게 돌아가는 건지 나도 잘 모르겠다고! 마치 어린아이처럼 깜짝 놀란 표정으로 그는 에메랄드들을 뚫어져라 쳐다보더니 어떻게 그 보석들이 자기 호주머니 속에 들어와 있는 건지 자신도 영문을 모르겠다고 말하더군. 내가 보기에 그 친구, 거짓말하는 것 같지는 않네! 아마 불이 나갔을 때 바레스코가 그 보석들을 교수의 호주머니 속에 슬쩍 집어넣었을 거야. 나는 이런 류의 사건에 늙은 리스커드 교수 같은 사람이 개입되어 있을 거라고는 생각지 않으니까. 그는 이 과장투성이 사교계에 속한 인물일 뿐 아니라 영국 박물관과도 친분을 맺은 사람이네. 그가 돈을 쓰는 데라곤 책 밖에 없었고, 그나마도 그 책들이라는 게 온통 곰팡내 나는 중고 책들이었지. 아니야, 그는 그럴 만한 인물이 못 돼. 아무래도 이번 사건에서는 우리가 헛짚은 게 아닌가 싶네. 그 클럽에는 애초에 마약 같은 게 없었던 것인지도 몰라."

"오, 아닐세. 여보게, 그건 그곳에 있었네. 오늘 밤, 그곳에 말일세. 그런데 자네가 찾아냈다던 비밀통로에서는 아무도 나오지 않던가?"

"나오긴 했지. 스캔덴버그에 사는 헨리 왕자와 그의 시종 무관이었네. 그는 바로 어제 영국에 도착했었지. 그리고 국무위원인 비타미언 에반스가 마중 나왔네. 노동부 장관이란 직업은 괴롭기 그지없는 것이지. 자네도 미리 조심하는 게 좋을 거야! 사람들은 토리 정당(토리 정당은 혁명에 반대하여 제임스 2세를 옹호한 왕당파로 19C에 지금의 보수당이 되었다)의 당원이 방탕한 생활에 돈을 낭비해도 전혀 개의치 않네. 왜냐하면 납세자들은 그건 그 사람의 돈일 뿐이라고 생각하기 때문이지. 그러나 만일 그가 노동당원일 때는 문제가 달라. 국민은 그가 쓰는 돈을 자신들의 돈이라고 생각하게 되지! 원래 그런 거야. 맨 나중에 나온 사람은 베어트리스 바이너 부인이었네. 그녀는 내일모레면 레오민스터에서 건방지기 이를 데 없는 젊은 공작과 결혼식을 올리기로 되어 있네. 그 클럽 안에 그런 신분을 가진 사람들까지도 뒤섞여 있었다니 믿기지 않는 노릇이지 뭔가?"

"자네 생각은 옳았어. 마약은 클럽 안에 있었고 누군가 그걸 클럽 밖으로 가지고 나왔으니까 말이네."

"누가 그랬단 말인가?"

"내가 그랬지." 포와로가 조용히 말했다.

그는 수화기를 내려놓았다. 재프의 다급한 목소리가 끊어졌다.

그때 현관의 초인종 소리가 울렸다. 그는 현관으로 나가 문을 열었다.

로사코프 백작부인이 기세등등하게 들어섰다.

"오호, 우리가 이렇게 늙지만 않았어도 절대 타협 같은 것은 안 했을 거야!"

그녀가 소리쳤다.

"자, 선생님이 메모해 놓으신 대로 이렇게 내가 왔어요. 아마 지금쯤 내 뒤에는 경찰들이 와 있겠지요? 물론 지금은 거리에 있겠지만. 자, 선생님, 무슨 일이신가요?"

공손하게 포와로는 그녀의 여우모피를 들어주었다.

"부인은 그 에메랄드들을 왜 리스커드 교수의 호주머니에 집어넣었습니까? 그건 점잖은 행동이 아닙니다. 부인이 한 행동이라면 말이오."

백작부인의 눈이 둥그레졌다.

"물론 처음에 내가 에메랄드들을 집어넣으려던 곳은 바로 당신의 호주머니였었죠!"

"아니, 내 호주머니였다고요?"

"그래요, 나는 당신이 평소에 늘 앉던 그 탁자로 서둘러 갔어요. 하지만 불이 나가는 바람에 그만 에메랄드들을 교수의 호주머니 속에 넣고 만 거라고요."

"그럼, 부인은 왜 하필 내 호주머니 속에 훔친 에메랄드들을 집어넣으려고 했던 겁니까?"

"나한테는, 잘 아시다시피 그때 난 재빨리 상황 판단을 내려야만 했었죠. 그게 최선의 방법 같았으니까요."

"베라, 정말 부인은 멋진 사람이오!"

"하지만 선생님, 생각해보세요. 경찰들은 들이닥치지, 불은 나갔지(그건 체포당해서는 안 될 클럽 고객들을 보호해주기 위한 비공개적인 방법 중 하나였죠), 누군가 탁자 위에 있던 내 핸드백을 빼앗아 갔어요. 물론 내가 재빨리 핸드백을 다시 낚아채긴 했지만, 그 안에 뭔가 딱딱한 게 들어 있다는 건 벨벳의 촉감으로 쉽게 알 수 있었죠. 내가 손을 핸드백 속에 집어넣고 만져보았더니, 글쎄 무슨 보석 같은 게 들어 있지 뭐겠어요. 나는 누가 그런 행동을 했는지 금방 깨달았어요."

"오, 그래요?"

"물론이에요! 그 더러운 녀석이 한 짓이니까요! 그건 도마뱀 괴물, 위선자, 배신자, 돼지 새끼 같은 자식에다 꿈틀대는 살모사나 다름없는 폴 바레스코의 짓이었어요!"

"그 사람이 바로 부인의 동업자로서 '지옥'에 자본금을 댄 사람이지요?"

"그래요, 맞아요. 맞다고요. 그곳의 주인은 그 자식이었어요. 자본금을 댄 사람도 그였고요. 지금까지 나는 그를 배반한 적이 없었어요. 나는 약속을 지켰다고요. 난 그랬다고요! 하지만 그는 나를 배반했어요. 나를 경찰에 고발하려했다고요. 아! 이제부터는 그 자식 이름만 들어도 저주를 퍼부을 거예요. 그래요, 그 이름을 저주할 거라고요!"

"진정하십시오." 포와로가 말했다.

"잠시 함께 옆방으로 가시지요."

그는 문을 열었다. 그곳엔 작은 방이 하나 나타났는데, 그들이 들어선 순간 그들은 그 방이 잠시 개로 꽉 들어찬 기분에 사로잡혔다. 케르베루스는 '지옥'의 그 넓은 실내에 있을 때보다도 한층 더 거대해 보였다. 포와로가 사는 현대식 아파트에 딸린 좁은 식당 안에는 케르베루스 외에 아무것도 없는 것 같았다. 그러나 그곳에는 또한 몸집이 자그마하고 야릇한 냄새를 풍기는 한 남자가 있었다.

"나리, 계획대로 이곳을 찾아왔습니다요."

허스키한 목소리로 작은 남자가 말했다.

"두두!" 백작부인이 외쳤다.

"오, 나의 천사 두두!"

케르베루스는 꼬리로 바닥을 쳤다. 그러나 움직이지는 않았다.

"부인께 윌리엄 히그스 씨를 소개하겠습니다."

케르베루스의 꼬리가 내는 무시무시한 소리를 애써 무시하며 포와로가 소리쳤다.

"그는 전문적인 사육사지요. 오늘 밤 그 소란 중에……."

포와로가 계속 말을 이었다.

"히그스 씨가 케르베루스를 설득하여 '지옥' 밖으로 따라나오게 한 겁니다."

"당신이 이 개를 설득했다고요?"

백작부인이 믿을 수 없다는 듯 쥐처럼 생긴 남자의 조그만 얼굴을 멍하니 쳐다보았다.

"하지만 어떻게 무슨 방법으로?"

히그스는 부끄러운 듯 시선을 내리깔았다.

"숙녀분 앞이라 말씀드리기가 쑥스럽습니다요. 하지만 저한테는 그 어떤 개도 대들지 못하는 어떤 물건이 있지요. 세상 어디에 있는 개라 해도 제가 원하기만 하면 저를 따라오게 되어 있습니다요. 물론 암캐를 이용해서 유인해내는 그런 방법은 아니라는 걸 우선 아셔야 합니다. 제가 쓴 방법은 다른 방법이니까요. 예, 다른 방법이지요."

로사코프 백작부인은 포와로 쪽으로 몸을 돌렸다.

"하지만 왜죠? 이유가 뭐예요?"

포와로는 천천히 입을 열었다.

"어떤 목적을 위해 훈련시킨 개는 그 물건을 버려도 좋다는 명령이 내려지기 전까지는 입에 그 물건을 계속 물고 있는 법입니다. 필요하다면 몇 시간이고 그렇게 하고 있을 겁니다. 자, 이제 부인이 이 개한테 물고 있는 물건을 떨어뜨리라고 말해주시겠습니까?"

베라 로사코프는 아연한 표정으로 고개를 돌리더니 똑똑한 발음으로 두 마디 말을 내뱉었다.

케르베루스의 커다란 턱이 벌어졌다. 그러자 놀랍게도 케르베루스의 혓바닥이 그 개의 입 밖으로 떨어져 나오는 것처럼 보이지 않는가?

포와로는 앞으로 한 발 나섰다. 그는 분홍색 스펀지 백으로 포장된 작은 꾸러미를 집어들었다. 그 속에는 하얀 가루가 들어 있는 봉투가 하나 있었다.

"그게 뭐예요?" 백작부인이 날카로운 목소리로 물었다.

포와로는 조용히 대답했다.

"코카인입니다. 보기에는 이렇게 적은 양으로 보이지만, 이걸 사고 싶어 하는 사람들에게는 수천 파운드의 값어치를 지닌 것이지요. 이 정도의 양이라면 수백 명의 사람을 파멸시키고 불행하게 만들기에 충분합니다."

그녀는 숨을 죽이더니 이내 이렇게 외쳤다.

"그럼, 선생님은 이 내가, 하지만 아니에요! 맹세해요, 내가 한 게 아니에요!

물론 내가 과거에 보석이나 골동품, 진귀한 물건 같은 것에 관심이 많았던 건 사실이에요. 하지만 선생님도 알다시피 그런 것들은 모두 사람들이 살아가는 데 도움이 되는 것들이었잖아요? 그리고 그게 바로 내 생각이라고요. 왜 누구는 다른 사람들보다 더 많은 걸 소유하고 있어야만 하는 거죠?"

"저도 개들에 대해 바로 그렇게 생각하고 있었습니다요."

히그스가 맞장구를 쳤다.

"부인은 옳고 그런 것에 대한 판단이 전혀 없는 분이시지요."

포와로는 비통한 목소리로 백작부인에게 말했다.

그녀는 계속해서 말을 이었다.

"그렇지만 마약은, 그건 아니에요! 그건 사람을 불행하게 만들고 고통당하게 하고 타락시키는 거라고요! 난 전혀 생각지 못했어요. 꿈도 꾸지 못했다고요. 그토록 매력적이고 순결하고 기쁨이 넘치던 나의 '지옥'이 그런 목적에 이용당하고 있었을 줄은!"

"약물에 대해서는 저도 부인 말씀에 동의하는 바입니다요."

히그스가 말했다.

"그레이하운드(몸뚱이와 다리가 긴 사냥개)들한테 약물 주사를 놓는 것은, 그런 짓은 아주 더러운 짓이에요! 저는 앞으로도 절대 그런 짓은 하지 않겠고 예전에도 그런 짓은 단 한 번도 하지 않았어요."

"제발 나를 믿는다고 말해주세요, 선생님." 백작부인이 애원했다.

"물론 나는 부인을 믿습니다! 설마 내가 진짜 마약 밀매범들에게 유죄 판결이 내려지도록 시간과 노력을 들이지도 않고, 또 그렇다고 헤라클레스의 12번째 임무를 수행할 생각도 아니면서, 단지 내 입장만을 설명하기 위해 지옥에서 케르베루스를 끌어내 왔겠습니까! 나는 부인한테 이 얘기를 해주고 싶었던 겁니다. 즉, 나는 내 친구들이 무고한 죄를 뒤집어쓴 걸 보고 싶지 않았다고 말입니다. 그렇습니다, 바로 무고한 죄입니다. 이번 사건에서 만일 일이 잘못될 경우 그 죄를 모두 뒤집어쓰게 되어 있는 사람은 바로 부인이었습니다. 에메랄드들은 부인의 핸드백 속에서 발견되게 되어 있었고, 또 누구든(나만큼만이라도) 영리한 사람이라면 그 사나운 개의 입 안 어딘가에 은닉처가 있을 거라고 추측해 내기란 그리 어려운 일이 아니지요. 그런데다 그 개는 부인의 개 잖습니까? 설사 그 개가 앨리스의 명령에 복종할 정도로 귀여운 앨리스를 따랐다 해도 말입니다! 그렇습니다. 부인은 좀더 눈을 크게 뜰 필요가 있습니다!

처음부터 나는 학술 용어를 남발하는 젊은 아가씨와 그녀가 입고 있던 코트, 그리고 커다란 주머니가 달린 그녀의 치마가 맘에 들지 않았습니다. 그렇습니다. 주머니 말입니다. 어떤 여성이든 겉모습을 그런 식으로 건방지게 차리고 있다는 건 어딘가 부자연스러워 보이지요! 그리고 그녀가 나한테 해줬던 말, 그건 계산에 있어서 그것은 중요한 것이었습니다! 아하, 그래요! 중요한 것은 그 주머니들이었습니다. 그녀가 마약을 넣어 올 수 있고 또 보석을 몰래 빼내 가기에 안성맞춤인 주머니들 말입니다. 그녀가 심리학적으로 하나의 유형에 속한다던 자신의 공범자와 춤을 출 때 그 작은 교환은 아주 손쉽게 이루어질 수 있었던 겁니다. 오, 참으로 그럴듯한 구실이었지요!

그 누구도 의학박사의 학위를 가진데다 진지하고 학술적인 태도를 보여주는 안경 낀 심리학자를 의심하진 않았습니다. 그녀는 마약을 밀수하여 자신의 부유한 환자들이 그 약에 중독되게 하였고 또 나이트클럽에 자본금을 대주어 다른 사람으로 하여금 그 클럽을 운영해 나가도록 손을 썼던 겁니다! 아마도 그녀의 과거 어딘가에 틀림없이 무슨 약점이 있을 겁니다! 그녀는 이 에르퀼 포와로를 깔보고 자신이 폴 바레스코의 유아 보모 겸 가정교사에 대한 얘기와 조끼에 대한 얘기를 늘어놓음으로써 이 에르퀼 포와로를 속일 수 있다고 생각했습니다! 그래서 나도 그녀의 도전에 대응할 대비책을 마련해 놓았지요.

불이 나갔습니다. 그 순간 재빨리 나는 탁자에서 일어나 케르베루스 옆에 가서 서 있었습니다. 어둠 속에서 그녀가 다가오는 소리가 들리더군요. 그녀는 개의 입을 열고 그 꾸러미를 그 속에 집어넣었습니다. 그래서 나는, 그녀가 눈치 채지 못하도록 조심하면서 작은 손가위로 그녀의 소맷자락을 조금 잘라냈지요"

마치 연극이라도 하듯 포와로는 은색 천을 꺼내 들었다.

"부인도 아실 겁니다. 그녀가 입고 있던 옷과 똑같은 체크무늬 트위드 천이지요. 나는 재프에게 이걸 넘겨주고 원래 이 천이 붙어 있던 자리에 한번 대보라고 할 겁니다. 그리고 그녀를 체포하라고 하겠습니다. 그렇게 되면 세상 사람들은 런던경시청이 얼마나 우수한지를 새삼 깨닫게 될 겁니다."

로사코프 백작부인은 다만 멍청한 표정으로 그의 얼굴만 쳐다볼 뿐이었다. 그러더니 갑자기 그녀가 크고 쉰 울음 섞인 목소리로 외쳤다.

"하지만 우리 니키는요, 우리 니키는, 이번 일은 그 애에게 아주 충격적인 일이 될 텐데요." 그녀는 잠시 말을 멈추었다.

"아니면, 선생님은 그렇게 생각이 되시지 않나요?"

"미국에는 다른 아가씨들이 얼마든지 있으니까요."

에르퀼 포와로가 말했다.

"그리고 선생님이 아니었더라면 이번에는 그 애 엄마가 감옥으로 갔겠죠. 감옥으로 말이에요! 오, 선생님은 역시 훌륭하신 분이에요. 훌륭하신 분이라고요."

앞으로 뛰쳐나오며 그녀는 양팔로 포와로를 꼭 껴안고 슬라브인다운 열정으로 그에게 마구 키스를 퍼붓기 시작했다. 히그스 씨는 감격스러운 표정으로 그 모습을 지켜보고 있었다. 케르베루스가 꼬리로 바닥을 다시 쳤다.

이 감격스런 장면이 한창 펼쳐지고 있는데 초인종 소리가 울렸다.

"재프야!" 백작부인의 포옹에서 벗어나 포와로가 외쳤다.

"아무래도 난 다른 방에 가 있는 편이 좋겠죠?"

백작부인이 말했다. 그녀는 옆방과 연결된 문으로 사라졌다.

포와로는 홀로 나가는 문으로 걸음을 옮겼다.

"나리." 근심스런 목소리로 히그스가 식식거렸다.

"먼저 거울을 보시는 게 어떻겠습니까요?"

포와로는 그 말대로 했다. 그러고 나서 그는 뒷걸음질을 쳤다. 립스틱과 마스카라로 그의 얼굴은 온통 환상적으로 얼룩덜룩했기 때문이었다.

"만일 저 문밖에 계신 분이 런던경시청에서 오신 재프 경감이시라면, 아주 이상하게 여길 게 분명하잖습니까요? 틀림없이 말이에요." 히그스가 말했다.

그가 다시 말을 덧붙일 즈음 다시 초인종이 울렸고 포와로는 자기 콧수염 끝에 묻어 있는 진홍색 립스틱 자국을 지우려 애를 썼다.

"저는 어떻게 해야 합니까요? 그분을 저도 만나봬야 하나요? 그리고 지옥에서 끌어낸 이 그레이하운드 종의 개는 또 어떻게 해야겠습니까?"

"내 기억이 정확하다면." 에르퀼 포와로가 말했다.

"케르베루스는 다시 지옥으로 돌아갔네."

"좋으실 대로 하세요." 히그스가 말했다.

"사실상 제가 좋아하는 개는……, 어쨌든 이 개는 제가 잡아두고 싶은 그런 개는 아닙니다요! 이 개는 너무 눈에 잘 띈단 말입니다요. 제 말이 무슨 말인지 아실 테지요? 그리고 제가 이 개를 먹여 키우는 문제도 생각해야 할 테고요! 아마 못 먹어도 젊은 사자만큼은 먹어치울 것입니다요."

"'네메아의 사자'에서부터 '케르베루스를 잡아라.'까지……."

포와로는 중얼거렸다.

"완벽해."

그로부터 일주일 뒤 레몬 양은 자신의 고용주 앞으로 계산서 한 장을 가져왔다.

"실례합니다만, 포와로 씨. 제게 이걸 지급하라는 말씀이세요? 레오노라라는 꽃장수에게 말이죠? 붉은 장미꽃다발이라니! 11파운드 8실링 6펜스나요? W. C. I. 앤드 거리 13번지 '지옥'에 사는 베라 로사코프 백작부인 앞으로 말입니까?"

포와로의 뺨이 빨간 장미빛깔로 물들었다. 그는 자기의 눈두덩을 쓰다듬었다.

"그대로 하시오, 레몬 양. 특별한 일에 대한, 조그만 감사의 선물이라고 할 수 있지. 백작부인의 아들이 미국에서 약혼식을 올리게 되었으니까, 철강계의 거물급 회사 사장 딸과 말이오. 붉은 장미꽃은, 내가 기억하는 바에 따르면 그녀가 가장 좋아하는 꽃이오."

"그래요?" 레몬 양이 말했다.

"하지만 매년 이맘때쯤이면 꽃값이 얼마나 비싼지 아세요?"

에르퀼 포와로는 자세를 고쳐 앉았다.

"때로는, 절약하지 말아야 할 때도 있는 법이오."

나지막하게 콧노래를 흥얼거리며 그는 방을 나갔다. 그의 발걸음은 날아갈 듯 가볍고 아주 유쾌해 보였다.

레몬 양은 그의 뒷모습만 멍하니 쳐다보았다. 이미 서류 정리방식 같은 것은 잊은 지 오래였다. 머릿속에는 다만 여성만이 느낄 수 있는 직감이 온통 꽉 들어차 있었다.

"맙소사!" 그녀는 중얼거렸다.

"세상에, 정말, 저 나이에……, 아냐, 그럴 리가 없어."

<끝>

여기 소개하는 《헤라클레스의 모험(The Labours of Hercules, 1947)》은 애거서 크리스티(Agatha Christie, 영국, 1890~1976)의 47번째 추리소설이며, 10번째 추리 단편집이다. 이 단편집에는 다음 12편의 단편이 실렸다.

1. 네메아의 사자(The Nemean Lion)
2. 레르네의 히드라(The Lernean Hydra)
3. 아르카디아의 사슴(The Arcadian Deer)
4. 에리만토스의 멧돼지(The Erymanthian Boar)
5. 아우게이아스 왕의 외양간(The Augean Stables)
6. 스팀팔로스의 새(The Stymphalean Birds)
7. 크레타 섬의 황소(The Cretan Bull)
8. 디오메데스의 말(The Horses of Diomedes)
9. 히폴리테의 띠(The Girdle of Hyppolita)
10. 게리온의 무리들(The Flock of Geryon)
11. 헤스페리스의 사과(The Apples of the Hesperides)
12. 케르베루스를 잡아라(The Capture of Cerverus)

위 단편 중에서 특이한 점이라면, 크리스티 여사의 풍부하고 독특한 상상력이 마음껏 구사되었다는 점이다. 그리스 신화에 등장하는 헤라클레스의 12가지 모험을 현대적으로 재구성하여 독특한 맛을 더해 주는 것이다.

몇 가지 예를 들어본다면, '네메아의 사자'에서 사자를 카너비 양이 기르는 사나운 샌 텅에 비유했고 '레르네의 히드라'에서는 잘라도 계속 불어나기만 하는 히드라의 머리를 사람들의 입을 통해 눈덩이처럼 불어나는 소문에 비유했다. 이처럼 단편 하나하나는 그리스 신화에서 등장하는 동물들을 아주 교묘하고 생생하게 살렸다고 볼 수 있다.

특히, 전 세계 고민 중 하나인 '마약' 문제를 다룬 작품은 '게리온의 무리들'과 '케르베루스를 잡아라.'인데, '게리온의 무리들'에서는 마약이 사이비 종교에 어떻게 이용되어 사람들을 맹신적으로 만드는지 파헤쳤고, '케르베루스를 잡아라.'에서는 먹고 즐기는 향락으로 점점 빠져드는 위험한 사회에서 마약이 인간의 영혼에 어떻게 침투해 들어가 파괴시키는지를 다루고 있다.

그리스 신화에서 없애야 할 독소가 게리온의 무리와 케르베루스라면, 현대 사회에서는 인간을 좀먹는 마약과 그 마약을 보급시키는 일당들이 처리해야 할 과제라는 것을 암시한다고 하겠다.

독자 여러분도 재미있는 각 단편을 읽으면서 단편들이 그리스 신화와 어떻게 접맥되는지, 그리고 그 작품이 암시하는 것이 무엇인지 한번 생각해보기 바란다.